ullstein

Das Buch

Hermann ist Rheinländer durch und durch: Er liebt Witze, seine Mundart und vor allem den Karneval. Doch seitdem er vor vielen Jahren sein Herz an eine finnische Frau verlor, lebt er im kalten Tampere, unweit von Helsinki, aber weit weg von allem, was Spaß macht. Obwohl er bereits so lange dort ist, dass seine Tochter das Teenie-Alter erreicht hat, fühlt er sich fremd in Finnland. Irgendwas fehlt ihm – und wenn es nur ein anständiges Essen ist, jenseits von Erbsensuppe und Roggenbrot.

Darum trifft Hermann eine Entscheidung: Nach all den Jahren des sanften Anpassens an die seltsamen Finnen will er es nun offensiver versuchen und endlich zum echten Finnen werden. Dafür erstellt er eine 7-Punkte-Liste mit allen wesentlichen Etappen für eine gelungene Integration. Und dafür muss man vor allem gut schweigen können. Gar nicht so einfach für einen Rheinländer …

Der Autor

Dieter Hermann Schmitz, Jahrgang 1963, ist verheiratet und zweifacher Vater. Seit vielen Jahren lebt er mit seiner finnischen Frau und den beiden Kindern in Tampere in Südfinnland. Dort unterrichtet er Übersetzungswissenschaft an der Universität.

DIETER HERMANN SCHMITZ

Die spinnen, die Finnen

MEIN LEBEN IM HOHEN NORDEN

Ullstein

Besuchen Sie uns im Internet:
www.ullstein-taschenbuch.de

Abdruck des Liedtextes *Kuka on tuo mies* mit freundlicher Genehmigung von Komponist und Texter Markus Leppiniemi sowie des Männerchors *Seminaarinmäen mieslaulajat* (kurz: *Semmarit*).

Alle Übersetzungen von Zitaten, Sprichwörtern, Filmtiteln, Reimen, Liedtexten und Ähnlichem stammen vom Autor, mit Ausnahme einiger Buchtitel, soweit diese bereits in deutscher Übersetzung vorliegen.

FSC® www.fsc.org
MIX
Papier aus verantwortungsvollen Quellen
FSC® C083411

Originalausgabe im Ullstein Taschenbuch
1. Auflage März 2011
6. Auflage 2016

Umschlaggestaltung und Gestaltung des Vor- und Nachsatzes: Sabine Wimmer, Berlin
Titelillustration: Isabel Klett
Satz: LVD GmbH, Berlin
Gesetzt aus der Excelsior
Druck und Bindearbeiten: CPI books GmbH, Leck
Printed in Germany
ISBN 978-3-548-28219-0

Für meine Frau
(…koska hän on ihana)

Dummes Gerede vorweg

Gelegentlich werde ich gefragt, wie es ist, als Ausländer in Finnland zu leben. Darauf antworte ich meist mit: »Ich bin kein Ausländer. Im Gegenteil: Ich bin Rheinländer!«

Früher habe ich damit manchen zum Schmunzeln gebracht und mich selbst dabei amüsiert. Heute weiß ich, dass gerade das mein Malheur ist: Man kann zwar in ein fremdes Land ziehen, aber das Land, in dem man geboren ist, zieht unweigerlich mit.

Wie man weiß, gelten die Rheinländer als lebenslustig, gesprächig, kontaktfreudig und sorglos ... Nix als Karneval und gute Laune im Sinn und ab und zu ein paar katholische Feiertage! Könnte der Kontrast zu den Finnen größer sein? Sie sind angeblich zurückhaltend, wortkarg, protestantisch-spröde bis nordisch-unterkühlt. Böse Zungen behaupten, ihre liebsten Hobbys seien Sauna, Saufen und Selbstmord. Nichts davon ist wahr. Ich brauche nur an meinen Schwippschwager zu denken: Er rührt nie einen Tropfen Alkohol an. Außer freitags, samstags und sonntags.

Alles nur Vorurteile! Ich kenne viele nette Leute hier, die Spaß am Leben haben, hilfsbereit sind, Kinder mögen und gerne lachen. Wie könnte man schlecht von den Finnen denken? Und wer behauptet, das Land wäre dunkel und trostlos, der kennt nicht den finnischen

Winter Ende Februar: überall Eis und Schnee, dazu gleißendes Sonnenlicht, von überall gespiegelt, hundertfach verstärkt und tausendfach zurückgeworfen, mit flirrender Luft voller glänzender Kristalle. Mehr Licht, als das Auge ertragen kann und man in Deutschland während des gesamten Winters hat!

Ich lebe schon lange hier in Finnland, aber ein richtiger Finne bin ich noch nicht. Das sollte sich endlich ändern!

Saunatraum

Ich sitze in unserer Sauna, in einem schummrigen, heimeligen Halbdunkel. In einem kleinen Raum aus Holzlatten, der ein Kosmos für sich ist. Wohltuende Wärme umgibt mich, ich fühle mich entspannt und geborgen. Wie ein Kind im Mutterleib. Nur mit dem Unterschied, dass ich nicht über eine Nabelschnur versorgt werde, sondern eine kühle Flasche Bier neben mir steht. Die feindliche Welt da draußen ist verschwunden. Eine Welt, in der es Telefonrechnungen gibt, schlechtgelaunte Kollegen und plattgefahrene Karnickel am Straßenrand. Hier gibt es nichts außer Ruhe, Wärme und Erholung. Balsam für die Seele. Entschlackung für den Körper. Keine Sanduhr, keine Regeln, keine Bademeister! Dies ist keine türkische Dampfsauna und kein deutsches Kurbad, sondern eine finnische Sauna. Ein Tempel der Abgeschiedenheit. Kein Sandstrand in Thailand und kein Gipfel der Alpen kann diese besinnliche Wirkung entfalten. Wer nie in einer finnischen Sauna war, hat sein Leben nicht gelebt. Nicht einmal die Endorphinausschüttung nach einem Marathonlauf kann ein stärkeres Hochgefühl auslösen. Die finnische Sauna ist der Raum, in dem die Zeit stillsteht, der Körper schwerelos wird und der Geist zu sich selber findet. Ob Buddha in einer Sauna gesessen hat, als ihm Gedanken von der Wiedergeburt kamen?

Meine Augen halb geschlossen, denke ich an nichts. Nicht einmal daran, dass eine globale Pflicht zum täglichen Saunagang wahrscheinlich der einzige Weg zum Weltfrieden wäre. Wer in der Sauna sitzt, glaubt daran, dass man Polarlicht hören kann. Mit einer trägen, entspannten Bewegung greife ich nach der Kelle, um einen Aufguss zu machen. Das Wasser prasselt auf die Saunasteine. Es zischt und dampft. Dem Aufgusswasser ist eine wohlduftende Essenz beigemischt, die den Geruch eines Birkenwaldes verströmt. Es ist herrlich …

Döselig, wie der Rheinländer sagt, betrachte ich die warme, dampfumschmeichelte Haut meiner Arme, auf der sich geruchlose Schweißperlen sammeln wie die Wassertropfen auf einem Blütenkelch. Aber was ist das? Ich stutze! Ist das wirklich Schweiß, was aus meinen Poren tritt? Es sieht aus wie kleine schwarze Pünktchen. Und die schwarzen Pünktchen werden auch noch zusehends größer. Mit einem Schlag bin ich in heller Aufregung. Die Stimmung aus Losgelöstheit und Muße ist wie weggewischt. Seltsame Gebilde entsprießen meiner Haut. Und nicht nur auf meinen Armen. Überall! Eben sahen sie noch aus wie schwarze, dünne Bindfäden. Jetzt sind sie schon hart und borstig und werden rasch länger. Tatsächlich, es sind Haare. Sehr dichte Haare. Anders gesagt: Fell! Ein tierisches Fell schießt mir aus allen Poren. Gleichzeitig beginnt mich ein fürchterlicher Schmerz an den Schläfen zu plagen, und ein ungeheurer Druck pocht unter meiner Schädeldecke. Es ist, als müsse mein Kopf zerplatzen. Ich will um Hilfe rufen, aber meinem Munde entfährt nur ein Grunzen. Dabei schieben sich meine Lippen mit Macht nach vorne, mein Unterkiefer klappt unnatürlich aus, während meine Nase immer länger wird und binnen Sekunden mit den Lippen verwächst. Das unförmige Etwas ähnelt einer Hundeschnauze. Mit schreckgeweiteten Augen greife ich nach meinem klobigen Gesichtserker, nur um voller Panik festzustellen, dass meine Finger zu Stümpfen zusammengeschrumpelt sind und mit den Händen zu Klumpen verwachsen. Im selben Augenblick birst mein Schädel! Mit einem knackenden Geräusch platzt er links und rechts auseinander. Aus den klaffenden Wunden winden sich zwei knöcherne Stangen, die sich in kürzester Zeit zu Schaufeln ausweiten. Mein Körper ist mittlerweile über und über von einem schwarz-braunen Fell bedeckt. Die Hundeschnauze in meinem Gesicht ist zu einer Art Pferdemaul angeschwollen, meine Hände haben sich in Hufe verwandelt. Ich sehe an mir herab und stelle fest, dass an meinem Hintern der lange Schwanz eines Rindviehs baumelt. Ich will brüllen vor Panik, aber ich bringe nur ein tiefes, kehliges Röhren zustande. Immerhin ist es laut! Umständlich springe ich von der Saunabank auf und will nach draußen. Die Glastür der Sauna zerspringt klirrend in abertausend Teile, denn statt sie aufzustoßen, haben meine Hufe sie eingetrampelt. Auf dem Weg hinaus bleibe ich mit meinem Geweih im Türrahmen hängen. Mein Schwanz peitscht ungewollt auf die Saunasteine und verbreitet schneller, als mir lieb ist, den Geruch von versengten Haaren. Schließlich habe ich mich freigekämpft, galoppiere röhrend durch Badezimmer und Waschküche, ramme die Hintertür des Hauses ein und springe ins Freie. Es ist bereits Nacht, und ein fahler Mond sieht spöttisch auf mich herab. In unserem Garten liegt kniehoch der Schnee. Aber das kann mich nicht aufhalten, auch wenn ich auf allen vieren laufe. Ich presche davon, ungestüm, voller Angst und mit Schaum vor dem Maul. Meine Hufe pflügen durch den Schnee. Allmählich wird mir klar: Ich bin zum Elch geworden! Ich renne mir das Herz aus dem Leib und sprenge auf einen Wald zu. Dort angekommen, jage ich einen Hügel hinauf. Erst als ich den höchsten Punkt erreicht habe, halte ich inne – keuchend, entsetzt, auf dünnen, zittrigen Beinen meinen wuchtigen Körper haltend. Ich blicke in den nächtlichen Himmel empor und röhre. Über mir wabert das herrlichste Polarlicht in Grün und Rot. Ich kann es hören. Es klingt wie ein höhnisches Wiegenlied. Ich bin ein Elch, ein finnischer Elch.

Das Zwitterwesen

Es ist, als wäre nichts geschehen. Ein ganz normaler Alltag. Wir sitzen beim Frühstück. Die Kinder müssen bald zur Schule, meine Frau und ich zur Arbeit. Ich bin also kein Elch, ich habe nur schlecht geträumt.

Meine Frau Eila ist der lebende Grund, warum ich in Finnland bin. Ihretwegen genieße ich subpolare Winter und helle Sommernächte. Obwohl sie selbst hervorragend Deutsch spricht, habe ich nur ihretwegen vor vielen Jahren damit begonnen, Finnisch zu lernen. Ihretwegen trage ich im Herbst ein Paar Gummistiefel von Nokia, esse Roggenbrot statt weißer Brötchen und trinke am 1. Mai zwei Glas *Sima,* was in etwa schmeckt wie ein Kölsch vom Vorjahr, mit Zucker gesüßt und mit Kohlensäure versetzt. Meine Frau ist humorvoll, offenherzig und wunderschön. Selbst morgens beim Aufwachen! Sie und ich streiten nur selten. Und wenn, gehen mir oft schnell die Argumente aus. Zum Glück kann ich dann meine Geheimwaffen hervorzaubern: zwei Bemerkungen, mit denen ich sie in null Komma nichts in Wut versetzen kann. Die eine ist die lapidare Aussage: »Du wirst wie deine Mutter!« Jede finnische Frau gerät bei diesem Satz in Rage. Es kommt unweigerlich zu einem Gau, der nach einer Phase der Überhitzung in tiefe Zerknirschung übergeht und zum Überdenken der eigenen

Position führt. Warum die Androhung, wie die eigene Mutter zu werden, bei finnischen Frauen Angst und Schrecken auslöst, ist mir unerklärlich. Ich für mein Teil schätze meine Schwiegermutter. Sie kann tollen Schokoladenkuchen backen.

Die zweite Bemerkung verwende ich nur, wenn wir uns auf Finnisch streiten und mir die Worte ausgehen. Dann sage ich: »Warum kannst du keine Schwedin sein? Dann hätte ich deine Sprache schon nach sechs Monaten gelernt.« In der Tat ist das Schwedische – böse ausgedrückt – nur ein Deutsch zweiter Klasse. Und wenn man wie ich auch noch rheinisches Platt spricht und über Englischkenntnisse verfügt, lässt sich Schwedisch wahrscheinlich im Spaziergang lernen. Finnisch dagegen ist eine echte Herausforderung. Eine Lebensaufgabe. Das kann jeder Finnland-Tourist beim Gang in den Supermarkt leicht feststellen. Die meisten werden schon überfordert sein, wenn sie vor einem Kühlregal stehen und eine Getränketüte in der Hand halten mit der Aufschrift *rasvaton maito*. Aber sobald ihr Blick auf das Kleingedruckte fällt – und das ist hier immer das Schwedische –, naht die Rettung, denn *fettfri mjölk* lässt sich ohne Fremdsprachenkenntnisse leicht in »fettfreie Milch« übersetzen. Oder greifen wir nach einer Flasche mit bläulichem Reinigungsmittel. Welcher nicht Finnisch sprechende Deutsche kann schon mit der Aufschrift *lasin- ja ikkunanpuhdistusaine* etwas anfangen? Auf Schwedisch schlicht: *glas- och fönsterspray*. Alles klar! Ein kleines Döschen mit dem Etikett *leivinjauhe* bereitet Verständnisprobleme? Auf Schwedisch: *bakpulver*. Nichts ist einfacher!

Immer wenn ich bei einer Auseinandersetzung die Schwedinnen-Karte ziehe, treibt das meine Frau regelmäßig zur Weißglut. Denn keine finnische Frau will eine

Schwedin sein. Selbst dann nicht, wenn sie ABBA hört oder sich für das schwedische Königshaus interessiert. Man hat ja seinen Stolz! Aber wie gesagt: Glücklicherweise streiten Eila und ich höchst selten.

Unsere Kinder, ein gemischtes Doppel, Mädchen/Junge, streiten jedenfalls öfter, sowohl miteinander als auch mit uns, aber alles andere wäre wahrscheinlich besorgniserregend. Die Ältere ist Senja Anna Marlene und stolze dreizehn Jahre alt. Wie in Finnland üblich, hat sie bei ihrer Taufe mehr als einen Vornamen abbekommen. Wäre ich ein Müller im Märchen, würde ich von ihr behaupten, dass sie Stroh zu Gold spinnen kann. Oder wäre ich ein Hahn, würde ich bei ihrem Erscheinen krähen: »Kikeriki, unsere goldene Jungfrau ist wieder hie'!« Leider ist sie mittlerweile längst über das Alter hinaus, dass sie an den Osterhasen glaubt. Und um bei Märchen zu bleiben: Demnächst werde ich ihr, wie die gute Fee bei Aschenputtel, sagen müssen: »Bis zwölf Uhr musst du zu Hause sein!« Sonst ist der Zauber vorbei.

Märchen der Brüder Grimm haben übrigens in der Erziehung unserer Kinder eine große Rolle gespielt. Als Auslandsdeutscher empfinde ich die Wahrung des eigenen Kulturguts als wichtige Aufgabe. Deshalb wollte ich, dass unsere Kinder die verschiedensten Märchen, Mythen und Legenden aus deutschen Landen kennenlernen. So sind sie groß geworden mit Till Eulenspiegel, dem Froschkönig, Winnetou und Räuber Hotzenplotz. Und unser Sohn kann Gags von Helge Schneider passagenweise rezitieren (»Mein Herz weitete sich zu einem saftigen Steak.«). Er heißt Benni und ist der Jüngste der Familie. Sein vollständiger Vorname lautet Benni Antti Wolfgang. »Antti« hat im finnischen Zweig unserer Familie eine lange Tradition. Großvater, Urgroßvater, Onkel, Vettern und viele andere Verwandte tragen ihn als Ruf- oder Zweitnamen, und er geht zurück auf *Isontalon Antti,* einem Raufbold und Raubein aus Österbotten, der es als Messerstecher mit rebellischem Blut im vorletzten Jahrhundert zu zweifelhaftem Ruhm brachte. Er wird bis heute in Volksliedern besungen und ist zu einer Art finnischem Robin Hood verklärt worden. Sein Leben hat man sogar verfilmt, und in einigen Gemeinden Österbottens wird er für touristische Werbezwecke benutzt.

Vom Rebellenblut hat unser Sohnemann auch einiges geerbt. Vor allem, wenn er sich über seine Mathe-Hausaufgaben ärgert und seine Schulhefte in die Ecke pfeffert. Er kann tolle Comics und Bildergeschichten zeichnen und ist begeistert von Haien, Dinosauriern und sonstigem Ungetier. Aber Mathematik ist ihm ein Greuel. Er hat zwei Schuljahre damit verbracht, zu lernen, dass man auf Deutsch sieben-und-sechzig sagt, während es auf Finnisch wörtlich sechzig-und-sieben heißt.

Seit er laufen und sprechen kann, haben schon die verschiedensten Phänomene phasenweise sein Leben dominiert. Vor Zeiten war er etwa fasziniert von Piraten. In der Zeit mussten wir stets damit rechnen, dass er mit Schlapphut, Augenklappe und Säbel bewaffnet in die Küche kam und Essen verlangte – im Tonfall eines Kapitäns, der uns bei Nichtbefolgung über die Planke schickt.

Momentan ist Benni im Grusel-Rausch: Er hat sich in der Stadtbücherei ein paar Bücher über unerklärliche Phänomene ausgeliehen, über Fabelwesen und *Fantasy.* Er kennt von Sphinx bis Greif, Elf und Vampir alles, was die menschliche Phantasie und der Aberglaube an Ausgeburten hervorgebracht haben.

Während meine Frau und ich beim Frühstücken einen Blick in die Tageszeitung werfen und Senja durch ein Modemagazin sieht, blättert Benni in einem Buch über Feen, Trolle und Poltergeister.

»Ich hatte letzte Nacht einen seltsamen Traum«, setze ich an und beiße von meinem kernig-gesunden Roggenbrot ab. »Lass hören!«, sagt Senja und schiebt ihr Mode-und-Beauty-Magazin zur Seite. »Na erzähl«, sagt auch meine Frau aufmunternd, obwohl ich bemerke, dass sie kaum aufschaut und in einem Artikel weiterliest, der davon berichtet, wie eine alte Oma sich aus ihrer brennenden Holzhütte befreien konnte. Sie mag solche Artikel über menschliche Schicksale. Artikel wie »Treuer Hund rettet alte Oma«, »Opa im Eis eingebrochen und seither spurlos verschwunden«, »Schamane in Lappland verkauft Schamhaare an Esoterik-Touristen«. In Finnland ist was los, die Zeitungen sind voll davon.

Auch unser Benni spitzt bei meiner Bemerkung mit dem Traum die Ohren und grinst. Das ist ein untrügliches Zeichen dafür, dass er zuhört, obwohl er ungeniert weiter in seinem Buch über norwegische Trolle schmökert. Ich nehm's ihm nicht übel, denn er ist der Einzige in unserer Familie, der zugleich lesen und zuhören kann.

»Also ich hab geträumt, ich säße in der Sauna …«

Meine Frau legt die Zeitung beiseite. Sie ist Finnin. Ein Traum über die Sauna ist ernst zu nehmen.

»Und?«, fragt sie.

»Na ja, anfangs war alles wunderbar: schön warm, es war ruhig, ich war ganz entspannt. Dann habe ich einen Aufguss gemacht, und plötzlich sind mir überall Haare gewachsen.« Meine Frau und meine Tochter werfen sich einen kumpelhaften, geradezu geheimbündlerischen Blick zu und grinsen sich an. »Und dann?«, fragen sie amüsiert.

»Dann ist mir auch ein Geweih gewachsen, und es

war irgendwie – grauenhaft. Ich bin zum Elch geworden.«

Das habe ich kaum ausgesprochen, da gibt es schon allseits kein Halten mehr: Meine Frau lacht und schüttelt ihre langen blonden Haare, meine Tochter lacht und sieht aus wie ein Teenager, der sich fragt: Wie doof ist das denn?!, und ich selber lache auch, denn einen schwachsinnigeren Traum habe ich nie gehabt. Nur Benni lacht nicht. Seine Augen blitzen hellwach. Und gespannt fragt er mich: »Bist du dann hinausgerannt und hast den Mond angeheult?«

»Nein, nicht den Mond, aber das Polarlicht!«

Aufgeregt beginnt er, in seinem Buch zu blättern. »Hier!«, ruft er, springt auf und kommt mit dem Buch zu mir herüber. Er hat die Seite mit den Werwölfen aufgeschlagen. »Du bist ein Zwitterwesen, halb Mensch, halb Tier. Nur bist du kein Werwolf, sondern ein Wer-Elch!«

Ich wusste es: Benni ist ein Genie. Er hat den Nagel auf den Kopf getroffen: Ich bin ein Zwitterwesen!

Alle Wege führen nach Tampere

Wie üblich nehme ich die Kinder auf dem Weg zur Arbeit mit in die Stadt, wo sie beide zur Schule gehen. Meine Frau hat's weniger weit. Sie arbeitet als Lehrerin in einer kleinen Grundschule in unserem Ortsteil mit seinem schnuckelig-harmlosen Dorfcharakter, nur ein paar Schritte von unserem Zuhause entfernt. Dieses Zuhause liegt in einem Vorort von Tampere, Finnlands heimlicher Hauptstadt. Mit den Ureinwohnern dieser Stadt, meiner finnischen Wahlheimat, teile ich die feste Überzeugung, dass Tampere die wahre Metropole des Landes ist. Na gut, Helsinki ist größer und zudem nicht nur Sitz von Parlament und Regierung, sondern auch der finnischen Börse und der meisten nationalen Fernsehsender. Aber abgesehen davon ist die Stadt ein Moloch voller hässlicher Wohnbunker, in dem man zwei, drei nette Straßenzüge findet, wenn man lange genug sucht. Die Winter in Helsinki sind schlabbrig, grau und verregnet. In den Zeitungen war neulich zu lesen, dass mittlerweile selbst die Krähen in Helsinki an Fettleibigkeit leiden, weil sie sich angewöhnt haben, Fritten aus dem Abfalleimer zu fressen. Den McKrähen, wie sie im Großstadt-Slang heißen, droht gar der Verlust ihrer Flugfähigkeit. Über Tamperes Seen kreisen dagegen schneeweiße und kerngesunde Möwen, denn hier ist die Welt noch in Ordnung.

Zugegebenermaßen verfügt Helsinki über ein paar gutausgestattete Museen, doch sind sie zumeist vollgestopft mit Gemälden, die Landschaften aus anderen Teilen des Landes zeigen. Und eine der größten Sehenswürdigkeiten der Stadt ist der Bahnhof. Wahrscheinlich weil man von dort ins Hinterland gelangt. Alles in allem lässt sich sagen: Das Beste an Helsinki ist sein Zoo.

Neben Helsinki hält sich noch Turku für die bedeutendste Stadt des Landes. Diese Hochnäsigkeit rührt daher, dass das kleine, unattraktive Städtchen vor mehr als zwei Jahrhunderten mal eine Rolle gespielt hat. In Turku stehen ein alter Dom und eine Burg vom Charme eines Schlachthofs – das war's! Nicht viel, womit man wuchern könnte. Abgesehen davon liegt auch Turku an der Küste, und die Winter sind wie in Helsinki: schlabbrig, grau und verregnet.

Die anderen erwähnenswerten Städte in Finnland – Oulu, Jyväskylä, Vaasa, Kuopio, Rovaniemi, Seinäjoki, Joensuu – taugen allesamt als Zungenbrecher für ausländische Touristen und als Orientierungspunkte auf der Landkarte. Tampere dagegen ist Finnlands Mittelpunkt, das wahre Zentrum, *Suomen keskipiste*. Die Stadt hat die erfolgreichsten Eishockeyklubs, die besten Theaterbühnen und die umtriebigste Rockszene. Außerdem hat Tampere eine kulinarische Spezialität zu bieten, deren Verzehr und Genuss die Finnen spaltet: Entweder man mag sie und ist Tamperaner, oder man mag sie nicht und muss sehen, wie man mit diesem Schicksal klarkommt: *mustamakkara*, Schwarzwurst. Gegessen wird diese Blutwurst mit Preiselbeeren. Sie sieht pervers aus, aber meine Kinder mögen sie! Kein Wunder, sie sind in Tampere zur Welt gekommen.

Auf unserem Weg zu Schule und Arbeit fahren wir zunächst durch ruhige Vorstadtstraßen mit netten Holzhäusern. Dann biegen wir ab auf die große Zufahrtsstraße Richtung Innenstadt. Im morgendlichen Berufsverkehr geht es teilweise nur mit Tempo vierzig voran. Die Finnen nennen das Stau. Für Deutsche ist das Normalverkehr.

Während Senja englische Vokabeln lernt und Benni vor seinem geistigen Auge Vampire pfählt, bin ich stolz auf die beiden. Sie sprechen zwei Sprachen, sie wechseln von Deutsch zu Finnisch und wieder zurück, so wie andere Leute durch die TV-Kanäle zappen.

»Vati«, fragt Benni und blickt von seinem Buch auf, »glaubst du an die Wiedergeburt?« Was für eine Frage von einem Jungen, der gerade mal elf Jahre alt ist! Noch bevor ich antworten kann, kommt die nächste Frage: »Möchtest du im nächsten Leben als Elch wiedergeboren werden?«

»Nein, im nächsten Leben möchte ich als Finne wiedergeboren werden«, antworte ich wie aus der Pistole geschossen.

Senja muss husten. Ich weiß nicht, ob das mit ihren Vokabeln oder mit meiner Antwort zu tun hat. Benni schaut nachdenklich zum Fenster hinaus.

Links liegt ein Gewerbegebiet mit Supermärkten und Möbelhäusern, rechts ein Landrücken mit Kiefernbestand und vor uns, in der aufgehenden Sonne, Tamperes Wahrzeichen, der Aussichtsturm Näsinneula. Er sieht aus wie ein Fernsehturm, beherbergt aber nur ein Restaurant, das sich in etwa hundertzwanzig Metern Höhe kaum merkbar im Kreis dreht. Die Portionen dort sind immer nett und übersichtlich auf dem Teller verteilt und die Preise ähnlich hoch wie der Turm. Aber die Aussicht ist das Geld wert.

Wir drei nähern uns allmählich dem Stadtzentrum. Zu unserer Rechten ist nun der winterliche Näsijärvi zu erkennen, jener See, der im Norden an Tampere grenzt.

»Ich möchte nicht«, meldet sich Benni von der Rückbank zu Wort, während sein Blick über die unendlichen Weiten des zugefrorenen Sees gleitet, »dass du als Finne wiedergeboren wirst. Ich finde, du solltest so bleiben, wie du bist!«

Ich muss schmunzeln. Schön, wenn es jemanden gibt, der einen genau so mag, wie man ist. Andererseits: Benni glaubt auch noch beharrlich an die Zahnfee, sein Urteil besitzt daher keinen Expertenstatus.

Dann verlassen wir die große Kraftfahrtsstraße, es geht hinein ins Herz der Stadt, vorbei an Wohnhäusern und Stadtparks. Auf dem Bürgersteig sieht man Schulkinder mit schwarzen Wollmützen, ein paar Frauen mit Kinderwagen und einige Hundehalter, die ihre Vierbeiner Gassi führen.

Ein Spitz erleichtert sich auf einem Grünstreifen an der Straße. Ich muss an Schwarzwurst denken. Vor einem Zebrastreifen halte ich an, um einen älteren Herrn herüberzulassen. Ungläubig starrt er mich an und winkt mir unwirsch, ich solle weiterfahren. Ich habe gegen ein ungeschriebenes Gebot der finnischen Verkehrsordnung verstoßen: In Finnland hält kein Schwein vor dem Zebrastreifen! Außerdem gehört es zum guten Ton, auch noch bei Dunkelgelb über die Ampel zu fahren. Ungeniert sprechen die meisten Autofahrer am Handy. Und Blinker benutzt man beim Abbiegen oder Spurwechsel nur in Ausnahmefällen. Den älteren Herrn habe ich durch mein Verhalten sichtlich beleidigt. Er schaut mich so vorwurfsvoll an, als würde ich ihn für hundertvier und körperbehindert halten. Niemand hält hier vor dem Zebrastreifen. Und die Fußgänger erwarten das auch nicht.

Senja und Benni besuchen im Stadtteil Tammela eine Schule mit deutschsprachigem Zug. Sie ist in einem ansehnlichen grundrenovierten Jugendstil-Bau untergebracht. Bevor die Kinder aussteigen, schärfe ich Benni noch einmal ein, dass er die Unterrichtsstunden nicht in phantastischen Parallelwelten verbringen soll.

Ich setze gerade den Blinker und will weiterfahren, da macht es platsch. Eine der kerngesunden Möwen der Stadt hat mir mitten auf die Windschutzscheibe geschissen. Das ist Tampere! Hier ist die Welt noch in Ordnung.

Wie finnisch bin ich?

Wenige Minuten später lenke ich Ronkoteus auf seinen angestammten Uni-Parkplatz. Meine Frau und ich haben die Angewohnheit, unseren Fahrzeugen Namen zu geben. Der Name Ronkoteus ist die direkte Entlehnung aus einem Roman von Arto Paasilinna, aus der verrückten Geschichte über einen Finnen der Bronzezeit, dem es gelingt, sich mit Hilfe von Adlern und einem selbstgezimmerten Fluggerät in die Lüfte zu schwingen. Unser Ronkoteus ist zwar kein Adler, sondern ein dunkelblauer Kompakt-Van, aber er beschwingt uns.

Ich steige aus und betrete ein modernes Gebäude aus Glas und Stahl – die geheiligten Hallen der Universität Tampere. Hier arbeite ich als Hochschullehrer in der Sektion Translationswissenschaft. Das Wort klingt imposant und erfüllt mich stets mit tiefer Andacht.

Meine Kollegen und ich bilden angehende Übersetzer und Dolmetscher aus. In meinem Falle solche, die sich mit Deutsch herumschlagen müssen. Der Job bietet viele Annehmlichkeiten. Eine davon ist, dass ich ständig von jungen Frauen umgeben bin. Denn die Sprach- und Translationswissenschaften sind auf eklatante Weise weiblich dominiert. Mindestens achtzig Prozent unserer Studienanfänger sind weiblich. Und die übrigen zwanzig Prozent – sprich: die Jungs – haben häufig einen weiblichen Touch oder sind als Ingenieur zu untalentiert. Verwunderlich ist nur, dass die Studentinnen mit jedem Jahrgang jünger werden. Mittlerweile könnten die jungen Küken meine Kinder sein. Die meisten von ihnen sind nett und machen brav ihre Hausaufgaben.

Ich bin immer wieder darüber erstaunt, wie viele talentierte Mädel dabei sind, die sich an der deutschen Sprache nicht die Zähne ausbeißen, nicht einmal an den Artikeln. Warum ist es *der* Becher, *die* Tasse und *das* Glas? Warum ist es *der* Eingang, *die* Tür und *das* Tor? Der Zugang zur deutschen Sprache könnte so viel einfacher sein, wenn man durch Eingang, Tür und Tor schlüpfen könnte, ohne sich Gedanken über Artikel machen zu müssen. Es ist ja noch einsehbar, dass Vater *der* und Mutter *die* ist. Aber warum ist es *die* Hose und *der* Rock? Meine Kollegen von der Philologie würden mir sprachhistorisch sicher alles erklären können, doch das tröstet weder mich noch meine Studentinnen. Das ist uns sozusagen Jacke wie Hose.

Einige meiner Kollegen sind Deutsche wie ich. Zum Beispiel Albert, ein grantiger Franke, der mit den Jahren immer griesgrämiger geworden ist und ständig über das Wetter mäkelt. Er hasst Schnee! Tragisch für ihn ist, dass er als Schnee-Hasser nicht schon vor Jahrzehnten erkannt hat, dass er im falschen Land heimisch geworden ist.

Dann gibt es da noch Lea. Sie ist etwa in meinem Alter und kommt aus dem Ruhrpott. Sie spricht schneller, als in allen Stahlschmieden von Thyssen und Krupp zu besten Zeiten gehämmert wurde, und lässt dabei so viel Dampf ab wie ein Braunkohlekraftwerk. Sie begrüßt mich eigentlich nie mit einem »Guten Morgen« oder »Hallo«, sondern das Erste, was man von ihr zu hören bekommt, ist ein »Hach, ich kann dir sagen ...«.

Zu meinen finnischen Kolleginnen gehört Tiina. Mit

Doppel-i, wie sich das im Finnischen gehört. Sie ist Vollblutakademikerin, graduiert, promoviert und habilitiert. Und dennoch schreckt sie nicht davor zurück, sich bunte Schleifchen in die Haare zu binden wie ein Vorschulmädchen.

Mein Büro ist ein kleines Arbeitszimmer mit Schreibtisch, Bürostuhl, Computer und Bücherregalen. Als Uni-Mensch ist man in Finnland quasi Staatsdiener und immerhin gut ausgestattet. Keine Dächer, durch die das Wasser tropft, keine Wände, von denen der Putz abblättert. Unser Gebäude ist top ausgestattet und gut in Schuss. Und wenn man einmal einen Hausmeister braucht, kommt auch jemand eilfertig herbei, bewaffnet mit Mobiltelefon, Generalschlüssel und einem Schraubenzieher mit Wechselköpfen. Hausmeister in Deutschland gebärden sich oft wie Großwesire, die über Audienzen beim Sultan entscheiden und Zugang zur Schatzkammer haben. Hausmeister in Finnland sind meistens freundlich. Mein Lieblingshausmeister heißt Jukka. Er ist klein, dick, immer lustig und winkt einem allzeit ein freundliches »Morjens« entgegen. Das ist Tamperer Dialekt und entspricht einem rheinischen »Tach, wie isset?!«.

Die Unis in Finnland haben selten etwas Altehrwürdiges, dafür atmen sie aber auch nicht den Mief uralter Zeiten. Mir bleibt wenig Zeit, um nach dem Einschalten des Computers gegen die tägliche Flut von Mails anzukämpfen, denn schon um halb neun habe ich einen Übersetzungskurs. Heute geht es um einen touristischen Text, der von Winterfreuden am Rodelhügel oder auf dem Eis berichtet. Im Finnischen kennt man einen Haufen Begriffe für Schlitten und Rutschunterlagen aller Art, so wie *kelkka, liukuri, ufo, rattikelkka, potkuri, reki, rengas, napakelkka* – abhängig davon, wie groß und aus welchem Material die Gefährte sind, ob man sie steuern kann und wie man sich fortbewegt. Mit anderen Worten: Es gibt übersetzerisch jede Menge Nüsse zu knacken.

Ich finde es immer noch amüsant, dass es in Finnland so viele sprechende Vornamen gibt. Ich dachte früher immer, so etwas gab es nur im Wilden Westen bei den Indianern, wo die Krieger Heulender Wolf oder Mutiger Bär hießen und die Squaws Dampfhammer-Zunge oder Schleife-im-Haar. In meinem nun beginnenden Kurs sitzen eine Kukka (Blume), eine Tuuli (Wind), eine Satu (Märchen), eine Suvi (Sommer) und sogar eine Minttu (Minze). Das ist reine Poesie.

»Du siehst bleich aus«, begrüßt mich Tuomas, ein Kollege von den Historikern, als wir uns zufällig in der Mensa treffen, wo ich mir nach zwei Stunden Übersetzungskurs eine Pause gönne. Tuomas setzt sich zu mir. Er nimmt einen großen Schluck aus seiner Kaffeetasse. Kaffee kippt man in Finnland literweise in sich hinein, in großen Henkelbechern und in noch größeren Mengen. Für Kaffeetässchen aus feinem Porzellan mit unnötigen Untertassen hat man hierzulande keinen Sinn. Tuomas hat in seinem Arbeitszimmer auch eine eigene Kaffeemaschine stehen, die ständig vor sich hin brodelt. Dort sitzt er, forscht und schreibt an seiner Doktorarbeit. Er schreibt und trinkt Kaffee, und wenn er mal eine Pause braucht, kommt er in die Mensa, um einen Kaffee zu trinken. Dann am liebsten in Gesellschaft.

Tuomas ist Doktorand und schreibt an einer Arbeit über den finnischen Bürgerkrieg. Auch die Finnen haben Traumata, die aufgearbeitet werden müssen. Tuomas hat jahrelang in Berlin gelebt und spricht ein hervorragendes Deutsch. Er ist der lebende Beweis dafür, dass es auch Finnen geben kann, die viel reden, schlagfertig sind und kein Blatt vor den Mund nehmen. Tuomas ist ein paar Jahre jünger als ich, Typus junger, hoffnungsvoller Nachwuchswissenschaftler.

»Geht's dir nicht gut oder hast du schlecht geschlafen?«, fragt er. Ich schlürfe vorsichtig von meinem Tee. Den trinke ich, weil mein Magen nur an begrenzte Mengen Kaffee gewöhnt ist. »Letzteres«, antworte ich und erzähle ihm von meinem eigenartigen Traum. Als er hört, dass ich letzte Nacht zum Elch geworden bin, muss er lachen. »Du hättest eigentlich ein Hirsch werden sollen, ein *saksanhirvi.*« Er ist sichtlich stolz auf sein Wortspiel: Auf Finnisch heißt »Hirsch« wörtlich »deutscher Elch«, *saksanhirvi.* Dann wird er ernst und überlegt. »Hermann«, sagt er und schaut mich über den Rand seiner Kaffeetasse an, »vielleicht hast du ein Problem.«

»Und das wäre?«

»Euer Benni hat es doch schon gesagt: Du bist ein Zwitterwesen. Du bist wahrscheinlich schon zu lange in Finnland.« Er schüttet den letzten Schluck Kaffee in sich hinein.

»Wo ist da das Problem?«, gebe ich zu bedenken, obwohl ich weiß, dass er recht hat. »Es gibt schließlich viele Menschen, die in Finnland leben, und das seit ewigen Zeiten.«

»Ja, schon, aber sie sind Finnen.«

Damit trifft er den Nagel auf den Kopf. Ich nicke kaum merklich und nippe von meinem Tee. Was würde mein Dilemma mehr verdeutlichen als mein Nachname: In meiner alten Heimat ist »Schmitz« so gewöhnlich wie Rantanen oder Virtanen in Finnland – ein Name, der im Telefonbuch mancher Städte oder Regionen viele Seiten füllt. Aber in Finnland ist »Schmitz« eine Zumutung, unaussprechlich und schwer zu schreiben. In diesem

Namen nehmen sechs Konsonanten ein lächerlich kleines und kurz gesprochenes »i« in die Zange und türmen sich zu unüberwindlichen Blockaden auf für jemanden, der daran gewöhnt ist, dass seine Muttersprache überreichlich Vokale ausstreut und verschwenderisch mit Y und Ä und Ö umgeht. Wie lange habe ich gebraucht, um mich an Worte wie *yöpöytä* zu gewöhnen? Wie kann ich da den Finnen ein »Schmitz« aufzwingen? Wahrscheinlich ist mein Nachname im Finnischen das, was ich selbst in Finnland bin: ein Fremdkörper! Und je länger man da ist, umso bewusster wird einem das Fremdsein!

»Was ist los? Hat es dir die Sprache verschlagen?«, fragt Tuomas.

Er grinst und sieht mich neugierig an. Tuomas hat in Berlin das Quatschen gelernt – und ich in Finnland das Schweigen. Ich möchte gerade zu einer Antwort ansetzen, als Tuomas auch schon wieder aufspringt und zu seiner Doktorarbeit zurückhastet. »Bis dann«, winkt er mir noch zu und verschwindet.

Es dauert keine halbe Stunde, da teilt mir mein Bürocomputer mit, dass Tuomas mir eine Mail geschickt hat. Ich habe nicht die geringsten Zweifel, dass er mir irgendwelche Albernheiten zu unserem Mensathema zukommen lässt, trotzdem klicke ich die Mail an und öffne sie. Ich liege richtig. Seine Nachricht ist überschrieben mit: Zehn Anzeichen, an denen man merkt, dass man schon zu lange in Finnland lebt.

Solche und ähnliche Scherztexte sind mir schon mehrfach begegnet. Sie wabern durchs Internet und kursieren zwischen Ausländern in Finnland und sonstigen Suomi-Freunden, meist auf Englisch. Ich schließe meine Bürotür, um ungestört lesen zu können:

Du lebst schon zu lange in Finnland …

1. wenn du donnerstags Appetit auf Erbsensuppe hast;
2. wenn du zehn Grad Außentemperatur für warm und sechzig Grad in der Sauna für sackkalt hältst;
3. wenn du jemanden, der dich freundlich anlächelt;
   a) für einen Ausländer hältst oder
   b) für einen Betrunkenen oder
   c) für einen betrunkenen Ausländer;
4. wenn du es normal findest, fünf Jahre lang verlobt zu sein, ohne ans Heiraten auch nur einen Gedanken zu verschwenden;
5. wenn es dich nicht mehr wundert, dass alle, die im Bus sprechen, mit jemandem telefonieren;
6. wenn du dir den ganzen Winter über nichts Schöneres vorstellen kannst, als den Sommer in einem primitiven Ferienhäuschen zu verbringen, um von Mücken zerstochen zu werden;
7. wenn du Schiffstouren nach Schweden oder Estland nett findest, obwohl alle immer nur schwanken: Das Schiff schwankt, die Betrunkenen schwanken, die Tangotänzer schwanken;
8. wenn du in einem deutschen Lexikon einen Begriff, der mit W anfängt, irgendwo unter V suchst;
9. wenn du im Sommer *Nordic Walking* betreibst, nur um die Zeit bis zur nächsten Skilanglauf-Saison zu überbrücken;
10. wenn du die ganze Woche über keinen Tropfen Alkohol anrührst, aber dir am Freitag restlos die Kante gibst.

Tuomas hat mich mit seiner Mail tatsächlich amüsiert, aber nicht nur das. Nach dem ersten Lesen beschließe ich, seine Liste noch einmal durchzugehen und meine persönliche Finnisierung zu überprüfen. Ich drucke die Mail aus, greife mir außerdem Stift und Notizblock und lege los.

Punkt 1: Erbsensuppe am Donnerstag. Wo die Tradition der alldonnerstäglichen Erbsensuppe im hohen Norden herrührt, wäre ein interessantes Thema für eine Doktorarbeit an der Schnittstelle zwischen Ernährungswissenschaft, Volkskunde, Soziologie und Esoterik. Es beginnt bereits im finnischen Ganztagskindergarten und zieht sich durch alle Schulküchen, Mensen und Werkskantinen: Donnerstag ist Erbsensuppentag! In finnischen Krankenhäusern und Altenheimen sieht es nicht anders aus. Dieser Gewohnheit verdankt wahrscheinlich eine ganze Erbsensuppen-Industrie ihre Existenz. Manch einer löffelt die grüne Pampe sogar mit Senf! Ich erkenne sofort: Meine Finnisierung ist auf diesem Gebiet noch nicht ausreichend fortgeschritten. Als Kind deutscher Prägung erwarte ich in der Erbsensuppe eine deftige Wursteinlage, und weil eine solche am finnischen Donnerstag fehlt, greife ich nur selten zu. Ich notiere mir auf meinen Zettel: »Donnerstags Erbsensuppe essen!«

Punkt 2: Wärmeempfinden. Befriedigt darf ich feststellen, dass ich in dieser Hinsicht so finnisch bin wie jeder Jussi oder Kalle vom Lande. Ich lebe schon so lange in diesen Breiten, dass ich im April oder Mai, nach langen Wintermonaten, zehn Grad Außentemperatur durchaus als warm empfinden kann. Und als Saunafreund sind für mich lächerliche sechzig Grad entschieden zu wenig, wenn ich gezielt schwitzen will.

Punkt 3: Freundliches Anlächeln, das nur von Ausländern oder Betrunkenen stammen kann. Hier bin ich unschlüssig. Denke ich wirklich schon so? Und stimmt es, dass Finnen einem weniger freundlich begegnen als

Polen oder Portugiesen, dass sie zurückhaltender sind als Iren oder Italiener und dass ihre Mimik für gewöhnlich einer Eisscholle ähnelt? Nun, da mag etwas Wahres dran sein, aber es gibt dennoch genügend Finnen, die freundlich lächeln und gesprächig sind. Punkt 3 auf meiner Liste bleibt unentschieden.

Punkt 4: Verlobtsein ohne Folgen. Junge finnische Paare, die sich verloben, um dann jahrelang dahinzuleben, ohne an diesem Schwebezustand etwas ändern zu wollen, gibt es wirklich zuhauf. Entsprechend können sie mich damit auch nicht mehr verwundern. Also bin ich auch hierhin schon vollstens enkulturiert. (Bei meiner Frau und mir ging alles ruck, zuck. Das muss damit zusammenhängen, dass sie aus Österbotten kommt. Angeblich leben dort Leute, die nicht lange fackeln und keine halben Sachen mögen.)

Punkt 5: Im Bus am Handy sprechen. Tatsächlich wird morgens im Bus wenig gesprochen, und wenn doch, dann am Mobiltelefon, vorzugsweise mit einem Nokia-Modell vom letzten Frühjahr. Eine Ausnahme bilden frisch eingeschulte Kinder. Die unterhalten sich über den Unterricht, die Lehrerin und die Hausaufgaben von gestern und kichern viel. In Deutschland würden sie von ihren Eltern kutschiert, statt mit dem Bus zu fahren. Aber spätestens ab dem dritten Schuljahr sitzen fast alle Kids mit dem typischen Schulbusgesicht aus Hochmut, Übermüdung, Langeweile und Verdrossenheit herum. Aber ich bin überzeugt, das ist kein finnisches Phänomen, sondern generationenspezifisch.

Das Vorurteil mit der mangelnden Gesprächigkeit im Bus war mir seit langem bekannt, und in den vergangenen Jahren habe ich bei Deutschland-Besuchen bewusst darauf geachtet. Das Resultat meiner Recherchen: In Sachsen, Schwaben oder Bremen wird in Bussen auch nicht mehr geredet als hier. Und die Schüler sehen genauso unmotiviert aus. Punkt 5 streiche ich durch.

Punkt 6: Der finnische Wintertraum vom Urlaub im Sommerhäuschen. Ohne Frage erfreuen sich Sommerhäuschen in Finnland einer großen Beliebtheit. Ein solches *mökki* muss an einem Seeufer liegen, fernab von allem und vor allem ohne Nachbarn in Seh- oder Hörweite. Mit Plumpsklo und ohne fließend Wasser. Mit einer holzbeheizten Strandsauna, von der aus man nackt ins kühle Nass springen kann. Böse gesagt: das *Neverland* aller finnischen Spinner. Dabei wohnen die meisten – vom mitteleuropäischen Blickwinkel aus betrachtet – ohnehin auf dem Land. Weshalb sie sich dann nach einem Urlaub sehnen, der noch »landiger« ist, bleibt mir unklar. Vielleicht bin ich aber auch nur falsch geprägt. Mein ehefräulicher finnischer Familienanschluss kommt ja aus Österbotten. Das sind Felder, Äcker und plattes Land, ab und zu ein paar Scheunen und im Hintergrund eine einsame Kirchturmspitze, die einem den Weg weist, wo der nächste Friedhof ist. Das hat nichts mit dem Bilderbuchfinnland von der Saimaa-Seenplatte oder dem Schärengebiet zu tun. Touristisch ist es dort so interessant wie in Niedersachsen Ende November. Im Besitz meiner Schwiegereltern oder der weiteren Verwandtschaft befindet sich jedenfalls kein Sommerhäuschen an irgendeinem lauschigen Plätzchen in Ufernähe, das wir über die Jahre eifrig hätten mitbenutzen und für das ich eine Begeisterung hätte entwickeln können. Nichts, woran ich mich mit der Zeit gewöhnt hätte oder was wir in den nächsten Jahrzehnten irgendwann erben würden. Ab und zu haben meine Frau und ich mit den Kindern so einen Hüttenurlaub gemacht. Dafür hatten wir irgendein Häuschen gemietet zu einem Preis, zu dem man nach Griechenland hätte fliegen können. Es war immer ganz nett, aber nach einer Woche war mir langweilig. Ein *mökki*-Typ bin ich jedenfalls nicht.

Andererseits, überlege ich weiter, sind das die meisten Finnen vielleicht auch nicht mehr. Das wirklich primitive Leben auf dem Lande im Einklang mit der Natur für die Dauer der gesamten langen Sommerferien ist wohl nur eine Verklärung von Freitzeitverhalten aus den sechziger Jahren des letzten Jahrhunderts. Man kannte nichts anderes, und Flugreisen waren zu teuer. Die meisten Finnen zieht es heute eher an die Costa Brava oder nach Thailand. Und wenn in finnischen Sommerhütten geurlaubt wird, dann gleichen die Behausungen Luxuswohnungen mit rustikalem Anstrich, die jeden Komfort bieten. Ohne Fernseher, Laptop und Internetanschluss traut sich sowieso keine Familie mit Kindern mehr aufs Land, die Waldeinsamkeit früherer Jahre ist eher betreutem Wohnen in gepflegten Feriendörfern gewichen. Der nächste Kiosk, wo man die Käseblättchen der Regenbogenpresse kaufen kann, ist nie weit entfernt, und die nächste Karaokekneipe auch nicht. Mein Fazit: Man muss kein *mökki*-Mensch sein, um als waschecht finnisch durchzugehen. Zufrieden wende ich mich dem nächsten Punkt zu.

Punkt 7: Schiffstouren nach Schweden oder Estland. Hier muss ich passen. Solchen Fahrten auf der Fähre zum Eindecken mit Billig-Alk und integriertem Kennenlernprogramm für einsame Herzen kann ich nichts abgewinnen. Sie rangieren in meiner persönlichen Werteskala noch weit unter Butterfahrten auf Mosel und Mittelrhein. Hier besteht also akuter Nachholbedarf. Um voll in Finnland aufzugehen, muss ich solche Touren gut finden. Oder es zumindest noch einmal versuchen. Ich notiere: Ostseefähre, einmal hin und zurück, ohne am Zielhafen überhaupt auszusteigen.

Punkt 8: Suchen in Nachschlagewerken. Finnische Lexika und Telefonbücher sind anders angeordnet als deutsche. Begriffe wie *ässävika* (Aussprachefehler beim »s«) oder *ötökkä* (lästiges Krabbeltier) findet man nicht etwa wie in deutschen Nachschlagewerken unter *A* oder *O*, denn für die Umlaute *Ä* und *Ö* gibt es mit vollem Recht eigene Stichwortregister. Weil man ein offiziell zweisprachiges Land ist, hat auch das schwedische *Å* seinen angestammten Platz. Das ist moderne Integrationspolitik, die im Wörterbuch beginnt. Im Übrigen habe ich es immer bewundert, dass man im Finnischen unnötige lateinische Buchstaben einfach außen vor gelassen hat: Wozu braucht man ein »x«, wenn man zum Beispiel auch »Meksiko« schreiben kann? Wozu ein W, wenn man es sowieso wie ein V ausspricht? (Eine Wase mit Vasser.) Wer als finnischer Bildungsbürger im Leksikon »Wagner« sucht, muss unter »V« nachschlagen.

Ich bin integriert – oder jedenfalls teilweise verfinnt, freue ich mich, denn ich bin beim Suchen im urdeutschen Duden oder beim Blättern im Brockhaus auch schon durcheinandergeraten. Es steht also gar nicht so schlecht um mich.

Punkt 9: *Nordic Walking* im Sommer. Was anfangs auch hier als Skilaufen für Demente verspottet wurde, ist längst zum Volkssport geworden. Und den treibe auch ich gerne, vor allem dann, wenn zu wenig Schnee liegt, um Skilanglauf zu machen. Also bin ich auch in diesem Punkt so finnisch wie der Durchschnitt.

Punkt 10: Abstinenz während der Woche, wildes Zechen am Freitagabend. Auch hier muss ich nicht lange überlegen. Wenn ich Finne werden will, habe ich auf diesem Gebiet noch einiges zu tun. Ich kritzel auf meinen Notizzettel: Nächsten Freitag Wodka kaufen!

Eine Weile starre ich auf meinen Zettel, als wäre er eine Agenda. Vielleicht könnte ich ja wirklich ein bisschen finnischer werden.

Futter für Fiona

Draußen herrschen arktische Temperaturen, gefühlte minus zwanzig Grad, absolut ungeeignet für Minigolf oder Federball. Ich ziehe die Kapuze meiner Winterjacke über den Kopf, empfinde aber die Kälte trotz allem als Grund zur Freude. Ein eisiger Winter ist mir lieber als graues Wischmopp-Wetter.

Als Kind habe ich mir immer solche Winter gewünscht, mit Eis und Schnee und Kaminfeuerromantik und am besten noch mit beklemmend gruseligen Wolfsspuren ums Haus, die neben der Kälte für zusätzliche Gänsehaut sorgen. Und natürlich mit reichlich Gelegenheit zum Wintersport. Als kleiner Junge in deutschen Landen wurde jede erbärmlich seltene Gelegenheit zum Schlittenfahren ausgenutzt, so lange, bis nach einem halben Tag schon wieder alles an weißer Pracht geschmolzen war und man mit seinen Schlittenkufen die Grasnarbe der Hänge zu Matsch fuhr. Was gibt es Schöneres als wahre Winter? Was ist herrlicher als weiße Weihnachten? (Seit mehreren Jahren verspüre ich eine gewisse Sehnsucht nach etwas ähnlich Schönem: grüne Ostern! Aber man kann im Leben ja nicht alles haben.)

Aber an Weihnachten will ich gar nicht denken. Das letzte Fest der Holdseligkeit liegt erst wenige Wochen hinter uns, es ist Mitte Januar und *sydäntalvi*. Da blickt man nach vorne! *Sydäntalvi* ist ein seltsames Wort, eines von vielen für die verschiedenen Phasen des Winters. Es ist die dunkelste und kälteste Zeit, in der sich auch im Süden Finnlands die Sonne nur für wenige Stunden pro Tag blicken lässt, sozusagen das Herzstück des Winters, denn *sydän* heißt *Herz*, und *talvi* ist der Winter. Daneben gibt es für die Finnen auch noch den *syystalvi,* wörtlich Herbstwinter. Damit gemeint ist der beginnende Winter mit Schneeregen und nächtlichem Frost, auch bekannt als die Zeit, in der die Apotheken ihre höchsten Umsätze mit Antidepressiva machen. Hoffnungsvoller ist da schon der *kevättalvi,* der Frühlingswinter. Solch pittoreske Wortbildungen bezeugen den Sinn der Finnen für Poesie. *Kevättalvi* ist die Zeit, in der die Tage wieder länger werden, die Sonne strahlt und die ersten Vögel zu zwitschern wagen, obwohl ihnen bestenfalls Eiszapfen zum Nestbau zur Verfügung stehen. Eine herrliche Zeit! Am schlimmsten aber ist der *takatalvi,* der Nachwinter. Ein dahingefluchtes *takatalvi* liegt den Finnen auf den Lippen, wenn fast alles schon getaut war, die ersten Blümchen sich todesmutig der Sonne entgegenrecken und dann plötzlich arktischer Frost und heftige Schneefälle zurückkehren. Die Rheinländer brauchen sich also gar nichts auf ihren Karneval einzubilden, den sie vollmundig fünfte Jahreszeit nennen. Die Finnen kennen mindestens acht Jahreszeiten, davon vier bis fünf winterliche.

Am Ende meines Arbeitstages marschiere ich auf den Uni-Parkplatz zu unserem Auto, bürste frischen Schnee von der Windschutzscheibe und freue mich, dass Ronkoteus mich nicht im Stich lässt. Ich will gerade den Rückwärtsgang einlegen und aus meiner Parkbucht fahren, da vernehme ich ein leises klägliches Miauen. Meine Tochter hat das Miauen unserer Katze für mich aufgenommen und auf meinem Mobiltelefon als Signalton für eintreffende Textnachrichten installiert. Jedes Mal wenn ich diesen Ton höre, verspüre ich einen leichten Schmerz in meiner Wade. (Das ist die Stelle, in die mich unsere Mieze immer beißt, wenn sie Hunger hat.) Ich krame also mein Handy aus der Innentasche und lese die Kurzmitteilung von meiner Frau: Wann ich denn komme und ob ich noch einkaufen gehen könne. Das sind zwei Fragen in einem Satz, auch wenn die zweite nur so tut, als wäre sie eine, denn es folgt im Anschluss eine längere Einkaufsliste: Milch, Brot, Bananen, Margarine ...

Leider bin ich für Haushaltseinkäufe völlig ungeeignet. Zumindest ist es mir in mehr als einem Dutzend Ehejahren noch kein einziges Mal gelungen, alles genau so einzukaufen, wie meine Frau Eila es haben möchte. Sie ist sehr ernährungsbewusst. Der Quark muss von einer bestimmten Molkerei sein und die richtige Fettgehaltsstufe haben, Gemüse darf auf keinen Fall aus Holland kommen, weil sie glaubt, dass dort alles mit Pestiziden verpestet ist, der Geflügelaufschnitt darf auf keinen Fall künstliche Aromen enthalten, und so weiter. Erschwerend kommt hinzu, dass meine Sehkraft im Supermarkt um zirka fünfzig Prozent geschwächt ist. Verzweifelt suche ich bestimmte Artikel und laufe drei- bis viermal an ihnen vorbei, bevor ich sie wahrnehme. Wenn ich dann endlich das Richtige gefunden habe, ist es doch das Falsche.

Ein weiterer, nicht unwesentlicher Grund für meine Supermarkts-Kopflosigkeit ist allerdings das finnische Warenangebot und dessen Anordnung. Diesbezüglich bin ich immer noch zu deutsch gepolt. Vielleicht sollte ich diesen Punkt auch noch in meine Agenda aufnehmen. Wenn ich zum Beispiel nach Honig suche, erwarte ich, dass selbiger irgendwo bei der Marmelade steht, weil es sich bei beiden in meinem Begriffssystem um Brotaufstrich handelt. Honig steht in Finnland aber bei den Backzutaten. Als Finne würde man sich niemals Honig aufs Frühstücksbrötchen kleistern. Oder wenn ich nach Mayonnaise Ausschau halte, vermute ich diesen neben anderen würzigen Zutaten wie Senf und Ketchup. In finnischen Supermärkten findet sich die Mayo jedoch bei Butter und Margarine.

Ein Paradebeispiel für das verwirrende finnische Warenangebot ist die Milch. Obwohl ein Großteil der Bevölkerung an Laktose-Intoleranz leidet, wird Milch in Finnland mehr getrunken als Kaffee oder Wodka – und zwar als Erfrischungsgetränk für Erwachsene. Dementsprechend ist die Auswahl: Es gibt eine vierstufige Skala von Fettwerten, angefangen bei der Vollmilch und endend bei der völlig fettfreien Milch, die beinah durchsichtig ist. Die genannte Palette an Fettstufen ist aber nicht nur als Frischmilch zu haben, sondern auch in der ultrahocherhitzten H-Milch-Variante. Daneben steht noch sogenannte HYLA-Milch bereit, die speziell für all die Ärmsten im Lande herbeibehandelt wurde, denen Milchzucker Magendrücken verursacht. Damit nicht genug: Außer der Milch von Kühen, die rechtschaffen für ihr Futter muhen und wiederkäuen, gibt es Biomilch, die von Kühen stammt, die acht Monate im Jahr Urlaub haben. Sie ist teurer, schmeckt genauso, verhilft jedoch Kühen zu einem menschenwürdigeren Dasein. Wem auch das noch nicht genügt, der kann auf Sojamilchgetränke zurückgreifen. Und im hohen Norden werden überdies allerlei Dick- und Sauermilchgetränke konsumiert. All diese Produkte gibt es in den unterschiedlichsten Verpackungsgrößen und von mehreren Meiereien.

Kaum habe ich mich mit Milch für die ganze Familie

eingedeckt, als es erneut aus meiner Winterjacke miaut. Diesmal erhalte ich eine Nachricht von meiner Tochter: Ich solle bitte auch noch Katzenfutter mitbringen. Wohlan, denke ich, ich will es wagen! Denn auch der Futterkauf ist keine leichte Aufgabe. Das liegt vor allem daran, dass unsere Katze, gelinde gesagt, ein verwöhntes Biest ist. Sie ist auf den ersten Blick ein possierliches, feingliedriges Tier mit einem dreifarbigen Fell aus schwarzen, weißen und fuchsig-rötlichen Tupfern, aber ich habe es noch nicht geschafft, mich restlos mit ihr anzufreunden. Für den Aufbau eines echten Vertrauensverhältnisses ist es nicht besonders förderlich, anderen in die Waden zu beißen. Selbst dann nicht, wenn man Hunger hat.

Laut tierärztlichem Impfpass hört unsere Katze auf den Namen Fiona. Da sie aber ein halbes Dutzend Spitz- und Kosenamen hat, wird sie selten so gerufen. Von mir wurde sie lange Zeit »Schmitz' Katz'« geschimpft, während die Kinder sie anfangs nur »Mieze« nannten. Als Kompromiss entstand daraus das Mischwort »Schmieze«. Dieser Name passt zu ihr, denn das klingt nach dem, was sie ist: geSCHMeidig, nIEdlich und ein bisschen zzzickig. Obwohl unsere Schmieze auf das Futter einer bestimmten deutschen Marke fixiert ist, ist der Futterkauf eine kaum zu bewältigende Herausforderung. Man könnte sagen, die Milchauswahl für Finnen steht in einem analogen Verhältnis zur Futterauswahl für Katzen. Für unsere Schmieze darf es nur Lachs in Gelee für Weibchen nach der Menopause sein, am liebsten im Portionstütchen, nicht in der klobigen Konservendose. Und wehe, ich bringe die falsche Sorte mit, dann grollen mir Tochter und Mieze gleichermaßen.

Wie sich später herausstellt, hatte mein Einkauf eine Erfolgsrate von rund neunzig Prozent. Nur zwei Kiwis, die ich aus Eigeninitiative gekauft habe, sind zu weich, und ein Joghurt enthält zu viel Zucker. Die Kiwis müsse *ich* essen, erklärt Eila, der süße Joghurt könne mit anderem verdünnt werden. Ich freue mich, dass sie so lieb zu mir ist.

Die Nacht der Entscheidung

Am Abend kann ich nicht einschlafen, weil ich an meinen Elchtraum von letzter Nacht denke und an das, was Tuomas dazu gesagt hat. Es war zwar scherzhaft gemeint, aber alle guten Scherze haben einen wahren Kern. Bin ich ein Zwitterwesen, halb Mensch, halb Elch? Teils Deutscher, teils Finne? Bin ich auf ewig dazu verurteilt, hilflos durch finnische Supermärkte zu irren? Zumindest die letzte Frage kann ich nach kurzem Grübeln verneinen. Meine Einkaufsleistung lag heute über dem Durchschnitt, ich habe mich sogar recht ordentlich geschlagen. Aber die Identitätsfrage ist damit noch nicht beantwortet, die Frage, ob ich ein unheilvolles Mischwesen bin, das nirgends zu Hause ist.

Von einem bevölkerungspolitischen Standpunkt aus betrachtet, bin ich für Finnland ein Glücksfall. Finnland mit seiner kleinen Bevölkerung braucht fremdes Erbgut zur Gesunderhaltung. Das ist fortpflanzungshygienisch erwiesen. Anders ausgedrückt: Ohne Zuwanderer würde dieses Land wegen Inzucht irgendwann nur noch aus geistig Minderbemittelten bestehen. Ohne Schweden, Russen, Balten und Germanen, die in den letzten Jahrhunderten eingewandert sind, würde es in Finnland – so sagen böse Zungen – vielleicht nur krummbeinige Lappen mit asiatischen Zügen geben. So kann man sich als Kontinentaleuropäer seine eigene biologische Existenz im Land der tausend Seen schönreden.

Mein Blick wandert hinaus zum Fenster. Wie in den meisten finnischen Häusern haben wir keine Rolläden oder schweren Vorhänge, sondern nur leichte Jalousien vor unseren kälteresistenten, dreifachverglasten Fenstern. Ich sehe den Mond am Himmel stehen, einen vollen strahlenden Vollmond. Einen eisigen Mond, der den Schnee auf unserem Hof silbern glitzern lässt. Jetzt wäre es schön, irgendwo in der Ferne Wölfe heulen zu hören. Stattdessen knattert auf einer entfernten Straße nur ein Moped durch die Nacht. Was mag einen vernünftigen Menschen dazu treiben, in einer solchen Winternacht mit einem motorisierten Zweirad durch die Gegend zu fahren? Weil ich auch nach einer weiteren halben Stunde noch nicht eingeschlafen bin, stehe ich auf. Ich mache Licht in der Küche, nehme mir einen Imbiss und ein Glas Wasser und vertreibe die Schmieze, die um meine Beine schwänzelt. Weil ich nichts Besseres zu tun habe, greife ich mir die *Aamulehti*.

Die führende Tageszeitung im Land ist die *Helsingin Sanomat*. Aber in Tampere und Umgebung liest man *Aamulehti*. Das heißt übersetzt so viel wie Morgenblatt, aber familienintern nenne ich die Zeitung gern »Aamuleck-mich«, *weil* fast jeden zweiten Tag etwas in diesem Blatt steht, das mich ärgert. Andererseits muss ich bei der *Aamulehti* lobend anerkennen, dass sie den Stolz hat, ihre Titelseite nicht für Werbezwecke zu verkaufen. Der Konkurrent aus Helsinki kennt da keine Skrupel, die erste Seite der *Helsingin Sanomat* besteht nur aus Werbeanzeigen. Das macht sie in der Auslage am Kiosk so attraktiv wie eine kostenlose Postwurfsendung von Bauhaus.

Im Wirtschaftsteil stoße ich auf mehrere Überschriften, die ich nicht auf Anhieb verstehe. Ich empfinde es als Schande, dass ich nach so vielen Jahren gelegentlich immer noch meine lieben Sorgen mit der finnischen Sprache habe. Ein älterer Kollege, ebenfalls Deutscher, meinte einmal vor Jahren zu mir, dass man Finnisch nicht lernen, sondern sich nur daran gewöhnen könne. Auch das ist leider ein billiger Trost. Meine Kinder haben die Sprache schließlich auch gelernt, obwohl sie statt der finnischen Kinderstunde immer »Bibi Blocksberg« gesehen haben. Außerdem leben genügend Einwanderer in diesen Breiten, die die Sprache nach wenigen Jahren völlig verinnerlicht haben. Ich könnte als Entschuldigung anführen, dass ich meiner sprachbegabten Familienmitglieder und meines Berufs wegen in einer Art deutscher Exklave lebe. Außerdem bin ich froh, dass ich keine Anfängerfehler mehr mache. Ich verwechsle nicht mehr *vaimo* (Ehefrau) mit *voima* (Kraft) oder *apina* (Affe) mit *anoppi* (Schwiegermutter). Ich höre mittlerweile auch die Ausspracheunterschiede zwischen *Vesa* (männlicher Vorname) und *vessa* (Klo). Oder zwischen *Kustaa* (noch ein Name) und *kusta* (pissen). Es gibt sicher ein halbes Dutzend finnischer Vornamen, die sich nur minimal von irgendwelchen Ausdrücken aus dem Fäkalwortschatz unterscheiden. Als Finnisch-Anfänger kann man dabei von einem Fettnäpfchen ins andere treten.

Auch bin ich mit den meisten Spitzfindigkeiten der finnischen Grammatik vertraut und weiß, dass kleinste Unterschiede bei der Flektion der Verben über Leben und Tod entscheiden können: *minä tapaan* heißt »ich treffe«, *minä tapan* dagegen »ich töte«. Diese Verwechslung passiert mir kaum noch.

Bei den Auslandsnachrichten lese ich, dass in China ein neuer Staudamm gebaut wird. Rund fünf Millionen

Chinesen müssen zwangsumgesiedelt werden. In China entspricht das einwohnermäßig einem Vorort von Shanghai, in Finnland wird bei der Zahl fünf Millionen eine empfindliche Schmerzgrenze überschritten. Jeden finnischen Leser beschleicht bei solchen Nachrichten ein mulmiges Gefühl. Fünf Millionen umgesiedelt, einfach so! Euro-Skeptiker befürchten, dass ähnliche Verordnungen demnächst auch aus Brüssel kommen könnten. Horrornachrichten wie die folgende sind nach Ansicht der strammen Partei *Perussuomalaiset* jederzeit denkbar: »Fünf Millionen Finnen werden nach Brandenburg umgesiedelt, um ostdeutsche Wanderungsverluste auszugleichen. Finnland wird EU-Naturreservat.«

Auf der nächsten Seite finde ich einen Bericht übe. rdas schwedische Königshaus. Für gewöhnlich bringen vor allem die Frauenmagazine und Klatschblättchen jede Menge Berichterstattung von den gekrönten Häuptern der westlichen Nachbarn. Deren Beliebtheit in Finnland muss dem Wunsche entspringen, auch ein Königshaus zu haben, dem man zujubeln kann. Die Briten haben rothaarige Prinzen mit Henkelohren, aber die Schweden haben hübsche Prinzessinnen, die die Finnen auch gerne hätten.

Zum guten Schluss bin ich beim Sportteil angelangt. Sport ist in Finnland von allergrößter Wichtigkeit. Ganz oben in der Beliebtheit stehen Eishockey, *Pesäpallo* (die finnische Variante von Baseball) und Rallyefahren. Bei internationalen Turnieren geht es darum, besser zu sein als die Schweden. Alles andre ist zweitrangig. Wenn Finnland in der nordischen Kombination einmal Vorletzter werden sollte, ist das halb so tragisch, solange Schweden Letzter wird. Das ist irgendwie verständlich. Wenn man schon keine schönen Prinzessinnen hat, will man wenigstens im Sport besser sein.

Der Sportteil ist *der* Teil der Zeitung, der mich bei der *Aamulehti* am häufigsten ärgert, allen voran die Berichterstattung über Formel 1. Wann immer ein finnischer Fahrer in einen Reifenwall rast, hat die Bremse versagt oder die Stallregie nicht gestimmt. Bleibt der Wagen eines deutschen Fahrers mit Motorschaden liegen, wird der entsprechende Pilot als Amateur verhöhnt, der nicht mit seinem Fahrzeug umgehen kann. Tatsächlich halten sich die Finnen für das »schnellste Volk der Welt«, das die besten Renn- und Rallyefahrer hervorgebracht hat, ganze Kerle eben, die keine Angst vor holprigen Wegen, scharfen Kurven, vereisten Fahrbahnen oder mörderischen Geschwindigkeiten haben; echte Männer, die zum Beispiel auch im Winter Moped fahren.

Auch ich drücke finnischen Fahrern immer die Daumen und freue mich, wenn sie auf dem Siegertreppchen stehen und sich mit Sekt bespritzen. Ehrlich! Aber noch mehr gönne ich den Sieg einem deutschen Fahrer. Genau hier liegt mein Problem. Ich habe zwei Daumen und drücke sie für Fahrer verschiedener Länder, den einen Daumen nur ein bisschen stärker als den anderen. Ist das schizophren? Äußert sich so innere Zerrissenheit? Bin ich eine gespaltene Persönlichkeit?

Ich halte inne, blicke von meiner Zeitungslektüre auf und sehe erneut nach draußen. Ich zucke zurück, fast erschrecke ich, denn im Fenster sehe ich ein verzerrtes Gesicht. Es ist mein eigenes, gespiegelt in unserer Dreifachverglasung. Ich versuche, genauer hinzusehen, aber es bleibt unscharf und gebrochen. Wenn man sich nicht erkennen kann, sollte man in einen Spiegel sehen. Also stehe ich auf und gehe ins Badezimmer. Ich bin auf alles gefasst!

Es ist 1.15 Uhr mitten in der Nacht, und ich stehe im Badezimmer vor dem Spiegel. So etwas sollte man ab einem gewissen Alter eigentlich vermeiden, aber ich will wissen, mit wem ich es zu tun habe. Ich muss blinzeln, als wäre ich eben erst aufgewacht, denn das Badezimmerlicht über dem Spiegel ist viel greller als das weiche Licht in der Küche. Meine Augen sind blau. Das ist doch immerhin ein guter Anfang. Blau ist die Farbe des Himmels. Der blaue der fünf olympischen Ringe steht für Europa. Ringe habe ich auch, wie ich feststellen muss: unter den Augen. Sie sehen allerdings nicht sehr olympisch aus. Ich entschuldige die Ringe damit, dass ich übermüdet bin.

Wenigstens habe ich noch genügend Haare auf dem Kopf. Ich habe Studenten, die zwanzig Jahre jünger sind und spärlicher bedeckt dastehen. Finnen leiden im Durchschnitt eher unter Haarausfall. Ich bin sicher, dass eine Statistik von Eurostat das belegen könnte.

Meine Haut ist ziemlich blass. Das lässt sich nicht darauf schieben, dass gerade Winter ist und ich mitten in der Nacht grell angeleuchtet werde. Ich bin von meiner Veranlagung her eher ein heller nordischer Typ, trotz meiner dunklen Haare. Ich gehöre zu den Leuten, die drei Monate in Südfrankreich urlauben können und trotzdem nie tiefbraun werden. Weiße Haut und blaue Augen. Weiß-blau wie die finnische Fahne …

An dieser Stelle höre ich im Hintergrund plötzlich himmlische Heerscharen jubilieren. Es ist eine göttliche Musik, in hohen Tönen, begleitet von Harfen und Posaunen. Sie ist zuerst kaum merklich und steigert sich dann zu schmetternden Fanfaren. Meine blauen Augen erglühen verzückt. Es ist, als würde mich urplötzlich eine Lichtaura umkränzen. Das ist die Lösung! Meine Erleuchtung! Sie erfasst mich mit sanfter Gewalt, wie eine warme Welle, die über mir zusammenschlägt. Eine Eingebung ergreift Besitz von mir, und der Entschluss steht mir ins Gesicht geschrieben:

Ich will vollenden, was bislang nur halb wahr geworden ist. Ich werde zu Ende führen, was begann, aber nie zur Erfüllung gelangte. Ich muss es tun, um zu innerer Ruhe und zu meinem Seelenfrieden zurückzufinden. Keine Macht der Erde soll mich davon abhalten, meine Entscheidung steht so fest wie ein urzeitlicher felsiger Findling aus der letzten Eiszeit. Ich will Finne werden. Nicht nur ein bisschen finnischer, sondern ganz und gar Finne!

Die Umfrage

Der größte Unterschied zwischen deutschen und finnischen Ehefrauen ist leicht beschrieben: Deutsche Ehefrauen fordern ihre Männer dazu auf, den Müll vor die Tür zu bringen; finnischen Ehefrauen fällt gar nicht auf, dass der Mülleimer voll ist. Ich weiß das nicht nur aus eigener Erfahrung, sondern von vielen deutsch-finnischen Paaren der Kombination deutsch-männlich vs. finnisch-weiblich. Allerorten sind es die deutschen Männer, die sich notgedrungen in der Meister-Proper-Rolle wiederfinden. Tatsächlich ist der Ordnungssinn meiner Frau nicht halb so ausgeprägt wie ihr Ernährungsbewusstsein. In unserem Haushalt bin daher ich es, der die Schuhe ordentlich hinstellt, staubsaugt und nach dem Essen die Krümel vom Tisch wischt. Ich führe einen Plan, welches Kind wann mit dem Säubern des Katzenklos an der Reihe ist. Ich hänge die Jacken auf die Kleiderbügel, die alle anderen beim Reinkommen auf das nächste Sofa werfen. Ich bin der Einzige, der die Zahnpastatuben bis zum bitteren Ende ausdrückt.

Dass finnische Frauen weniger schrubben, putzen und aufräumen, hängt sicher damit zusammen, dass die Verstädterung im Land der tausend Tümpel erst vor einigen Generationen begonnen hat. Noch vor weniger als einem Jahrhundert bestand die Bevölkerung zum Großteil aus Bauern, Holzfällern, Pelzjägern oder illegalen

Schnapsbrennern. Da störte man sich nicht an Krümeln auf dem Tisch. (Ich gebe zu, ich hasse Krümel. Nach jeder Mahlzeit rücke ich ihnen zu Leibe und schleudere sie gnadenlos in den Biomüll. Ich habe Verständnis dafür, wenn jemand unrasiert herumläuft oder im Kreise der Familie nach dem Frühstück einen fahren lässt. Aber ich hasse Krümel!) In den finnischen Holzhäuschen und Blockhütten früherer Zeiten konnte man auch keinen Sinn dafür entwickeln, Belege von Zahlungen mit Kreditkarte aufzubewahren oder gar ordentlich abzuheften. Hier fehlen mehrere Jahrhunderte städtisch-bürgerlicher Kulturprägung. Wieso sollte ich ein solches Verhalten also bei meiner Frau erwarten?

Aber seit meiner Nacht der Erleuchtung – sie liegt nun mehr als achtundvierzig Stunden zurück – haben sich die Dinge geändert. Mein Entschluss, Finne zu werden, steht nach wie vor fest! Die Frage ist nur, wie ich diesen Entschluss umsetze, und das Grübeln darüber lenkt mich so sehr von den Pflichten des Alltags ab, dass ich die Krümel auf dem Tisch übersehe und vergesse, den Müll rauszubringen. Das fällt irgendwann selbst meiner Familie auf.

»Danke«, sagt Benni.

»Wofür?«, frage ich.

»Für die Krümel.«

»Für die Krümel? Was meinst du?«

»Dass du die nicht wegwischst.«

Benni spielt finnischer Hauswichtel. Seine Versorgung ist gesichert.

»Ich bin dran mit Katzenklo«, sagt Senja.

»Oh wie schön, dass du selbst daran denkst«, entgegne ich.

»Ja. Es stinkt!«

Das war mir noch gar nicht aufgefallen.

»Der Mülleimer ist voll«, sagt meine Frau.

Ich strahle vor Glück. Das war das erste Mal seit unserem Zusammenleben. Den Mülleimer lasse ich aber weiter überquellen. Mir geht Wichtigeres durchs Hirn. Allmählich nimmt in meinen Gedanken ein Plan Gestalt an. Vor Ablauf des Kalenderjahres möchte ich Finne geworden sein. Koste es, was es wolle. Mir bleiben also knapp zwölf Monate. Über mein Vorgehen bin ich mir mittlerweile halbwegs im Klaren. Ich möchte zweigleisig fahren, das heißt, ich will einen offiziellen und einen eher unkonventionellen Weg einschlagen: Zum einen werde ich die finnische Staatsangehörigkeit beantragen, um mit Brief und Siegel zu einem Bürger dieses Landes zu werden. Zum anderen will ich tun, was man als ordentlicher Finne tun – oder mindestens ein Mal im Leben getan haben – sollte, sofern das in meinem fortgeschrittenen Alter noch zu bewerkstelligen ist. Natürlich kann ich nicht mehr in einen finnischen Kindergarten gehen. Ich kann auch kein Jugendlager für den Konfirmationsunterricht mehr besuchen, und ich darf mir auch kein weißes Pennälerkäppi aufsetzen, weil ich mein Abitur nicht an einer finnischen Schule gemacht habe. Ich werde nicht mehr wie die finnischen Siebzehnjährigen vom Lande mit Vaters Traktor am Freitagabend zwischen Dorfkirche, Frittenbude und Bahnhofskiosk patrouillieren können, um den Dorfschönheiten zu imponieren. Ich bin wahrscheinlich auch schon zu alt, um im Sommer von einem Rockfestival zum nächsten zu pilgern, in feuchten Zelten zu übernachten und mich wochenlang von Schnaps und Snacks zu ernähren. Alles hat seine Grenzen, zudem kann ich die Räder der Zeit nicht zurückdrehen. Sonst würde ich noch einmal fünf Jahre alt sein und an den Weihnachtsmann glauben, und zwar an den einzig wahren und wirklich echten Weihnachtsmann, der in Finnisch-Lappland lebt. (Das wäre eine ziemlich drastische Abkehr vom Gewohnten, denn als katholischer Rheinländer bin ich mit Nikolaus und Christkind groß geworden. In meinem Weltbild hatten auch der Osterhase, ein Haufen Heiliger und der Papst ihren festen Platz, also lauter Wesen, die es gar nicht gibt, die man in Finnland nicht kennt oder die vom Aussterben bedroht sind.)

Ich brauche auch nicht mehr zur finnischen Armee, ich war schon bei der Bundeswehr. Aber ich bin sicher, vieles lässt sich noch nachholen. Es gibt Dinge, für die es nie zu spät ist!

Zum wiederholten Male krame ich die Notizen hervor, die ich mir nach Tuomas' Finnen-Liste gemacht habe. Dort stehen drei Punkte: Erbsensuppe essen, eine Tour mit der Fähre unternehmen, am Freitag Wodka kaufen. (Das »k« im letzten Wort ersetze ich durch ein »s«.) Das sind drei leichte Übungen, die sich ohne großen Aufwand erledigen lassen. Aber es gehört mehr dazu, Finne zu werden. Selbst wenn es sich um einen nachträglichen Wahl-Finnen handelt, der sein Finnentum nicht dem Zufall von Geburt und Abstammung verdankt. Ich weiß auch schon, wen ich befragen werde, um eine möglichst vollständige Liste an Aufgaben und Maßnahmen für meine Verfinnung aufzustellen: all die vielen Bekannten, Kollegen und Freunde aus dem neuen Buch der Bücher – Facebook!

Man mag Facebook für eine Online-Plattform der Nichtigkeiten und Banalitäten halten, für einen Tummelplatz der Plattheiten und der enthemmten Selbstdarstellung. In Facebook darf jeder mitteilen, ob er sich gerade ein Schnitzel brät, Seelenkummer hat oder ein halbes Stündchen spazieren war. Man darf Auskunft geben über den Beziehungsstatus, die religiöse Einstellung und seine Lieblingslektüre. Oder man kann allerlei Psychotests durchführen. (Ich habe einmal den Test gemacht »Welches afrikanische Tier passt zu dir?«. Das Ergebnis war ein Gnu.) Es gibt Leute, die Facebook ablehnen, und solche, die ihm verfallen sind. Ich persönlich finde Facebook ganz spaßig, harmlos und manchmal hilfreich. Mit Hilfe dieses Gemeinschaftsportals habe ich immerhin ein paar Bekannte in Deutschland wiedergefunden, die ich vor Jahren aus den Augen verloren hatte. Ich kann meiner Cousine aus England ein virtuelles Fotoalbum der Kinder zeigen und gleichzeitig mit Kumpels aus der rheinischen Provinz chatten.

Jetzt, an diesem Abend im dunklen Januar, setze ich mich vor den Computer, logge mich bei Facebook ein und poste an alle, die ich kenne, meinen Hilferuf:

HERMANN will endlich ein Finne werden. Was müsste ich tun? Am Unabhängigkeitstag mit stolzgeschwellter Brust herumlaufen? Mein Finnisch merklich verbessern? Mich alljährlich zu Mittsommer betrinken? Das Nationalepos Kalevala in- und auswendig kennen? Die Schweden beneiden und die Russen nicht mögen? Muss ich jeden Donnerstag Appetit auf Erbsensuppe haben? Was ratet ihr mir?

Um sicherzugehen, dass mich alle verstehen, schreibe ich auf Deutsch, Finnisch und Englisch. Den englischen Text hätte ich mir allerdings sparen können: Von meinen wenigen Facebook-Freunden, die weder Deutsch noch Finnisch können, meldet sich niemand zurück, außer einem Bekannten aus Kalifornien, der sich wundert, warum ich mir den Kopf zerbreche. Er stamme schließlich auch aus Boston und fühle sich in L. A. pudelwohl. Er beendet seinen Kommentar mit der Anmerkung: »My grandma was Finnish, she came from Uppsala.«

Es dauert nicht lange, da landen die ersten Antworten bei mir. Eine liebe Kollegin aus Ostfinnland mit Namen Helena, die ich ab und zu auf Seminaren treffe, schreibt (auf Finnisch): »Ich habe den Eindruck, du bist bereits finnisch genug. Schau dir doch nur deine lange Liste mit Fragen an! Ist es nicht typisch finnisch, dauernd zu überlegen, was die anderen von einem denken? Dieses Niveau hast du bereits voll erreicht.«

Das ist nett gemeint, hilft mir aber nicht weiter.

Eine andere Kollegin, die Helmi-Mari heißt und auf der Arbeit im Stockwerk über mir sitzt, kommentiert: »Nein, nein, nein! Du musst so bleiben, wie du bist. Du bist unser Quoten-Deutscher. Noch finnischer darfst du auf keinen Fall werden.« (Ich glaube, Helmi-Mari mag mich ein bisschen.)

Ein Bekannter namens Jorma, der sein hartes Roggenbrot als Übersetzer verdient, antwortet mir: »Was ich von dir lese, lässt mich an meinem eigenen Finnischsein zweifeln. Ich mag weder Erbsensuppe, noch habe ich etwas gegen Russen. Außerdem bin ich Antialkoholiker.« Jorma übersetzt meistens Bedienungsanleitungen und technische Handbücher. Gerade von ihm habe ich mir konkrete Anweisungen erhofft! (Dass Jorma auch eine poetische Ader hat, weiß ich allerdings. In seinen Mußestunden übersetzt er deutsche Gedichte ins Finnische. Leider kann man von Lyrik nicht leben.)

Ich merke bald, dass ich eine ziemliche Diskussion losgetreten habe. Genau das hatte ich beabsichtigt. Eine weitere Bekannte schreibt: »Wenn das Lesen des Kalevala zu den Bedingungen gehören würde, müssten viele Finnen ihren Pass abgeben.«

Dabei gehört das Kalevala in Finnland dazu wie der

Senf zur Grillwurst. Auf das Kalevala ist man stolz, und wer als Künstler etwas auf sich hält, lässt sich davon inspirieren. In den finnischen Schulen muss man ein paar Verse des Epos gelesen haben. Hochmotivierte Finnischlehrer bringen ihre Schülerlein dazu, zum Frühlingsfest am Ende des Schuljahres eine dramatisierte Fassung aufzuführen, bevorzugt als viertelstündige Ruck-zuck-Version mit Gag-Einlagen. Eine Exstudentin meldet sich zum selben Thema und meint mit Nachdruck, dass man das Kalevala auf jeden Fall gelesen haben müsse, sonst könne man nie und nimmer echter Finne sein.

Wer auch immer von den beiden nun recht hat, hätte ich das finnische Nationalepos gar nicht in meinem Fragenkatalog aufnehmen müssen, denn ich habe mich längst über weite Passagen des Originaltextes gequält und eine deutsche Übersetzung von A bis Z gelesen, ich kenne das Epos in einer Fassung für jugendliche Leser, als Bilderbuch für Kinder, als Verfilmung und als graphische Novelle. Wie in allen Nationalepen der Welt wird auch im Kalevala gestritten, geraubt und gerungen, aber anders als in den übrigen Epen auch Kantele gespielt und gesungen. Es gibt Massaker und Selbstmorde in den schönsten Versen, und zum Schluss wird eine Frau von einer Preiselbeere geschwängert. Man merkt sogleich: Das ist Weltliteratur. Hier hat Volkes Seele selbst gedichtet. Aber da das neunzehnte Jahrhundert bereits hinter uns liegt, werfe ich wieder einen Blick in Facebook.

Ein Schicksalsgenosse – also ein Deutscher mit finnischem Familienanschluss in Tampere –, der als Ingenieur bei Nokia arbeitet, ist ziemlich verwundert über mich. Was denn in mir vorgehe und welche Krisen mich beutelten, will er wissen und lässt dazu einen animierten Smiley ohne Unterlass den Kopf schütteln. Aber dann hat er auch ein paar praktische Tipps parat: »Du solltest mit deinem Namen anfangen. Der ist einfach zu unfinnisch. Für ein paar Egos lässt sich das schnell ändern.« (Er schreibt wirklich »Egos« und meint unsere ehrwürdige Gemeinschaftswährung.) Das finnische Namensgesetz ist in der Tat sehr locker. Wer Vor-, Ruf- oder Nachnamen ändern möchte, kann das gegen eine entsprechende Gebühr relativ einfach bewerkstelligen.

Wenn ich »Vesa« oder »Kusta« heißen würde, hätte ich das längst getan. Aber ob ich mich wirklich von meinem »Schmitz« trennen könnte? (Das finnische Gegenstück ist wahrscheinlich der Name »Seppänen«, wie »Schmitz« leitet er sich von der Berufsbezeichnung seppä/Schmied ab.)

Da mein Bekannter noch online ist, klicke ich seinen Namen an und schreibe: »Hast du Vorschläge? Welchen Namen sollte ich denn annehmen?«

Die Antwort lässt nicht lange auf sich warten: »Sorry, keine Zeit. Melde mich später noch mal. Muss jetzt Müll rausbringen.« Kurz darauf ist er offline.

Ich brenne darauf, möglichst viele Beiträge zu lesen, und setze mich in den nächsten Tagen immer wieder gespannt vor den Computerbildschirm. Immer neue Wortmeldungen treffen ein, in einem bunten deutsch-finnischen Sprachgemisch. Auch meine Sprachkenntnisse sind Gegenstand von Diskussionen.

»Dein Finnisch reicht völlig!«, schreibt Robert, ein Freund von der Westküste. »Man hört dir zwar an, dass Finnisch nicht deine Muttersprache ist, aber damit bist du nicht der einzige Finne!« Robert ist Finnlandschwede, er weiß, wovon er spricht. (Sein Finnisch ist miserabel.)

Einen gleichermaßen konkreten wie einleuchtenden Hinweis lässt mir Olli aus dem fernen Karelien zuteilwerden: »Wenn dir beim Arbeiten ein schwerer Hammer auf den Fuß fällt und du spontan auf Finnisch fluchst, bist du in Finnland angekommen.«

»Hast du ein Beispiel?«, funkt jemand dazwischen.

Olli antwortet umgehend: »Saatana, perkele, v*tt* …«

Ich bin froh, dass Olli so feinfühlig ist und seine Flüche durch Sternchen unkenntlich macht.

Kollegin Helena reagiert auf Ollis Ausfälle feinfühlig bis poetisch: »Hermann, dann, wenn du auf Finnisch träumst, bist du ein Finne.«

Hier zeigen sich erneut die Unterschiede zwischen den Geschlechtern: Finnische Männer fluchen, finnische Frauen träumen. Beides tun sie auf Finnisch und haben keine Probleme damit.

Ein finnischer Kollege, der als Professor in Rovaniemi arbeitet, antwortet mir in lupenreinem Deutsch: »Hallo Hermann. Über die Staatsangehörigkeit hinaus, die über Gesetze festgelegt wird und ihr sichtbares Äußeres in einem Pass findet, ist es schlechterdings unmöglich, Finnischsein zu definieren. Es lässt sich kaum an bestimmten Einstellungen, Gemütslagen, Fertigkeiten, Vorlieben oder Taten festmachen. Dazu ist unsere Gesellschaft, selbst die finnische, die im internationalen Vergleich so homogen erscheint, viel zu pluralistisch.«

Da hat wohl jemand Facebook mit einer wissenschaftlichen Tagung verwechselt! Natürlich hat er recht, aber darum geht's doch nicht. Da lobe ich mir doch Tipps mit Hand und Fuß wie den von Ada, einer Freundin meiner Frau: »Du musst finnischen Tango lernen. Und damit meine ich, dass du nicht nur eine Schrittabfolge beherrschen, sondern den Tanz spüren musst, von den Zehenspitzen bis unter die Haarwurzeln. Denn finnischer Tango ist ein Lebensgefühl.«

Ada hat noch zwei weitere Anregungen: »Sobald du den Tango draufhast, musst du noch unbedingt zu einem *lavatanssit* gehen. Und du musst *mämmi* mögen!«

Unweigerlich fallen mir meine Kurse an der Uni ein. Denn *lavatanssit* und *mämmi* sind gleich zwei schier unübersetzbare kulturgebundene Begriffe, die man im Deutschen nur umständlich umschreiben, als Fremdwort übernehmen oder schlicht und ergreifend weglassen kann. Ein *lavatanssit* ist eine Tanzveranstaltung, bei der traditionelle Tänze wie Tango geschwoft werden. Sie findet vorzugsweise im Sommer auf dem Lande statt, zum Beispiel mitten im Wald, irgendwo in einem großen rustikalen Pavillon aus Holz. Getanzt wird also mitten in der Natur und fast unter freiem Himmel und am besten voller Inbrunst.

Das ist es, denke ich und notiere sofort: »Ich muss Tango lernen.« Anfängerkenntnisse habe ich zwar, aber die sind wirklich minimal. Und wie Ada erklärt, geht es ja um mehr als um das Erlernen einer Schrittfolge. Ich muss es spüren, und zwar von Fuß bis Kopf.

Was *mämmi* anbelangt, kann ich zufrieden nicken und abwinken. *Mämmi* ist eine Süßspeise aus Malz und Roggenmehl, die zu Ostern vernachspeist wird, ganz nach Geschmack verrührt mit Milch oder Sahne. Ich mag *mämmi* und freue mich schon lange vor Ostern auf ihren Verzehr. In unserer Familie bin ich überhaupt der Einzige, der *mämmi* mag, mehr als meine finnische Frau oder unsere binationalen Kinder. *Mämmi* sieht grauenhaft aus, schmeckt aber gut. *Mämmi* stellt auf dem Weg zum Finnentum kein Problem für mich dar. Aufgabe bereits erledigt!

Leben im Kühlschrank

Mittlerweile ist es Februar geworden. Statistisch gesehen ist der zweite Monat des Jahres auch der kälteste. Das Thermometer sackt an den meisten Tagen in lähmende Tiefen weit unter dem Nullpunkt. Dank der kalten Wintermonate und der kühlen Sommernächte beträgt die durchschnittliche Jahrestemperatur in Finnland nur rund plus fünf Grad, das entspricht in etwa der Betriebstemperatur eines Kühlschranks. Das Leben in Finnland hält also frisch. Im Februar schwingt Väterchen Frost sein eisernes Zepter, dass es kracht. Auf Finnisch sagt man treffend: *Pakkanen paukkuu*. Frei übersetzt: Der Frost klirrt. Und tatsächlich kann man den Frost hier regelrecht hören: In Nächten mit minus zwanzig Grad und kälter knacken die Holzhäuser. Es knarrt im Gebälk, es ächzt und knirscht, als verbeiße die eisige Kälte sich in die Wände. Aber die Häuser halten stand, ihre Bretter stammen schließlich von Bäumen, die einiges gewohnt sind.

Viele meiner Bekannten und Freunde aus Deutschland finden den Gedanken an derart subarktische Temperaturen wechselweise respekt- oder furchteinflößend. Erst wenn sie uns einmal besucht haben, wissen sie, dass man mit Fußbodenheizung, guter Isolierung und Dreifachverglasung manches gelassen ertragen kann und sich die Kinder mit Overall und guten Winterschuhen sogar noch spielend vor die Tür trauen. Kälte kann Spaß machen und Winter abenteuerlich sein. Ich habe schon Schneestürme erlebt, bei denen wir am nächsten Morgen auf einer Seite des Hauses nicht mehr aus den Fenstern sehen konnten.

Was treibt man dagegen im winterlichen Deutschland bei grauen Plusgraden mit Nieselregen? Vorwiegend Trübsal blasen und ans Auswandern denken.

In der Facebook-Diskussion zu meinem angestrebten Finnendasein ist es nach turbulenten Tagen inzwischen ruhiger geworden. Zeit für eine Bestandsaufnahme. Mit der Genauigkeit, mit der eine finnische Mutter vor Weihnachten ihren Hausputz durchzieht, habe ich Buch darüber geführt, was mir Finnen, Freunde und Verwandte geraten haben, um finnisch zu werden. Dabei wurde auch bestätigt, was ich mir erhofft hatte: Ich bin bereits auf halbem Wege. Mehr als die Hälfte von dem, was ein waschechter Finne nach Ansicht der vielen Facebooker mindestens einmal im Leben getan und gefühlt haben sollte, gehört längst zu meinem Erfahrungsschatz als Eingeheirateter. Zum Beispiel das mehrfach vorgeschlagene Eislochschwimmen. »Eislochschwimmen ist die ultimative Finnen-Taufe«, hatte mir ein Bekannter aus Oulu geschrieben. Kein Problem für mich. In jedem Winter traue ich mich mehrmals ins kalte Nass. Gut in der Sauna aufgewärmt, kann man sich ohne weiteres leicht beschürzt hinaus ins Freie begeben. Mit Badeschlappen zum Steg und dann mutig in den eisigen See, den nur eine Pumpe davon abhält, komplett zuzufrieren. Ab ins Eisloch, ein paar Atemzüge durchhalten und wieder raus. Das ist der finnische Jungbrunnen, die fortgeschrittenste Form des nordischen Anti-Aging. Man fühlt sich jedes Mal wie neugeboren. Ich kann es allen Finnland-Fans, Saunafreunden und Anhängern alternativer Kneippkuren nur empfehlen. Man braucht ja nicht gleich minutenlang durchs Wasser zu planschen oder gar unterzutauchen. Und nur Eisschwimmer mit latentem Hang zum Suizid lassen sich dazu verleiten, von einem Eisloch zum nächsten zu tauchen.

Auf irgendeiner Internetseite habe ich einmal gelesen, dass Eislochschwimmen nur etwas für Finnen und Wahnsinnige sei. Ähnliche finnische Kuriositäten wie Sumpf-Fußball oder Handy-Weitwurf werden in deutschen Medien ja immer gerne aufgegriffen, wenn man sonst nichts zu berichten hat. »Spinnen die Finnen?«, fragt man sich südlich der Ostsee, nur weil es in Lappland Wettbewerbe im Mückentotschlagen und andere nette Zeitvertreibe gibt. Ich spinne jedenfalls mit und wundere mich über vieles nicht mehr. Stattdessen freue ich mich über meine gelungene Teilintegration.

Ähnlich ist es mit dem Eisloch*angeln*. Auch das muss man nach Auffassung mehrerer Ratgeber als Finne mindestens ein Mal im Leben gemacht haben. Nun, ich hab's gemacht. Vor vielen Jahren. Anfänglich war es ganz spaßig. Meine Frau und ich, damals noch ohne Nachwuchs, waren mit einem anderen kinderlosen Pärchen auf dem Eis eines Sees in Mittelfinnland unterwegs. Die beiden hießen Outi und Roope und hatten als erfahrene Eislochangler alles dabei, was man so braucht. Das auffälligste Utensil war ein massiver, etwa ein Meter langer Kurbelbohrer, mit dem sich Löcher von der Größe einer Untertasse ins Eis bohren ließen und den sich Roope geschultert hatte wie ein Einzelkämpfer sein Maschinengewehr. Im Gepäck waren auch kleine Angeln, deren kurze Rute entfernt an den Griff einer Bratpfanne erinnerte. Dazu Haken, Schnur und Köder. Außerdem hatten Outi und Roope praktische kleine Klapphocker mit dabei sowie eine Thermoskanne mit Kaffee.

Wir alle trugen passende Winterkleidung und Sonnenbrillen. Roope bohrte Löcher ins Eis, Outi klappte die Hocker auf, dann wurde uns gezeigt, wie man die Köder anbringt und die Haken im Wasser verschwinden lässt. Wir hockten über unseren Löchern, und in zupfenden Auf-und-ab-Bewegungen wurden die Köder in Bewegung gehalten, bis es an der Angelschnur zog und zappelte. Das ging viel schneller, als ich erwartet hatte. Uns blieb kaum Zeit zum Kaffeetrinken. Wir hatten sicherlich die richtige Stelle und den richtigen Zeitpunkt erwischt, denn die Fische bissen an, als wären sie lebensmüde. Wir holten massenweise Maränen aus dem Wasser. Der Fangerfolg war zunächst so beglückend wie ein Punktegewinn am Flipperautomaten. Aber der Angelspaß hatte einen Haken, und der steckte den armen Fischen im Maul. Natürlich lebten die armen Kreaturen noch, wenn wir sie aufs Eis zogen. Erbärmlich zappelten sie um ihr Leben und schnappten nach Luft. Roope zeigte mir, wie man den Tieren den Angelhaken aus dem Schlund zieht. Mit einer fast zärtlichen Bewegung führte Roope den Fischlein anschließend seinen Finger ins Maul und drückte mit einem leichten Ruck ihren Kopf nach hinten, auf dass ihnen das Genick brach und sie endlich das Zeitliche segneten.

Roope merkte bald, dass das Fischekillen nicht so mein Ding war, und übernahm als netter Gastgeber den todbringenden Nackenknick. Die Sonne schien, und es war ein netter Wochenendtag. Als wir uns wieder voneinander verabschiedeten, gaben Roope und Outi uns eine Plastiktüte voller Fische mit. Das war unser Anteil an der Beute. Und sie erläuterten uns noch, wie man die Fische am besten zubereitet.

Wenn schon, denn schon, dachte ich, als meine Frau und ich endlich zu Hause waren und unser Hunger schon ziemlich groß. Doch kaum hatten wir unsere Beute auf der Spüle ausgebreitet, begannen einige der längst tot geglaubten Tiere, wieder zu zappeln. Mir liefen kalte Schauer über den Rücken. *Fische, wollt ihr ewig leben?*, schrie es in mir. Am liebsten hätte ich Reißaus genommen, hätte mich vor den Fernseher gesetzt und mir eine Auswanderer-Doku angesehen. Aber ich sah es als meine moralische Pflicht an, die Qualen jener unschuldigen Mitwesen, die wir skrupellos ihrem Lebensraum entrissen hatten, zu beenden, selbst wenn sie mit ihren glitschigen Schuppen nicht sonderlich mitleiderregend waren. Meine Frau weigerte sich, die Fische anzupacken – und das, obwohl sie seit ihrer Geburt Finnin war. Ich zog mir Gummihandschuhe an und schnitt jedem Fisch den Kopf ab. Einem nach dem anderen. Leider war mein Messer nicht allzu scharf, was die Qualen von Täter und Opfer noch in die Länge zog. Danach war mir der Appetit weitgehend vergangen, trotzdem wurden alle Fischleiber in Öl und Mehl gewälzt und in der Pfanne gebraten, so wie Outi und Roope es uns geraten hatten. Es schmeckte – objektiv betrachtet – nicht einmal schlecht, doch mit jedem Bissen zappelte es mehr in meinem Magen. Dieses Gefühl hielt tagelang an. Es war ein brechreizförderndes Wimmeln und Zucken. Und nächtelang hatte ich Träume von hervorquellenden Fischaugen, die sich ballonartig aufplusterten. Ich konnte monatelang keinen Fisch mehr essen und habe ganz allmählich mit Fischstäbchen und Fischburgern wieder angefangen. Weiland lernte ich: Angeln könnte ein herrliches Hobby sein: Aufenthalt in schöner Natur und frischer Luft, Ruhe und Entspannung bei sinnvoller Betätigung, gekrönt durch gelegentliche Erfolgserlebnisse. Und hinterher wird lecker gegessen. Klingt alles bestens. Wenn nur die zappelnden Fische nicht wären, denen ich eigenhändig das Leben nehmen sollte. Immerhin kann ich von mir sagen: Ich hab's einmal gemacht und weiß, wie es ist. Einen Punkt mehr, den ich auf meiner Finnentumliste abhaken kann, so wie viele andere.

Ich habe Kantele-Spielern gelauscht, die meisten Sehenswürdigkeiten im Lande besucht und habe mehrmals erlebt, wie die finnische Eishockeynationalmannschaft im WM-Finale geführt und dann doch verloren hat. Ich habe schon alle Familienfeste, von der Taufe bis zur Beerdigung, in Finnland mitgemacht. Gewohnt habe ich in vier verschiedenen finnischen Städten, bevor wir endgültig sesshaft geworden sind. Ich kenne die kulinarischen Spezialitäten der meisten Regionen und das Brauchtum rund ums Jahr. Ich habe es landauf, landab brennen sehen: Osterfeuer in Österbotten, Mittsommernachtsfeuer in Pirkanmaa, Freudenfeuer zum Sommerausklang bei den Finnlandschweden, Kracher und Raketen zum Nationalfeiertag sowie Silvesterfeuerwerk am Himmel über Lappland. Mehr kann man kaum erwarten. Ich habe sogar eine finnische Schwiegermutter.

Mir fällt auf, dass überdurchschnittlich viele Anforderungen ans Finnendasein, die ich schon erfüllt habe, mit Winter zu tun haben. So kann ich stolz von mir behaupten, dass ich Skilanglauf mag, gerne Tretschlitten fahre und auch noch vernünftig Schlittschuhlaufen gelernt habe. Das müssten doch beste Voraussetzungen für eine vollständige Finnisierung sein. Doch die Sache scheint komplizierter zu sein. So schrieb mir eine Kollegin an meine Facebook-Pinnwand: »Deine Winter-Begeisterung ist unnormal.« Und ein Bekannter aus Karelien gab mir in einer längeren Mail zu bedenken: »Glaube ja nicht, dass du dem Durchschnitt entsprichst und in der Masse aufgehst, wenn du gerne langläufst. Jedenfalls nicht als Mann in deinem Alter. Die meisten finnischen Männer verabscheuen Skilanglauf, weil es ihnen bei der Armee ausgetrieben wird. Erst im Rentenalter fangen die meisten Männer wieder mit Langlauf an.«

Ich beschließe, die beiden Wortmeldungen als Stimmen der Minderheit zu werten und mir auf keinen Fall meine Wintersportvorlieben abzugewöhnen. Stattdessen widme ich mich lieber wieder meiner Liste. Die braucht zum Beispiel noch eine griffige Bezeichnung. Neudeutsch hieße sie *To-do-List*. Da ich aber kein Freund unnötiger Anglizismen bin, überschreibe ich meine Liste zunächst feierlich mit: Zu erledigen! Genauer betrachtet klingt das allerdings nach miefiger Amtsstube (einer, wo man Zettel nach dreizehnstelligen Nummern ordnen muss). Also streiche ich die Überschrift durch und ersetze sie durch dynamische Phrasen, die ich in wilden, schrägen Schriftzügen rund um meine Liste anordne, also kreativ, spontan und ungezügelt. »Jetzt durchstarten!«/»Tu's, Mann!«/»Du kannst es!«/»Alles eine Frage des Willens.«/»Denk positiv!« …

Nachdem meine Liste dergestalt mit aufputschenden Parolen eingerahmt ist, kommt sie mir lächerlich vor. Wie der Anschrieb auf einem Flip-Chart beim Motivationsseminar. Sofort überkritzele ich das ganze Zeug mit einem Kugelschreiber und grüble dabei nach einer passenden Überschrift. Schließlich muss ich an Olli denken – und sofort weiß ich, was da oben auf das Blatt gehört. Also schreibe ich meine Liste mit Aufgaben noch einmal ins Reine, zerknülle die alte Version und setze in großen Lettern über die neue: »Saatana, perkele, v*tt*!«

Es ist Februar, und ich werde verflucht noch mal Finne!

Über sieben Brücken musst du gehen

Der Februar, der Beginn meiner finnischen Metamorphose, heißt auf Finnisch *helmikuu*. Die hiesigen Monatsnamen sind nicht aus dem Lateinischen entlehnt und sind daher nicht nur leeres Geklingel. Das ist volksnäher, kinderfreundlicher und vor allem nicht so bildungssprachlich.

Helmikuu ist der Perlenmonat. Ob der finnische Februar deshalb so heißt, weil im Eis alles glänzt und glitzert wie funkelnde Perlen? Das wäre eine einleuchtende Erklärung. Warum der Januar aber *tammikuu,* Eichenmonat, genannt wird, ist mir unklar. Der Mai, *toukokuu,* ließe sich Glied für Glied mit »Frühjahrsaussaatmonat« übersetzen. Auf Deutsch wäre das nicht nur viel zu lang und zu holprig, es hört sich im Vergleich zu »Perlenmonat« auch so kalt nach Gebrauchswert und Arbeitsanleitung an.

Dass der Juni *kesäkuu* genannt wird, Sommermonat, könnte zu dem Trugschluss verleiten, der finnische Sommer dauere nur einen Monat. Aber sooo kurz ist die warme Jahreszeit im Norden zum Glück dann doch nicht. Der Juli ist *heinäkuu,* der Heumonat, und verrät erneut, dass ein Großteil der hiesigen Bevölkerung etwa bis zur Erfindung des Mobiltelefons Bauern waren. (Die Übrigen waren Holzfäller, Pelzjäger oder illegale Schnapsbrenner.)

Unfair ist, dass der Oktober *lokakuu* heißt, der Drecksmonat. Immerhin habe ich im Oktober Geburtstag. Nach dem dreckigen Herbst endet das finnische Jahr versöhnlich mit dem *joulukuu*, dem Weihnachtsmonat. Auch das ist ein treffender, schöner Name und nicht so einfallslos wie Dezember, was ja – wie alle Lateiner wissen – »der Zehnte« bedeutet. (Dass der zwölfte Monat »der Zehnte« heißt, ist das Werk eines römischen Tyrannen, der den Kalender durcheinanderbringen musste. Glücklicherweise haben es die Finnen mit ihrer Dickköpfigkeit immer verstanden, sich allen Tyrannen zu widersetzen, schwedischen Königen, russischen Zaren und sonstigen Eroberern.)

Jetzt, im perlenhaften Februar, ist an den Unis das finnische Frühjahrssemester in vollem Gange, die Tage werden wieder spürbar länger, die Sonne strahlt, und es ist scheißkalt. Eine gute Zeit, um Vollfinne zu werden. Mit weißer Haut und blauen Augen bringe ich dazu gute Voraussetzungen mit, obwohl viele Finnen des einundzwanzigsten Jahrhunderts ihre Vorfahren irgendwo am Horn von Afrika hatten und so dunkel sind wie Schwarzwurst aus Tampere. Aussehen ist also zweitrangig. Wichtig ist, was auf meiner Liste steht. Die hat sieben Punkte, die ich in mühevoller Kleinarbeit aus all den Zuschriften zusammengestellt habe und die entsprechend auf gemittelter Intersubjektivität beruht. Was viele Köpfe denken, kann nicht falsch sein. Die Geschichte der Menschheit ist voller Beispiele, die das bestätigen. Man denke nur daran, dass die Erde eine Scheibe ist …

Nicht computergetippt, sondern in Handschrift, somit althergebracht und feierlich, steht auf dem Blatt Papier vor mir:

1. Donnerstags Erbsensuppe essen! Allwöchentlich. Schon ab Mittwoch Appetit auf Erbsensuppe aufbauen.
2. Am Freitag eine Flasche Wodka saufen.
3. Finnischen Tango lernen. Nicht nur die Schritte beherrschen, sondern die Musik in den Gliedern spüren und im Herzen fühlen. Im Sommer einen *lavatanssit* besuchen.
4. Mit der Fähre nach Schweden oder Estland fahren. Karaoke singen und das Tanzbein schwingen mit allem, was dazugehört. Das Ganze schön finden.
5. Eine Hundeschlitten-Safari in Lappland unternehmen und/oder eine Elchjagd mitmachen.
6. Nicht nur auf Finnisch fluchen, sondern auch auf Finnisch träumen.
7. Die finnische Staatsbürgerschaft erlangen.

Würden die sieben Punkte einen wissenschaftlichen Anspruch erheben, hätte ich sie mit dem Vermerk versehen: »Diese Liste erhebt keinen Anspruch auf Vollständigkeit.« Einiges auf meiner Liste ist leicht zu bewerkstelligen (Wodka trinken), anderes (auf Finnisch träumen) muss sich mit der Zeit ergeben. Aber vielleicht kann ich ja die Voraussetzungen schaffen.

Mein Blick schweift von der Liste ab, durchs Fenster nach draußen. Eine winterlich verschneite Landschaft liegt vor meinem Auge: einerseits verschlafen, traumhaft und wunderschön, andererseits eisig, unberechenbar und tückisch. Finnland, ich komme!

Plötzlich zucke ich zusammen. Etwas berührt mich an der Schulter, etwas Schmales, Längliches. Aus dem Augenwinkel bemerke ich ein metallenes Glänzen. Es schiebt sich langsam über meine Schulter nach vorne.

Hinter mir ertönt eine bedrohliche Stimme: »Keine Bewegung. Oder ich trenne dir den Schädel vom Rumpf.«

Die Stimme habe ich irgendwo schon einmal gehört. Aber sie klingt jetzt anders, gepresster, tiefer, hohler, unheimlicher. Trotz der Warnung drehe ich mich langsam um. Ganz langsam. Das Lange, Schmale, Metallische berührt dabei fast meine Kehle. Es ist eine Schwertklinge, die mir an der Gurgel sitzt. Hinter mir steht ein Pirat mit Ringelhemd und Schlapphut. Nur trägt der Pirat keine Augenklappe, sondern eine Totenkopfmaske. Der Pirat ist relativ klein. Obwohl ich sein Gesicht nicht erkennen kann und er seine Stimme verstellt, vermute ich, dass er zu mir in verwandtschaftlichem Verhältnis steht. Den Kerl kenn ich, da bin ich sicher! Trotzdem frage ich, vor Angst bibbernd: »Wer bist du?«

»Rate doch mal!«, schnarrt die Antwort. »Aber ich warne dich: Wenn du meinen Namen nicht errätst, verfüttere ich dich an die Haie.« – »Bist du vielleicht Klaus Störtebeker, der Schrecken der Nordsee?«, rate ich drauflos. Die Antwort ist ein schäbiges, hämisches Lachen. »Weit gefehlt, ich bin kein Geringerer als der Fliegende Holländer!«

Anstatt mich zu durchbohren, zieht sich mein Gegenüber die Totenkopfmaske vom Gesicht. »Was machst du denn da?«, fragt Benni übergangslos, diesmal ohne die Stimme zu verstellen.

»Das ist meine Liste.«

»Was denn für eine Liste?«

»Meine Liste, was ich alles machen will, um Finne zu werden!« Benni schaut mich verwundert hat. Er hat wieder diesen »Ich-will-dass-du-so-bleibst-wie-dubist«-Blick. Dabei ist es so leicht, ein anderer zu werden. Man muss sich nur eine Maske aufsetzen, seine Stimme verstellen, ganz fest daran glauben und jemanden finden, der das Spielchen mitspielt. So wird aus einem kleinen Jungen der Fluch der Weltmeere.

»Lass mal sehen!«, sagt Benni und beugt sich über meine Liste. Er liest und schmunzelt. »Wieso eigentlich sieben?«, fragt er.

Ja, wieso eigentlich sieben? Meine Liste hätte ich ebenso gut auf acht oder neun Punkte strecken können. Aber Sieben ist eben eine geheimnisvolle Zahl. Sieben Tugenden. Sieben Todsünden. Sieben Weltwunder.

»Was fällt dir zu sieben ein?«, frage ich Benni. »Sieben Zwerge«, sagt er, ohne lange zu überlegen. »Oder sieben Raben.« Man merkt, dass die Gebrüder Jacob und Wilhelm ihre Spuren hinterlassen haben. »Oder die sieben Brüder«, fügt Benni hinzu und beweist damit seine bikulturelle Prägung.

»Wann willst du denn damit anfangen?«, fragt mein Sohn, der keine Internetumfragen startet, bevor er sich verwandelt. Ich bin ein wenig erstaunt, dass er nicht mehr gegen mein Vorhaben protestiert.

»Morgen!«, sage ich mit fester Stimme.

»Wieso morgen?«

»Weil ›morgen‹ der Tag ist, an dem alle guten Vorsätze beginnen.«

Wiegeschritt

Eila ist gar nicht begeistert. Im Gegenteil, ihre schönen grünen Augen funkeln so wütend, als wollte sie mich in die Waden beißen wie unsere Schmieze. Und das würde sie am liebsten auch tun, auf dass ich fußlahm werde. Das würde mich daran hindern, einen Tangokurs zu belegen. Ohne sie.

»Du willst ja nur mit fremden Frauen tanzen!«, wirft sie mir vor. Ich muss ihr stillschweigend recht geben. Ich hatte nicht vor, mit Männern zu tanzen. Einerseits findet sie es ja toll, dass ich mich um die finnische Staatsbürgerschaft bewerben möchte. Sie hat auch nichts dagegen, dass ich allerlei Neues ausprobieren will und eine Fahrt nach Lappland plane. Ich darf gerne auf Finnisch träumen und am Donnerstag Erbsensuppe essen. Aber warum unbedingt allein Tango tanzen? »Können wir den Kurs nicht zusammen besuchen?«

»Du kannst doch schon Tango«, wende ich ein.

»Aber nicht besonders gut.«

»Wenn wir es beide können, fahren wir im Sommer auf einen *lavatanssit*«, verspreche ich. Eila geht nicht darauf ein, sondern schlägt mir als Alternative einen Foxtrott- oder Walzerkurs vor, etwas mit weniger Körperkontakt und gezügelter Leidenschaft.

»Aber Tango ist so typisch finnisch!«, argumentiere ich. Eila lässt nicht locker. »Wie wär's denn mit *Humppa*?«

Auch Humppa ist ein typisch finnischer Tanz, das lässt sich nicht bestreiten. Aber im Gegensatz zu Tango ist Humppa ein wildes Rumgehopse, das man auch mit groben Stiefeln und im knöcheltiefen Schnee zustande bringt.

»Aber Vati«, mischt sich Benni ein, »streitet euch nicht. Wir könnten doch alle rodeln gehen.«

Sein Vorschlag ist süß, bringt uns aber nicht weiter. Bennis große Schwester versetzt ihm einen leichten Schlag auf den Hinterkopf: »Du Depp, Rodeln steht aber nicht auf Vatis Liste!«

»Die Liste kann man doch umschreiben.« Für kleine Kinder ist immer alles so einfach.

»Umschreiben geht nicht. Vati will Finne werden.« Senja ist auf meiner Seite, das spüre ich. Sie ist eben geistig ziemlich reif, fast schon erwachsen.

Meine Frau pflichtet Benni bei: »Ja, warum schreibst du die Liste nicht einfach um?«

»Geht nicht, das wäre Selbstbetrug«, erkläre ich.

Als Reaktion fährt Eila schwere Geschütze auf: »Das ist doch typisch deutsch von dir. Alles, was auf irgendeinem blöden Papier steht, ist wie für alle Ewigkeiten festgeschrieben. Wenn du Finne werden willst, musst du schon ein bisschen flexibler werden. Die Deutschen kleben an Verträgen. In Finnland gilt das gesprochene Wort.«

Das sind harte, geschickt angebrachte Argumente, denn gerade jetzt will ich alles andere als typisch deutsch sein.

»Ja, aber auch die Finnen stehen zu ihrem Wort. Ein Finne, der sein Wort nicht hält, ist wie ein … ist wie …« Ich suche nach einem passenden Vergleich, um meine Frau in die Schranken zu weisen. *Wie ein Wald ohne Bäume,* hätte ich sagen sollen, aber die treffenden Worte fallen einem immer erst ein, wenn der Moment, in dem man schlagfertig und geistreich sein will, längst vorbei ist. Stattdessen höre ich mich sagen: »Wie eine Zahnfee ohne Zähne.«

»Also *ich* glaube an die Zahnfee«, bekräftigt Benni unaufgefordert. – »Darum geht's doch gar nicht, Dummkopf«, faucht ihn Senja an.

»Hört auf, euch zu streiten!«, schimpft Eila mit den Kindern. Und das tut sie im Eifer des Gefechts sogar auf Deutsch, obwohl sie sonst mit den Kindern immer ihre Muttersprache spricht.

Eila merkt manchmal gar nicht, in welcher Sprache sie gerade spricht. Das könnte mir nie passieren. Ebenso wenig, wie ich vor die Tür treten könnte, ohne zu bemerken, ob ich angezogen bin oder nicht. Vielleicht ist ja genau das mein Problem. Wie soll ich mit dieser Einstellung je auf Finnisch fluchen oder träumen?

»Wir streiten uns doch gar nicht«, beschwert sich Senja, »*ihr* streitet euch!«

»Wir streiten uns nicht«, weise ich sie zurecht, »wir diskutieren nur.« Das hätte ich nicht sagen sollen. Senja weiß, dass ich damit die Wahrheit bloß schönrede, und fühlt sich nun wie ein Kleinkind behandelt. Anders als Benni will sie nicht belogen werden. Senja wechselt daher sofort die Fronten und ist auf der Seite ihrer Mutter. »Tango ist sowieso altmodischer Kram«, sagt sie abfällig, »das tanzen doch nur alte Opis!«

Es dauert nicht lange, da streitet jeder mit jedem. Das Ende vom Lied: Eila ist wütend, Senja ist beleidigt, Benni ist schlechtgelaunt, und Fiona ist verschreckt. Aber ich werde morgen mit meinem Tangokurs beginnen. Ein Mann, ein Wort! Ein Finne, eine Entscheidung!

Die Tanzschule befindet sich in der Nähe von Tamperes orthodoxer Kirche. Das alte Gebäude aus dem vorletzten Jahrhundert mit seinen hübschen Zwiebeltürmchen ist eine Sehenswürdigkeit der Stadt. Die Kirche stammt aus den Zeiten, als Finnland ein Teil des Zarenreiches war. Die kleine orthodoxe Gemeinde in Tampere ist übrigens die einzige, die in den vergangenen Jahren wachsende Mitgliederzahlen verbuchen durfte. Die große Mehrheit der Finnen gehört zur evangelisch-lutherischen Kirche, aber deren Mitgliederzahlen schwinden. Die Finnen sind typische Weihnachts-Christen, zwei- oder dreimal im Jahr zur Kirche zu gehen reicht ihnen völlig. Dass die kleine orthodoxe Gemeinde dagegen wächst, ist allerdings nur eine Folge russischer Einwanderung.

Als ich mich dem Kirchengebäude nähere, überlege ich kurz, ob ich der evangelischen Gemeinde beitreten soll, sozusagen um die traditionelle finnische Seite zu stärken. Hätte ich das auch auf meine Liste setzen sollen? Mir fällt im Nachhinein auf, dass bei der Diskussion in Facebook kein Wort über Konfession oder Glauben verloren wurde. Religion ist Privatsache in Finnland. Darüber spricht man nicht. Auf dem Papier und seit Geburt bin ich Katholik. Vorläufig habe ich nicht vor, das zu ändern, aber diskutieren (oder streiten) lässt sich über alles. Ich wende meinen Blick von den Zwiebeltürmchen ab und marschiere auf die Tanzschule zu. Es geht jetzt nicht um mein Seelenheil im Jenseits, sondern um leidenschaftliche Tänze im irdischen Diesseits.

Die Tanzschule trägt den passenden Namen *Tanssi*. Beim Eintritt gelangt man in einen Flur mit Umkleide, wo man sich den Schnee vom Schuhwerk klopfen und in feine Tanzschuhe schlüpfen kann. Ich habe die blankgeputzten Schuhe mitgebracht, in denen ich auch geheiratet habe. Seither sind sie selten benutzt, und noch viel weniger ist in ihnen getanzt worden. Um Viertel nach acht Uhr geht's los. Im Internet wurde allen Kursteilnehmern empfohlen, einen festen Tanzpartner mitzubringen. (Meiner Frau habe ich diese unbedeutende Einzelheit verschwiegen.) Tatsächlich kommen die meisten Kursteilnehmer auch als Pärchen angerückt. Bei allen Übrigen werde sich nach den ersten Stunden schon zeigen, wer mit wem zusammenpasse.

Die Tanzlehrerin heißt Ulla. Sie ist rothaarig und muss in jungen Jahren einmal eine feurige Schönheit gewesen sein. Für ihr jetziges Lebensalter finde ich ihren Ausschnitt zu tief und ihre Hose zu eng, was ich jedoch sofort vergesse, sobald sie über den Tango spricht und uns vortanzt. Und bei jeder passenden Gelegenheit bringt sie ihr Motto an: »Tango hat nur den einen Zweck: eine Frau glücklich zu machen.«

Ich bemerke bald, dass ich nicht der einzige Ausländer unter den Kursteilnehmern bin. Es gibt zwei Männer, die unbestreitbar südeuropäisch aussehen. Ich tippe auf Griechen. Sie haben olivbraune Haut und Gel im Haar. Und sie grinsen, als wüssten sie, wie man eine Frau glücklich macht. Wie sich im Laufe der ersten Stunde herausstellt, schrecken die zwei nicht davor zurück, auch die Frauen aufzufordern, die mit festem Tanzpartner gekommen sind. Man lässt sie gewähren, denn bis zu einem gewissen Grad genießen Ausländer in Finnland Narrenfreiheit. So lange, bis man ihnen zutraut, auch die ungeschriebenen Gesetze und Normen gelernt zu haben.

Ulla, die rothaarige Tanzlehrerin, erläutert zunächst, welche Unterschiede es zum argentinischen Tango gibt. Beide Tangovarianten seien voll von Glut und Inbrunst, aber da, wo der argentinische Tango züngelnde Aggressivität zeige, schwelge der finnische Tango in Schwermut. Das sei klimabedingt, erklärt sie weiter und lacht dabei. Alle hören gespannt zu, die Griechen grinsen, und die Frauen, die ohne festen Partner gekommen sind, spähen nach Beute aus. Mir wird mulmig zumute, denn seit längerem hat mich eine dralle Enddreißigerin im Auge. Ulla zeigt uns die Grundschritte, dann gibt es eine Einheit, in der Frauen und Männer allein üben. Es herrscht ein ziemliches Gedrängel, der Kurs ist gut besucht.

Ich bin angenehm überrascht, dass die Teilnehmer aus allen Altersschichten kommen. Einige sind sicher noch nicht einmal volljährig, andere schon weit im Rentenalter. Tango vereint offenbar das finnische Volk. Meine Entscheidung, Tango zu lernen, war also richtig. Zum Glück finde ich auch keine meiner Studentinnen unter den Kursteilnehmern.

Ich beginne zu überlegen, warum überhaupt jemand in einen Tanzkurs läuft. Ich selbst bin auf der finnischen Selbstfindung, aber was treibt die anderen an? Die zwei Griechen sind sicher auf Brautschau, argwöhne ich. Einige Frauen sind wohl dabei, die ihre jüngst überstandene Scheidung tottanzen wollen. Die Rentner kommen wahrscheinlich, um ihren Lebensabend sinnvoll zu füllen und Frühlingsluft zu schnuppern. Einige Paare lassen erkennen, dass die Initiative zum Besuch des Tanzkurses von der weiblichen Seite ausging. Die dazugehörigen Männer blicken drein, als würden sie sich lieber unter ihre Geländewagen legen und am Motor rumschrauben. Beim großen Rest fällt es mir schwer, die Motive zu erraten. Treibt sie das pure Finnentum? Die Lust am tänzerischen Leiden?

Nachdem die ersten Schritte einstudiert worden sind, gehen wir dazu über, als Paare zu tanzen. Damenwahl, verkündet Ulla, die Tanzlehrerin, und sofort stürmt die besagte Dreißigerin auf mich zu. Noch bevor es mit den ersten Tanzversuchen losgeht, verwickelt sie mich in ein Gespräch. Sie spricht übers Wetter und über den Kurs und will wissen, ob ich schon früher einmal Tango getanzt habe. Auf alles antworte ich sehr einsilbig. Je weniger ich sage, umso länger dauert es, zu erkennen, dass Finnisch nicht meine erste Sprache ist, umso finnischer wirke ich, und umso mehr kann ich mich auf die Schritte konzentrieren.

Im Finnischen ist es leicht, an einem Gespräch teilzunehmen, wenn man sich aufs Zuhören und Zustimmen beschränkt. Mit den drei Phrasen *joo, just* und *niin,* die man hin und wieder einstreut, kommt man schon ziemlich weit, wenn der andere dafür umso mehr redet. Wir tanzen ein paar Schritte.

Meine Tanzpartnerin ist unzufrieden. Ich tanze wie eine Axt, sagt sie. Das ist nicht unbedingt ermutigend. Ich würde mich nach hinten zurücklehnen statt nach vorne beugen. Ob ich Angst vor ihr habe. Bevor ich auch nur mit einem *joo, just* oder *niin* reagieren kann, drückt sie mich an sich heran und rammt mir ungeniert ihren Busen ans Hemd. Ich werfe einen Blick hinüber zu den Griechen. Sie halten ihre Tanzpartnerinnen so an sich gedrückt, als wollten sie mit ihnen zu Zentauren verschmelzen. Mir wäre eine Handbreit Sicherheitsabstand lieber, aber der Körperkontakt scheint wohl dazuzugehören. Meine Frau wusste also, wovon sie sprach.

Ulla zählt uns den Takt vor, gibt Anweisungen: »Der Mann setzt das rechte Bein zwischen die Beine der Frau, Wiegeschritt, halbe Drehung …« Zwei Tänze später werden die Paarungen neu gemischt, zumindest unter denen, die ohne festen Tanzpartner erschienen sind.

Die klirrend kalte Luft, die mich nach meiner ersten Tanzstunde draußen umfängt, tut wohl. Die Zwiebeltürmchen der nahen orthodoxen Kirche werden von einem eisigen Mond beschienen. Neuschnee liegt in der Luft, ich atme durch und bin zufrieden. Das hat Spaß gemacht. Es ist fast zehn Uhr am Abend, ich ziehe meine Mütze in die Stirn und gehe Richtung Hämeenkatu. Das ist die Haupteinkaufsstraße von Tampere, die Lebensader der Stadt, der Verkehrsweg, durch den sich alles drängelt und an dem sich die meisten Bushaltestellen befinden. Da ich diesmal mit öffentlichen Verkehrsmitteln unterwegs bin, muss ich mit dem Bus meinen Heimweg antreten.

Ich stehe kaum an meiner Bushaltestelle und halte nach Linie 18 Ausschau, als ich einen schmalen Mann mit schwankendem Schritt auf mich zuwanken sehe. Er fasst mich ins Auge und will mich ansprechen. Noch bevor er den Mund öffnen kann, komme ich ihm zuvor. »Falls du Geld haben willst, versuch es gar nicht erst!«, knurre ich ihn an. Wahrscheinlich bin ich deshalb so schroff, weil ich mir meine gute Laune nicht verderben lassen möchte.

Der Mann schaut mich einen Moment überrascht an. Er hat trotz der Kälte keine Handschuhe an, und seine Finger sind blau gefroren. Die leicht entflammbare Atemluft, die mir entgegenschlägt, bestätigt mir, dass er ordentlich getankt hat. *»Saatanan maahanmuuttaja!«*, lallt er dann undeutlich, aber ich verstehe ihn trotzdem: »Scheiß Einwanderer.«

Ich habe nur einen einzigen Satz gesprochen, und selbst ein Angetrunkener erkennt auf Anhieb meine fremde Herkunft. Ich muss mich anstrengen, das nicht als Rückschlag zu werten.

Als mein Bus um die Ecke kommt, trete ich vor und

winke. Das Winken gehört in Finnland dazu. Der Busfahrer stoppt nur, wenn man signalisiert, dass man zusteigen will. Nur an der Bushaltestelle zu stehen, reicht nicht. Diesen Anfängerfehler machen alljährlich Hunderte Touristen und Austauschstudenten.

»Wie war's?«, fragt meine Frau. In ihren Augen glimmt es giftgrün nach.

»Ganz nett …«

Finnische Höflichkeit

Ich bin ein großer Anhänger der deutschen Einheit. Ohne sie wäre mein Arbeitsalltag um einiges trostloser, denn seit vielen Jahren kommt jedes Semester eine nette Praktikantin aus Chemnitz zu uns, die im Unterricht aushilft. Die meisten der jungen Frauen studieren an der TU Chemnitz Angewandte Sprachwissenschaft oder Interkulturelle Kommunikation. Ohne die Wiedervereinigung kämen statt hilfsbereiten und hübschen Praktikantinnen aus Chemnitz dröge DDR-Lektoren aus Karl-Marx-Stadt. Es ist schön, wenn sich die Geschichte zum Besseren fortentwickelt – und wir auch in Finnland von der deutschen Einheit profitieren. Mit den Praktikantinnen kommt immer frischer Wind in unser Fach. Vor allem kann man sich mit ihnen wieder wundern, denn Finnland-Neulinge wundern sich über vieles, was alten Finnland-Hasen wie mir kaum noch auffällt (zum Beispiel, dass man an der Bushaltestelle winken muss).

Die Praktikantin in diesem Frühjahrssemester heißt Mareike. Sie ist zarte vierundzwanzig Jahre alt und fühlt sich damit schon eine Generation älter als die finnischen Studienanfänger, die erst um die zwanzig sind. Mareike ist ziemlich eifrig. Schon bevor sie zu uns kam, hatte sie einen Volkshochschul-Anfängerkurs Finnisch hinter sich gebracht.

Jetzt, in der Pause zwischen zwei Kursen, sitzen meine finnische Kollegin Tiina und ich mit Mareike in unserem Versammlungsraum und trinken Tee. Unsere Praktikantin ist sehr gesprächig und erzählt ausgiebig von all ihren Alltagsbeobachtungen. »Hier grüßt einen ja keiner!«, sagt sie.

»Wie meinst du das?«, fragt Tiina nach und legt ihre kräftigen Arme auf die Tischplatte. Tiina wittert eine Beleidigung ihrer Landsleute. Dann berichtet Mareike, dass sie seit ihrer Ankunft in Finnland Mitte Januar fast täglich in der Nähe ihres Studentenwohnheims abends in einem Wäldchen spazieren geht und dass ihr fast ebenso oft ein älterer Mann im Winter-Overall entgegenkommt, mit drei kleinen Möpsen an der Hundeleine.

»Ich hab mehrmals versucht, den Mann zu grüßen oder ihm wenigstens in die Augen zu schauen, irgendwie Kontakt herzustellen. Man wird ja fast zu Bekannten, wenn man sich jeden Tag über den Weg läuft. Aber der Mann guckt immer weg.«

Gerade einen offenherzigen Menschen wie Mareike kann es schmerzen, wenn Freundlichkeit übersehen oder gar gezielt ignoriert wird. Das ist wieder einer von den Momenten, wo ich mich mit dem Neuling wundere. Mir selbst fällt das Nicht-Grüßen und Zur-Seite-Schauen schon gar nicht mehr auf, ich habe es als Normalzustand verinnerlicht.

Tiina hingegen fasst Mareikes Äußerung als Kritik auf und kann das nicht auf sich sitzen lassen. »Ich war vor acht Jahren in Appenzell-Innerrhoden in der Schweiz, um während des Studiums mein Sprachpraktikum zu machen, und in diesem winzigen Dorf grüßte jeder jeden. Immer! Den ganzen Tag. Selbst völlig Unbekannte. Da hatte man nie seine Ruhe. Ich war froh, als ich wieder in Finnland war.« Ich gebe vermittelnd zu bedenken, dass die vermeintlichen Unterschiede zwischen Finnland und Mitteleuropa auch eine Frage von Großstadt oder Dorf sein könnten, aber Tiina fühlt sich schon nicht mehr angesprochen und stapft ohne ein weiteres Wort davon.

»Hab ich etwas Falsches gesagt?«, fragt Mareike besorgt.

»Nein, die ist immer so«, beruhige ich unsere Praktikantin. Und das ist die Wahrheit.

Allerdings bis auf eine Kleinigkeit: Tiina hat heute drei statt nur zwei Schleifen in ihrem Schopf. Ist heute etwas Besonderes? Wahrscheinlich trägt sie die dritte Schleife zur Feier des Tages, denn im Februar jagt ein Gedenk- und Feiertag den anderen, dauernd werden Flaggen gehisst, und in Zeitungskolumnen wird an irgendwen oder irgendwas erinnert, damit der Normalbürger weiß, warum ihm feierlich zumute ist. Es gibt einen Tag für den Nationaldichter Runeberg, für die Urbevölkerung Lapplands und sogar einen Tag der finnischen Kultur. Doch damit nicht genug. Am Dienstag vor Beginn der vierzigtägigen österlichen Fastenzeit verdrückt man traditionsgemäß ein Sahneteilchen mit Namen *laskiaispulla,* obwohl hierzulande keiner Karneval feiert und niemand fastet. Aber es gehört zum Februar dazu, ebenso wie der aus den angelsächsischen Ländern übernommene Valentinstag, der in Finnland jedoch als Freundschaftstag begangen wird und nicht nur den Verliebten vorbehalten ist. Schade nur, dass es bei Fahne hissen, Teilchen essen und Glückwünschen bleibt und keiner dieser Feiertage arbeitsfrei ist.

Mareike schlürft ihren Tee und sinnt sicher darüber nach, ob sie ihr nächstes Praktikum auch in einem Schweizer Bergdorf absolvieren soll.

Als sie kurz darauf ihre Teetasse spült, fragt sie noch diensteifrig: »Hast du noch etwas für mich zu tun?«

(Dabei wundert sie sich erneut darüber, dass man das Geschirr in Finnland nicht abtrocknet, sondern nur zum Abtropfen in einen Trockenschrank stellt.)

»Ja«, antworte ich, »könntest du für die Kulturkunde ein Referat übernehmen über Begrüßungsrituale und Blickkontakt in Europa?«

»Oh, das wäre ein gutes Thema für meine Masterarbeit«, schmunzelt sie.

Nachdem ich gestern tanzen war, will ich heute Abend noch Ski laufen. Gegen Skilaufen hat meine Frau nichts. Beim Verlassen des Hauses überlege ich, was ich vermissen würde, sollte ich jemals Finnland wieder verlassen und nach Deutschland zurückziehen. Das bissfeste Roggenbrot? Die Sahneteilchen im Februar? Nein, am meisten würde mir die Möglichkeit fehlen, fast vor der eigenen Haustür auf Skier zu steigen und durch winterliche Wälder zu gleiten.

Der Wald liegt unter einer dicken Schneedecke und glänzt im Schein der Lampen entlang der Loipe. Ich mag es, wenn kaum jemand außer mir draußen unterwegs ist und ich auch nach zehn Kilometern noch keiner Menschenseele begegnet bin. Der Fahrtwind treibt mir an den Hängen, wo ich ordentlich Fahrt aufnehme, Tränen in die Augen, die sofort auf meinem Gesicht gefrieren. Ich bin etwa eine Dreiviertelstunde unterwegs und besteige gerade im Grätschschritt einen Hügel, als ich plötzlich so unglücklich stolpere, dass sich ein Ski verdreht und ich stürze. Wie ein Käfer auf dem Rücken liege ich hilflos im Schnee.

Ausgerechnet in diesem Moment höre ich, dass sich mir jemand nähert. Ein anderer Skiläufer schließt zügig zu mir auf, einer von diesen Sport-Cracks, die den modernen Schlittschuh-Stil laufen. (Ich selbst bevorzuge die hergebrachte einfache Gangart in der Loipe.) Der Mann ist topfit, er läuft sogar den Hang in schnellem Schritt hinauf. Ich liege unbeholfen im Schnee und erwarte, dass er stehen bleibt, sich nach meinem Befinden erkundigt und mir auf die Beine hilft. Aber nichts von alledem geschieht. Der Sportsfreund schlägt einen kleinen Bogen und läuft an mir vorbei, ohne das Tempo zu drosseln. Als er aus meinem Blickfeld verschwindet, muss ich an unsere Praktikantin denken.

Bei meiner Rückkehr sind meine Augenbrauen weiß vom Frost, und mein Schal ist vom Atem befroren. Die Kinder schlafen längst, die Schmieze liegt vor unserem Kamin und stellt sich schlafend, und auch Eila fallen schon die Augen zu. Sie ist aber sogleich hellwach, als ich ihr eine eiskalte Hand auf die Schulter lege. Sie stößt eine Bemerkung aus, die mich an die Überschrift meiner 7-Punkte-Liste erinnert. Um sie versöhnlich zu stimmen, gebe ich ihr einen tiefgekühlten Kuss und erzähle ihr, was mir im Wald passiert ist.

Als waschechte Finnin hat sie eine überraschende Erklärung für das Vorgefallene: »Der Mann war nur höflich.«

Ich traue meinen Ohren nicht. »Wie bitte?«, frage ich. Eigentlich sage ich: *»Anteeksi, kuinka?«*, denn wenn wir unter uns sind, sprechen wir immer Finnisch.

Und dann erläutert mir Eila, dass es für jeden finnischen Mann nur peinlich ist, hinzufallen und hilflos zu sein. Deshalb hilft man jemandem erst, wenn er entweder von sich aus um Hilfe bittet oder bewusstlos am Boden liegt.

Ich verstehe. Ein finnischer Mann muss sich selbst zu helfen wissen. Einfach wegzusehen sollte mir also die Möglichkeit geben, mein Gesicht zu wahren. Ganz offensichtlich gibt es immer noch viel für mich zu lernen.

Elch-Warnung

An einem der nächsten Tage gibt Ronkoteus, unser Auto, auf dem Weg zur Schule plötzlich einen Signalton von sich.

»Was war das?«, fragt Benni.

»Der Tank ist bald leer«, klärt Senja ihn auf, noch bevor ich etwas sagen kann.

So ist es. Sobald ich die Kinder bei der Schule abgesetzt habe, fahre ich ganz in der Nähe der Uni noch eine Tankstelle an. Altmodisch, wie ich zuweilen sein kann, zahle ich mit Bargeld an der Kasse. Vielleicht sollte ich mich auch in diesem Belang ändern, denke ich, denn in Finnland zahlen die allermeisten mit Plastikgeld, selbst Kleinigkeiten.

Während ich an der Kasse anstehe, fällt mein Blick auf einen Stand mit Duftspendern fürs Auto, Marke »Wunderbaum«. Die Auswahl an Duftnoten ist erstaunlich groß. Manche scheinen für die weltweite Vermarktung gedacht zu sein, so wie Vanille, Veilchen oder Lavendel, andere lassen sich bestimmten klimatischen Regionen zuordnen, so wie Kiefernwald oder Eukalyptus. Einige Duftnoten sind dabei, die speziell für den finnischen Markt kreiert sein müssen: Lagerfeuer, Salmiak, Erbsensuppe … Erbsensuppe?! Ein Wunderbaum mit Erbsensuppengeruch? Ich kann es kaum fassen. Ohne lange zu überlegen, greife ich nach einem Erbsensuppen-Wunderbaum. Der kommt mir gerade recht! Heute ist Mittwoch, morgen ist Erbsensuppentag, und schon heute werde ich mich auf das Menü des nächsten Tages einstimmen und gehörig Appetit aufbauen.

Kaum zehn Minuten später bin ich in meinem Büro angelangt, schäle mich aus meinen Winterkleidern und öffne den Erbsensuppen-Wunderbaum. Es ist erstaunlich, was sich die Duftspenderindustrie so alles einfallen lässt. Ich nehme mir fest vor, einmal die Internetseite von Wunderbaum aufzusuchen und nachzuprüfen, ob es für Finnland-Freunde auch Räucherlachs, Saunaaufguss oder Elchgeruch gibt. Die Möglichkeiten wären schier unendlich. Kaum habe ich den Wunderbaum an meine Pinnwand geheftet, verströmt er seinen herzhaften Geruch. Es wirkt, ich bekomme Appetit und freue mich schon auf morgen, auf Donnerstag.

Viele finnische Kollegen machen ihre Bürotür nicht zu, sondern lassen sie angelehnt. Dieser Politik der halboffenen Tür habe ich mich schon vor langem angeschlossen und verabscheue mittlerweile regelrecht die geschlossenen Räume deutscher Gelehrter, wie ich sie immer wieder an Austausch-Unis erlebe. In dieser Hinsicht bin ich voll verfinnt und fühle mich wohl dabei. Ich habe mich kaum vor meinen Computer gesetzt, um meine Mails zu prüfen, als ich Lea auf dem Gang heranpoltern höre. Wenige Augenblicke später stürmt sie, ohne lange anzuklopfen oder um Einlass zu bitten, zu mir herein und beginnt ohne Einleitung, ihr täglich Leid zu klagen. Eben habe ein fremder Wagen auf ihrem Parkplatz gestanden, und sie hätte sich sogleich beim Hausmeister beschwert. Der Hausmeister habe daraufhin –

Mitten im Satz hält Lea inne und verzieht die Nase. »Sag mal, hast du hier drin einen ziehen lassen?« Ihre offene Art ist entwaffnend.

»So ähnlich. Ich hab mir bei deinem Anblick in die Hosen gemacht!« Lea ist eine der wenigen, der man mit gleicher Münze zurückzahlen kann.

»Sehr witzig! Jetzt mal im Ernst: Wieso riecht's denn hier so ekelig?« (Sie sagt immer »ekelig«, mit diesem unnötigen »e« in der Mitte.)

»Wonach riecht es denn?«, frage ich zurück. »Duftet es nicht appetitlich?«

»Appetitlich? Soll das ein Witz sein? Für Mistkäfer vielleicht.«

»Es sollte nach Erbsensuppe riechen.«

Lea legt die Stirn in Falten und schnuppert demonstrativ meine Büroluft. »Ach ja, Erbsensuppe«, bestätigt sie mit abschätziger Miene. »Sehr penetrant, geradezu enervierend.« Da fällt Leas Blick auf den hellgrünen Anhänger an meiner Pinnwand. »Was ist das denn? Ein Wunderbaum?« Ungläubig beäugt sie den Duftspender. »Kannst du dir nicht demnächst etwas anderes kaufen? Vielleicht Birke oder Kiefer?«

Ich will ein ehrlicher Finne sein. »Der Duftbaum hat seinen Grund. Ich stimme mich schon auf morgen ein, da gibt es in der Mensa Erbsensuppe.«

»Kauf dir doch einen Pfefferkuchen-Wunderbaum«, höhnt Lea. »In zehn Monaten ist wieder Advent.« Statt darauf einzugehen, beschließe ich, das Thema zu wechseln. »Und? Konnte der Hausmeister denjenigen ausfindig machen, der auf deinem Parkplatz stand?«

Meine Taktik ist erfolgreich. Lea setzt ihren Rapport vom täglichen Unglück fort, ohne weiter auf meinen Wunderbaum einzugehen. Ich tue so, als würde ich ihr zuhören, und schiele mit einem Auge auf meine Mails. Ihr Bericht zieht sich in mehrminütige Längen. Nach einer Weile sagt Lea plötzlich: »Hörst du mir überhaupt zu? Du antwortest so, als wäre ich Finnin.«

Ich blicke ehrlich erstaunt zu ihr auf. »Wie meinst du das?«

»Na, wir zwei Deutschen sind hier unter uns. Kannst du zwischendurch nicht ›Boah, ey!‹ oder ›Wat?‹ sagen statt dauernd nur ›Joo‹, ›Just‹ oder ›Niin‹?« Auf einen Schlag wird mir klar, dass ich mich ganz automatisch finnischer Einstreusel und Zustimmungspartikel bedient habe. Das stimmt mich fröhlich. Vielleicht bin ich ja finnisierter, als ich gehofft habe. Dann kann's bis zum finnischen Fluchen und Träumen auch nicht mehr weit sein.

»Was grinst du denn auf einmal so?«, will Lea wissen.

»Och, nichts«, weiche ich ihr aus, »ich freue mich nur auf die Erbsensuppe morgen.«

Im anschließenden Seminar ereignet sich dann einer von jenen Momenten, die das Leben eines Uni-Lektors lebenswert machen. Die Studentinnen mussten einen Text mit Sicherheitshinweisen im Straßenverkehr für ausländische Touristen übersetzen, ein Infoblatt mit allem, was man wissen muss, angefangen von der Winterbereifung über Geschwindigkeitsbeschränkungen auf finnischen Landstraßen bis hin zu Warnhinweisen bei Wildwechsel. In einem der Hinweise ist davon die Rede, dass sich ein Elch auf der Straße anders verhält als etwa ein feingliedriges Reh. Während ein Reh aus deutschen Landen scheu davonspringt, wenn es vom Lichtkegel eines Autoscheinwerfers erfasst wird, setzt ein Elch stur, also typisch finnisch, seinen Weg fort. Und während man ein kleines Reh mit dem PKW im Notfall plattfahren kann, stürzt ein langbeiniger Elch mit dem Hauptgewicht seines Körpers durch die Windschutzscheibe. Böswillig, wie Elche sind, reißen sie die Autofahrer oft mit in den Tod. Weiter heißt es im finnischen Infotext: Sollte ein Zusammenprall unvermeidlich erscheinen, müsse man das Steuer in Richtung Hinterteil des Elchs herumreißen. Damit bestehe die Chance, dass sich Auto und weitertrottender Elch doch noch verfehlen. Und selbst wenn das nicht gelingen sollte, bietet ein Zusammenprall mit den Hinterläufen eines Elchs im Vergleich zu den massigen Schultern, Brust und Schädel bessere Chancen, glimpflich davonzukommen.

Das sind komplizierte Zusammenhänge, wenn man sie in wenigen, knappen Sätzen und allgemeinverständlich ausdrücken möchte, und das auch noch in einer Fremdsprache – auf Deutsch. Im Kurs besprechen wir anfangs allgemeine Übersetzungsprobleme, bevor wir uns einzelne Lösungen ansehen. Eine Freiwillige lädt ihre Übersetzung aus einem virtuellen Verzeichnis auf den Computer des Seminarraums, an den ein Beamer angeschlossen wird. So können alle den Text auf der Leinwand mitlesen. Wir sitzen also da, und vor unser aller Augen erscheint in großen Buchstaben der ultimative Hinweis für Autofahrer in Finnland: »Wenn Sie dem Elch nicht mehr ausweichen können, zielen Sie auf das Arschloch des Tieres.«

Nur mit Mühe kann ich mich beherrschen, nicht laut loszuprusten. Den allermeisten Kursteilnehmern geht es genauso. Das zeigt mir, dass die fragwürdige Vokabel den meisten bekannt ist, obwohl sie sicher nicht Stoff des Schulunterrichts war. »Äh …«, beginne ich, noch auf der Suche nach den richtigen Worten. »Der Hinweis ist an sich gut formuliert. Der Satz ist sprachlich korrekt. Nur die Stilebene entspricht nicht den Textsortenkonventionen.«

Mir sitzt das Lachen schon in der Kehle, aber ich schaffe es gerade noch, mich zusammenzureißen, und sage so neutral wie möglich: »Der Duden markiert diesen Ausdruck als derb und vulgär.«

Trotz all meiner Bemühungen schießen der Urheberin dieser originellen Übersetzung die Tränen in die Augen. Häufig lachen Studenten mit, wenn ihnen so ein Lapsus unterläuft, aber hier scheint jemand nahe am Wasser gebaut zu sein. Solche zarten Gemüter begegnen mir immer wieder. Ich versuche, sie wieder aufzubauen: »Die Formulierung der Imperativsätze in der Höflichkeitsform ist bestens gelungen ...«

Aber je mehr ich lobe, umso bedrückter wirkt die Ärmste. Nachdem auch der Rest ihres Textes behandelt worden ist, speichert die Studentin die Korrekturen, schließt ihr Verzeichnis, loggt sich aus und schleicht zurück auf ihren angestammten Platz.

Trotz des amüsanten Zwischenfalls, den ich sicher bis zur Verrentung nicht vergessen werde und den ich unbedingt auch den Kollegen erzählen muss, lassen mein Schwung und Elan im Laufe des weiteren Arbeitstages drastisch nach. Von Minute zu Minute fällt es mir in meinem Büro schwerer, mich zu konzentrieren. Ein anfängliches leichtes Unwohlsein steigert sich zu einer ernsthaften Übelkeit. Mir ist schließlich so schlecht, dass mir der kalte Schweiß auf der Stirn steht. Das wird erst ein wenig besser, als ich nach Einbruch der winterlichen Dunkelheit die Segel streiche, meine Sachen packe und mich auf den Nachhauseweg mache.

Die kalte Luft draußen tut mir gut, und als ich zu Hause ankomme, geht es mir schon wieder deutlich besser. Senja und Benni sind winterlich verpackt vor dem Haus. Senja räumt Schnee aus unserer Einfahrt, Benni hockt auf der verschneiten Terrasse neben einem Haufen Schneebälle. Ich muss zweimal hinsehen: Er hält einen Pinsel in der Hand, zu seiner Rechten stehen ein Glas Wasser und ein Malkasten mit Wasserfarben. Ich steige aus dem Wagen, lobe Senja für ihr fleißiges Arbeiten und frage Benni, was er anstellt. »Malst du etwa Schneebälle an?«

»Ja«, antwortet er ohne weitere Erklärung, als wäre diese Beschäftigung das Natürlichste der Welt.

»Und darf man fragen, wozu?«

»Die bunten Schneebälle sind meine Irrlichter. Die lasse ich später herumschwirren, damit arglose Wanderer vom Weg abkommen und in ihr Verderben laufen.«

Im Haus begrüße ich meine Frau, zunächst nur mit einem Kopfnicken, denn sie spricht gerade am Telefon mit ihrer Mutter. Meine finnische Schwiegermutter ruft alle paar Tage an, um sich zu erkundigen, wie das Wetter im Großraum Tampere ist. Noch während meine Frau spricht, verzieht sie das Gesicht, und als sie ihr Gespräch beendet hat, fragt sie entgeistert: »Wie riechst du denn? Warst du mit deinen Studenten in einem Kuhstall, um sie dort landwirtschaftliche Ausdrücke übersetzen zu lassen?«

Ich stinke, ganz klar! Im nächsten Moment fällt mir mein Wunderbaum wieder ein, in dessen Ausdünstungen ich den gesamten Nachmittag gesessen habe.

»Riecht es vielleicht nach Erbsensuppe?«

Eila schnuppert an mir herum. Zum Reinbeißen rieche ich anscheinend nicht.

»Ja, stimmt«, sagt sie dann. »Du riechst nach alter, ranziger Erbsensuppe. Da wird einem ja schlecht!«

Und erst in diesem Augenblick geht mir auf, wie recht sie hat.

Finnische Fastnacht

Als ich am nächsten Morgen mein Büro betrete, riecht es dort so stark nach einem Gemisch aus Erbsensuppe, faulem Gemüse und ranzigem Elch, dass ich sofort gegen einen Brechreiz ankämpfen muss. Den hellgrünen Wunderbaum nehme ich von meiner Pinnwand, wickle ihn in Papier und entsorge ihn in einem Abfalleimer am Ende des Ganges. In meinem Büro reiße ich das Fenster auf und lasse eisige Winterluft hereinströmen, trotzdem lässt sich der Geruch kaum vertreiben. Zwar nimmt man beständigen Gestank nach einer Weile gar nicht mehr wahr, aber leider wird einem mit der Zeit trotzdem schlecht. Genau das ist mir gestern passiert. Also sitze ich heute lieber mit dicker Jacke in einem Zug klirrend kalter Luft, damit mir bis zum Mittag nicht der Appetit vergeht.

So findet auch meine donnerstägliche Sprechstunde diesmal im Kühlschrank statt. Dieser Sprechstundentermin von neun bis zehn Uhr ist normalerweise nur eine Formsache, denn finnische Studenten betrachten sich als Kunden mit Rundumversorgung, die auch meinen *Laden* als ganztägig geöffnet betrachten. Was er ja praktisch auch ist. So kommt auch die Studentin, die gestern im Seminar vor den anderen Kursteilnehmern ihre Übersetzung vorgestellt hat, ohne vorwarnendes Anklopfen herein und setzt sich umständlich auf meinen

Besucherstuhl, noch bevor ich ihr einen Platz angeboten habe. Immerhin hält sie sich an meine Sprechzeiten.

Die Studentenzahlen in unserem Fach sind überschaubar. Ich kenne fast alle mit Namen. Die Ärmste von gestern heißt Jaana und kommt aus der ostfinnischen Provinz. Sie ist in ihren mündlichen Fertigkeiten nicht schlecht, obwohl sie erst im zweiten Studienjahr ist. Das hängt damit zusammen, dass sie ein halbes Jahr als *au pair* bei einer Familie in Bremen verbracht hat und mal einen deutschen Freund hatte.

Schon nach den ersten Sätzen beginnt sie zu schluchzen. Sie ist gekommen, um ihr Gewissen zu erleichtern. Unter neuen Tränen gesteht sie, dass sie für ihre letzte Hausaufgabe fremde Hilfe in Anspruch genommen habe. Sie habe ihrem Exfreund, mit dem sie noch in Kontakt stehe, die Übersetzung zugemailt, damit er Fehler korrigiert oder bessere Formulierungen findet. Ich versichere Jaana, dass die Beanspruchung fremder Hilfe im Berufsleben der gängigen Praxis entspräche, wenn man in eine fremde Sprache übersetze. Nur müsse sie mir das in ihrem Übersetzungskommentar anmerken, damit ich ihre Leistung einschätzen könne.

Besonders erleichtert sieht sie nach meiner Reaktion nicht aus, aber es dauert noch eine Weile, bis sie mir verrät, wieso: Der Exfreund hat meiner Studentin den derben Elchafter mit voller Absicht untergejubelt – als späte Rache dafür, dass sie Schluss gemacht hat. Statt auf das Liebesdrama näher einzugehen, verrate ich ihr exklusiv, dass die nächste Hausaufgabe darin bestehen werde, eine komplizierte Montageanleitung zu übersetzen, in der weder Tiere noch Körperteile vorkommen.

Erwartungsgemäß scheitere ich heute kläglich an meinem Vorsatz, alldonnerstäglich mit Hingabe Erbsensuppe zu löffeln. Schon ab elf Uhr zieht der Geruch aus der Mensaküche im zweiten Stock bis hinauf in den vierten, wo ich meinen Dienst versehe. Der Geruch weckt Erinnerungen an das kaum überwundene Unwohlsein. Mein Magen rebelliert gegen den Gedanken, irgendeine grüne Pampe mit Blähfaktor zu mir zu nehmen, egal ob mit Wurst oder ohne. Ich erkenne, dass auch die einfachsten Punkte auf meiner Finnen-Liste ihre versteckten Tücken haben können, vor allem, wenn man schon im Vorfeld übers Ziel hinausschießt. Ich gehe daher ausnahmsweise zum Mittagessen in die Mensa im Hauptgebäude, dort gibt es Pizza.

Da ich schon am erbsengrünen Donnerstag gescheitert bin, habe ich alle Hoffnungen auf den nächsten Tag und meine finnische Freitagsflasche gelegt. Aber auch das Vorhaben, sich gepflegt zum Beginn des Wochenendes einen Wodka zu kredenzen, lässt sich als verantwortungsbewusster Familienvater nicht ohne weiteres umsetzen, wie ich bald bemerke. Der »Verein zur Förderung von Erziehung und Unterricht in deutscher Sprache Tampere e. V.« begeht am Freitagabend für die Kleinsten sein alljährliches Karnevalsfest. In diesem Verein sind meine Frau und ich als Eltern zweisprachiger Kinder seit vielen Jahren Mitglied. Und wie in den Vorjahren nehmen wir auch diesmal am Fest teil, obwohl sich unsere Kinder bereits auf der altersmäßigen Kippe befinden, wo sich die Geister scheiden, ob sie ein solches Fest noch gut finden oder für kindisch halten.

Karneval ist in Finnland ungefähr so unbekannt wie Mittsommernachtsfeuer in Deutschland. Es gehört einfach nicht zum heimischen Festkalender dazu. Der Elternverein organisiert ein Karnevalsfest, damit die Kinder Spaß haben, einen Hauch von deutschem

Brauchtum kennenlernen, um den Gruppengeist zu stärken und um die Vereinskasse aufzubessern. Denn auf dem Fest wird allerlei verkauft, was Freiwillige bereitgestellt, gesammelt und selbst gemacht haben, angefangen vom Trockenkuchen bis hin zu Tombolapreisen, die Firmen in Tampere dem Verein gespendet haben.

Das Fest für die deutschen Klassen findet in der Turnhalle der Schule statt. Bevor wir an der Garderobe unsere dicken Mäntel abgelegt haben und die Turnhalle betreten, habe ich noch eine Auseinandersetzung mit Benni. Ich bin strikt dagegen, dass er in seiner Verkleidung als Vampirjäger mit seinem zugespitzten Holzpflock durch die Halle rennt und auf Untote Jagd macht. »Das ist zu gefährlich!«, appelliere ich an seine Vernunft. Vorsorglich habe ich eine bauchige Sprühflasche mitgebracht, wie man sie beim Bügeln benutzt, um Hemden zu benetzen. »Was soll ich denn damit?«, fragt Benni enttäuscht. Vertrauensvoll nehme ich ihn zur Seite und erkläre ihm, dass die Flasche geheiligtes Weihwasser enthalte, das im Gesicht eines jeden Vampirs für grauenhafte Brandblasen sorgen würde. Benni ist begeistert und überlässt mir im Tausch seinen Holzpflock.

Aus den Lautsprechern dröhnt wummernde Musik, die Limo-Bar ist eröffnet, und unser Vereinsvorsitzender spricht kurz seine Begrüßungsworte. Es gibt ein paar Programmeinlagen (Prämierung des schönsten Kostüms, eine Softball-Schlacht Lehrer gegen Fünftklässler, eine Disco-Tanznummer der Mädchen aus der Vierten zu einem Song von Rihanna, die übliche Verlosung) und ansonsten jahrmarktsähnlichen Budenzauber für die Kleinen (Tauklettern, Büchsenwerfen, Trampolinspringen). Auch für das leibliche Wohl ist gesorgt, es gibt Fleischpasteten, karelische Piroggen,

Süßes und Getränke (natürlich alkoholfrei). Senja verkauft Cola, Eila im Kostüm einer Indianersquaw unterhält sich angeregt mit einem Trapper, Benni jagt Vampire, ich selbst bin ein stattlicher Germane mit gehörntem Helm.

Ich kippe mir eine Zitronenlimonade auf die Zunge und muss daran denken, dass ich bei Besuchen in Deutschland immer wieder in Gespräche darüber verwickelt werde, wie ich es nur in Finnland aushalten könne. »Macht die Dunkelheit nicht trübselig?«, werde ich häufig gefragt.

»Nein«, gestehe ich freimütig jedem, der es hören will, »die langen Herbstabende finde ich gemütlich, vor allem, wenn Feuer im Kamin knistert.«

»Wird die monatelange Kälte nicht irgendwann unerträglich?«, lautet eine andere vielgestellte Frage.

»Überhaupt nicht«, kann ich überzeugt antworten, »ich bin ein großer Freund von Skilanglauf und mag den Schnee.«

Ebenfalls eine Standardfrage: »Sind die kurzen Sommer mit den vielen Mücken keine Plage?« – »Wo wir wohnen, piesacken einen nicht mehr Mücken als in Deutschland«, kann ich versichern, »und die Sommer sind herrlich. Außerdem wird's nie so drückend schwül wie in Mitteleuropa.«

»Hast du denn niemals Heimweh?«, ist die Frage meiner Landsleute von einst, und bei dieser Frage muss ich die Segel streichen. »Ja, habe ich. Ein Mal im Jahr: zu Karneval!« Wenn die Rosenmontagszüge über die Straßen rollen, wenn aus den Festsälen ein Tusch und Tä-tä-rä-tä-tä den anderen jagt, wenn das Bier in Strömen fließt, ohne dass man sich unter den Tisch säuft, aber doch so, dass man Büttenredner lustig findet, wenn die Funkenmariechen über die Bühne hopsen (und zwar nicht zu Songs von Rihanna), wenn einem die Kamelle um die Ohren fliegen und sich Unbekannte in den Armen liegen, dann muss einem Exil-Rheinländer das Herz aufgehen. Vielleicht würde ich ganz vergessen, dass Karneval ist, wenn unser Elternverein überhaupt keine Feier veranstalten würde. Aber der Versuch, Karneval zu inszenieren, verdeutlicht mir nur umso mehr, dass es höchstens halb gelingen will, ihn nach Finnland zu verpflanzen. Mir fehlen die Lieder zum Mitgrölen (und sei es »Da steht ein Pferd auf dem Flur«), mir fehlen die Pappnasen, und mir fehlt die Stimmung, vom sinnfreien Helau- und Alaaf-Gerufe ganz zu schweigen.

Wie zur Bestätigung meiner melancholischen Gedanken tippt mich jemand auf die Schulter. Als ich aufblicke, sehe ich vor mir ein langjähriges Mitglied des Vereins.

»Könntest du deinem Sohn mal sagen, er soll nicht rumlaufen und alle nass spritzen?«

Statt zu antworten, sehe ich ihn lange an und frage mich, ob er das ernst meint.

Pünktlich um halb neun ist die Kinderparty vorbei. Alle helfen beim Aufräumen. Von den vielen Losen, die unsere Familie gekauft hat, war nur eines ein Gewinn: Senja hat von Viking Line einen Gutschein für eine Fahrt mit der Fähre nach Stockholm gewonnen, leider nur für eine Person. Ich erkenne das als einen Fingerzeig des Schicksals und nehme mir vor, ihr den Gutschein abzuhandeln.

Als wir auf der Rückfahrt im Auto sitzen, zieht sich Eila endlich ihre schwarze Indianerperücke vom Kopf.

»Ist es eigentlich anstrengend, als Finnin Karneval zu feiern?«, frage ich sie.

»Nein, überhaupt nicht. In Finnland gibt es ja auch Karneval.«

Ich starre sie verblüfft an. Ich will Finne werden und weiß noch nichts vom finnischen Karneval?

»Genau genommen sogar zweimal im Jahr«, erklärt mir meine Frau. »Zum 1. Mai und bei *Penkkarit*, wenn die Abiturienten ihren letzten Schultag feiern.«

Sie hat nicht ganz unrecht. Gewisse Formen karnevalistischen Treibens gibt es auch in Finnland. Und mit ihrer Erwähnung des 1. Mai ruft Eila eine angenehme Jugenderinnerung wach:

Eine Mütze für die Jungfrau

Ich war noch Finnland-Frischling und hatte Eila erst vor kurzem kennengelernt. Zum 1. Mai lud sie mich dazu ein, mit ihr und einigen Freunden *Vappu* zu feiern. Ich hatte keine Ahnung, was das war und was man dort so tat, aber natürlich nahm ich die Einladung an.

Als wir in der Studentenbude in der Tamperer Innenstadt, in der das Fest stieg, ankamen, war die kleine Wohnung mit rund dreißig Personen bereits restlos überfüllt. Kaum traten wir durch die Tür, blies uns die Gastgeberin Luftschlangen ins Gesicht und stimmte ein Begrüßungsgejohle an, in das mehrere andere mit einfielen.

Jeder Finne hält sich selbst bei größten Gefühlswallungen, im Vollrausch oder in den ungewöhnlichsten Ausnahmesituationen an bestimmte Regeln. Auch hier zogen alle brav ihre Schuhe aus, und alle Raucher gingen von sich aus auf den kleinen Balkon, bevor sie ihre Zigarette ansteckten. Außerdem tranken hier alle nur von den Bierbüchsen, die sie selbst mitgebracht hatten.

Viele Gäste trugen ihre weißen Pennälermützen, die man hierzulande bei bestandenem Abitur erhält und anschließend beim Studium zu besonderen Anlässen aufsetzt. (Bisher hatte ich solche Kappen nur in Filmen wie »Die Feuerzangenbowle« gesehen.) Fast ebenso viele trugen bunte Overalls in den Farben ihrer Fachschaft. Die Overalls waren geschmückt mit bunten Aufnähern voller Sponti-Sprüche. Manche hatten aber auch verrückte Hüte oder rote Nasen auf, waren grell geschminkt oder hatten sich in die unmöglichsten Klamotten gezwängt, die Frauen vorzugsweise in Netzstrumpfhosen.

An der Decke schwebten gasgefüllte Ballons, auf einem kleinen Wohnzimmertisch standen Plastikflaschen mit einer seltsamen hellgelben perlenden Flüssigkeit, *Sima* genannt. Davon schenkte uns Eilas Bekannte jedem ein Sektglas voll und reichte uns den Willkommenstrunk. Ich verstand noch sehr wenig Finnisch und wunderte mich hauptsächlich, wie viel und wie schnell alle drauflosplapperten. Es war mir unmöglich, herauszuhören, wo ein Satz aufhörte und der nächste anfing. (Wer hat eigentlich das Gerücht in die Welt gesetzt, die Finnen wären ein schweigsames Volk?)

Auch gelacht wurde viel, und natürlich gesungen. Immer wieder stimmten alle in den Refrain eines finnischen Schlagers ein, von denen keiner der jungen Leute behauptet hätte, sie ernsthaft zu mögen, auch wenn sie die Texte in- und auswendig kannten. Darin unterschied sich die finnische Partymusik nicht von der deutschen, wo alle plötzlich zu Tony Marshall, Heino oder Roberto Blanco grölen und dazu glückliche Gesichter machen.

Irgendwann im Laufe der Party gab es plötzlich Geschrei in der kleinen Kochnische. Drei besonders lustige Gesellen wollten Sauna spielen. Zu diesem Zweck hatten sie alle Herdplatten hochgedreht, sich mit entblößtem Hintern auf ein Frühstückstischchen gesetzt und die glühenden Herdplatten mit Bier begossen – als Aufguss. Statt mit Birkenzweigen hatten sie sich den Rücken mit Cheerleader-Quasten aus buntem Lametta geschlagen. Nun war das Tischchen unter ihnen zusammengebrochen, und einer hatte Holzsplitter im Allerwertesten. Alle lachten und kreischten durcheinander.

Dann wurden die Herdplatten abgestellt, der Verletzte verarztet, und die Gastgeberin blies zum Aufbruch. Die jungen Männer griffen sich eine Flasche, die jungen Frauen griffen sich die Männer, und unter lautem Gepolter ging es hinaus auf die Straße.

In der Innenstadt herrschte ein Riesentrubel. Am Zentralplatz vor dem Rathaus hatten sich bereits Scharen von Quietschvergnügten versammelt. Ich hatte keinen Schimmer, um was es dabei ging, aber ich hatte meinen Spaß. Jeder quatschte mit jedem, und es kam mir vor, als wären alle eine einzige große Sippschaft, die zum Vetterntreffen zusammengekommen war. (Allerdings fiel mir auch trotz meines erhöhten Alkoholspiegels auf, dass es weder kleine Kinder noch ältere Menschen gab, *Vappu* war fest in der Hand der Studenten.)

Ein paar Ausgelassene sprangen in voller Montur in den Springbrunnen in der Mitte des Platzes und ernteten damit Beifall und Hochrufe der umstehenden Menge. Es ging bereits auf Mitternacht zu. Wie auf ein vereinbartes Zeichen zogen kurz darauf alle zur Hämeensilta-Brücke. Deren steinernes Geländer wird geziert von vier klobigen Statuen, die sich am Anfang und am Ende der Brücke jeweils zu zweit gegenüberstehen. Die ziemlich groben und ziemlich nackten Gestalten wirkten auf mich geradezu bombastisch unzeitgemäß. Drei der Statuen sind wilde Männer mit Tierfellen und Keulen, nur eine stellt eine junge Frau dar. »Die finnische Jungfrau«, erläuterte mir ein Overall- und Käppiträger, während er mit anderen Overall- und Käppiträgern auf das Geländer sprang. Von dort verlas jemand feierlich einen Text, von dem ich so gut wie kein Wort verstand, aber das war egal, denn die Zeremonie verstand ich auch so: Unter lauten Anfeuerungsrufen wurde auch der finnischen Jungfrau eine weiße Kappe aufgesetzt – eine Sonderanfertigung, versteht sich, denn die finnische Jungfrau hat genauso einen überdimensionierten Steinschädel wie ihre männlichen Kollegen. Als die Kappe an ihrem Platz saß und tatsächlich hielt, wurde applaudiert und gebrüllt, dann knallten Sektkorken, man wünschte sich gegenseitig *»Hauskaa vappua!«* und verteilte fleißig Küsschen.

Es war, als würde nach nur vier Monaten erneut ein neues Jahr eingeläutet. Einer der Partygäste aus der Studentinnenbude erklärte mir unaufgefordert den wahren Anlass: »Jetzt kann der Sommer kommen und das Leben beginnen.«

Ich hatte da so meine Zweifel bei den Temperaturen in dieser Nacht zum Mai, die nur wenige Grad über dem Gefrierpunkt lagen. Von Sommer noch keine Spur, aber ich beschloss, darauf zu vertrauen, dass die Einheimischen über gewisse Erfahrungswerte verfügten.

Nachdem alle angestoßen hatten, ebbte das Straßenfest allmählich ab. Grüppchenweise strömten die feuchtfröhlichen Finnen davon. Ich sah in der Nacht viele schöne Frauen, und die schönste unter ihnen war Eila. Ich würde sie vom Fleck weg heiraten (oder zunächst mal mit einer fünf Jahre andauernden Verlobung beginnen), dachte ich. Wir – das heißt: die noch übrigen Partygäste – hakten uns gegenseitig unter und zogen im Pulk von dannen, um im nahegelegenen Studentenhaus die Tanzfläche aufzusuchen. Dort wich ich Eila dann allerdings kaum von der Seite.

Keine Frage, das finnische Frühlingsfest hatte durchaus Ähnlichkeit mit karnevalistisch-närrischem Treiben. Nur ging Eila nicht als federgeschmückte Squaw auf den Kriegspfad.

Wo Männer noch Männer sind

Mittlerweile ist es Anfang März, und die Kinder haben eine Woche Skiferien, ebenso wie meine Frau als Schullehrerin, und wir haben uns dazu entschlossen, der finnischen Verwandtschaft in Österbotten für ein paar Tage einen Besuch abzustatten.

Österbotten ist ein Landstrich entlang der finnischen Westküste, ein plattes Land mit rauen Burschen. Karge Landschaften bringen kernige Typen hervor. Wer hier lebt, wählt Zentrumspartei (die sich früher ungeschminkt Bauernpartei nannte) und ist gegen Homo-Ehen. Hier hält man Helsinki für verderbtes Großstadtpflaster, Turku für ein versnobtes Nest und Tampere für eine rote Arbeiterhochburg. (Letzteres ist Tampere längst nicht mehr, aber es dauert lange, bis bestimmte Bilder in den Köpfen aussterben.) Ausländische Touristen verirren sich selten nach Österbotten, denn außer Feldern, Scheunen und ein paar Streifen Wald gibt es nicht viel zu sehen. Mannsgroße Findlinge liegen überall verstreut in der Gegend herum, von denen kluge Köpfe behaupten, die letzte Eiszeit hätte diese Geröllbrocken dort liegenlassen. Eingeweihte wissen, dass sie Überbleibsel nachbarschaftlicher Auseinandersetzungen sind, Felsblöcke, die sich die Bauern früherer Generationen im Streit hinterhergeworfen haben. Wenn man in Deutschland Urlaub im Allgäu macht, bringt man sich vielleicht handgeschnitzte Krippenfiguren als Souvenir mit nach Hause. Wenn man in Österbotten Urlaub macht, kauft man sich einen Dolch! Diese Waffen werden *puukko* genannt, und jeder echte Kerl hat einen solchen an der Seite baumeln, wenn er sich in seine Festtagstracht wirft. Österbotten ist eine Gegend, wo Männer noch Männer sind und Frauen noch ungezähmte Raubtiere. Hier ist Finnland noch Finnland und nicht europäisch weichgekocht. Wer hier bestehen will, braucht Mumm in den Knochen oder wenigstens eine finnische Ehefrau.

Nach einer halben Stunde Fahrt wird der Erste müde (ich). Das liegt nicht nur an der einsetzenden Dunkelheit, sondern auch an der beruhigend-einschläfernden Gleichförmigkeit finnischer Landstraßen. Sobald wir Tampere und seine Trabantenstädte hinter uns gelassen haben, verlaufen die Straßen schnurgerade vorbei an verstreuten Holzhäuschen und Bauernhöfen, die sich in die weiße Landschaft ducken, vorbei an verschneiten Feldern und zugefrorenen Seen, die im Winter kaum voneinander zu unterscheiden sind, und vorbei an felsigen Wäldern und bewaldeten Felsen, die irgendwann ineinander verschwimmen, wenn man im abendlichen Dämmerlicht und im eigenen Dösezustand an ihnen entlangrauscht. (Dennoch darf ich sagen, dass ich deutsche Autobahnen nicht vermisse.)

Erst auf der Landstraße bekommt man ein Gefühl für die Größe Finnlands, für seine riesigen Ausmaße. Nächste Tankstelle in fünfundvierzig Kilometern. Es ist ein Land, das seine Frauen zu starken Blasen erzieht. Für eine gewisse Abwechslung sorgen nur die gelegentlichen Wildwechsel-Warnschilder mit Elch, denn immer brüllt mindestens einer von uns: »Zielen Sie auf das

Arschloch des Tieres!« Natürlich konnte ich es mir nicht verkneifen, der ganzen Familie von dieser Stilblüte zu berichten.

Etwa auf halber Strecke machen wir halt bei einer Raststätte mit dem Namen *Juustoportti*, die Käsepforte. Viele Autofahrer mit Kurs Nordwest steuern unterwegs die kleine Attraktion an. Grund ist ein Spezialgeschäft mit auserlesenen Molkereispezialitäten: Blockkäse mit Rum- oder Nussgeschmack, gebackener Käse in großen Fladen, Schmierkäse mit dem Bouquet von Lachs oder Teer. Damit das Ganze auch wirklich exklusiv wirkt, kann man dort außerdem Holzmesserchen zum Schmieren von Butter erstehen oder Käsehobel mit einem Griff aus Rentierknochen, die ziemlich teuer sind, aber das Qualitätssiegel *»Handmade in Finland«* tragen. Dafür ist man hierzulande gerne bereit, sein Geld hinzublättern. Das Beste aber an *Juustoportti* ist ein lebensgroßes Kuhmodell, das in der Eingangshalle steht und an dem sich kleine und große Kinder im Melken versuchen können. An den Eutern der Rindvieh-Attrappe kann man ziehen und kneten, und wenn man's geschickt anstellt, spritzt zur Belustigung großer und kleiner Zitzenfreunde Wasser heraus. Senja ist aus dem Alter heraus, wo Kinder sich für Kühe interessieren. Sie steuert nach dem Betreten der Raststätte schnurstracks die kleinen Modeboutiquen an, die sich unter demselben Dach befinden. Benni aber will melken, stürmt geradewegs auf die Kuh zu und beginnt zu zupfen und zu zapfen. Dabei lacht er, dass es durch die ganze Raststätte hallt. Eila eilt erst auf die Toilette und betritt dann den Spezialitätenladen, um nach einem käsigen Mitbringsel für ihre Eltern Ausschau zu halten. Ich folge ihr unauffällig und schaue ihr über die Schulter, damit sie nicht allzu viele unnötige Holzmesserchen kauft. (Sie bekommt es fertig, Dinge zu kaufen, die wir entweder schon haben oder gar nicht brauchen, nur weil sie schön sind und einen Aufkleber mit dem Vermerk *»Handmade in Finland«* tragen. Sie tut das mit der Begründung, dass man diese Dinge irgendwann einmal als Präsent verwenden könnte, ohne aber je eines zu verschenken.)

Eine halbe Stunde später und um etliche Euro erleichtert, setzen wir unsere Fahrt fort. Gut die Hälfte der Strecke nach Alahärmä – so heißt der Ort, in dem meine Schwiegereltern leben – liegt nun hinter uns. Nach unserem Stopp simst meine Frau ihrer Mutter den aktuellen Zwischenstand zu. Wir haben kaum *Juustoportti* hinter uns gelassen, als sich Benni kleinlaut meldet: »Ich muss mal!« Wir bieten Benni an, irgendwo zu halten, um sich in die Botanik zu stellen, aber das lehnt er kategorisch ab. Mit zusammengebissenen Zähnen behauptet er schließlich, es bis nach Alahärmä aushalten zu können. Meine Frau schreibt ihrer Mutter sogleich eine Mitteilung, dass bei unserer Ankunft Benni aufs Klo müsse; ein wichtiger Hinweis also, der über Leben und Tod entscheiden kann. Kurz darauf simst meine Schwiegermutter zurück, sie habe schon einmal den Klodeckel aufgeklappt und erwarte uns.

Als vor uns im Licht der Scheinwerfer das Ortsschild von Ylihärmä leuchtet, schnuppert Eila bereits Heimatluft. Ylihärmä ist der Nachbarort von Alahärmä. Es gibt also sozusagen zweimal Härmä, einmal mit *Yli-* und einmal mit *Ala-*. (Das ist vergleichbar mit Oberammergau und Unterammergau, nur dass man in Härmä vergeblich nach Krippenfiguren suchen wird.)

Am Ortseingang von Alahärmä, direkt neben der Tankstelle, steht ein überlebensgroßes Standbild. Die fast vier Meter hohe Statue aus Stahl und buntem Glas ist von innen beleuchtet und stellt einen Mann in Tracht dar, mit Schlapphut und schwarzem Rock, einem grauen Pullover verziert mit roten Rauten, Stulpenstiefeln und einem Dolch *(puukko)* an der Seite. Die Figur hat draufgängerisch ihre Fäuste in die Hüfte gestemmt, als wollte sie alle Reisenden ermahnen, gefälligst weiterzufahren. Solchen wilden Raufbolden verdankt ganz Österbotten seinen schlechten Ruf. Und die schlimmsten Messerhelden stammten just aus diesem Nest, aus Alahärmä. Der Schlimmste der Schlimmen aber war *Isontalon Antti,* der Vorfahr meiner finnischen Sippe. Mir schaudert ein wenig bei dem Gedanken, dass unser Sohn seinen Mittelnamen Antti ebenjenem Gewalttäter verdankt, der in seinem Leben rund ein halbes Dutzend Mal wegen Messerstecherei, Brandstiftung und illegaler Schnapsbrennerei vor Gericht stand. Als wir an der Figur vorbeifahren, höre ich Benni sagen: »Ich finde, der sieht aus wie van Helsing.«

»Das ist kein Vampirjäger, sondern ein *Häjy*«, belehrt ihn Senja. *Häjy* nannte man früher die aufsässigen Unruhestifter, und so nennt man bis heute Schläger und Schurken.

An seine Mutter gewandt (und wie immer in solchen Fällen von Deutsch zu Finnisch wechselnd) fragt Benni: »Was haben die *Häjy* früher angestellt?«

»Viel getrunken« ist das Erste, was Eila einfällt, »sich geprügelt und mit ihren Messern gekämpft. Sie haben sich mit den schwedischsprachigen Amtmännern angelegt und erst recht mit der russischen Obrigkeit.« Das klingt in meinen Ohren ein wenig nach Volkstümlichkeit und Freiheitskampf, aber die Familienbande zwingen meine Frau zur Verklärung. »Die *Häjy* waren auch dafür bekannt, als ungeladene Gäste auf Familienfesten aufzutauchen«, sagt Eila nach einer kleinen Pause,

»dann haben sie über Tische und Stühle getanzt und sich die Bäuche vollgeschlagen.«

Der Hof meiner Schwiegereltern liegt mehrere Kilometer vom Zentrum des Ortes Alahärmä entfernt, sofern man die Ansammlung von Kirche, Friedhof, Bank und Supermarkt als Zentrum bezeichnen darf. Auf dem großen Areal liegen mehrere Gebäude verstreut. Neben dem Wohnhaus aus den Siebzigern gibt es einen großen Schuppen für Traktor und Mähdrescher, einen Unterstellplatz für die Autos, ein halbverfallenes Spielhäuschen für die Kinder, einen alten Hundezwinger, ein Lager fürs Brennholz, einen Kornspeicher und eine Rauchsauna. In einiger Entfernung stehen ein unbenutzter Kuhstall mit schiefem Dach, eine leerstehende Blockhütte fürs Gesinde und das alte Wohnhaus aus dem neunzehnten Jahrhundert, in dem noch viele Möbel, mehrere Spinnräder und sonstige Dinge mit Antiquitätswert stehen. Schon fast außer Sichtweite, aber dennoch zum Hof gehörend, liegen die baufälligen Fuchsställe.

Die Kinder nennen ihre Großeltern, egal ob sie Deutsch oder Finnisch sprechen, *Ukki* und *Mummi*. *Ukki* bedeutet so viel wie Opi oder Großväterchen, *Mummi* ist das weibliche Gegenstück. Im Finnischen gibt es je nach Region und Dialektgebiet drei Handvoll Bezeichnungen für Opa und Oma, die mal streng, mal ehrerbietig, mal lustig oder heimelig klingen. *Ukki* und *Mummi* klingen nach süßem Gebäck rund ums Jahr. Selbst meine Frau hat vor Jahren damit begonnen, die eigenen Eltern *Ukki* und *Mummi* zu nennen, und manchmal ertappe ich mich dabei, sie auch so nennen zu wollen.

Mummi drückt alle an ihre großmütterliche Brust und lockt die Kinder in die Küche, wo ein Backblech mit ofenfrischem Schokoladenkuchen wartet. *Ukki* drückt mir die Hand und verkündet, die Rauchsauna sei aufgeheizt. Außer meinem Schwiegervater und mir traut sich niemand mehr vor die Tür. Ich bin mir sicher, dass mein Schwiegervater darauf spekuliert hat. So kann er sich in Ruhe mit mir in die Rauchsauna zurückziehen und ein Bier trinken.

Mein Schwiegervater heißt übrigens auch Antti, wie es in der Familie Tradition hat, aber im Gegensatz zum berüchtigten Ahn mit dem langen Strafregister ist er die Sanftmut in Person. Der Name *Ukki* passt viel besser zu ihm. Wir hüllen uns in Bademäntel, schlüpfen in Gummistiefel und staksen hinaus zur Rauchsauna. *Ukki* hat sie in mühevoller Arbeit viele Stunden lang beheizt und manchen Holzscheit verfeuert. Allerdings herrscht an Brennholz auch kein Mangel, da er eigene Wälder besitzt, mit deren Auslichten er kaum nachkommt.

Eine Rauchsauna unterscheidet sich vom herkömmlichen Schwitzbad dadurch, dass während des Heizvorgangs der Rauch nicht durch einen Schornstein, sondern durch den Raum abzieht. *Ukkis* Rauchsauna hat gute fünfundachtzig Grad erreicht. Die Luft ist mild und würzig und die Steine des Saunaofens heiß wie *Mummis* Backblech. Die Wände sind auf eine angenehme mystische Art schwarz verrußt. Für echte Saunafreunde ist eine Rauchsauna die Krönung.

Ukki und ich entledigen uns in einem kleinen Vorraum unserer Bademäntel und Gummistiefel. Es gibt kaum Licht, die Verhältnisse sind urtümlich-anspruchslos. Als wir endlich in der Sauna sitzen, reicht er mir eine kühle Flasche Bier. Er macht einen ersten Aufguss. Dann stoßen wir an, und er sagt: *»Pohjanmaan kautta!«* Das heißt wörtlich »via Österbotten«, als wäre die Reise über die Landschaft gleich dem Weg durch die

Speiseröhre, bedeutet aber nichts anderes als »Hoch die Tassen!«.

Wir sitzen und schwitzen und genießen unser Bier. Und als wir ausgetrunken haben, holen wir noch zwei Flaschen Bier herein, die draußen im kalten Schnee stehen, und ich erzähle meinem Schwiegervater davon, dass ich mich um die finnische Staatsbürgerschaft bemühen will. Er sieht mich an, aber im Halbdunkel kann ich nicht genau erkennen, ob er mich mit Stolz, Unglauben oder Mitleid ansieht. Jede Rauchsauna hütet ihre Geheimnisse.

Im Vorraum der Sauna steht ein Zuber mit heißem Wasser. Dort kann man sich anschließend einseifen und abwaschen. Eine Dusche gibt es nicht, das wäre zu neumodisch und einer Rauchsauna nicht würdig.

Als der Saunagang beendet ist und wir wieder im Wohnhaus sind, gibt es zu später Stunde noch eine hochprozentige Schlafmütze. Auf dem Weg ins Bett bemerke ich, dass Benni immer noch wach liegt. Er liegt im Gästedoppelbett, eingemummelt in viele Decken, und blättert noch, ausgerüstet mit einer Taschenlampe, durch ein Buch über mysteriöse UFO-Erscheinungen.

»Bist du immer noch wach?«, frage ich ungläubig. »Was liest du denn da?«

»Ein Buch über UFOs. Wusstest du, dass man Begegnungen mit UFOs in verschiedene Arten unterteilt?«

Zwar habe ich schon mal davon gehört, aber ich lasse es mir gerne noch einmal genauer erklären. Benni ist immer froh, wenn er sein Wissen ausbreiten darf.

»Also«, beginnt er seinen Vortrag, »eine Begegnung der ersten Art ist, wenn man ein UFO sichtet. Also sagen wir mal, wenn eine fliegende Untertasse an einem vorbeischwebt. Eine Begegnung der zweiten Art ist eine unmittelbare Begegnung mit UFOs.«

»Und was ist eine Begegnung der dritten Art?«, frage ich neugierig und denke an den gleichnamigen Spielberg-Film.

»Das ist, wenn man mit UFOs Kontakt hat, also direkt mit Außerirdischen spricht. Wenn man ihr Raumschiff betritt oder vielleicht sogar von ihnen gefangen genommen wird.«

Mit meinem neuen detaillierten Wissen lege ich mich schlafen, doch trotz bleierner Müdigkeit wollen mir die Augen nicht gleich zufallen. Stattdessen überlege ich, ob man die Kategorisierung der UFO-Begegnungen auf Finnen übertragen und ausweiten könnte.

Begegnung der ersten Art: flüchtige Sichtung eines Finnen.

Begegnung der zweiten Art: direkte Kontaktaufnahme, zum Beispiel per Saunabesuch.

Begegnung der dritten Art: Man wird Finne.

Mit diesem Ziel vor Augen schlafe ich endlich ein.

Sisu

Ein Wochenende in (Ala-)Härmä ist für meinen Magen stets eine Rosskur. Das liegt an den Unmengen Kaffee, die wir trinken. Eigentlich mag ich Kaffee, nur mag der Kaffee mich nicht und quält mich mit Magendrücken, wenn er einmal in der Überzahl ist. Zu jeder Mahlzeit wird Kaffee getrunken, und Mahlzeiten gibt es hier bei meinen Schwiegereltern mindestens sechs pro Tag. Es beginnt nach dem Wachwerden mit einem leichten Brei-Frühstück. Brei aus Hafer, Roggen oder auch Gerste mit einem Butterauge oder ein paar Beeren obenauf wird in Finnland viel gegessen, selbst harte Fernfahrer biegen von der Landstraße ab, wenn Raststätten mit einem Schild locken, auf dem steht: »Ab 50 Liter Benzin Brei und Kaffee gratis«. Nur wenig später wird ein zweites, kräftiges Frühstück eingenommen, gefolgt von der ersten warmen Mahlzeit, dem Mittagessen. Am frühen Nachmittag gibt es dann Kaffee mit *Pulla,* einem Hefegebäck, das meist so trocken ist, das man es mit viel Kaffee herunterspülen muss. (Manchmal gibt es *Pulla* aber auch schon als Nachtisch zum Mittagessen, die Grenzen sind fließend, annähernd so flüssig wie Kaffee.) Am späten Nachmittag gibt es ein Abendessen, das auf dem Lande häufig auch warm ist und nicht nur aus belegten Broten besteht. Hauptbestandteil der warmen Mahlzeiten sind traditionell Kartoffeln. Und am Abend vor dem Schlafengehen gibt es noch einen kalten Imbiss.

Das Übersetzen der Mahlzeiten ins Deutsche ist geradezu unmöglich, denn die jeweilige Bezeichnung hängt in Finnland nicht nur von der Tageszeit, sondern auch von Umfang und Beschaffenheit ab.

Die Häufigkeit der Mahlzeiten scheint mir bei meinen Schwiegereltern in einem geheimnisvollen Zusammenhang mit der Intensität der Mediennutzung zu stehen. Sie haben manchmal im Wohnzimmer den Fernseher an, und zeitgleich spielt unüberhörbar in der Küche das Radio, während sie vor dem Kamin sitzen und Zeitung lesen. Meine Schwiegereltern sind ansonsten herrlich locker, zum Frühstück braucht niemand frisch rasiert oder sonntäglich angezogen zu erscheinen. Mein Schwiegervater frühstückt in langen Unterhosen, meine Schwiegermutter mit Lockenwicklern im Haar. Alles steht fürs Essen bereit, und jeder kommt und geht, wie's im behagt, bedient sich und setzt sich, wohin er will. In Finnland legt man viel Wert auf Individualismus.

Nach dem (zweiten) Frühstück zeigt mir mein Schwiegervater seinen neuen Motorschlitten. Den hat er vor einiger Zeit aus drei Gründen gekauft: einem vorgeschobenen, einem finanzwirtschaftlichen und einem gesellschaftlichen. Der vorgeschobene Grund ist der, dass ein Bauer auf dem Lande einen Motorschlitten brauche, um auch im Winter seine Felder inspizieren zu können. Diese Begründung ist an dünnen, blonden finnischen Haaren herbeigezogen, denn selbst wenn so eine Arbeit nötig wäre, könnte man sie über Feldwege ebenso leicht mit einem Auto mit Vierradantrieb bewältigen. Der finanzwirtschaftliche Grund sind die Steuern. Einen Motorschlitten kann man bei geschickter Begründung als landwirtschaftliches Gerät von der Steuer absetzen. Der gesellschaftliche Grund ist ein Bauer aus der Nachbarschaft, der sich vor einiger Zeit einen Motorschlitten angeschafft hat, um damit zu protzen. Die Folge war, dass alle Bauern der Umgebung sich auch einen kaufen mussten, um gegenzuhalten. *Ukki* wollte bei dem Spielchen eigentlich nicht mitmachen, aber *Mummi* war der Ansicht, dass sie unbedingt einen Motorschlitten brauchen würden. Das Leben auf dem Lande kann hart sein.

Mit Freuden nehme ich das Angebot meines Schwiegervaters an, die PS-starke Maschine auszuprobieren. Ich ziehe mir den wärmsten Overall an und die dicksten Handschuhe, stülpe mir einen Motorradhelm über den Kopf, dann kann's losgehen.

Motorschlitten fahren ist im Grunde genommen eine Form der akustischen Umweltverschmutzung. Kajak fahren, Ski laufen oder andere Sport- und Fortbewegungsarten ohne Auspuff sind mir ehrlich gesagt lieber. Aber in Österbotten kann ich ruhigen Gewissens durch die Gegend brettern, denn hier hält man das Brummen von Motoren nicht für eine Störung, sondern für ein Zeichen des Fortschritts. Die Morgensonne hängt noch gleißend tief am östlichen Himmel, der zwischen den Tannenwipfeln bläulich weiß schimmert. Es sind angenehme minus neun Grad, und die Welt um mich herum ist ein Traum aus Schnee und Eis. Ich frage mich, ob es eine Steigerung zu weiß gibt. Ja klar, schneeweiß. Wie wär's mit finnisch-weiß? Um mich herum ist alles so weiß, dass es blendet: der Boden, die Bäume, die flirrende Luft, der Himmel. Der Frost hat sich um jeden Zweig gelegt und sich in bizarren Kristallen überall festgesetzt. Nicht nur die Äste der Bäume sind beschneit, auch ihre Stämme sind weiß. Die Überlandleitungen tragen einen Mantel aus Schnee, der sie um das Zehnfache ihrer normalen Dicke hat anwachsen lassen.

Manch kleine Tanne ist so vom Schnee bedeckt, dass keine einzige Nadel mehr hervorschaut, sie sehen aus wie erstarrte Schneegestalten (oder wie die gespenstischen kleinen Hattifnatten aus Tove Janssons Troll-Geschichten, die in Finnland jedes Kind kennt).

Auf gerader Strecke kitzle ich aus dem Motor heraus, was er hergibt. Um auf Nummer sicher zu gehen, bleibe ich aber auf den Feldwegen, denn die Äcker sind trügerisch – sie verraten nicht, ob sich unter ebener Schneefläche eine Furche oder ein kleiner Entwässerungsgraben befindet.

Nach einiger Zeit werde ich vor mir einen anderen Motorschlitten gewahr, zu dem ich schnell aufschließe. Mit einem Male verschärft der andere sein Tempo. Ich bin sicher, er hat bemerkt, dass jemand hinter ihm herfährt, und es ist gegen seine Ehre, sich überholen zu lassen. Ich halte meine Geschwindigkeit und fahre in gleichbleibendem Abstand hinter dem anderen her, der sichtlich versucht, mich abzuschütteln. Sein Kopf neigt sich immer wieder leicht zur Seite, er beobachtet mich angestrengt in seinem Rückspiegel. Ab und zu versucht er sogar, über seine Schulter nach hinten zu schielen, denn ein Rückspiegel vermittelt einen falschen Eindruck vom wirklichen Abstand. Nach einiger Zeit lasse ich mich zur Sicherheit etwas zurückfallen, weil ich wenig Lust verspüre, mich auf waghalsige Rennen einzulassen.

Der verschneite Feldweg, auf dem wir unterwegs sind, macht einen leichten Schlenker und läuft auf einen kleinen Wald zu. Der andere lässt seinen Motor aufheulen. Er fährt jetzt in der Sitzhocke, wie ein Enduro-Fahrer auf schwierigem Gelände. Dann biegt er mit Schwung in das Wäldchen ein und verschwindet für Augenblicke ganz aus meinem Blick. Weil der Weg vor mir nicht einzusehen ist, werde ich noch ein wenig langsamer und hoffe auch, dass der andere so viel Vorsprung gewonnen hat, dass wir uns ganz aus den Augen verloren haben. Ich möchte lieber alleine durch die Gegend fahren, statt durch aufgewirbelte Schneewolken eines Vorfahrers zu brausen.

Kaum bin ich in das Waldstück eingebogen, da sehe ich den anderen im Graben hängen, wahrscheinlich ist in der Kurve das Heck seiner Maschine ausgebrochen.

Zum Glück ist dem Fahrer nichts passiert. Er ist abgesprungen und bemüht sich mit eiligen Bewegungen, seinen Motorschlitten wieder auf den Weg zu bringen. Die Vorderkufen seines Schlittens hängen fast in der Luft und haben kaum Bodenkontakt. Die hinteren Schneeketten drehen beim Gasgeben durch und blasen wie ein Schneewerfer weißen Flockenstaub hinter sich. Ich halte ganz in der Nähe an, lasse meinen Motor aber weiterlaufen und steige ab. Dann klappe ich das Visier meines Helms hoch und gehe auf den anderen zu.

»*Voinko auttaa?* – Kann ich helfen?«, frage ich.

Der andere hantiert an seinem Motorschlitten herum, ohne mich weiter zu beachten. Hinter seinem Visier glaube ich, das Gesicht eines Kerls zu erkennen, der sicher ein paar Jahre jünger ist als ich. Er macht sich nicht die Mühe, seinen Helm zu öffnen, geschweige denn mir zu antworten. Nicht mal durch ein Nicken. Ohne lange zu warten, springe ich ihm bei und versuche, von hinten zu schieben. Wir müssen aufpassen, dass sein Schlitten nicht zur Seite fällt oder einen von uns unter sich begräbt. Ich suche sicheren Halt und eine gute Position zum Anschieben. Dann drücke ich, so gut ich kann. Ich stehe in einem Gemisch aus aufstiebendem Schnee und Abgasen und klappe rasch mein Visier wieder zu. Ansonsten schützt mich mein Overall vor dem

Gröbsten. Da ruckt es kräftig, der Motorschlitten macht einen Satz nach vorne und kommt wieder auf festen Untergrund. Die Schneeketten packen wieder. Nur mit Mühe kann der andere seine Hände am Lenker halten. Ich selbst sacke in die Knie, in den tiefsten Schnee, freue mich aber, dass wir das Gefährt frei bekommen haben. Noch während ich mich aufrichte und aus dem Graben klettere, sitzt der andere auf. Er sieht ganz kurz zu mir herüber, dann gibt er Gas und jagt davon.

Im Laufe meiner Spritztour begegne ich dem undankbaren Rennfahrer noch zweimal, und beide Male ignoriert er mich geflissentlich.

Die Schönheit der Landschaft trägt dazu bei, dass sich meine Laune bald wieder aufhellt. Einige Birken und junge Fichten biegen sich so unter der Last des Schnees, dass sie sich tief nach unten beugen und Halbbögen bilden, die an schmalen Stellen aus dem Waldweg eine Laube machen. Im tiefen Schnee erkenne ich bei langsamer Fahrt neben dem Weg die Fährte eines Hasen. Wie die Tiere in dieser Kälte überleben, ist mir schleierhaft, aber ich wünsche den Langohren, dass sie einen warmen Hasenbau haben, in dem sie sechsmal täglich eine Mahlzeit einnehmen können. Nach kurzer Fahrt endet das Wäldchen, und ich fahre wieder an offenen Feldern vorbei. Um niemandem mehr zu begegnen, nehme ich einen kleinen Seitenweg, der nicht von einem Bauernhof zum nächsten führt, sondern eher ein Trampelpfad ist und in einem Schlingerkurs an Feldern, Baumgruppen und einzelnen Felsen vorbeigeht. Die Scheunen und Darren, die hier vereinzelt stehen, tragen dicke Mäntel aus Schnee und sehen so aus, als hätte man sie wie Pfefferkuchenhäuser mit einer dicken Schicht aus Zuckerguss bestrichen. Oder vorsorglich in Watte eingepackt, um sie vor Unbill zu schützen.

An einem der hölzernen Freileitungsmaste sehe ich einen Buntspecht, der beherzt auf das Holz einhämmert. Ich halte an und betrachte ihn ein wenig. Der Vogel wirkt frisch und munter. So weit kenne ich mich in der Tierwelt aus, um zu wissen, dass er zu dieser Jahreszeit da oben kaum nach Insekten oder Larven sucht, sondern Kerben im Holz zum Knacken von Pflanzensamen benutzt. Von denen findet er auch im Winter reichlich. Der Motorschlitten stört den gefiederten Freund wohl nicht. Die roten Tupfer auf seinen Federn sind wie ein blutrot belebender Farbklecks im Winterweiß. An benachbarten Masten erspähe ich zwei weitere Vögel, die ebenso unverzagt picken und hacken. Mir fällt bei ihrem Anblick ein Volksreim ein, den Senja mal vor Jahren im Kindergarten gelernt hatte und später mit Stolz auch mir beibrachte:

Tillin tallin tikka hakkaa
puuta nokallansa,
viepi pienet poikansakin
työhön mukanansa.

Das kleine Gedicht erzählt von einem Specht, der fleißig mit dem Schnabel aufs Holz einhämmert und zur Arbeit seine Jungen mitbringt. Das Schöne an dem Reim ist vor allem seine sprachliche Form mit den vielen klickenden und klackenden Lauten. Ich stelle den Motor ganz aus und nehme meinen Helm vom Kopf, um den Spechten zuzuhören. Ihr Hacken hallt wie ein fröhliches Trommelkonzert über die Weite. Friedlich taumeln einige Flocken vom Himmel. *Tikka hakkaa.* Ob vor Jahrtausenden die ersten Menschen, die in diesen Breiten heimisch wurden, in ihre Sprache die Laute und den Rhythmus aufgenommen haben, die die Natur ihnen vorgegeben hat? Ein stakkatoartiges Ticktack mit viel winterlicher Ruhe drum herum, nordisch rau, aber nicht unmelodisch – *hakkaa puuta nokallansa.*

Auf dem Rückweg lege ich noch einen Stopp bei den Fuchsställen ein. Bis vor ein paar Jahren hatte mein Schwiegervater nicht nur Landwirtschaft, sondern auch eine kleine Pelzzucht. In kleinen Verschlägen mit einem Boden aus Maschendraht kauerten Polarfüchse, die hier ein jämmerliches Dasein fristeten, scheue Tierchen, die sich beim Erscheinen eines Menschen ängstlich in eine Ecke zwängten. Die Pelzpreise fielen vor einigen Jahren so weit in den Keller, dass die Zucht von Füchsen ebenso unrentabel wurde wie die Haltung von Milchkühen, sofern sie nicht in großen Beständen und in vollautomatisierten Ställen stattfindet. Zudem protestierten die Tieraktivisten immer zahlreicher gegen die Pelzzucht. Womöglich ist mein Schwiegervater nicht ganz so sanftmütig, wie ich annehme. Er brachte es jedenfalls fertig, den Füchsen tödliche Stromschläge zu versetzen und ihnen das Fell über die Ohren zu ziehen. Doch ich bin fast sicher, dass er es ungern getan hat. Wer weiß, ob ich meiner Schwiegermutter noch willkommen wäre, wenn die wüsste, dass ich jahrelang heimlich mit den Tieraktivisten sympathisiert habe und heilfroh war, als sie die Pelzzucht aufgegeben haben.

Dass die Fuchsställe weit entfernt vom Wohnhaus liegen, hat seinen Grund: Gegen Fuchskot ist selbst ein frischer Kuhfladen eine bekömmliche Brise frischer Landluft.

Später am Tag erzähle ich Eila von meiner Begegnung mit dem anderen Motorschlittenfahrer, von meiner Hilfeleistung und dem ausbleibenden Dank. Eila hört kurz zu und schaut mich durch schmale Augen schmunzelnd an. »Ich hab's dir doch schon einmal erklärt!«, meint sie und runzelt die Stirn. »Du solltest hier niemandem deine Hilfe aufdrängen.« Während wir uns darüber unterhalten, kommt Senja in geschmeidigen Tanzbewegungen ins Zimmer geschlängelt. Sie hört Musik, die trotz Kopfhörer so laut ist, dass ich den Song erkenne: Britney Spears trällert *»Oops, I did it again«*.

Das ist ein Zeichen, denke ich. Auch ich hab's wieder getan, nur dass ich, statt wortlos auf Hilfe zu hoffen, wortlos Hilfe geleistet habe. Mein echt finnischer Vorsatz: Ich tu's nie wieder, nie mehr werde ich jemandem helfen, der nicht mindestens in Todesgefahr schwebt (und vielleicht deshalb nicht spricht). Ich werde niemanden in Verlegenheit bringen, der sich mit gefletschten Zähnen und finnischem Durchhaltevermögen noch selbst aus dem Graben kämpfen kann, und wenn er sich an den eigenen Haaren herausreißt. Schließlich haben die Finnen sogar ein Wort für die verbissene Hartnäckigkeit: *sisu*. Als angehender Ganz-und-gar-Finne darf mir *sisu* natürlich nicht fehlen – Liste hin oder her.

Am nächsten Abend gehen Eila und ich in ein Rockkonzert im heimischen Vergnügungspark. Für das Event-Gelände zeichnet ein Mann namens Jorma Lillbacka verantwortlich, ein lokaler Unternehmer, der es aus einfachen Verhältnissen zum Magnaten gebracht hat und dessen Lebensgeschichte ähnlich kometenhaft erscheint wie die der Henkels und Albrechts in Deutschland. Aus der Erfindung raffinierter Schlauchpressen wuchs ein Konzern, der heute weltweit in den Bereichen Maschinenbau, Transport und Logistik operiert. Der gute Lillbacka wurde millionenschwer. Was ihn von deutschen Industriebaronen unterscheidet, ist nur, dass er nie so ausgesehen hat. Jorma Lillbacka hat sein Lebtag so ausgesehen wie jemand, der jede leere Bierflasche im Straßengraben aufklaubt, um sie zur Pfandrückgabe zu bringen. Eines Tages kam dem Alten die Idee, in Alahärmä eine moderne Erlebniswelt aus dem Boden zu stampfen.

»Warum in einem Ort mit kaum fünftausend Seelen?«, wurde er seinerzeit von der Presse gefragt, als der Plan bekannt wurde.

»Weil ich hier wohne!«, war die einfache Antwort. Und so wurden vor einigen Jahren auf alter Ackerfurche eine Kartingbahn, ein Vergnügungspark, ein Pferdehof, ein Luxushotel, eine große Halle für Sportveranstaltungen sowie ein Märchenwald voll finnischer Trolle gebaut. Dazu Shops, Restaurants und Ferienhütten. Das Ganze nennt sich PowerPark und ist umgeben von Wäldern, Feldern und unbeschränkten Parkmöglichkeiten. In anderen Ländern der Welt machen Schulklassen vom Lande ihre Ausflüge in die Metropolen, um Museen und historische Baudenkmäler zu besuchen. In Finnland kommen die Schüler aus den großen Städten in einen Flecken wie Alahärmä, um sich im PowerPark auszutoben. Kerle wie Jorma Lillbacka machen es möglich. Visionäre Sturköpfe.

Aber der eigentliche Star des Abends heißt Lauri Tähkä. Er ist ein Musiker und Sänger aus Vaasa und damit auch ein Sohn der Landschaft Österbotten. Ihm ist es gelungen, Volksmusik mit Rock zu kombinieren, Geigengefidel mit E-Gitarre zu paaren. Und er schreckt nicht davor zurück, in seine Songtexte Brocken des bottnischen Dialekts einzustreuen. Er ist seit längerem im ganzen Land beliebt und tourt landauf, landab.

Nach dem Auftritt von Rock-Größe Tähkä trifft Eila in der Bar neben der Konzerthalle alle dreieinhalb Schritt auf einen ihrer zahlreichen Vettern (unterschiedlichen Grades) oder auf ehemalige Schulkameraden. Einige kenne ich ganz gut, anderen bin ich nie begegnet. Einer von ihnen verwickelt mich in ein längeres Gespräch, in dem er mir mit einem alkoholischen Glänzen in den Augen von seinen jüngsten Jagderlebnissen berichtet. Der Vetter heißt Topi und war vor rund einem Jahr Gegenstand der Regionalpresse, weil er bei einer Jagd einen Bären geschossen hatte. Das ist strengstens verboten, aber Topi konnte glaubhaft nachweisen und durch Zeugen bestätigen, dass er angegriffen wurde. Fleisch und Fell des Bären wurden konfisziert und versteigert. Aber das ist Jägerlatein von vorgestern.

Im letzten Herbst habe er einen stattlichen alten Elch erlegt, dessen Geweih jetzt über der Tür zu seiner Scheune prange, lässt er mich wissen. Und dann sagt er: »Kommt doch morgen bei uns vorbei. Wir haben die Tiefkühltruhe voller Elchfleisch. Ich könnte euch auch ein paar Kilo mitgeben.«

Leider muss ich passen, da ich am nächsten Tag wieder zurück nach Tampere fahren werde. Aber nachdem wir gerade von Jagd und Elchen sprachen, kommt mir plötzlich eine Idee, und ich ergreife die Gelegenheit beim Schopf: »Du, sag mal, ich bin schon so viele Jahre in Finnland, habe aber noch nie an einer Elchjagd teilgenommen. Könntest du mich in der nächsten Jagdsaison mal mitnehmen?«

»Na klar!«, sagt Eilas Vetter und schlägt mir freudig auf die Schulter. Dazu macht er ein Gesicht, als wollte er sagen: *Komm du Weichei von der Uni mir bloß mit in den Wald, dann zeig ich dir, aus welchem Holz wir hier geschnitzt sind!* Aber das stört mich herzlich wenig, denn ich habe soeben einen entscheidenden Schritt getan, um eine meiner Finnen-Aufgaben zu erfüllen. Entsprechend beschwingt mache ich mich mit Eila zur Heimfahrt bereit. Als wir unsere Mäntel angezogen haben und hinaus zum Parkplatz gehen wollen, sehe ich am Ausgang einen Mann stehen, der mir bekannt vorkommt. Während ich noch in meinem Gedächtnis krame, hebt er unauffällig die Hand, so wie man einen Bekannten grüßt. In dem Moment erkenne ich ihn: Es ist der Motorschlittenfahrer. Auch ich winke zurück, kaum merklich.

Einen an der Waffe

Ich sitze im Zug nach Tampere und schaue aus dem Fenster. Die Sonne gießt ihr goldenes Licht über die Schneelandschaften. Der Himmel erstrahlt dazu – anders als gestern, als Neuschnee in der Luft lag – in einem satten Blau, das kein Fotoapparat der Welt einfangen könnte. Der Zug schaukelt mich sachte, und ich blicke verschlafen hinaus. Mir fällt eine Sentenz ein, die ich vor Wochen irgendwo gelesen habe: »Wenn der Tod ist wie der Winter in Finnland, dann braucht einem vorm Sterben nicht bange zu sein.« Ich habe keine Ahnung, von wem der Satz stammt, tippe aber auf einen Spätromantiker des neunzehnten Jahrhunderts. Der Winter in Finnland ist von majestätischer Ruhe. Unberührte Schneeflächen glitzern wie eine Daunendecke, die bestickt ist mit Brillanten und unter der ein ewiger Schlummer möglich scheint. Kaum zu glauben, dass in einigen Wochen warme Frühlingswinde diese friedliche Decke allmählich forthauchen werden. Lebte ich nicht im einundzwanzigsten Jahrhundert, würde ich mich hinsetzen und weinerliche Naturlyrik schreiben, todesverliebt und voll nordischer Begeisterung. Das Schwärmen vom Winter fällt leicht, wenn man im warmen Zug sitzt.

»Noch jemand zugestiegen?«, fragt eine Mitarbeiterin der finnischen Bahn, die den Waggon betritt und die

Fahrkarten kontrolliert. In Finnland wäre es leicht, schwarzzufahren, man braucht nur nicht aufzuschauen, wenn ein Schaffner kommt. Die Kontrolle ist auf die Ehrlichkeit der Fahrgäste angewiesen. Dieses System funktioniert, Finnland gehört zu den am wenigsten korrumpierten Ländern der Welt. (Nur ab und zu sorgen Finnlands Politiker für gelegentliche Ausnahmen, um diese Regel zu bestätigen.) Meine Fahrkarte wird abgestempelt, dann drückt man mir noch einen Faltzettel in die Hand. »Eine Aktion der finnischen Staatsbahn«, bekomme ich erklärt.

Auf dem Zettel wird in den beiden Landessprachen Finnisch und Schwedisch sowie auf Englisch darum gebeten, seine Meinung zu Service und Komfort abzugeben. Ich bekritzle das Blatt mit den nötigen Angaben und spreche der finnischen Bahn mein aufrichtiges Lob für die herrliche Aussicht aus. Weniger zufrieden bin ich dagegen mit der Radioberieselung. An das Tuckern des Zugs und das Rappeln auf den Gleisen kann man sich gewöhnen, aber dass über die Lautsprecher unentwegt ein Radiosender zu hören ist, ärgert mich. Ich werde beschallt mit Schlagern und Pop und sonstigem Gedudel, das so gar nicht zur Aussicht auf die Natur passen will.

Doch mittendrin gibt es plötzlich einen interessanten Beitrag. Ich spitze die Ohren und lausche dem Interview mit einem Agrarhistoriker, der eine neue Theorie über das Sesshaftwerden früher menschlicher Kulturen aufgestellt hat. Er behauptet, die Fähigkeit, alkoholische Getränke herzustellen und die nötigen Zutaten anzubauen, sei wahrscheinlich der entscheidende Grund für unsere Menschengattung gewesen, das Nomadendasein aufzugeben und sesshaft zu werden. Ein Vollrausch galt in einigen Religionen sogar als heilig, und die Kulturen der Antike seien ohne den Weinanbau gar nicht denkbar, vernehme ich. Die Griechen hätten wahrscheinlich das Verfahren entwickelt, Wein zu destillieren und hochprozentigen Branntwein herzustellen. Als ich das höre, fühle ich mich bestätigt: In Griechenland stand die Wiege der europäischen Kultur, die Finnen verhelfen ihr zur Vollkommenheit. Und um meinen Beitrag zu leisten, werde ich mir am nächsten Freitag endlich eine Flasche Hochprozentigen besorgen und einen weiteren Punkt meiner Liste abarbeiten.

Bevor ich am Abend allein ins heimische Bett gehe – Eila und die Kinder bleiben für die Skiferien auf dem Lande, während mich morgen wieder die Pflicht ruft –, blättere ich noch durch die letzten Ausgaben der *Aamulehti*. Darin entdecke ich einen Kommentar vom Verbandsvorsitzenden für Finnentum. Von einem solchen Verband habe ich nie zuvor gelesen, aber es gibt ihn wirklich. Ob es einen ähnlichen Verein auch für Deutschtum gibt?, überlege ich. Falls ja, könnte ich mir dahinter nur stramme rechte Jungs mit braunem Anstrich vorstellen. In Finnland ist eben manches anders.

In dem Essay spricht sich der Verfasser zwar für Offenheit gegenüber Fremdem aus, bricht ansonsten aber eine Lanze für ein starkes Nationalbewusstsein der Finnen. Der Kern seiner Botschaft: Internationale Verflechtungen ja, Verlust der eigenen Identität nein. »Finnentum lässt sich nicht definieren«, schreibt der Verbandsvorsitzende, »aber es steckt in unserer Sprache, unseren Gewohnheiten, unserer Geschichte und unseren Mythen. Es lebt in unseren Werten, Gedanken und Gefühlen.« Der Mann spricht mir aus dem Herzen! Es ist da, aber nicht zu fassen. Das finnische Phänomen ist ein real existierendes Phantom. Der Schlussappell des Artikels lautet: »Wir sind die besten Finnen der Welt. Wenn nicht wir, wer sonst?«

»Ich!«, möchte ich ausrufen, aber da beißt mir unsere Katze in die Wade, die zwei Tage allein in der Wohnung ausharren musste.

Der nächste Arbeitstag beginnt mit einem Seminar, in dem wir uns mit dem Thema »Übersetzen und politische Korrektheit« beschäftigen. Die sonst wenig diskutierfreudigen Studenten sprechen diesmal erhitzt darüber, ob man *mustalaiset* sagen und mit *Zigeuner* übersetzen darf, oder ob man von *Roma* sprechen sollte. Selbige sind seit Jahrhunderten Teil der finnischen Gesellschaft. Wie nennt man auf Deutsch die Ureinwohner Lapplands? Ist *Lappen* noch zeitgemäß oder abwertend? Sollte man stattdessen lieber von *Saami* sprechen oder gar von *Samen*? In Rovaniemi, der Hauptstadt Finnisch-Lapplands, gibt es ein Zentrum für die Kultur und Geschichte der indigenen Völker jener Region. In Prospekten deutscher Sprache findet sich allen Ernstes für ebenjene Einrichtung die Übersetzung »Zentrum der Samenkultur«. Kommt man da vor lauter politischer Korrektheit nicht vom Regen in die Traufe? Von der Schneeschmelze zum Erguss?

»Wenn man die Lappen nicht mehr Lappen nennen darf«, meldet sich eine ältere Studentin, »dann werden sie irgendwie enteignet. Jedenfalls sprachlich. Das ist so, als wenn man den Lappen das Land wegnimmt. Das heißt ja immer noch Lappland! Dann sollte man auch das Gebiet umbenennen, in Saamiland!«

Es ist schön, wenn junge Leute auf neue Gedanken kommen. Und als Kursleiter macht es richtig Spaß, wenn sich die Gemüter erhitzen. Das erlebt man in Finnland nicht häufig, man muss wohl das passende Thema finden. Einer der wenigen männlichen Studenten im Kurs fordert, dass man alle geographischen Namen und deren Ableitungen in der jeweiligen Landessprache verwenden und unübersetzt lassen sollte. Frankreich könne weltweit *La France* sein und Polen *Polska*. Schweden ist *Sverige* und Weißrussland *Belarus*.

»Und was ist mit Ländern, die mehrsprachig sind?«, gibt jemand zu bedenken.

»Wie ist es mit Finnland«, frage ich, »sollte man es auch auf Deutsch *Suomi* nennen?«

»Warum nicht?«, entgegnet der Student, der sich langsam in Stimmung agitiert.

»Und was ist mit Deutschland, das auf Finnisch *Saksa* heißt?«, hake ich nach. »Sollte man auch auf Finnisch *Doitšlant* sagen? Obwohl es im Finnischen keinen Sch-Laut gibt?«

»Lehnlaute sind kein Problem, das bereichert die Sprache.«

In der Mensa treffe ich wieder Tuomas, den Historiker mit der mehrjährigen Berlin-Erfahrung, der mir mit seiner Mail den Anstoß zu meiner persönlichen Finnen-Liste gegeben hat. Wir setzen uns zusammen an einen Tisch und schaufeln einen Makkaroni-Auflauf mit Hack in uns hinein, dazu schlürfen wir alkoholfreies finnisches Hausbier. Ich nutze die Gelegenheit, um Tuomas in meine Pläne einzuweihen:

»Übrigens, ich will finnischer Staatsbürger werden und …«

»Sag bloß«, unterbricht mich Tuomas. »Stell dir vor, das habe ich schon erraten, nachdem du in Facebook kundgetan hast, dass du Finne werden willst. Aber das ist heute kein Problem, ich habe schon Leute mit finnischem Pass kennengelernt, die nur ein paar Jährchen hier gewohnt haben und kaum drei Sätze Finnisch hintereinander sagen konnten. Papier ist geduldig. Und ein Pass ist auch nur ein Stück Papier.«

»Nein, nicht ganz. Es ist so wie mit einem Führerschein. Ein Führerschein bestätigt gewisse Fertigkeiten und Kenntnisse. Und ein Pass belegt eine Zugehörigkeit.«

»Aber nicht jeder, der einen Führerschein hat, kann wirklich Auto fahren.«

Ich gebe ihm recht, lenke dann aber wieder auf mein Thema. »Was ich meine, ist: Bevor man den Führerschein erhält, muss man alles mindestens ein Mal gemacht haben – eine Fahrt auf der Autobahn, eine Fahrt bei Nacht, einmal rückwärts einparken, einmal Anfahren am Berg. Außerdem muss man Bremswege einschätzen können. Ich will auch einmal alles gemacht haben, was irgendwie zum Finnesein gehört und für mich noch nachholbar ist«, erkläre ich und berichte ausführlich von meiner 7-Punkte-Liste.

Tuomas hört zu und schaut mich ungläubig an. (Er ist ein ungläubiger Thomas.) Als ich geendet hab, kommentiert er trocken: »Ich glaube, du hast einen an der Waffe.«

»An der Waffe*l*«, verbessere ich ihn.

»Wie?«

»Es heißt: einen an der Waffel haben, nicht an der Waffe.«

Tuomas ist anzusehen, wie er in seinem mentalen Wortschatz nach dem Unterschied zwischen Waffe und Waffel sucht. Er ist Historiker und beschäftigt sich mit dem finnischen Bürgerkrieg. Für ihn muss es um Waffen gehen.

»Wieso an der Waffel?«, fragt er. »Das ist irgendwie unsinnig. Mit ›Waffe‹ könnte man sich denken, dass jemand Ladehemmung hat oder nasses Pulver oder keine Munition mehr. Dann kann man diese Wendung verstehen als ›blockiert sein‹ … oder auch ›verteidigungsunfähig‹ …«

»Es gibt Dinge, die muss man akzeptieren, ohne dass

man den Sinn versteht«, erwidere ich und habe auch gleich noch zwei finnische Beispiele parat: »Hier sagt man zu einer leichten Aufgabe ›*helppo nakki*‹ – einfaches Würstchen –, und wenn einen etwas amüsiert, bezeichnet man es als ›*hassu kuin kissan tassu*‹ – lustig wie die Pfote einer Katze. Ich bin Katzenhalter und weiß, dass Katzenpfoten nicht lustig sind.«

Tuomas sieht mich zweifelnd an. Ob Waffe oder Waffel – er hat kein rechtes Verständnis dafür, dass ich mir eine Freitagsflasche Wodka hinter die Binde kippen oder auf einer Fähre Karaoke singen will.

»Weißt du, ich kannte mal eine Frau, die an ihrem vierzigsten Geburtstag unbedingt Bungee-Springen machen wollte, obwohl man sich dabei alle Gräten ausrenken kann. Und ich kenne in Deutschland einen älteren Mann, der nach seiner Pensionierung als Erstes eine mehrwöchige Zugfahrt mit der Transsibirischen Eisenbahn nach Wladiwostok unternommen hat. Kannst du dir etwas Langweiligeres vorstellen? – Da wird man doch lieber Finne!«

Tuomas nickt, trinkt Kaffee und lächelt in sich hinein. Ich bin guter Dinge: Ganz sicher glaubt nun auch er als ungläubiger Thomas an meine finnische Wiedergeburt.

Am Nachmittag hocke ich in meinem Büro und lese eine studentische Arbeit über die Untertitelung der deutschen Seifenoper »Sturm der Liebe«, die unter dem Namen *Lemmen viemää* im finnischen Fernsehen läuft. Da vermeldet mein Handy das Eintreffen einer Textnachricht. Neugierig unterbreche ich meine Arbeit und öffne die Mitteilung. »Hallo«, lese ich, »hast du Lust, den Tangokurs mit mir zu machen? Gruß – Sanna von *Tanssi*.«

Einen Moment muss ich überlegen, wer Sanna ist. Sie besucht wie ich in *Tanssi* den Tangokurs. Wir haben beim letzten Mal ein paar Worte gewechselt. Ich erinnere mich, dass sie gesagt hat, sie habe »langes Deutsch gelesen«. Solche seltsamen Formulierungen höre ich öfter, denn im Finnischen kann man das Verb *lukea,* lesen, auch im Sinne von lernen oder studieren verwenden. Und eine »lange Fremdsprache« ist die, die man in der Schule als erste genommen und am längsten gelernt hat. Wenn ich mich recht erinnere, arbeitet Sanna in irgendeiner Exportfirma. Sie hat braune Haare und eine kleine Brille ohne Rand. Ich überlege nicht sehr lange und schreibe zurück: »Warum nicht? Grüße – Hermann«. Damit wäre zumindest die Frage geklärt, mit wem ich die nächsten Tangostunden bestreite.

Bevor ich am Abend mit dem Bus nach Hause fahre, gehe ich noch in einen Laden, um ein paar Sachen einzukaufen. Das geht erstaunlich schnell, wenn ich nur für mich gehe, ohne lange Einkaufszettel und ohne Anweisungen, die mir der Rest der Familie hinterhersimst. Am Kühlregal komme ich beim Anblick der vielen Milchtüten auf die Idee, von nun an die witzigen Kuhbildchen in Comic-Manier zu sammeln, die auf den unterschiedlichen Sorten abgebildet sind und die von Zeit zu Zeit wechseln. Auf der fettfreien Milch ist in diesem Jahr eine Kuh abgebildet, die Eishockey spielt. Auf der Milch mit einem Prozent Fett, *ykkösmaito,* ist eine Kuh, die im Eisloch badet. Die nächste Fettgehaltsstufe zeigt eine Kuh, die Schlittschuh läuft. Auf der Vollmilch ist eine Kuh abgebildet, die tanzt. Tango, vermute ich. Was sonst?! Es sind eben echte finnische Kühe. Wenn die Milchtüten leer sind, werde ich die witzigen Bildchen ausschneiden und in ein Album kleben. Das ist sicher interessanter, als Briefmarken zu sammeln.

Stille Wasser

Ich bin gespannt darauf, wie Sanna aussieht. Natürlich habe ich sie schon gesehen, aber ich kann mich nur noch an braune Haare und eine randlose Brille erinnern. Ich bin schon in der Umkleide der Tanzschule und wechsle die Schuhe, als sie hereinkommt.

»Moi«, grüße ich auf Finnisch.

»Hallo«, antwortet sie lächelnd, »schön, dass du bist da.«

Über kleine Wortstellungsfehler höre ich gerne hinweg, aber ich bin nicht als Deutscher, sondern als angehender Finne hier. »Du kannst gern Finnisch mit mir reden. Genau genommen ist mir das sogar lieber.«

Sanna nickt nur und macht zum Glück keinen eingeschnappten Eindruck. Sie ist sportlich schlank, ohne drahtig zu sein, und kaum kleiner als ich. Für Tango ist das eine gute Ausgangslage, denn nichts ist weniger zum Lachen als eine Tanzpartnerin, die einem Mann nur bis zum Zwerchfell reicht. Ihre modisch frisierten kastanienbraunen Haare haben einen leichten Stich ins Rötliche, wie mir jetzt auffällt. Sie trägt schwarze Jeans, dazu eine dunkle Bluse mit Pullunder darüber. Insgesamt wirkt sie auf unauffällige Art schick.

Wir betreten den Tanzsaal, wo Tanzlehrerin Ulla bereits auf alle wartet. Zu Beginn der Stunde erläutert sie noch einmal, was wir in den letzten Stunden gelernt haben und worum es heute gehen wird. Dann schüttelt sie ihre rote Haarpracht und bittet die Männer vorzutreten. Wir wiederholen den Wiegeschritt und die halbe Drehung nach rechts, die Frauen schauen zu. Dann folgen, wie beim letzten Mal Trockenübungen als Paar, immer noch ohne Musik. Sanna und ich nehmen Aufstellung. Ihre Haare duften nach Shampoo, sie hat einen angenehmen Griff, und ihre Hand ist weder unterkühlt noch verschwitzt. Die Tanzlehrerin erklärt uns, dass wir zunächst nur eine Hand benutzen dürften, die erhobene linke Hand (des Mannes) muss für Übungszwecke auf den eigenen Rücken gelegt werden. »Beim Tango lehnen sich die Partner aneinander, der Herr führt nicht zuletzt durch seine Körperbewegungen.«

Während wir das Erklärte nachstellen, fühle ich mich, als würde ich eine Blinde zur anderen Raumseite führen. Beim argentinischen Tango umspringen und umwinden sich die Tanzenden in einer Mischung aus Balz, Zweikampf und Rückengymnastik. Der finnische Tango kommt offenbar ohne solche Theatralik aus, was mir durchaus entgegenkommt.

Nach den Trockenübungen lässt Ulla einen finnischen Tangoklassiker erklingen, *»Punatukkaiselle tytölleni«*, zu Deutsch: »Meinem rothaarigen Mädchen«.

»Ah, Olavi Virta«, sage ich fachkundig, als ich den Interpreten des Lieds erkenne.

Sanna rückt leicht von mir ab und sieht mich an: »Du kennst dich aus«, sagt sie mit einem Anflug von Anerkennung. Dabei bin ich ganz und gar kein Fachmann in Sachen Tango, sondern habe nur irgendwann einmal mit einigen Studenten die Internetseite des Tangofestivals in der Stadt Seinäjoki übersetzt, das seit mehr als einem Vierteljahrhundert jedes Jahr im Juli stattfindet und Tausende Besucher anlockt. Olavi Virta ist in der finnischen Tangomusik das, was Elvis Presley im amerikanischen Rock 'n' Roll oder Heino im deutschen Volksschlager ist.

Das Lied vom Mädchen mit den roten Haaren erschallt im Anschluss gleich ein zweites Mal, nunmehr in Stereo und zeitgenössischer Aufnahme.

»Mikko Kilkkinen«, sage ich wie beiläufig und merke, dass ich bei Sanna Eindruck mache. »Den kennst du auch?«, fragt sie.

»Natürlich. Mikko Kilkkinen hat Geschichte geschrieben«, weiß ich mitzuteilen. Das stimmt, zumindest was die Geschichte der finnischen Unterhaltungsmusik angeht. Und fachsimpelnd kann ich hinzufügen: »Er war mit nur siebzehn Jahren der Jüngste, der je zum Tangokönig gewählt wurde.« Manchmal ist es hilfreich, wenn man die exotischsten Texte übersetzt, es steigert die Allgemeinbildung. Tangokönig ist ein prestigeträchtiger Titel im Land der tausend Tangos. Heute allerdings singt Kilkkinen vor allem Schlager und Klassisches, so wie die meisten Tangokönige vor ihm. Denn die Freunde des Tangos gehören nicht unbedingt zu denjenigen, die Musik-Alben kaufen oder sich Tracks aus dem Netz runterladen. Lieber tanzen sie und hören dazu vorzugsweise die alten Lieder.

Es folgen eine Reihe weiterer finnischer Tangoklassiker: *Kohtalon tango* (Der Schicksalstango), *Syvä kuin meri* (Tief wie das Meer), *Eron hetki on kaunis* (Schön ist der Augenblick der Trennung), *Rakasta, kärsi ja unhoita* (Liebe, leide und vergiss). Die meisten sind traurig und künden davon, wie kurz der Sommer ist und wie irdisch vorübergehend die Liebe sein kann. In Argentinien sind die Sommer lang, deshalb geht es im südamerikanischen Tango nicht um Vergänglichkeit und Leid, sondern um Hitzköpfigkeit und kochendes Blut. Die

Klimatheorie unserer Tanzlehrerin beginnt mich zu überzeugen.

Der beherrschende Laut in den Liedtexten der Tangos ist das rrrollende finnische R, denn es geht fast immer um *rakkaus, rakas, rakastaa,* und *rakastettu* (Liebe, Liebling, lieben und geliebt). Als ich vor vielen Jahren in dieses Land kam, konnte ich nur schwer glauben, dass ein Wort wie *rakkaus* »Liebe« bedeuten soll. Im Deutschen beginnt das Wort mit einem weichen, schmeichelhaften Kusslippen-*L*, gipfelt in einem langen sehnsüchtigen *ie*, gefolgt von einem samtigen *b* und einem schwach geseufzten *e*, das nachglimmt wie das Abendrot, nachdem die Sonne bereits hinterm Horizont verschwunden ist. Das finnische Wort *rakkaus* klang in meinen Ohren anfangs nach dem Knacken harter Nüsse. (Finnische Liebe ist kernig und kraftvoll.)

Ab und zu, wenn die Musik aussetzt, gibt uns Ulla weitere Hinweise, erläutert Drehungen und Figuren. Derweil lehnt sich Sanna weiter an mich, als hätte nur jemand mitten im Tanz auf »Pause« gedrückt.

Hin und wieder versucht Sanna, ein Gespräch zu beginnen. Es sind die üblichen Fragen, die man mir immer wieder stellt: seit wann ich in Finnland wohne, warum ich ins Land gekommen bin, was ich beruflich mache. Nur die Fragen zum Privatleben verkneift sie sich. Sanna merkt offenbar, dass ich knapp und manchmal erst mit Verzögerung antworte, denn bald beschränkt sie sich aufs Anlehnen und Durch-den-Tanzsaal-geschoben-Werden.

Es folgen weitere Tangos wie *Satumaa* (Märchenland), *Täysikuu* (Vollmond) und *Suviyön onnea* (Sommernachtsglück). So vergehen anderthalb Stunden. Dank Skilanglauf habe ich eine mittelprächtige Grundkondition. Nun merke ich aber, dass auch Tanzen eine

Sportart sein kann. Zum Ausklang des Abends darf noch eine halbe Stunde weitergetanzt werden, frei nach Laune und ohne Anweisungen.

»Hast du es eilig?«, fragt Sanna.

»Ja«, antworte ich hastig, »mein Bus fährt bald. Und ich werde zu Hause erwartet.« Das Erste stimmt nur halb, denn ich könnte auch einen Bus nehmen, der rund zwanzig Minuten später fährt. Das Zweite stimmt auch nur ein bisschen, denn außer Fiona, die sicher schon auf frisches Futter hofft, wartet zu Hause niemand auf mich.

Sanna sieht ein bisschen enttäuscht aus, versucht mich aber nicht aufzuhalten.

Als ich wenig später im Bus nach Hause sitze, miaut es aus meiner Jackentasche. Eine Kurzmitteilung ist eingetroffen, von Sanna: »Bis nächste Woche. Es war schön«, schreibt sie.

Ich lasse die Nachricht unbeantwortet, setze mich jedoch zu Hause nach einem kleinen Imbiss an den Computer, um nach Sanna zu googlen. Ihren Nachnamen kenne ich nicht, aber ich weiß, wie die Tamperer Firma heißt, bei der sie arbeitet. Schon nach kurzem Suchen habe ich sie gefunden, sogar mit Bild. Sie hat eine leitende Position inne und heißt Sanna Syvävesi. Von solchen typisch finnischen Familiennamen, die eine Landschaftsform beschreiben, gibt es hierzulande Aberhunderte, darunter *Ranta* (Strand), *Salmi* (Sund), *Isokyrö* (Großacker), *Kallioniemi* (Felskap), *Malmivaara* (Erzberg), *Suolahti* (Sumpfbucht) und *Palomäki* (Brandhügel). Hinzu kommen die vielen *Lampinen, Järvinen, Koskinen, Virtanen* oder *Meriläinen,* alles Namen, die sich von Gewässern ableiten.

Syvävesi bedeutet »Tiefwasser«. Ich sitze vorm Computer und denke schmunzelnd: *Tiefe Wasser sind still.* Der Name erscheint mir passend.

Feuerwasser

Da der Tanzkurs frühestens in einigen Wochen echte Finnen-Früchte tragen wird, will ich einen Listenpunkt in Angriff nehmen, der deutlich schnelleren Erfolg verspricht. Da kommt mir das Wochenende gerade recht. Es wird Zeit für die Freitagsflasche! Jetzt oder nie, denn die Gelegenheit ist günstig: Ich bin allein zu Haus. Die Sache hat nur einen Haken: Da Ronkoteus, unser blauer Familien-Van mit dem steinzeitlichen Namen, noch mit dem Rest der Familie durchs wilde Österbotten kurvt, habe ich kein Auto, und der nächste Alko-Laden ist etwa vier Kilometer entfernt.

»Alko« ist keine trendige Abkürzung wie »Alk«, sondern der Name einer Aktiengesellschaft in staatlicher Hand, gegründet 1932, um dem privaten Schnapsbrennen den Garaus zu machen. Seither gibt es in Finnland Hochprozentiges nur dort zu kaufen, wo ein Alko-Logo an der Eingangstüre prangt.

Natürlich lasse ich mich von der Abwesenheit eines motorisierten Fahrzeugs nicht von meinem Vorhaben abbringen und beschließe, den weiten Weg per Tretschlitten zurückzulegen. Auf die Weise treibe ich gleich ein bisschen Sport, denn der Tretroller auf zwei Kufen muss mit eigener Muskelkraft betrieben werden. Ich schlüpfe in einen Overall und hülle mein Haupt in eine Pelzmütze, dann verlasse ich stoßend und tretend unseren Hof. Schade, dass ich Fiona nicht als Schlittenmieze vorne vorspannen und mich ziehen lassen kann.

Auf Straßen und Gehwegen liegt eine feste Schneedecke, ideal fürs Tretschlittenfahren. Denn sowohl hoher Schnee als auch gestreute Streckenabschnitte würden eine solche Fahrt zur Tortur oder gar völlig unmöglich machen. Voller Tatendrang gleite ich in flottem Tempo durch die abendliche Winterwelt der Vorstadt. Rauchende Schornsteine verraten, dass am Freitagabend vielerorts die Kamine angezündet werden, und in den allermeisten Haushalten ist sicher auch schon die Sauna angeheizt. Wer weiß, wie viele gute finnische Familienväter wie ich unterwegs sind, um sich ihre Freitagsflasche zu holen. Ob das finnische Statistikamt darüber Buch führt? Wie einfach wäre es, muss ich denken, sich in Deutschland eine Flasche Korn oder Birnenbrand zu besorgen. Jeder Lebensmittelmarkt an der Ecke verkauft Fusel. In Finnland hingegen muss man sich seinen Wodka redlich verdienen.

Mein anfänglicher Schwung schwindet, je anstrengender die Fahrt wird. Vier Kilometer mit dem Tretschlitten können sich ziehen. An den Rückweg will ich noch gar nicht denken, da vertraue ich lieber auf die Binsenweisheit, dass es zurück immer schneller geht. Endlich schimmert mir das rote »Alko« entgegen. Das Logo der finnischen Alkohol-Kette erstrahlt als jugendlich-flotter Schriftzug in leichter Aufwärtsbewegung, der wie handgeschrieben wirkt. Passender wären eigentlich zittrige Lettern in unregelmäßig schwankender Schieflage.

Ich stelle meinen Tretschlitten ab und bemerke abfällige Blicke von zwei Kerlen, die mit ihrem offenen Pritschenwagen angefahren kommen. Kein Wunder! Es gibt zwar im hohen Norden einige wenige, die Tretschlittenfahren als ernstzunehmende Sportart betreiben, aber für gewöhnlich fahren mit einem Tretschlitten nur Kinder zur Dorfschule oder Omis zum Einkaufen. Jedenfalls keine Männer mit Pelzmütze am Freitagabend zum Alko. *Sama se!*, denke ich: Egal jetzt! Ich betrete den Laden und halte nach Wodka Ausschau. Vor mir tapst ein Mann durch die Regale, der im früheren Leben ein Braunbär gewesen sein muss. Er überragt mich um mindestens dreißig Zentimeter, ist breit wie ein Eishockeytor und sieht ansonsten aus wie der erste finnische Mann, der eine Schwangerschaft austrägt. Er steuert wie ich auf die Wodkaflaschen zu. Schräg neben dem Bären sehe ich einen Typen mit zerknittertem Gesicht, der dauernd die Nase hochzieht. Er hat eine ähnliche Pelzmütze auf wie ich, jedoch mit dem Unterschied, dass eine seiner Ohrenklappen entgegen den Gesetzen der Schwerkraft waagerecht vom Kopf absteht und mich an eine flügellahme Ente erinnert. Nach mir betreten die beiden Männer den Laden, die mich auf dem Parkplatz geringschätzig angesehen haben. Ich höre sie hinter mir hereinpoltern, sie trampeln sich den Schnee von den Schuhen. Dann kann ich sie auch riechen, sie stinken nach kalter Zigarettenasche und miefigen Kleidern.

Gibt's hier eigentlich nur seltsame Gestalten?, frage ich mich. Dabei fällt mein Blick in eine verspiegelte Regalwand mit Schaumwein und Obstler. Das Spiegelbild vor mir offenbart einen Mann mit Dreitagebart, dem Eisklümpchen in den Stoppeln hängen. Er hat einen hochroten Kopf, als wäre er wie ein *pölkkypää* (Klotzkopf) Tretschlitten gefahren und hätte sich Frostbeulen im Gesicht geholt. Er keucht und schwitzt, und das Fell seiner Mütze klebt ihm an der Stirn. Ich muss konstatieren, dass sich mein Konterfei im Spiegel nahtlos ins Bild meiner Mitkonsumenten fügt. Na bestens!

Schließlich finde ich, wonach ich suche, und begutachte das Wodka-Angebot. Links im Regal erkenne ich das vertraute Etikett von *Koskenkorva,* der Hausmarke meines Schwiegervaters. Daneben stehen, dekorativ in Schachteln zur Pyramide aufgetürmt, Wodka-Orange und ähnliche Mixgetränke, Longdrinks im handlichen 0,3-Liter-Fläschchen. Auch *Absolut Vodka* gehört zur Warenpalette, in verschiedenen Geschmacksrichtungen, die von Zitrone bis Schwarze Johannisbeere reichen. Aber diese Marke wird aus Schweden eingeführt und kommt deshalb nicht in Frage. Überdies sind derartige Aromatisierungen etwas für weiche Schweden und alte Damen. *Absolute* ist der Eierlikör unter den Wodkas. Von wegen absolut! *Koskenkorva* dagegen ist rechtschaffener Wodka vom finnischen Lande ohne Firlefanz. Er schmeckt nach nichts und konzentriert sich auf das Wesentliche, ohne zum Fruchtsaftgetränk degradiert zu werden.

Rechts im Regal steht *Finlandia*-Wodka. Schon der Name dieser Marke ist Programm und fesselt mich ab dem ersten Schlag meiner vereisten Wimpern. Auf dem Etikett sind Rentiere abgebildet, die über die Tundra stieben, im Hintergrund eine blutrote Mitternachtssonne. Das ist genau, was ich brauche! Restlos überzeugt bin ich, als ich sehe, dass es eine Flasche *Finlandia Classic* in dieser Woche in einer dekorativen Jubiläumsschachtel gibt, auf der ein finnischer Wappenlöwe machtvoll seine Pranken hebt. Entschlossen greife ich in meine rechte Overalltasche – und zucke zusammen. »Oh nein!«, sage ich leise. Ich fasse nach meiner linken Tasche und erlebe einen mittelschweren Schock. *Voi ei* – das darf nicht wahr sein! Ich habe mein Portemonnaie zu Hause liegen lassen. Wie kann man nur so schusselig sein?

Neben mir hat das Knittergesicht mit der abstehenden Ohrenklappe Position bezogen und hält abwägend einen estnischen Billigwodka in der Hand. Meine Erschütterung ist ihm nicht entgangen. »Ist dir das Herz in die Hose gerutscht?«, fragt er mit verkniffenem Lachen und entblößt seine Zahnlücken. Er spricht mich in einem Ton und in einer Vertrautheit an, als wären wir seit Jahren die besten Saufkumpane.

»Nein, ich habe mein Geld vergessen!«, offenbare ich ihm und seufze schwer. Ich könnte mich ohrfeigen.

»Du kannst an der Kasse fragen, ob du auf Pump kaufen kannst. Das mach ich auch immer, wenn ich kein Geld dabeihab.« Es ist schön in Finnland, dass man sich unvermittelt duzt, ohne vorher Bruderschaft getrunken zu haben. Da fühlt man sich gleich brüderlich verstanden. »Frag nur!«, sagt der Zerknautschte und schlägt mir gönnerhaft auf die Schulter. »Das hab ich schon oft gemacht, glaub's mir!« Er lacht, und seine abstehende Ohrenklappe wippt auf und ab, als wollte die flügellahme Ente wegflattern. Ich überlege kurz, dann fasse ich mir ein Herz! Nichts soll mich heute Abend aufhalten können. Mit einer Flasche *Finlandia*-Wodka *Classic* gehe ich zur Kasse.

»Äh ... ich habe mein Geld vergessen. Könnte ich diese Flasche anschreiben lassen und am nächsten Montag bezahlen?«

Der Kassierer sieht mich an, als hätte ich mich soeben als den echten Weihnachtsmann ausgegeben. Er atmet tief durch und sagt dann betont sachlich: »Ich bedaure. Das ist leider nicht möglich.«

Ob ich nicht vertrauenswürdig genug aussehe? Wahrscheinlich erkennt das Ladenpersonal in mir keinen Stammkunden. Aber noch will ich nicht aufgeben und sage: »Ich könnte meinen Tretschlitten als Pfand hierlassen.«

Nun sieht mich der Kassierer an, als hätte ich soeben seine Strandsauna abgefackelt. »Nein, keine Ausnahmen.«

»Siehst du!«, höre ich den Zerknitterten mit der abstehenden Ohrenklappe hinter mir blöken. »Das sagen die zu mir auch immer. Jedes Mal!« Er kichert heiser in sich hinein, drängt sich vor und bezahlt eine Flasche *Koskenkorva.*

Ich spüre, wie mir das Blut in den Kopf schießt. Ich bin nicht nur vergesslich, sondern auch noch leichtgläubig bis zur Trotteligkeit. In mir steigt der dringende Wunsch auf, dem Knittergesicht die Pelzmütze auf links zu drehen. Unter Aufbietung meiner ganzen Selbstbeherrschung schlucke ich meine Wut herunter, lege ihm den Arm auf die Schulter und nehme ihn beiseite. »Könntest du mir etwas Geld leihen? Ich geb's dir bald zurück.«

»Bald?«, ruft er durch den halben Laden. »Wer weiß, wann bald ist? Vielleicht bin ich dann schon tot. Außerdem hab ich eben fast mein ganzes letztes Geld ausgegeben.« Und zur Bestätigung hält er mir die Hand hin, in der sich sein Wechselgeld befindet: ein Euro und ein paar Cent. »Davon muss ich mir noch eine Büchse Erbsensuppe fürs Wochenende kaufen.« Er lacht quietschvergnügt, löst sich von mir und verlässt den Alko. Seine abstehende Ohrenklappe winkt mir höhnisch zum Abschied.

Zähneknirschend bringe ich den *Finlandia*-Wodka zum Regal zurück. Sollte ich noch den Braunbären um Hilfe fragen oder die zwei mit dem Pritschenwagen? Nein, das wäre zwecklos, ich muss mir selbst zu helfen wissen. Was im Klartext heißt: zu Hause mein Geld holen und wieder herkommen. Was sind schon vier Kilometer mit dem Tretschlitten? Mit konstanter Bosheit am

Kassierer vorbeistarrend, verlasse ich den Alko und schwinge mich auf meinen Schlitten. Bei jedem Tritt fluche ich leise vor mich hin: »Mist! Verdammt! Elendes Pech!« Nach einer Weile gehen mir die Flüche aus, deshalb wechsle ich die Sprache und fluche innerlich auf Finnisch weiter: »*Hitto*! *Perhana*! *Paskanmarjat*!« Ob ich diese Methode bei meinen Studenten im Fremdsprachenunterricht anwenden könnte? Emotionale Involvierung als Sprechmotivation und Lernanlass. Aber an die Arbeit will ich jetzt keine unnötigen Gedanken verschwenden.

Völlig abgehetzt komme ich wieder zu Hause an, reiße die Tür auf und stürme, ohne mir die Schuhe auszuziehen, in den Flur. Unsere Katze schreckt bei meinem Anblick zusammen und springt unters Sofa. »Sei froh, dass du kein Husky bist!«, schimpfe ich Fiona hinterher. Meine Geldbörse liegt auf einem Regal im Flur. Ich reiße sie an mich und will gleich wieder aufbrechen, als mir noch die Idee kommt, die Sauna anzustellen. Wenn ich später mit erbeutetem Wodka zurückkehre, wird sie auf Temperatur sein und mich für alle Strapazen entschädigen. Also stolpere ich noch in unsere Sauna und stelle den Ofen an, Sekunden später schlage ich die Haustür hinter mir zu, springe wieder auf den Tretschlitten und eile ein zweites Mal zum Alko. Irgendwann, als ich nach grober Schätzung die 10-Kilometer-Marke durchbrochen habe, überlege ich, wie sich der Standard-Finne eigentlich seine Freitagsflasche zu Gemüte führt. Der Leerung einer *perjantaipullo* habe ich in all den Jahren noch nie beigewohnt. Trinkt sie der Finne im Kreise seiner Lieben, fröhlich ein Gläschen nach dem anderen hebend? Oder in trauter Zweisamkeit mit seinem angetrauten Weibe? Süffelt man seine Pulle mit trinkfreudigen Kumpels? Oder kippt man sie einsam und allein in sich hinein, in Zerknirschung und Schwermut und ohne einen Tropfen mit irgendwem teilen zu wollen? Wahrscheinlich gibt es in freier Wildbahn die unterschiedlichsten Erscheinungsformen und Kreuzungen.

Auf den letzten Metern muss ich noch einmal beim Tempo zulegen, denn es geht bereits auf 20 Uhr und damit auf die Schließungszeit von Alko zu. Ich strample mir die Lungen aus dem Leib. Bei meiner Ankunft stehe ich kurz vor dem Herzkasper. Ich werfe die Tür auf, hetze hinein und schwöre mir, es heute noch allen zu zeigen, vor allem dem Kassierer mit seinem ungläubigen Blick. Wieder sehe ich unfreiwillig mein Spiegelbild hinter dem Schaumwein-Regal. Mein Anblick erinnert mittlerweile an einen Wikinger bei der Erstürmung eines christlichen Klosters. Mir steht der Schaum vor dem Maul, an meiner Nase hängt gefrorener Rotz, und meine Augen sind blutunterlaufen. So muss jemand aussehen, der Nonnen den Bauch aufschlitzt, um sie anschließend zu schänden und die Altarschätze zu rauben.

Noch immer bevölkern zahlreiche Kunden das Ladenlokal. Bei den Likören steht ein älteres Ehepaar. Ihrer Garderobe nach werden sie heute Abend noch eine Festivität besuchen. Wahrscheinlich suchen sie ein kleines Mitbringsel für eine liebe Großtante. Bei den Weißweinen steht ein Herr mit steifem Stehkragen und ernstem Gesicht, der ein Pastor sein könnte. Ob er beim Kauf seines Messweins ist, sozusagen bei der Beschaffung geistlicher Getränke? Mir wird klar, dass ich mein Bild von den Alko-Kunden revidieren muss: Es kommen nicht nur heruntergekommene und verkrachte Existenzen hierher, es gibt in Finnland auch den gepflegten Genießer. Umso mehr falle ich diesmal in meinem Berserker-Look auf.

Nur wenige Schritt entfernt von dem Pastor steht eine Frau mit braunen Haaren, die Rosé kaufen möchte, wahrscheinlich für ein Dinner mit Freunden. Das ist Sanna aus dem Tangokurs, schrecke ich zusammen. In einer Reflexbewegung sinke ich zu Boden und verstecke mich hinter einem Regal mit Starkbier. In meiner jetzigen Verfassung darf mich kein Bekannter zu Gesicht bekommen. Kurzzeitig blitzt mir in meiner Panik die Idee durch den Kopf, auf dem Boden nach draußen zu robben und zu verschwinden, aber das würde nicht unbemerkt bleiben und wäre peinlicher als alles andere. Bereits mein eiliges Abtauchen hat bei Umstehenden ein gewisses Aufsehen erregt. Ich streife daher hastig meine Handschuhe ab und tu so, als müsste ich mir die Schuhe binden. Auch der Kassierer mit dem kritischen Blick äugt zu mir her. Er räuspert sich gut hörbar, wie um mich zu verwarnen. Ich grinse ihm zu und fummle mir umständlich Doppelknoten in die Schuhriemen. Vorsichtig spähe ich am Doppelbock vorbei in Richtung Sanna. Erleichtert atme ich auf: Falscher Alarm, das ist sie nicht. Die Frau mit den braunen Haaren und der Flasche Rosé in der Hand hat eine Adlernase und ist mindestens ein Jahrzehnt älter als meine Tanzpartnerin. Sie ist genauso wenig Sanna, wie der Mann mit dem Stehkragen, der sich zwischenzeitlich für Gin entschieden hat, ein Pastor ist. Ich hechte hoch und marschiere auf den Wodka zu, packe mir eine Flasche *Finlandia Classic* in der dekorativen Aktionswochenschachtel mit dem finnischen Wappenlöwen und schreite im Triumph zur Kasse. Mit lässiger Handbewegung hole ich einen druckfrischen 100-Euro-Schein aus dem Portemonnaie. Der Kassierer hält den Geldschein mit überheblicher Miene unter ein Kontrolllichtgerät, aber mein Geld besteht die Echtheitsprüfung. Nur mit Mühe verkneife ich mir zu sagen: »*Siinä sen näit!* – Da siehst du's!« Mit Genugtuung stecke ich die Flasche *Finlandia* in meinen leeren Rucksack, den ich auf dem Rücken getragen habe, und schließe den Reißverschluss mit einem energischen Ruck. Dann mache ich mich ohne einen Abschiedsgruß davon. Ich fühle mich als Eroberer!

Den Rückweg kann ich ruhiger angehen lassen, denn nun besteht keine Eile mehr. Ganz in der Nähe des Alko befindet sich eine Videothek. Spontan kommt mir die Idee, mir einen Film zur Flasche auszuleihen. Am Freitagabend laufen zwar Filme auch zuhauf im Fernsehprogramm oder lassen sich aus dem Internet laden, aber am liebsten ist mir immer noch eine Disk, die ich in den Player schieben kann, wann's mir gefällt. Davon abgesehen ist das Stöbern in einer Videothek der halbe Spaß bei einem Filmabend. Nach einer Weile habe ich etwas entdeckt, das den Ansprüchen der Freitagnacht genügt: Der Film heißt *Koirankynnenleikkaaja*, grob übersetzt: Der Hundeklauenschneider. Auf dem Titelbild der Filmhülle prangt ein finnischer Spitz in fuchsrotem Fell, daneben Winterlandschaften und Gesichter von Soldaten in collageartiger Anordnung. Wie ich auf der Rückseite lese, hat der Film viele Auszeichnungen bekommen und ist ein moderner Klassiker des finnischen Films. Da zudem der rothaarige Spitz farblich bestens zu dem goldgelben finnischen Löwen auf der Wodkaschachtel passt, stecke ich auch den »Hundeklauenschneider« nach Entrichtung der Leihgebühr in meinen Rucksack.

Nun beginnt meine letzte Etappe, nochmals vier Kilometer auf dem Tretschlitten heim zur Hütte, hin zur warmen Sauna. Den Alko, die Videothek sowie ein Lebensmittelgeschäft und eine Imbissbude, die sich an einer Straßenecke zusammengefunden haben, um eine

Art Vorstadtzentrum zu bilden, lasse ich hinter mir und schlittere über einen verschneiten Fahrradweg dahin, der neben einer Landstraße verläuft.

Durst quält mich. Mein hoher Flüssigkeitsverlust nach mehr als einem Dutzend Kilometern Tretschlittenfahrt äußert sich durch einen trockenen Mund und dem Schmachten nach kühlem Nass. Sollte ich mir frischen Schnee in den Mund stecken? Wäre ich ein Sport-Ass, hätte ich jetzt eine Trinkflasche in einem Klettverschluss am Gürtel hängen mit einem isotonischen Sportgetränk. Doch trage ich nur eine Flasche Wodka im Rucksack auf meinem Rücken. Also lege ich an einer Stelle, an der ich mich unbeobachtet fühle, einen Halt ein und setze mich auf den kleinen Sitz vorne auf dem Tretschlitten. *Finlandia*-Wodka, erquicke mich! Benetze meine Lippen! Umspiele meine Zunge! Durchriesle meine Brust und brenne in meinem Inneren! Kräftige mich auf meinem Wege! Ich schraube die Flasche auf, und der Wodka gehorcht.

Am Sternenhimmel über mir erkenne ich das Bild vom Großen Wagen. Die Amerikaner nennen ihn auch den *Big Dipper,* den großen Schöpflöffel. Warum sind die Finnen nie darauf gekommen, dieses Sternenbild die große Saunakelle zu nennen?

Ich schraube die Wodkaflasche wieder zu und bringe den Rest des Heimwegs hinter mich.

Die Kerbe im Küchentisch

Mehr als sechzehn Kilometer Tretschlittenfahren stecken mir in den Knochen, als ich, endlich zu Hause, in die Sauna wanke. Dummheiten treten meistens im Rudel auf. Beim Gang in die Sauna begehe ich gleich zwei von zahlreichen weiteren dieses Abends: Erstens verzichte ich aus reiner Faulheit auf die obligatorischen Dehnübungen, zweitens trinke ich kein isotonisches Sportgetränk, sondern nehme mir ein Gläschen Wodka mit in die Sauna. Sport und Sauna würden ausreichen, um sich groggy zu fühlen. *Finlandia* gibt mir den Rest!

Ich schenke mir nichts und lasse einen dampfenden Aufguss nach dem anderen auf die Steine des Saunaofens prasseln. Mir schwindelt. Das ist der richtige Zeitpunkt, um nach draußen in den Garten zu torkeln und mich nackt im Schnee zu wälzen. Immerhin bin ich noch klar genug im Kopf, um darauf zu achten, mich nicht auszuschließen. Nach Sauna und Schneebad fühle ich mich wie ein Gott. (Allerdings wie einer, der nach sechs Tagen Arbeit unbedingt einen siebten Tag zum Ruhen einlegen sollte.) Mittlerweile gesellt sich zum Durst der Hunger.

Im Kühlschrank liegt noch eine unästhetisch aussehende *lenkkimakkara,* eine Fleischwurst, die ich sowieso noch aufessen muss, bevor morgen meine ernährungsbewusste Frau nach Hause zurückkommt. Böse

Zungen behaupten, die *lenkkimakkara*-Wurst sei das erfolgreichste Produkt der finnischen Papierindustrie, denn der Fleischgehalt dieser Spezialität liegt wahrscheinlich nur knapp über dem eines handelsüblichen Roggenbrots, was aber durch reichlich Salz und Geschmacksverstärker mehr als wettgemacht wird. All die Männer, die jährlich in Finnland an Herz-Kreislauf-Beschwerden sterben, sind Opfer dieser Wurst. Also denn: Vor dem Kühlschrank stehend, stopfe ich eine 200-Gramm-*lenkkimakkara* in mich hinein, fingerdick bestrichen mit Senf aus Turku, dann begebe ich mich angestrengt kauend ins Wohnzimmer.

Gekleidet bin ich in einen bequemen Freizeitanzug, der schlabberiger kaum sein könnte. Ich rücke mir einen Fernsehsessel zurecht, stelle die Wodkaflasche nebst hübscher Schachtel mit dem finnischen Löwen in greifbare Nähe, mache den Kamin an und lege die Disk ein. Das hat fast etwas von deutscher Gemütlichkeit, aber den Gedanken verdränge ich schnell wieder, schließlich will ich das Deutschsein doch hinter mir lassen. Ein weiteres Gläschen Wodka spült mit den Resten der *lenkkimakkara* auch alle feindlichen Assoziationen herunter, dann lasse ich per Fernbedienung den Film beginnen.

Koirankynnenleikkaaja erzählt die rührende und tragikomische Geschichte eines jungen Soldaten, der im Krieg schwer am Kopf verletzt wird. Er trägt Gehirnschäden davon, die ihn auf den geistigen Entwicklungsstand eines Dreijährigen zurückwerfen. Der arme Kerl hat sozusagen einen an der Waffe(l) und führt seither ein Leben als liebenswürdiger Schwachkopf. Es fällt mir nicht schwer, mich mit dem Protagonisten der Geschichte zu identifizieren. Mehrmals stehen mir vor Rührung die Tränen in den Augen, und jedes Mal gleiche ich auch diesen Flüssigkeitsverlust durch ein Gläschen *Finlandia* aus. Unsere Schmieze erspürt meinen Gemütszustand und erkennt, dass die Situation günstig ist, um sich auf meinen Schoß zu legen und gekrault zu werden. Ich will gnädig sein und lasse sie gewähren.

Die Freunde des verwundeten Soldaten versuchen, dem Ärmsten eine Arbeit zu beschaffen, die er bewältigen kann. Doch selbst die einfachsten Handlangerdienste wollen ihm nicht gelingen, er bleibt ein Kauz, der zu nichts zu gebrauchen ist. Einer seiner Freunde besitzt einen Hund von fuchsrotem Fell. Das Tier ist schlau, treu, anspruchslos, aber auch ein wenig eigenwillig. Eben ein finnischer Spitz! Der Hund hat sogar ein Herz für den armen Dummkopf. Seitlich aus der Pfote wächst dem Spitz eine Kralle, die unbedingt geschnitten werden müsste. Eines Tages wagt es der Kopfversehrte, dem Hund die Kralle schneiden zu wollen. Aber der Spitz beißt ihm in die Hand. Erst dem Hundehalter gelingt es, die Kralle zu stutzen. Die abgeschnittene Kralle wird an einer Schnur befestigt und in der Schlussszene dem wackeren Dümmling wie ein Verdienstorden umgehängt. Der so Geehrte freut sich, obwohl das Drumherum zum Heulen ist.

Während all dessen rollen noch viele Tränen über meine Wangen und ebenso viele Wodkas meine Kehle herunter. Je öfter ich mir nachschenke, umso mehr frage ich mich, wie die Finnen auf die Idee gekommen sind, sich einen Löwen als Wappentier zu erwählen. Warum ein Tier aus fernen Savannen? Ein finnischer Spitz wäre treffender gewesen.

Als der Film zu Ende ist und der Abspann über den Bildschirm läuft, höre ich damit auf, Fiona zu streicheln, wofür sie mir prompt in die Hand beißt.

»Jetzt reicht's mir, du elendes Mistvieh!«, schreie ich.

Fiona springt von meinem Schoß auf und flüchtet. Dabei schlägt sie ihre Krallen in meinen Oberschenkel.

»Na warte!« Wütend schleudere ich ihr einen Hausschuh hinterher. »Ich mach dir einen Knoten in den Schwanz, wenn ich dich kriege!«

Der Hausschuh klatscht weit von Fiona entfernt gegen die Wand. Anscheinend hat meine Treffsicherheit schon etwas gelitten. Aus purer Wut schleudere ich noch den zweiten Hausschuh, ein Kissen und die DVD-Hülle hinterher, obwohl sich Fiona längst in Sicherheit gebracht hat. Also sacke ich in den Fernsehsessel zurück und gieße mir noch ein Gläschen Wodka ein, um mich zu beruhigen. Auf dem Bildschirm ist jetzt das Hauptmenü des Films zu sehen, dazu läuft die traurige Filmmusik in Endlos-Schleife. Sie ist so herzergreifend, dass ich mir gleich noch einen eingieße. Wodka schmeckt mir genau genommen nicht, aber man gewöhnt sich an alles. Und es ist so wie mit dem Führerschein: Das Rückwärts-Einparken muss man mal gemacht haben, auch wenn man später nie anders als vorwärts in eine Parkbucht einfahren will.

Irgendwann traut sich Fiona wieder, vorsichtig um eine Ecke zu schielen. Sie hat vier Augen, aus denen sie mich kampflustig ansieht. »Hau ab, du reißende Bestie!« Unruhig peitscht unsere Mieze mit ihren zwei Schweifen. Der Boden unter ihr schwankt hin und her, aber als Katze macht ihr das nicht viel aus. Ich stemme mich aus dem Fernsehsessel und will ihr an die Gurgel, aber die Schmieze scheint mit dem Leibhaftigen im Bunde, denn sie schiebt mir eine Wand in den Weg, gegen die ich renne.

»Aua!« Ich strauchle zurück und plumpse wieder in meinen Sessel, wo ich mir schon mal die zukünftige Beule reibe. Um den Schmerz zu lindern, genehmige ich mir noch ein Schlückchen *Finlandia*. So hänge ich noch eine Weile herum und höre die traurige Filmmusik.

Es ist schwer zu sagen, wie lange ich so gesessen habe, aber auf einmal schrecke ich auf. Es hat geklingelt. Ich schwanke ziemlich unsicher zum Fenster und schaue hinaus. »Was wollt ihr denn hier?«, frage ich die Dreifachverglasung. Unser Auto steht auf dem Hof, Eila und die Kinder sind gekommen. »Ihr wolltet doch erst morgen kommen …«

Die Dreifachverglasung antwortet nicht, dafür klingelt es noch einmal. Ich reiße mich zusammen und gehe öffnen. Vor der Tür steht Benni. Er trägt eine Tracht aus Österbotten: einen breiten, schwarzen Hut, ein weites, weißes Hemd mit roter Weste, eine schwarze Hose aus grobem Leinen, lederne Stulpenstiefel. Um seine Hüfte baumelt an einem Gürtel mit klimpernden Verzierungen ein Finnendolch. Wahrscheinlich hat ihn die finnische Oma *Mummi* so eingekleidet. Ich öffne die Tür. »Wie siehst du denn aus?«, frage ich. Doch Benni hüpft wortlos an mir vorbei ins Haus und ruft mit frechem Grinsen: *»Tänne tultiin hyppelemähän!«*

»Was soll das heißen: ›Ihr seid gekommen, um hier herumzuspringen?‹«, empöre ich mich. Wieder achtet er gar nicht auf mich und hüpft stattdessen in bockartigen Sprüngen durch Flur und Küche. Seine Bewegungen erinnern an eine Mischung aus Kosakentanz und Schuhplattler, nur plumper. In der Küche springt er auf den Esstisch und tritt eine Zeitung von der Tischplatte, sie fliegt im Schwung zu Boden und zerflattert in viele Einzelseiten.

»He! Bist du verrückt geworden? Komm von dem Tisch runter!«, schimpfe ich. Benni führt sich auf wie ein *Häjy*, ein österbottnischer Störenfried und Tunichtgut. Er lacht schäbig, zieht seinen *puukko*-Dolch aus der

Scheide und rammt ihn in die Tischplatte. *»Kyllä me täällä hyppelemme!«*, ruft er grimmig. »Oh doch, hier werden wir hüpfen und tanzen!« Im selben Atemzug springt er wie ein Luchs vom Tisch herunter, hüpft ins Wohnzimmer und macht sich über den Rest Wodka her, der dort noch steht …

Ich wache auf. Meine Augenlider sind schwer wie zwei Klötze Brennholz. Mein Kopf fühlt sich an wie ein Satz Winterreifen. Wie bin ich ins Bett gekommen? Welcher Wochentag ist heute? Warum fühle ich mich wie nach sechs Monaten Winterkrieg? Ich habe einen grauenhaften Geschmack im Mund. Vorsichtig blinzle ich um mich. Draußen ist es heller Tag, und das grausame Sonnenlicht will mir die Augen ausstechen. Im Hintergrund höre ich eine traurige Musik. Ich erkenne sie wieder: die Filmmusik von *Koirankynnenleikkaaja,* dem Hundekrallenschneider. Die musikalische Untermalung des DVD-Menüs. Sie läuft immer noch. Ich habe keinen Pyjama an, sondern immer noch meinen schlabberigen Freizeitanzug.

Mir wird gewahr, dass unter mir etwas Weiches liegt. Etwas mit Fell. Etwas, das ich unter mir begraben habe. Von der Last meines Körpers plattgedrückt. Etwas, das sich nicht mehr regt. Keinen Muckser! Der Schreck, der mich durchzuckt, trifft mich wie eine Kugel in den Kopf. *Fiona!* Ich habe ihr meine Hausschuhe hinterhergeworfen. Vielleicht habe ich dann …

Ich springe aus dem Bett. Dort liegt weich, platt und reglos Weißfellchen, der alte Stoffhase von Senja. Ein zerzaustes Stofftier mit grau gewordenem Pelz. Ich begreife auch bald, warum: Ich habe die Nacht in Senjas Bett verbracht.

Das plötzliche Aufspringen und der Schreck sind mir nicht gut bekommen. Meine Knie sind weich wie Moltebeerenmarmelade, und in meinem Kopf rauscht eine traurige Melodie. Ich muss mich anlehnen, um nicht umzukippen. Ich schaue mich nach Fiona um. Sie lugt scheu ins Schlafzimmer. Beruhigt kann ich feststellen, dass sie nur zwei Augen hat und nur einen Schweif. Ich wanke aufs Klo. Beim Gehen spüre ich, dass ich nicht nur Katzenhalter mit einem Kater bin, sondern auch von einem Muskelkater geplagt werde. »Hallo Spiegelbild. Kenne ich dich?« Mein zweidimensionales Gegenüber hat eine große blau-grüne Beule an der Stirn. Ich trinke ein paar Schluck Wasser, aber diese Flüssigkeitsaufnahme muss ich auf anderem Wege unmittelbar wieder loswerden. Dann wasche ich mein verbeultes Gesicht kurz mit kaltem Wasser und schaue mir die Wohnung an. In einer Ecke liegt die Verleih-Hülle, leicht eingerissen. Die Flasche *Finlandia*-Wodka ist bis auf ein Viertel ihres Inhalts leergetrunken. Die Deko-Schachtel aus Pappe mit dem finnischen Löwen ist umgekippt, der Löwe liegt auf dem Bauch und schläft.

»Nie wieder!«, schwöre ich mir, schraube die *Finlandia*-Flasche zu und stelle sie in eine Vitrine des Wohnzimmerschranks. In meine flaue Katerstimmung mischt sich dennoch ein klammheimliches Gefühl von Zufriedenheit. Ich kann nunmehr eine Aufgabe auf meiner 7-Punkte-Liste abhaken: Die Freitagsflasche ist bewältigt!

Am späten Nachmittag kommen Eila und die Kinder tatsächlich aus den Skiferien zurück nach Hause. »Wo hast du denn die Beule her?«, wollen sie wissen.

»Ich hatte einen Zweikampf mit dem finnischen Löwen«, witzle ich, »aber ich hab gewonnen. Nein, im Ernst, ich bin versehentlich gegen eine Wand gestoßen.«

Nachdem mir die Kinder ihre wichtigsten Ferienerlebnisse erzählt haben, fragt Eila plötzlich: »Wo kommt denn diese Kerbe im Küchentisch her?«

»Keine Ahnung!«, sage ich aufrichtig erstaunt.

»Das sieht aus«, murmelt Eila nachdenklich, »als hätte jemand mit dem Messer in die Tischplatte gestochen.«

»Was wollt ihr essen?«, lenke ich mit einer Frage in die Runde geschickt ab. »Ich werde heute kochen!«

Als wir am nächsten Tag einen Sonntagsausflug zu einem kleinen Leuchtturm unternehmen, der gut einen Kilometer vom Ufer des Sees Näsijärvi entfernt auf einer kleinen, felsigen Insel steht, habe ich wieder einen klaren Kopf. Während Eila mit Benni über den zugefrorenen See zum Turm spaziert, haben Senja und ich uns für die sportliche Variante entschieden und laufen Schlittschuh. Bei der kleinen Felsinsel *Siilinkari* angelangt, machen wir ein Schneepicknick. Es gibt Kaffee und Kakao aus Thermoskannen und Trockenkuchen. Meine Frau hat außerdem ein paar gesunde Protein-Schokoriegel eingepackt, die aber hartgefroren sind. Weil die Sonne lacht, sind wir nicht die Einzigen, die auf die Idee gekommen sind, zum Leuchtturm zu gehen oder Schlittschuh zu laufen, aber wir sind die einzigen Verrückten, die ein Picknick machen. Und den Wodka vermisse ich kein bisschen!

Wassergeister

Am nächsten Montag bleibt meine Beule weder den Studenten noch meinen Kollegen verborgen. Ich lasse sie alle grinsen und wilde Vermutungen in die Welt setzen. Passend zu der Beule am Kopf, geht es heute in meinem Seminar um Idiome und sprachliche Bilder mit Farbsymbolik. Wir beschäftigen uns mit Fragen der Art, warum man im Deutschen für betrunken »blau« sagt. Warum ist man auf Deutsch gelb vor Neid, auf Finnisch dagegen grün *(vihreänä kateudesta)*, während umgekehrt ein Anfänger deutsch »Grünschnabel« und finnisch *»keltanokka* – Gelbschnabel« heißt?

Eine Studentin hat ein Referat zum Thema »Farben in Redewendungen« vorbereitet und berichtet in ihrem Vortrag über gewisse deutsch-finnische Unterschiede und Besonderheiten. Als sie darauf zu sprechen kommt, dass man bei Blutergüssen auf Deutsch von »blauen Flecken« und auf Finnisch von *»mustelma«* (schwarze Flecken) spricht, gibt es für mich kein Entkommen mehr.

»Haben Sie nun einen blauen Fleck oder einen schwarzen?«, fragt prompt einer der Studenten und grinst dabei übers ganze Gesicht. – »Wie Sie sehen können, schimmert dieser Fleck nicht nur schwarz-blau, sondern an den Rändern auch in anderen Farben. Man könnte sogar behaupten, ich trage den *Grünen Punkt,* was in der deutschen Abfallwirtschaft ein Zeichen für weitere Verwertbarkeit ist.« Diejenigen Studenten, die ihren obligatorischen Deutschland-Aufenthalt schon hinter sich haben, lachen wissend, denn sie haben die deutsche Akribie der Mülltrennung bereits am eigenen Leibe kennengelernt. Alle anderen blicken betreten drein und haben nicht mal eine Ahnung, was der *Gelbe Sack* ist.

»Warum«, leite ich eilig einen Themenwechsel ein, »nennt man eigentlich eine Ausrede oder Notlüge im Finnischen eine *valkoinen valhe*, eine weiße Lüge?«

Eine Studentin reißt sofort den Arm hoch. »Sicher weil Weiß die Farbe der Unschuld ist«, mutmaßt sie.

»Es gibt Kulturen, in denen gilt Weiß als Trauerfarbe«, gibt eine Studentin mit Asien-Erfahrung zu bedenken. Wir können uns im Seminar damit trösten, dass sich die deutsche und die finnische Kultur mehr ähneln als voneinander unterscheiden: Bräute tragen Weiß, weil Weiß für Unschuld steht, und blauäugige Bräutigame fallen drauf rein. So ist es in Deutschland, und in Finnland ist es dasselbe in Grün. Bis zum Schluss der Stunde kommt niemand mehr auf meinen blauen Fleck zu sprechen, und so kann ich den Studenten den wahren Grund verheimlichen: dass es sich bei meinem Fleck genau genommen um das Kastenzeichen einer Gesellschaftsordnung handelt, deren unterste Stufe ich am Wochenende erklommen habe.

Je mehr sich die Nachwirkungen meines Rauschs vom Wochenende verziehen, umso glücklicher bin ich, immerhin schon einen Punkt meiner Liste erfolgreich abgehakt zu haben. Auch die unguten Gefühle, die der Geruch von Erbsensuppe nach der Wunderbaum-Dröhnung lange Zeit in mir hervorriefen, haben sich inzwischen gelegt, so dass ich mir vorstellen könnte, bald den

Verzehr der grünen Pampe mit wahrem Genuss in Angriff zu nehmen. Aber die Mensaleitung macht mir vorläufig einen Strich durch die Rechnung bzw. durch die Speisekarte. In den nächsten Wochen stehen – so wird im wahrsten Sinne des Wortes vollmundig verkündet – kulinarische Köstlichkeiten verschiedener Weltregionen auf dem Speiseplan. Davon künden Handzettel, die man heutzutage Flyer nennt und überall herumliegen. Es gibt eine italienische Woche mit viel Pasta und Pizza, eine indische Woche mit allerlei Reisgerichten und scharfem Curry, eine US-Woche mit Western-Steaks und Burgern, ja sogar eine deutsche Woche mit Spätzle, Würstchen, Reibekuchen und Leipziger Allerlei (zur Freude unserer Praktikantin aus Sachsen).

Das Frühjahrssemester droht genießerisch an mir vorbeizuziehen, ohne dass ein weiterer Donnerstag mit Erbsensuppe nach finnischer Art seinen Weg zurück auf den Speiseplan fände. Allerdings hat das auch seine Vorteile: Man entwickelt einen Heißhunger auf alles, was man nicht haben kann.

Mittlerweile habe ich mir im Netz auch die Formulare herausgesucht, die man braucht, um die finnische Staatsbürgerschaft zu beantragen. Ich bin fast ein wenig enttäuscht, wie lust- und einfallslos man dort Angaben zu Geburtsort, Familienstand und Ähnlichem eintragen soll, ohne eine längere Begründung schreiben zu müssen, wieso man Finne werden will. Solche Aufsätze wären eine Fundgrube für Volkskundler und Politikwissenschaftler, und sie würden Arbeitsstellen für viele arme Beamte schaffen. Die Überschriften könnten lauten: »Warum ich in Bosnien geboren wurde und nun ein Finne sein möchte!« oder »Wieso ich Finne werden will, aber niemals Schwede!« oder aber auch »Zehn Gründe, warum ich gern ein Finne sein will!« Jedes Jahr im Dezember könnte man zum Unabhängigkeitstag einen Band mit den schönsten Begründungen veröffentlichen. Das wären die idealen Weihnachtsgeschenke.

Ein Problem in meinem Antrag auf finnische Staatsbürgerschaft könnte Punkt neun des Formulars sein, in dem nach Sprachbeherrschung gefragt wird. Da ich nie eine finnische Schule besucht oder auf Finnisch studiert habe, fehlen mir Nachweise für Finnischkenntnisse, die ich schwarz auf weiß vorlegen könnte. Aber ich traue mir zu, eine entsprechende Prüfung zu bestehen. Darum werde ich mich noch kümmern müssen.

Das Wetter wird allmählich etwas milder, der Winter schwächelt. Nach einigen Tagen mit leichten Plustemperaturen wird bereits davor gewarnt, sich auf dem Eis der großen Seen zu bewegen, vor allem, wenn man nicht weiß, wo es Strömungen gibt. Eines Morgens – Eila ist bereits unterwegs zur Arbeit, und die Kinder haben ausnahmsweise erst um neun Uhr Schulbeginn, was uns erlaubt, entspannter und später in den Tag zu starten – lese ich in der Zeitung einen tollen Bericht. »Hört mal her!«, sage ich den Kindern und lese ihnen (auf Finnisch) vor. Schon nach den ersten Sätzen hängen sie sich an mich, um über meine Schultern zu schauen und sich das Bild zum Artikel anzusehen. Großzügig hören sie über meine finnischen Aussprachefehler hinweg und lauschen gespannt, was in der Tageszeitung *Aamulehti* steht:

»Robben in Tampere. Im Rahmen eines Programms der finnischen Umweltschutzbehörden wird die seltene Saimaa-Robbe auch im Raum Tampere wieder angesiedelt. Bisher war das Tier jahrzehntelang nur noch in ostfinnischen Binnengewässern zu Hause. Ein erstes Robben-Pärchen wurde bereits gestern im See Näsijärvi ausgesetzt. Experten rechnen mit baldigem Nachwuchs. In den nächsten Jahren soll der Bestand durch natürliche Vermehrung sowie durch gezielte Aussetzung auf etwa fünfundzwanzig Tiere angehoben werden. Nicht begeistert von der Entscheidung äußerten sich die wenigen verbliebenen Berufsfischer in der Region. Sie befürchten ein Ausdünnen der Fischbestände. Eine ausgewachsene Saimaa-Robbe kann täglich mehrere Kilogramm Kleinfisch verzehren. Um die lokalen Fischbestände zu schonen, sollen die Robben in den nächsten Jahren teilweise durch Tierpflegepersonal beigefüttert werden. Vertreter der Stadt Tampere begrüßten die Ansiedlung der Süßwasserrobben und freuten sich über eine weitere Attraktion ihrer Stadt. Der Vergnügungspark Särkänniemi plant, ab Mai Bootstouren in sein Unterhaltungsprogramm aufzunehmen. Die Boote nehmen Tierfreunde zu Fütterungen der Robben mit.«

Das Foto zum Artikel zeigt eine Robbe, wie sie vergnügt durch ein Eisloch in die Welt hinausschaut, im Hintergrund des Bilds ist Tamperes Wahrzeichen, der Aussichtsturm *Näsinneula,* zu erkennen. Am Schluss des Zeitungsartikels werden Angaben gemacht, wo und wann die Tiere vorläufig ihren Fisch vorgeworfen bekommen und von welchem Ufer man heute Abend der Fütterung zusehen könne.

Benni ist begeistert: »Die Robben will ich unbedingt sehen!«

»Ich komme mit!«, sagt Senja, und auf der Stelle beschließen wir, am heutigen Abend gemeinsam zur Robbenfütterung zu fahren.

»Wusstest du«, doziert Benni, »dass die Robben vielleicht die Vorbilder für einen *Vesihiisi* waren?«

»Und was, bitte, ist ein *Vesihiisi*?«

»Ein böser finnischer Wassergeist. Fast wie eine Nixe. Die entstehen durch die Seelen der Ertrunkenen. Und manchmal kommen sie an die Wasseroberfläche, um Leichtsinnige ins Wasser zu locken.« Zur Untermalung schnappt Benni nach mir wie eine Schlange nach einer arglosen Maus.

Später auf der Arbeit: Wieder einmal sehe ich unseren Altvorderen Albert, den fränkischen Grantler, über die Gänge schlurfen. Vielleicht sollte ich es noch einmal im Guten mit ihm versuchen und einen Plausch mit ihm anfangen. Ein gutes Betriebsklima soll ja leistungssteigernd sein.

»Guten Morgen! Hast du auch von den Robben gelesen, die man im *Näsijärvi* ansiedeln will?«, sage ich unbeschwert im Vorübergehen.

Albert schlurft einfach weiter und murmelt dabei kaum hörbar: »Sieh mal auf den Kalender!« Warum gibt es kein elftes Gebot »Sei fröhlich« oder »Unterhalte dich mit deinem Nächsten über Robben«? Möglicherweise wäre Alberts Persönlichkeitsentwicklung dann vollkommen anders verlaufen. So aber, denke ich, bleibt er, was er ist: ein alter Griesgram, der mit seinem Schicksal hadert, weil es ihn nach Finnland verschlagen hat.

Als ich in meinem Büro am Schreibtisch sitze, fällt mein Blick dennoch auf den Kalender. Das Tagesdatum! Mir wird abwechselnd heiß und kalt. Nur nicht so angenehm wie beim Wechsel von Saunaaufguss und Eisbad. Heute ist der 1. April. Der Artikel war ein Aprilscherz, und ich Robbenhirn bin darauf hereingefallen. Die Tageszeitung *Aamulehti* ist bekannt dafür, jedes Jahr

Leichtgläubige irrezuführen, nicht zuletzt mit Hilfe geschickter Fotomontagen.

Eila hätte mich bestimmt gewarnt und aufgeklärt, wäre sie heute früh nicht schon aus dem Haus gewesen. Wenigstens bleibt mir die Blamage erspart, mit meinen Kindern zur Fütterung zu fahren und hornochsig am Ufer zu stehen, um auf etwas zu warten, was nicht stattfindet, möglicherweise vor den Fotoapparaten der *Aamulehti*-Reporter. Trotzdem, die Kinder werden enttäuscht sein. In Tamperer Gewässern gibt es keine Robben, und ein *Vesihiisi* gehört in die Märchenwelt.

Frühlingserwachen

Der April ist in Finnland der Monat auftauender Hundeköttel. Mit jedem Tag gewinnt die Frühlingssonne für einige Stündchen die Oberhand, es taut und tröpfelt, und an den Straßenrändern wird sichtbar, was in all den Wintermonaten die Vierbeiner beim Gassigehen hinterlassen haben. In der Nacht reißt der Winter die Macht wieder an sich, um alles erneut festfrieren und erstarren zu lassen. Auch die Hundeköttel. *»Sellaista se vaan on«*, würde mein finnischer Schwiegervater dazu sagen, auf Rheinisch: »So isset.«

In Tampere und anderen Großstädten des Nordens ist der April – kaum zu glauben – auch der Monat der Sandstürme. Splitt und Sand, die an Tagen von Glatteis und Tauwetter auf den Straßen ausgestreut wurden, kommen nun wieder zutage, von Tausenden Autoreifen zermahlen und von frischen Frühjahrswinden aufgewirbelt. Die Feinstaubbelastung liegt deutlich über dem, was man sich unter frischer, unbelasteter nordischer Luft üblicherweise vorstellt. Nun rollen die ersten Kehrmaschinen über die Straßen und Bürgersteige.

Noch vor Jahren habe ich über meine Nachbarn geschmunzelt, die in ihren Vorgärten und Einfahrten die Schneeberge abtragen, die im Laufe des Winters an den Rändern der Grundstücke und in den Ecken zusammengeschippt worden sind. Den aufgehäuften Schnee dorthin schaufeln, wo schon keiner mehr liegt, damit er möglichst gleichmäßig dahinschmilzt und verschwindet. Mittlerweile schmunzle ich nicht mehr, sondern schaufle mit. Dem matt erwachenden Frühling ein wenig Hilfestellung leisten.

In den schattigen Wäldern hält sich der Schnee deutlich länger als in den Wohngebieten oder gar der Innenstadt. Echte Skifreunde laufen auch noch im April, so lang es irgend geht, notfalls mit einem Skiwachs, der an Klebstoff erinnert und auch noch auf vereisten Flächen Halt bietet. Auch zu dieser Gruppe darf ich mich zählen, denn ich treibe viel lieber Winter- als Sommersport. Skilanglauf liegt mir mehr als Jogging und Schlittschuhlaufen mehr als Radfahren.

Um das Osterfest wird in Finnland nicht annähernd so viel Wirbel gemacht wie um Weihnachten. Die finnische Post kann das mit Zahlen belegen: Weihnachtskarten werden zwanzigmal mehr verschickt als Ostergrußkarten. Die paar Ostereier oder Weidenkätzchen, die als Dekoration in den Schaufenstern stehen, wiegen auch kaum die Wichtel und Weihnachtsmänner auf, die Ende des Jahres überall zu sehen sind. Finnland ist eben eher ein Weihnachtsland und keine Osterinsel. Weiße Weihnachten sind in Finnland die Regel, grüne Ostern eher die Ausnahme. In diesem Jahr aber scheint es anders zu werden. Nach einem harten, schneereichen Winter kommt nun der Frühling mit Macht. Tropfende Eiszapfen und zwitschernde Vögel. Verharschter Schnee und erste Blümchen an geschützten Stellen. Es gibt einige Flecken in unserem Garten, die verraten, dass unter dem Schneeweiß ein mattgrauer Rasen schlummert, der ergrünen will.

Eine Woche vor Ostern, an Palmsonntag, ziehen nach

finnischer Tradition kleine Kinder als Hexen verkleidet durch die Straßen und sammeln Süßigkeiten. Es sind brave Osterhexen, die Segenswünsche aussprechen und geschmückte Zweige verteilen. Die Kinder haben dazu Weidenkätzchen geschnitten und sie mit bunten Federn und Papierstreifen verziert. In diesem Brauchtum mischen sich heidnische Frühjahrsriten mit christlichen Vorstellungen. An den Türen der Nachbarhäuser sagen die Kinder einen alten Spruch auf, der sich wie eine Mischung aus Zauberformel, Gebet und Feilscherei anhört:

Virvon, varvon,
tuoreeks terveeks
tulevaks vuodeks.
Vitsa sulle, palkka mulle!

Beim Aufsagen schwenken die Kinder mit den Weidenruten, was nach Vorstellung der Kirche in Finnland an die Palmwedel erinnern soll, mit denen beim Einzug in Jerusalem gewunken wurde. Die Zweige stehen ebenso für Fruchtbarkeit von Feld und Vieh wie für neu erblühendes Leben und Auferstehung.

»Dir den Zweig, mir den Lohn«, lautet die letzte Zeile des Spruchs. Die Erwachsenen erhalten einen bunten Zweig, die kleinen Osterhexen bekommen dafür Leckereien. Passend zur Jahreszeit bieten die Läden in Finnland Osterhexen-Süßigkeiten an, Weingummi, Überraschungseier und Schokoriegel mit kleinen harmlosen Hexen auf der Verpackung. Der arme Osterhase spielt hingegen in Finnland eine eher untergeordnete Rolle. Er rangiert gleichberechtigt neben Küken und Lämmlein und tritt nicht als Gabenbringer in Erscheinung.

Jahrelang sind auch Senja und Benni als Osterhexen von Tür zu Tür gezogen. Senja war eine kleine Hexe mit rotem Kopftuch, aufgemalten Sommersprossen und einem weiten, bunten Flickenkleid. Sie konnte toll basteln und hatte die schönsten Osterzweige. Benni zog mit ihr, und weil sich normalerweise nur die Mädchen als Hexen verkleiden, lief er als schwarzer Kater nebenher. Die Zweige, die Benni gemacht hatte, sahen allerdings kümmerlich aus, zerzaust und spärlich geschmückt. (Sein Anteil an den Süßigkeiten war aber ebenso groß wie der seiner Schwester.)

Senja mag schon längst nicht mehr als Osterhexe gehen, diesem Alter ist sie entwachsen. Und Süßigkeiten reizen sie nicht mehr. Im Gegenteil, sie hat angefangen, auf ihre Figur zu achten, wenn auch vollkommen grundlos. Benni hingegen will auch dieses Jahr wieder durch die Nachbarschaft ziehen, bunte Zweige verschenken und etwas zum Naschen einheimsen. »Was willst du denn anziehen?«, fragt ihn Senja. »Willst du wieder als schwarzer Kater gehen? Oder als Küken?«

»Nein«, verkündet Benni stolz, »ich gehe als Faust.«

Senja und ich brechen in Lachen aus. »Als Faust? Wie sieht denn ein Faust aus?«, will ich wissen.

»Ich ziehe eine schwarze Robe an und Muttis Abiturkappe. Das ist dann mein Doktorhut. Ich bin ein Gelehrter, der mit dem Teufel im Bunde steht.«

»Das kennt doch in Finnland kein Mensch!«, meint Senja, halb amüsiert und halb am Verstand ihres Bruders zweifelnd.

Auch ich habe meine Bedenken, ob Benni mit seinem Outfit der Tradition entsprechen wird. Aber Benni bleibt stur. Während andere Kinder, die deutlich jünger sind als er, in der Verkleidung kleiner Hexen umherziehen, macht sich Benni alleine auf den Weg, mit schwarzem Mantel und weißer Kappe. Am Gürtel trägt er einen Beutel für die Süßigkeiten. In der einen Hand trägt er seine Osterzweige, zerzaust wie immer und im Ruckzuck-Verfahren zusammengebastelt. Die andere Hand trägt er zur Faust geballt vor sich her. »Damit die anderen wissen, wer ich bin!«, hat er gesagt. Senja, Eila und ich schauen ihm durchs Fenster hinterher.

»Benni ist peinlich!«, jammert Senja.

Eila ist ein bisschen stolz auf ihn. Sie ist davon überzeugt, dass er seinen Weg machen wird, und wenn er mit dem Teufel einen Bund eingehen müsste.

Nachdenklich kratze ich mich am Kinn. »Hoffentlich läuft Benni in zwei, drei Jahren nicht auch noch in dieser Montur durch die Gegend. Dann wird er so groß sein, dass man ihn für einen Zeugen Jehovas hält, der auf Bekehrungs-Tour ist.«

Trotz aller Unkenrufe kommt Benni ein knappes Stündchen später wieder nach Hause zurück, seine Zweige ist er losgeworden, und sein Beutel ist prall mit Naschereien gefüllt. Er strahlt vor Stolz, und als er ins Haus tritt, rezitiert er in großer Pose: »Hier steh ich nun, ich armer Tor, und bin bald dicker als zuvor.« Dann geht er auf sein Zimmer, um sich zu mästen. Er isst Schokolade und blättert in seinem Bilderbuch »Faust«.

In der Osternacht besuchen Eila und ich eine nächtliche Messe im Dom von Tampere, der eine gute Akustik hat und eigenwillige Malereien des Jugendstils beherbergt. Am Morgen des Ostersonntags suchen Senja und Benni Ostereier und kleine Geschenke im Restschnee, was kaum den finnischen Gewohnheiten entspricht, aber bei uns als Kulturexport aus Deutschland fester Bestandteil jährlich wiederkehrender Gepflogenheiten ist. Senja macht nur mit, weil sie keine Spielverderberin sein will und weil sie hofft, in einem Pappschachtel-Osterei könnte ein Einkaufsgutschein stecken.

Damit Benni seinen Spaß hat, bin ich schon frühmorgens aufgestanden und habe überdimensionale falsche Hasenspuren in den Schnee gedrückt. Dafür hatte ich mir eigens ein paar Latschen mit Riesensohlen aus Karton gebastelt. Benni jauchzt bei ihrer Entdeckung, läuft wieder ins Haus und holt seine kleine Digitalkamera, um die Spuren zu fotografieren.

»Zeig die bloß keinem in der Schule«, mahnt Senja, »und behaupte, bei uns ist der Osterhase gewesen. Die lachen dich alle aus!«

Benni achtet nicht auf ihre Einwände und macht Bilder. Er sammelt wissenschaftliche Beweise für bislang ungeklärte Erscheinungen.

Ostern ist vielleicht die richtige Zeit, um Rückschau zu halten und nach vorne zu blicken. Jedenfalls eher als Silvester, da steckt man noch zu sehr im Weihnachtstaumel und befindet sich mitten im Winter. Ostern ist das wahre Erwachen, der Neubeginn. Meine Bilanz als angehender Finne mit Echtheitszertifikat: Manches ist geschafft, aber bei mehreren Punkten fehlt noch das Häkchen. Also nehme ich mir vor, die Sache nicht schleifen zu lassen. Immerhin habe ich ja schon die Elchjagd vorbereitet. Und im Tango mache ich auch gute Fortschritte. Kein Grund also, mich zu grämen.

Kurz nach Ostern sitze ich mit einigen Kollegen wieder einmal – sozusagen zwischen den Stunden – bei Kaffee/Tee in einem Versammlungsraum beisammen. Helmi-Mari, unsere forsche Forscherin aus dem fünften Stock, hat mit Sinn für das Gemeinwohl »Pascha« mitgebracht, eine Quark-Süßspeise, die in Finnland zu Ostern gerne serviert wird und von der alle einmal probieren. Ich verspreche ihr, im nächsten Jahr ein Osterlamm zu backen, so wie ich es aus dem katholischen Rheinland kenne. Echtes Ethno-Food also. Lea und Tiina sitzen mit dabei, sogar Griesgram Albert hat sich aus seinem muffigen Büro hervorgewagt und für einen bitteren Kaffee dazugesetzt.

Praktikantin Mareike hat interessante Neuigkeiten zu berichten: »Am letzten Sonntag, also an Ostern, war ich in der Nähe von meinem Wohnheim wieder spazieren, da an dem kleinen See entlang. Und wie ich da so ging, kam mir wieder mal dieser Mann entgegen mit seinen drei kleinen Hunden. Mittlerweile hat der immer einen Trainingsanzug an und keinen Overall mehr. Er kam mir also entgegen, und als wir ungefähr auf einer Höhe waren, hat er mich ganz kurz angesehen und freundlich genickt. Ich glaube, er hat sogar dabei gelächelt.«

»Es gibt also noch Zeichen und Wunder«, sagt Ruhrpott-Lea mit ironischem Unterton.

»Es wird eben langsam Frühling«, meint Helmi-Mari dazu, »die Menschen tauen auf.« Helmi-Mari hat eine einnehmend positive Lebenseinstellung.

»Vielleicht freut er sich auch schon auf *Vappu*«, ergänzt Tiina.

»Was ist *Vappu*?«, will unsere Praktikantin aus Sachsen wissen.

»So nennt man hier das Fest zum 1. Mai«, erkläre ich ihr. »Gleichzeitig ist es eine Art finnischer Karneval, jedenfalls was die Ausgelassenheit und den Alkoholkonsum angeht. Gefeiert wird vor allem der erwachende Frühling.«

Der ist offenbar auch bei Senja erwacht, denn als ich nach Hause komme, haben sie und ihre Mutter eine lautstarke Auseinandersetzung, weil unsere Tochter den Vorabend des 1. Mai mit ihren Schulkameradinnen in der City feiern will.

»Auf keinen Fall!«, donnert meine Frau, und ich bin

froh, dass sie den Part des Buhmanns übernimmt. »Dazu bist du noch zu jung!«

Senja ist sauer. »Meine Freundinnen dürfen aber auch alle!«

»Wenn du erst mal achtzehn bist!«, mische ich mich unaufgefordert ein. »Oder eigentlich sollte man mindestens Studienanfänger sein, um ordentlich *Vappu* zu feiern.«

Wie zu erwarten, will Senja wissen, warum. »Was ist denn daran so schlimm?«

Also versuche ich ihr in den schrecklichsten Farben auszumalen, welche grauenhafte Dinge sich in der Nacht zum 1. Mai abspielen: Betrunkene und Anarchie zwischen erbrochenem Bier und zerbrochenen Bierflaschen.

»Aber ihr habt doch früher auch ...«, wendet Senja ein.

»Früher war aber noch alles viel harmloser und gesitteter«, lüge ich. (Dabei handelt es sich um eine sogenannte »weiße Lüge«, die allen Eltern in Notzeiten zugestanden werden.) Zum guten Schluss lässt sich Senja mit der Erlaubnis zufriedenstellen, am Nachmittag des 1. Mai mit ihren Klassenkameradinnen den Maimarkt zu besuchen und der Taufe der TU-Studenten zuzusehen.

Die Studis der Technischen Uni tauchen ihre Neulinge am 1. Mai in die Stromschnelle *Tammerkoski*, mitten in der Innenstadt und zur Belustigung der Massen. Der Hebearm eines Krans taucht sie grüppchenweise in einem eisernen Käfig in die eisigen Fluten. Diesem familientauglichen Spektakel sehen Altstudenten mit Wehmut zu, und kleine Kinder wohnen ihm mit bunten Gasballons und Zuckerwatte bei. Außerdem ziehen ein paar linke Demonstranten mit roten Fahnen durch die Straßen, denn der 1. Mai ist auch in Finnland

Tag der Arbeit. Und einen Jesus-Marsch der streng Religiösen gibt es am ersten Maitag in Tampere auch. So kommt jeder auf seine Kosten.

Auf zu anderen Ufern

Im Mai gehen die Vorlesungen und Unterrichtsveranstaltungen des Frühjahrssemesters zu Ende. Praktikantin Mareike muss sich von uns verabschieden, sie fliegt zurück ins Sachsenland. Der Abschied fällt ihr schwer, zumal sie in den letzten Tagen bei jedem Spaziergang vom Mann mit den drei Möpsen durch eine zaghafte Kopfbewegung gegrüßt worden ist.

An den Unis gibt es nun weniger zu tun und kaum noch feste Termine – eine günstige Gelegenheit, um sich für zwei Tage abzuseilen und eine kleine Spritztour zu unternehmen. Auch deshalb, weil der Gutschein für eine Fahrt mit der Fähre nach Stockholm, den Senja vor vielen Wochen bei der Karnevalsfeier der deutschen Klassen in der Lotterie gewonnen hat, nur noch bis Mitte des Monats gilt. Den Gutschein von Viking Line, der nur für eine Person und ausschließlich an Werktagen gültig ist, habe ich meiner Tochter mit gutem Zureden zum doppelten Selbstkostenpreis abgekauft. Denn da Eila und die Kinder noch brav zur Schule gehen müssen, zum Lernen oder zum Unterrichten, sehe ich mich bedauerlicherweise gezwungen, die Reise alleine anzutreten.

»Ist das nicht langweilig?«, fragt Senja, die letztlich froh ist, einen wertlosen Lotteriegewinn zu Geld gemacht zu haben.

»Was meinst du?«

»Ist es nicht langweilig, nach Stockholm zu fahren und am nächsten Tag gleich wieder zurück, ohne von Bord zu gehen?«

»Ja«, bestätige ich, »das ist ganz sicher sterbenslangweilig. Aber so eine Fahrt steht auf meiner 7-Punkte-Liste.«

»Du mit deinen sieben Punkten ...«

Ich muss definitiv keine Angst haben, dass ein Familienmitglied meine seltsamen Ansinnen nach außen trägt. Senja würde sich für ihren verrückten Vater fremdschämen, Benni erzählt lieber von unglaublichen Osterhasenspuren im Garten, und meine Frau will nicht in den Ruf geraten, mit einem Kindskopf verheiratet zu sein. (Daher verrät sie auch niemandem, dass ich ein Sammelalbum angelegt habe, in dem ich die Kuhmotive von den Milchtüten einklebe.)

Auf meiner Liste steht unter Punkt 4: »Mit der Fähre nach Schweden oder Estland fahren. Karaoke singen und das Tanzbein schwingen mit allem, was dazugehört. Das Ganze schön finden!« Also dann, ich werde mein Bestes versuchen. Auch wenn mir das mit dem Schönfinden nicht leichtfallen wird. Wenigstens erspare ich mir eine Fahrt nach Estland. Wegen des preiswerten Alkohols dort wäre ich unterwegs von Unmengen Schnapstouristen umgeben.

An einem Mittwochnachmittag fahre ich mit dem Zug nach Turku. Die vorletzte Station der Bahnverbindung ist das Stadtzentrum, von dort geht es weiter bis in den Hafen, wo die großen Fähren vor Anker gehen. Turku im Mai wirkt, wie ich auch als Wahl-Tamperaner zugeben muss, gar nicht so unfreundlich. Die alte Hauptstadt hat ein paar Sehenswürdigkeiten, mit denen Tampere nicht wuchern kann, und der Frühling ist hier in seinem

Kampf gegen den Winter zirka zwei Wochen weiter vorangeschritten.

Von der Endstation der Bahn begebe ich mich ins Terminal der Viking Line. Gegen einen kleinen Aufpreis habe ich eine Kabine mit Blick auf die See reserviert, damit ich mein Fährendasein nicht im dunklen Schiffsrumpf unter dem Autodeck friste. Im Terminal muss ich aber erst einmal warten, bis unser Schiff angelegt hat und alle Passagiere, die aus Stockholm kommen, ausgestiegen sind. Während ich warte, lese ich vergleichend deutsche Lyrik in finnischer Übersetzung, das Manuskript eines befreundeten Übersetzers, Jorma mit Namen, der hauptberuflich Bauanleitungen für Papiermaschinen übersetzt, aber seine Freizeit der hohen Dichtkunst weiht. Er hat mich um meine Meinung gebeten, bevor er seine Arbeit an einen Verlagslektor schickt. Mit Lyrik ist für gewöhnlich kein Geld zu machen, aber ein kleines Verlagshaus, das zufällig in Turku seinen Sitz hat, will eine kleine Anthologie mit den Übersetzungen deutscher zeitgenössischer Gedichte herausgeben, ohne mit Gewinn zu rechnen. Im Gepäck habe ich außerdem noch ein paar Referate von Studenten, die ich durchgehen möchte.

Während ich in der Abfertigungshalle sitze und durch meine Papiere schaue, lässt sich ein Mann neben mir nieder, der auch schon im selben Zug gesessen hat. Er gehört zu den Typen, die schwarze Lederjacken mögen. An seiner Jeans trägt er mehrere Ketten, die am Gürtel befestigt sind und in irgendwelchen Taschen verschwinden. Ich vermute, dass sich am anderen Ende einer Kette ein dicker Schlüsselbund mit Flaschenöffner befindet, eine weitere Kette wird wohl einen Geldbeutel an seinen Besitzer schmieden. Weitere Ketten, die in schwungvollen Bögen um seinen Hintern baumeln, dienen der Dekoration oder der Irreführung potentieller Taschendiebe. Seine Haare trägt er zu einem Pferdeschwanz gebunden, an seinem Kinn wächst ein kümmerliches Ziegenbärtchen. Bereits im Zug war mir aufgefallen, dass er sich in einem Takt von etwa zehn bis fünfzehn Minuten eine neue Bierbüchse aufmachte. Auch diesmal ist es nicht anders: Kaum hat er Platz genommen, öffnet er eine Dose Gerstensaft und lässt ihn in langen Schlucken in sich hineinlaufen.

»Bist du Deutscher?«, fragt er mich unvermittelt, allerdings auf Finnisch. Er hat wohl einen Blick auf meine Papiere geworfen und die Sprache erkannt. Ich bin leider weder schlagfertig noch skrupellos genug, um zu behaupten, ich käme aus Österreich, um alle weiteren Gespräche im Keim zu ersticken. Stattdessen antworte ich mit einem kurz angebundenen Ja. Noch bevor ich mich wieder in meine Papiere vertiefen kann, erzählt er mir, dass er eine Schwester habe, die »in Frankfurt am Mainz« wohne. Er sagt tatsächlich »am Mainz«. Ich lege meine Unterlagen zur Seite und denke mir: Sei weniger vorurteilsbehaftet! Auch jemand, der ununterbrochen Bier trinkt und sinnfreie Ketten am Hintern trägt, kann doch ein netter Kerl sein, der nur gepflegt Konversation betreiben will und sich mit mir auch angeregt unterhielte, wenn ich aus Salzburg käme.

»Im Raum Frankfurt leben viele Finnen«, leiste nun auch ich einen Beitrag zu unserem Gespräch.

Darauf geht er nicht ein, stattdessen sagt er nur: »Meine Schwester habe ich aber schon seit über zehn Jahren nicht mehr besucht.« Dann nimmt er wieder einen kräftigen Schluck und wechselt das Thema. »Gibt es in Deutschland nicht mehrere Frankfurts? Frankfurt am Mainz, Frankfurt-Hahn …«

»Es gibt auch noch Frankfurt an der Oder.«

»Ja, und Frankfurt-Würstchen«, prustet er, und ich bin mir unsicher, ob er einen Scherz macht. Er leert seine Dose und fasst dann zusammen: »Vier, also vier Frankfurts.« Ich nicke verlegen. Er scheint froh, etwas im Leben dazugelernt zu haben, und öffnet ein neues Bier, das er aus seiner Reisetasche hervorzaubert. Sofort mache ich mir Vorwürfe, weil meine halbherzigen Aufklärungen dazu beitragen könnten, ihn eines Tages in den Suff zu treiben.

»Weißt du keine Adresse, wo man billig Motorräder kaufen kann?«, fragt er übergangslos.

»Na ja, im Großraum Hamburg gibt es viele Gebrauchtwagenhändler, die ein Internetangebot auch auf Finnisch haben, da kann man gut mal reinsurfen und sich kundig machen.«

»Ich will mir schon seit längerem 'ne neue Kiste kaufen, aber im Moment hab ich kein Kleingeld. Willst 'n Bier?« – »Danke, nein«, sage ich, aber dann fällt mir ein, dass ich hier nicht genauso stumm und einsam rumsitzen will wie sonst in meinem Uni-Büro. »Oder doch. Bitte ja!«

Der Ziegenbart kramt in seiner Tasche und gibt mir eine Büchse. Ein echter Beweis für Großzügigkeit und Freigebigkeit, der Mann kann also kein schlechter Mensch sein. Wir prosten uns zu, dann setze ich die Dose an meine Lippen. Das Bier ist warm und schaumig, aber ich schaffe es, mir nichts übers Kinn zu schütten.

Mein edler Spender weist mit seiner Büchse nach draußen auf die Fähre. »Das Schiff heißt Isabella. So heißt auch meine Tochter. Weil sie auf diesem Schiff ihren Anfang genommen hat.« Er lacht in sich hinein, und in seinen Augen leuchten für einen Moment die Erinnerungen an bessere Tage auf. An bessere Tage und aufregendere Nächte. Wieder rinnt Bier durch seine Kehle, während ich mich frage, wie viele Mädchen es in Finnland gibt, die den Namen einer Fähre tragen.

Ich betrachte die Isabella eingehender. All diese Schiffe sind schwimmende Hotels, mehrstöckige Giganten, die vor Anker so schwerfällig und unbeweglich aussehen wie das Parlamentsgebäude in Helsinki. Und trotzdem fahren sie über die Ostsee und manövrieren zwischen Felsinselchen und Schären. Es ist natürlich nicht das erste Mal, dass ich mit einer Fähre fahre, aber bislang hatte ich immer einen konkreten Anlass für die Reise und einen längeren Aufenthalt am Zielort. Es ist das erste Mal, dass ich mit einer Fähre hin- und herfahre, ohne das Schiff zu verlassen. Eine Reise um ihrer selbst willen.

»Darf ich fragen, warum du nach Stockholm fährst?«, frage ich.

»Nur so. Ist immer eine schöne Abwechslung.« Er kippt einen weiteren Schluck herunter. »Und um Bier zu kaufen. Wegen der Frauen.« Er grinst und würde sicher gerne wirken wie ein Frauenheld. »Vielleicht lernt man ja jemanden kennen. Ich hatte auch sonst nichts Bestimmtes vor. Außerdem habe ich einen Gutschein für eine Fahrt. Das muss man ja ausnutzen.«

Ich vermute, dass mindestens ein Drittel der Reisenden einen Gutschein abfeiert. Die Schifffahrtsgesellschaft muss außerhalb von Ferienzeiten und Wochenenden nicht zuletzt an den Aufpreisen für bessere Kabinen und an Speisen und Getränken verdienen, die an Bord verzehrt werden.

Während ich noch überlege, erhebt sich der Mann mit den vielen Ketten schnaufend, ergreift seine Tasche mit den Biervorräten und geht davon. Ohne Gruß, ohne Blick. Einfach so. Ich trinke mein Bier halb aus, den Rest lasse ich stehen. Dann werden die Tore geöffnet, und die Wartenden dürfen endlich über Rampen an Bord.

Kurze Zeit später habe ich meine Kabine auf Deck fünf gefunden und mich häuslich eingerichtet. Es ist früher Abend, und die Kreuzfahrt beginnt. Es muss jene Illusion von Hotelkomfort und der dünne Hauch von großer weiter Welt sein, der viele auf solche Fahrten lockt, auf eine Fähre mit Autodecks, die so tut, als wäre sie ein Luxusliner in der Karibik. Erneut muss ich mich schelten: Wenn ich das Ganze hier schön finden will, darf ich nicht allem gegenüber so kritisch sein. Passenderweise muss ich an eine Konferenz vom letzten Herbst denken. Da ging es in einem Vortrag, bei dem ich beinah eingeschlafen wäre, um die Satzstellung in alter niederdeutscher Erbauungsliteratur aus dem Baltikum des sechzehnten Jahrhunderts. Nach dem Vortrag meldete sich ein Professor für Sprachgeschichte zu Wort und verkündete, dass er das Thema des Vortrags »hochspannend« fände. Nicht etwa interessant oder anregend, nein, hochspannend. Alles ist eben eine Sache der Einstellung. Warum sollte eine Fahrt nach Stockholm nicht hochspannend sein? Selbst wenn man in Stockholm nicht aussteigt und nur bedingt seine geistliche Erbauung im Auge hat.

Kaum hat das Schiff abgelegt, begebe ich mich in eines der großen Restaurants, wo ich für das Abendbüfett vorangemeldet bin. In verschwenderischer Fülle sind hier alle Köstlichkeiten des Ostseeraums aufgefahren: Lachs und Meeresfrüchte, Rinder- und Schweinebraten, Lamm und Geflügel, allerlei Beilagen und Gemüse; dazu Suppen, Soßen und Salate Es gibt eine Station mit Getränken von Wasser bis Wein und einen Tisch mit einem Dutzend Nachspeisen, darunter auch Trauben und Käse. Die Auswahl an Gaumenfreuden sieht so gut aus, dass ich von allem probieren möchte. Da alles sehr gut schmeckt, beginne ich tatsächlich, »das Ganze schön zu finden«. Es macht mir nicht einmal etwas aus, alleine zu essen, im Gegenteil, umso mehr bleibt Muße zum Genießen. Nur nach Hause schicke ich eine kurze Mitteilung: »Sitze im Schiff. Tolles Büfett. Alles im grünen Bereich.«

Eila simst mir kurz darauf zurück: »Schön. Viel Spaß. Aber tanz nicht zu viel.«

Der letzte Satz lässt mich stutzen. Hat sich Eila verschrieben und es sollte heißen: »Aber iss nicht zu viel«? Ich lange trotzdem ordentlich zu, koste von allem und hole mir immer wieder neue Schlemmereien. Dabei gieße ich mir auch mit jedem Gang großzügig von dem schweren Beerenwein ein, der von Mal zu Mal süffiger schmeckt.

Während des Essens betrachte ich mit Interesse die Gäste des Restaurants. Es gibt eine bunte Mischung aus Alleinreisenden, Paaren, Familien und Freundeskreisen. Am fröhlichsten wirken die Rentner, die immer in Herden auftreten. Sie erfreuen sich am guten Essen und an der gegenseitigen Gesellschaft. Daneben gibt es mehrere Grüppchen junger Böcke, die sich noch die Hörner abstoßen müssen. Sie sind ungestüm und durstig und werden oft flankiert von blökenden Jungkühen. Am friedlichsten wirken Familien mit frischem Nachwuchs, die sich meist früh ins sichere Nest ihrer Kabine zurückziehen. Auch ein paar Herren mit Schlips und weißen Hemden sind dabei, die wie Wildgänse im eleganten Formationsflug zu den neuen Weidegründen ihrer geschäftlichen Angelegenheiten fliegen. Ganz in meiner Nähe sitzen zwei schnatternde Schnepfen, nicht weit davon hockt ein ganzer Schwarm Stelzen und Pieper im mittleren Alter. Ich vermute, ihr Gelege ist längst flügge geworden, und sie befinden sich nun alle in der Mauser. Hie und da sitzen versprengt unberechenbare Einzelgänger. Einige von ihnen beäugen die Schnepfen und überlegen, wie sie ihr Territorium markieren sollten. Wie mag *ich* wohl in den Augen der anderen aussehen? Wie ein Ausgestoßener? Wie ein Vielfraß auf Beutegang? Vielleicht wie ein unrasierter Igel nach dem Winterschlaf oder ein seltenes finnisches Gleithörnchen ohne Nüsse?

Nachdem ich abschließend fünf verschieden Desserts in mich hineingelöffelt habe, begebe ich mich auf Erkundungstour durch das Schiff. Da die Fähre relativ spät abgelegt hat, ist es längst düster geworden und der Abend schon weit vorangeschritten. Der Alkoholverkauf hat bereits begonnen. In den Regalen klirren die Wodkaflaschen im Takt des Schiffsmotors. An den Fenstern ziehen Hunderte Inseln vorbei, teilweise kaum groß genug für ein paar Bäume, um sich mit ihren Wurzeln im Fels festzukrallen. Nach kurzer Zeit habe sich das Terrain sondiert: An Bord gibt es ein Tanzlokal, in dem eine Live-Band bekannte Melodien spielt, es gibt eine Disco für das junge Gemüse und eine Bar, in der Karaoke gesungen wird.

Zum Karaoke fehlt mir noch der Mut, aber ich sehe amüsiert zu, wie die Stelzen aus dem Restaurant hier einfallen, um abwechselnd ins Mikrophon zu zwitschern. Zuerst traut sich eine langbeinige Bachstelze nach vorne, sie singt einen uralten Song von Suomi-Rocker Rauli Badding Somerjoki: *Pilvet karkaa, niin minäkin.* Der Text passt zu unsteten Zugvögeln: »In der Ferne ziehen Wolken vorüber. Vergeblich ist's, sie einfangen zu wollen. Wolken ziehen vorüber, vorüber so wie ich …« Die Bachstelze singt nicht schlecht, und mir kommt der Gedanke, dem Verlag aus Turku einmal vorzuschlagen, es beizeiten mit einem Bändchen finnischer Rocklyrik mit Übersetzungen in verschiedene Sprachen für Touristen aller Länder zu versuchen. Zwischen Kitsch und Herzschmerz von Rockpop und Schlager verbergen sich die Dramen des Alltags. Als Nächstes traut sich eine blondmähnige Zitronenstelze nach vorne. Diese zierlichen Vögel mit gelbem Köpfchen brüten vorwiegend in der Tundra. Die Zitronenstelze zwitschert noch schöner als ihre Vorgängerin, und ihr Text ist noch trauriger als der vorangegangene. *Rakkaus on lumivalkoinen* (Schneeweiß ist die Liebe), ein Lied der Dauerbrenner-Gruppe *Yö:* Die Zitronenstelze singt mit der Inbrunst eines sterbenden Schwans: »Für einen Augenblick nur ist Liebe weiß wie Schnee, so strahlend rein wie ein schneebedeckter Hang am Morgen eines Februar. Ach, würd' glänzen diese Pracht nur länger noch, statt zu dunklen und zu schwinden …«

Ich glaube, ich habe zu viel von dem Beerenwein getrunken, denn abgesehen davon, dass ich auf dem Schiff überall Vögel sehe, muss ich beim Zuhören mehrmals in mein Taschentuch schniefen. Zu welchem Lied könnte ich eigentlich singen? Ich gehöre nicht zu den Stelzen oder Piepern und bin daher auch kein Singvogel. Es müsste etwas Einfaches und Langsames sein, das auch Käuze wie ich krächzen können. Und es muss natürlich ein finnischer Song sein, auf Englisch zu singen wäre wie eine Führerscheinprüfung im Simulator.

Plötzlich steht einer der Piepmätze neben mir und zupft an meinem Ärmel. »Singst du mit?« Es ist die Bachstelze, die vorhin gezirpt hat. Ich weiß zwar weder, welches Lied ihr vorschwebt, noch, ob sie mit mir im Duett trällern will, aber ich lehne mit Bestimmtheit ab.

»Nein, ich kann nicht singen. Ich höre lieber zu!« Und um zu zeigen, dass ich es ernst meine, trete ich drei

Schritte zurück. Feigling, schießt es mir durch den Kopf. Ich bin ein alter Feigling. Oder wie man auf Finnisch so schön sagt: *jänishousu*, eine Hasenhose. Ich brauche mehr Beerenwein!

Unbemerkt verdrücke ich mich in die Disco, die ein Deck über der Bar liegt. Hier werden Songs gespielt, die Senja auf ihrem MP3-Player hat: Hip-Hop, Rap und poppige Beats. Auch das Durchschnittsalter der Disco-Besucher dürfte nur wenige Jahre über dem meiner Tochter liegen. Die Lautstärke der Musik bewegt sich scharf an der Schmerzgrenze. An der Theke bestelle ich mir einen Longdrink und tue so, als wäre das völlig normal. Ich muss Routine vortäuschen. Niemand soll ahnen, dass ich lieber in meiner Kabine sitzen und Lyrik-Übersetzungen lesen würde. Das halte ich etwa eine Viertelstunde durch und beschließe dann, ins Tanzlokal zu gehen, wo Live-Musik gespielt wird. Altersmäßig kann ich mich dort unauffälliger bewegen.

Auch hier bestelle ich mir erst einmal einen Drink, süß, mit viel Alkohol und von der falschen Leichtigkeit einer Limonade. Ich sollte lieber Bier trinken, da weiß man, was man hat. Das Tanzlokal ist doppelt so groß wie die Disco, mit zwei Theken, einer großen Bühne für zwei Bands, die im Wechsel spielen, einem Tanzparkett, das von Sitzgruppen mit flachen Tischen und gepolsterten Stühlen im Halbrund eingefangen ist, sowie mit Stehtischen, die einen weiteren zweiten Ring um den Tanzboden bilden. Die fröhlichen Rentner sind hier und tanzen nach alter Schule. Es sind aber auch erstaunlich viele jüngere Leute hier, die ich eher in der Disco erwartet hätte. Auch der Schwarm Stelzen und Pieper ist hierhergeflattert. Ich nippe an meinem Drink und überlege, wie es mir je gelingen soll, Karaoke zu singen und das Ganze gut zu finden. Da wiederholt sich, was in der Bar passiert ist. Es zupft an meinem Ärmel, neben mir steht die Bachstelze mit den langen Beinen.

»Wenn du schon nicht singen kannst, kannst du dann wenigstens tanzen?«

»Äh … nicht besonders gut.« In diesem Moment wird mir schlagartig klar, dass ich nicht das Zeug zum Bundeskanzler hätte. Ich verfüge einfach über keine Macher-Qualitäten. Wenn ich mich recht erinnere, habe ich noch nie in meinem Leben eine Frau zum Tanzen aufgefordert. Höchstens im behüteten Rahmen des Tanzkurses, aber noch nie auf freier Wildbahn. Ich bin immer nur überrollt worden. Wahrscheinlich bin ich der geborene Oppositionspolitiker, der zwar analysiert und kommentiert, aber nie eigene Gesetzesinitiativen auf den Weg bringt.

»Ich heiße Laura«, sagt die Bachstelze, »aus Vantaa! Und wo kommst du her?«

»*En ole mistään kotoisin* – Ich bin nirgends zu Hause«, sage ich mit einem kleinen Wortspiel, denn im Finnischen ist dieser Ausdruck doppeldeutig und kann auch heißen: »Ich bin zu nichts zu gebrauchen.«

Laura lacht. »Und wie heißt du?«

»Du kannst mich Jussi nennen, aber das ist eine weiße Lüge.«

Sie lacht wieder und schaut mich an, als wären wir seit Jahren die besten Bekannten. Laura ist eine Frau im brutfähigen Alter mit schönem Gefieder. Wir tanzen Walzer, denn das ist der einzige Tanz, bei dem ich nicht vor jedem Schritt lange überlegen muss. Was daran liegt, dass Eila und ich vor unserer Trauung Privatunterricht im Hochzeitswalzer genommen haben. Diese Lektionen sind bei mir hängengeblieben, unauslöschlich und auf ewig.

»Und weshalb bist du hier an Bord?«, fragt mich Laura.

»Nur so«, sage ich, »ist immer eine schöne Abwechslung. Und zum Bierkaufen. Wegen der netten Bekanntschaften. Ich hatte auch sonst nichts Bestimmtes vor. Außerdem habe ich einen Gutschein für eine Fahrt. Das muss man ja ausnutzen.« Diese Lügen sind so weiß, weißer geht's gar nicht. Aber ich kann unmöglich von meiner 7-Punkte-Liste erzählen, ohne mich lächerlich zu machen. Nach zwei Tänzen geht die Band zu Schlagern über, die einen Foxtrott erfordern, und meine Tanzpartnerin und ich gehen fürs Erste auseinander.

Im Laufe des weiteren Abends werde ich immer wieder von den Stelzen und Piepern umsegelt, anscheinend gehöre ich in ihr Beuteschema. Ich tanze auch noch mit anderen Vögeln und erlebe dabei regelrechte Erfolgsgefühle, weil ich meinen Tanzpartnerinnen nur selten auf die Füße trete und einigermaßen im Takt bleibe. Einmal wird sogar Tango gespielt, und ich bewähre mich mit Bravour, allerdings lässt das volle Tanzparkett wenig Raum für außergewöhnliche Figuren. Nach jedem Tanz ordere ich mir zur Belohnung einen Longdrink, und das Schönfinden fällt mir immer leichter.

Wer ist dieser Mann?

Draußen ist es inzwischen längst stockdunkel. Wir fahren durch raue See und haben starken Seegang, jedenfalls schwankt alles hin und her.

Als die Stelzen und Pieper einmal ausgeflogen sind, taucht auf einmal der Ziegenbart aus der Wartehalle wieder neben mir auf und beginnt ein Gespräch, als wäre er nie grußlos davongezogen, sondern hätte mir eben erst eine Dose Bier gereicht: »Eine gute Band, nicht wahr?« Sein glasiger Blick verrät mir, dass er mindestens zwei Paletten Bier intus haben dürfte.

Es ist schon interessant (nein: hochspannend), zu sehen, was der Alkoholgehalt im Blut mit einem Menschen macht. Ich kann immer besser tanzen, während mein Kumpel mit dem Ziegenbart traurig und deprimiert wird.

»Weißt du, warum ich keinen Kontakt mehr zu meiner Schwester habe?«

»Zu welcher Schwester?«

»Na, meine Schwester aus Frankfurt am Mainz.«

»Nein, keine Ahnung.«

»Weil ich mich bei ihrer Hochzeit danebenbenommen habe. Ich war sturzbetrunken.« Er habe bei der Hochzeitsfeier Streit mit dem Pfarrer angefangen, Gäste angepöbelt, Frauen belästigt, Teller umgestoßen, aus der Bowlenschüssel gesoffen und sich hinterher vor der Tür mit einem Trauzeugen geprügelt. »Dabei war ich nur eifersüchtig«, entschuldigt er seine Sünden.

»Eifersüchtig?«

»Ja, auf meine Schwester. Weil sie geheiratet hat. Meine Frau hatte mich kurz vorher sitzenlassen.«

Und dann erzählt er mir noch einmal, dass er eine Tochter habe, die so heiße wie dieses Schiff, Isabella. Ich weiß nicht, wie ich ihn trösten soll, aber ich wage zumindest einen Versuch: »Ich weiß nicht, ob dir das weiterhilft, aber ich muss dir eines verraten.« Er horcht auf und rückt näher an mich heran, um mich bei der lauten Musik besser verstehen zu können. »Also, um ganz ehrlich zu sein: In Deutschland gibt es in Wirklichkeit nur *zwei* Städte mit Namen Frankfurt. Frankfurt am Main, nicht Mainz, denn Mainz ist eine Stadt, und Frankfurt an der Oder. Hahn ist eigentlich ein Ort im Hunsrück, der nicht mal zu Frankfurt gehört. Frankfurt-Hahn heißt nur der Flughafen. Eine Stadt, die so heißt, gibt's nicht. Sorry, es sind nur zwei Frankfurte!«

Der sitzengelassene Vater rückt auf Armlänge von mir ab und sieht mich einige Sekunden lang durchdringend an. Dann klopft er mir auf die Schulter. Vermutlich hat er gar nicht verstanden, was ich da gebrabbelt habe, aber er erkennt die gute Absicht, denn er sagt mit tiefer Stimme: »*Kiitos. Kiitos rehellisyydestäsi!* – Danke. Danke für deine Aufrichtigkeit!« Und hat dabei feuchte Augen. Dann geht er. Ohne Gruß, ohne Blick. Einfach so. Ich habe vollstes Verständnis für ihn.

Weit nach Mitternacht, als ich mir gerade mein Hirn zermürbe, was Bachstelze auf Finnisch heißt, steht selbige neben mir. Im vorletzten Semester habe ich mal mit Studenten einen Infotext für Ornithologen übersetzt, aber ich kann mich längst nicht mehr an alle Vogelnamen erinnern.

»Nun sag mal ehrlich, warum du hier bist!«, sagt meine Tanzpartnerin von eben und prostet mir lächelnd zu: »*Kippis*!«

Wir stoßen an. Kling-klong klingen unsere Longdrinkgläser aneinander, und kling-klong fällt mir ein, dass Bachstelze auf Finnisch *västäräkki* heißt. Ein grauenhafter Name für einen kleinen Singvogel. Wie auch immer, es ist kein Wunder, dass man in der Antike den Rausch für einen göttlichen Zustand gehalten hat, fördert er doch manchmal die unmöglichsten Dinge wieder zutage. Diesmal habe ich nicht mehr die Kraft zum Lügen: »Ich bin hier an Bord, weil ich Finne werden will. Deswegen mache ich eine Fahrt mit der Fähre. Eine Fahrt ohne Ankunft, denn der Weg ist das Ziel.« Das muss für ein Gespräch in einem Tanzlokal ziemlich philosophisch klingen. »Ich will hier tanzen, Karaoke singen und das Ganze schön finden. Und irgendwann werde ich Voll-Finne sein!«

Laura hat mir gebannt zugehört. »Ist das dein Ernst?«

»Ja. Absolut. Ich bin alt genug, um keine halben Sachen mehr zu machen. Ich muss Karaoke singen, mein Problem ist nur, dass ich mich nicht traue.« Mit Entschlossenheit leere ich mein Glas.

Kaum habe ich ausgeredet, stürmt Laura davon und entfliegt hinüber zu ihren Freundinnen. Ihr Glas lässt sie aber stehen. Es dauert nicht lange, und der ganze Schwarm von Stelzen und Piepern stürzt sich im Sturzflug auf mich. Ich weiß gar nicht, wie mir geschieht. Links und rechts haken sie sich bei mir ein und bugsieren mich aus dem Lokal. Wie einen unschuldigen Regenwurm, der von kleinen Schnäbelchen gepackt aus dem Sumpf gezogen wird, um verspeist zu werden. »Karaoke singen, Karaoke singen!«, höre ich sie piepen. Trotz des heftigen Seegangs werde ich zielsicher eine Treppe heruntergezerrt und ein Deck tiefer in die Bar geschoben, in der noch immer gesungen wird. Wegen des Ostsee-Wellengangs schwindelt mir ein wenig, und ich muss mich auf einen Stuhl fallen lassen.

»Was möchtest du singen?«, fragt eine der Stimmen.

»Keine Ahnung. Hauptsache was Finnisches.«

Die Stelzen diskutieren wild miteinander, dass die Federn fliegen. Schließlich drückt mir Laura eine Mappe in die Hand. »Hier, hier ist dein Liedtext. Das musst du singen. Der Discjockey weiß schon Bescheid. Gleich bist du an der Reihe.«

Schwach versuche ich mich zu wehren, aber ich weiß, die räuberischen Vögelchen werden den armen Wurm in Stücke reißen. Ich schaue in die Mappe. Laura hat ein Lied des Männerchors *Seminaarinmäen mieslaulajat*, kurz *Semmarit*, ausgewählt. Die *Semmarit* sind ein A-cappella-Chor aus dem mittelfinnischen Jyväskylä, die seit vielen Jahren populär und der Schwarm aller Frauen sind. Zwei Dutzend Männer im Frack, die so fesch aussehen wie die Wiener Sängerknaben und witzige Lieder singen. Ich war sogar schon auf einem Konzert in der Tampere-Halle, weil meine Tochter in einer kurzen Lebensphase zwischen Kinderliedern und Hip-Hop auch einmal Fan der *Semmarit* war.

Das Lied, das die Damen für mich ausgewählt haben, ist mir zu meinem Glück bekannt, sonst wäre ich hoffnungslos überfordert. Es heißt *Kuka on tuo mies* – Wer ist dieser Mann? Ich habe kaum Zeit, den Text durchzulesen, schon finde ich mich auf einem Podest wieder und wundere mich, wie das Mikro in meine Hand gekommen ist. Vor mir hängt ein Bildschirm, auf dem ich den Liedtext mitlesen kann. Die Musik setzt ein, ein Lichtkegel richtet sich auf mich, die Piepmätze turteln und girren aufgeregt und erinnern mich zunehmend an Lachmöwen. Dabei klingt das Stück sakral wie ein Klagelied. Der Hintergrundgesang, der vom Band ertönt, hat den weihevoll-festlichen Charakter eines Kirchenchors in der Osternacht. Ich verpasse nur knapp meinen Einsatz:

Kuka on tuo mies – Wer ist dieser Mann,
joka työtä ei pelkää – der die Arbeit nicht scheut,
vaikka tietää, ettei koskaan – auch wenn er weiß,
rikastumaan pääsekään? – dass er damit nie reich wird?
Kuka on tuo mies – Wer ist dieser Mann,
parransänki kasvoillaan – mit Bartstoppeln im Gesicht,
joka lauantai-ilta – der jeden Samstagabend nur
odottaa vaan täysosumaa? – auf den Jackpot hofft?

Bevor der Refrain einsetzt, finde ich die Möglichkeit, ins Publikum zu blinzeln. Mein weibliches Publikum ist verstummt und schaut mich aus zahlreichen Augenpaaren gebannt an. Auch andere Zuhörer stehen amüsiert um mein Podest herum. Unter ihnen erkenne ich sogar den Ziegenbart, mit hochrotem Kopf. Dann singe ich weiter:

Hän on suomalainen mies – Er ist ein finnischer Mann,
yhdentyvä Eurooppa – der dem sich einigenden Europa
ei häntä heilauta. – nichts abgewinnen kann.
Hän lenkkimakkaraansa mutustaa – Er mampft seine Fleischwurst
ja olutpullon aukaisee – und köpft seine Bierflasche,
nurkan taakse kusaisee – pinkelt hinter der Ecke
ja tyytyväinen ilme kasvoillaan – und setzt mit zufriedenem Gesichtsausdruck
jatkaa elämäänsä huimaa. – den Gang seines Lebens fort.

Vor der zweiten Strophe kann ich mir auf dem Bildschirm meine statistischen Daten ansehen: Bisher habe ich ein Drittel der Noten getroffen, dafür liegt meine Lautstärke über dem Durchschnitt. Die Textzeile läuft weiter:

Kuka on tuo mies – Wer ist dieser Mann,
hän naistaan rakastaa – der seine Frau liebt,
vaikkei sitä juuri koskaan – obwohl er ihr das
hänelle kerrokaan? – seltenst sagt?

Kuka on tuo mies? – Wer ist dieser Mann?
Hän ei puhu tunteistaan – Über seine Gefühle spricht er nie,
ujoksikin häntä sanotaan – schüchtern wird er genannt,
punakka kun on kasvoiltaan. – weil er rot ist im Gesicht.

Hän on suomalainen mies. – Er ist ein finnischer Mann …

Der Rest meiner Darbietung geht in tosendem Applaus unter. Sicher nicht wegen meiner Gesangsqualitäten, sondern weil ein Ausländer auf Finnisch gesungen hat, ohne mit der Wimper zu zucken. Einer, der es ernst meint. Vor mir tobt eine wahre Fan-Gemeinde, sie kreischen und johlen und werfen mir Kusshändchen zu, doch ich spähe nach dem Ziegenbart. Er steht da, in einiger Entfernung, wie ein Felsblock. Tränen rinnen über sein Gesicht. Er erhebt die Hände wie ein Priester bei der Konfirmation. Und dann klatscht er. Hart, laut und langsam. Seine Tränen kullern bis hinab auf sein Kinn. Und in diesem Moment, wo das Lied verklingt, die Menge tobt, das Schiff schwankt und eine kleine Träne in einem kümmerlichen Ziegenbärtchen versickert, finde ich das Ganze schön.

Das Glück ist ein Glashaus

Irgendwann gegen drei Uhr früh muss ich in meine Kajüte abgewandert sein. Besonders gut geschlafen habe ich nicht, denn im Schiff habe ich immer dieses Gleich-rammt-uns-der-Eisberg-Gefühl, auch im Frühling. Außerdem mag ich das Brummen der Klimaanlage nicht. Der Seegang war heftig letzte Nacht, obwohl nun, am Morgen, die Ostsee spiegelglatt erscheint. Während ich noch im Schlummer lag, hat die Isabella in Stockholm angelegt, Passagiere aus- und einsteigen lassen und das schwedische Festland wieder verlassen. Wir befinden uns bereits auf dem Rückweg nach Turku. Zum Frühstück hole ich mir nur einen Kaffee in die Kabine. Ich vermeide es, an Bord herumzulaufen, aus Angst, aufgeschrecktem Federvieh zu begegnen. Vergeblich versuche ich mich zu erinnern, ob letzte Nacht jemand im Publikum meine Sangeseinlage gefilmt haben könnte. Das Kurzfilmchen würde ich dann womöglich bald auf YouTube wiederfinden, zur Belustigung der Weltöffentlichkeit. Wahrscheinliche Titel: »Möchtegern-Finne trifft den Ton nicht« oder »Wer ist dieser Mann?«.

Wieder einmal wurde mir ins Bewusstsein gerufen, dass ich einfach keinen Alkohol vertrage. Im Grunde könnte ich problemlos mit einer Prohibition leben und bis zu dem Tage nach meiner Brandbestattung, an dem meine Asche in die Ostsee gestreut wird, keinen Tropfen mehr anrühren.

Während des Vormittags arbeite ich mich durch meine Papiere und lese parallel zeitgenössische deutsche Lyrik und ihre Übersetzung ins Finnische. Ein Gedicht aus der Feder eines betagten, preisgekrönten Literaten aus Westfalen fesselt meine Aufmerksamkeit. Es trägt die Überschrift: »Das Glück ist ein Glashaus«. Das Glück ist ein Glashaus, das Wärme und Schutz biete – steht in schwerelosen Zeilen voller Andeutungen geschrieben. Leider werde es allzu oft nicht wahrgenommen, das Glück. Denn seine Wände seien durchsichtig, ja für seine Bewohner unsichtbar. Ich nicke unwillkürlich beim Lesen. Ich trinke den letzten Rest Kaffee aus meinem Pappbecher und lese dann die finnische Übersetzung. Soweit ich es als Nicht-Muttersprachler beurteilen kann, ist es meinem Freund Jorma, dem Literaturübersetzer aus Leidenschaft, gelungen, eine ebenbürtige Leichtigkeit der Sprache zu schaffen, voller Klang, Schönheit, Widerhall und Mehrdeutigkeit. Allerdings hat er sich erlaubt, das Bild vom Glashaus durch das einer *lumilyhty*, einer Schneelaterne, zu ersetzen, augenscheinlich aus Gründen des Reims. Schneelaternen nennt man in Finnland kniehohe Pyramiden aus Schneebällen, in deren Mitte eine kleine Kerze brennt. Im Winter bauen viele Familien Schneelaternen zur Zier ihrer Vorgärten, sie bieten in der Dunkelheit ein hübsches Zusammenspiel aus Feuer und Eis. Doch selbst wenn die Schneebälle vom Frost fest verbacken scheinen und die Flamme lebhaft flackert, kann es geschehen, dass die Wärme der Kerze die Pyramide in sich zusammenfallen lässt oder dass Tauwasser der Schneebälle das kleine Licht verlöscht. Es ist ein reizvolles Zusammenspiel der Gegensätze, das nur Bestand hat, solange ein empfindliches Gleichgewicht erhalten bleibt.

Es fällt mir schwer, zu sagen, welches Gedicht mir besser gefällt, das deutsche oder das finnische, aber als Text funktionieren beide auf ihre Weise. Mein Freund hat verstanden, was Übersetzen sein kann. Und ich fühle mich geschmeichelt, dass er mich nach meiner Meinung fragt, ist sein Vertrauen doch auch ein Beleg für meine voranschreitende Finnisierung.

Draußen ziehen wieder unzählige Inseln vorüber. Wir nähern uns den Åland-Inseln, wo die Fähre einen kurzen Stopp einlegt. Die Inselgruppe zwischen Schweden und Finnland ist eine Naturschönheit, aber noch imposanter sind die Schären vor Turku, deren erste Ausläufer wir am Nachmittag erreichen. Auf den Inseln zeigt sich zartes Frühlingsgrün. Trotz guter Sicht von meiner Kabine aus gehe ich aufs Sonnendeck. Ich will frische Luft einatmen und Fotos machen, obwohl sich diese Weite und Naturpracht nicht wirklich auf kleine, zweidimensionale Bilder bannen lässt.

An der Reling steht eine Gestalt. Ein Mann mit Pferdeschwanz und Ketten am Hintern. Es ist erstaunlich, wie man an Bord eines Schiffes mit Hunderten von Gästen scheinbar immer wieder denselben Personen über den Weg läuft. Sollte ich klammheimlich zurück in meine Kabine schleichen? Nein, ich gebe mir einen Ruck und steuere auf ihn zu. Was gibt es zu verlieren? Ich begehe nicht den Fehler, ihn durch einen Gruß aufzuschrecken, ich sage weder »Moi!« oder »Hei« noch – wie in Tampere – »Moro«, sondern stelle mich einfach daneben. Er raucht eine Zigarette. Ich bin sicher, er hat gleich bemerkt, wer neben ihm steht und wie er aufs Meer hinausschaut, aber er macht erst noch zwei Züge, bevor er in meine Richtung blickt und mir bedächtig zunickt. Ich glaube, er weiß zu schätzen, dass ich nichts gesagt habe und ihm die Entscheidung überlasse, ein Gespräch zu eröffnen.

»Der Sommer kommt«, sagt er leise, ohne mich anzusehen, und schnaubt den Rauch seiner Zigarette aus.

Ich nicke und brumme zustimmend. Gerne wüsste ich, ob er sich noch an letzte Nacht erinnert, aber ich frage ihn nicht.

»Und?«, fragt er stattdessen. »Hast du jemanden kennengelernt?«

»Ja. Dich.«

Er lächelt müde und schnippt seine Zigarette ins Wasser. Ich hasse es eigentlich, wenn Raucher das tun, aber ich sage nichts, weil er mir seine frei gewordene Hand entgegenstreckt: »Ich heiße Onni.«

Über seinen Namen muss ich schmunzeln. Onni ist einer dieser sprechenden finnischen Vornamen und bedeutet Glück. Ich schüttle seine Hand und stelle auch mich vor.

»Ich habe übrigens eine Tochter, die …«

»Ich weiß. Sie heißt Isabella. Wie das Schiff.«

Er seufzt. »Ich habe sie seit zehn Jahren nicht mehr gesehen.«

»Warum nicht?«

»Sie lebt bei meiner Ex.«

»Ist das ein Grund, seine Tochter nicht mehr zu sehen?«

Er zündet sich eine neue Zigarette an. »Ich hab nicht immer alles richtig gemacht. Meiner Frau wurde das alleinige Sorgerecht zugesprochen. Und mir irgendwann verboten, mich ihr zu nähern. Nur für eine bestimmte Zeit. Aber dann verliert man sich aus den Augen. Vielleicht ist es besser so. Ich hab mich einfach nicht mehr gemeldet.«

»Das Glück ist ein Glashaus«, murmle ich in den Fahrtwind.

»Was sagst du?«

»Das Glück ist eine Eislaterne. Es fehlt nicht viel und die Kerze verlöscht.«

Er schaut auf die Inseln hinaus, und sein Blick gibt mir recht.

»Ich werde noch ein paar Fotos machen«, sage ich nach einer Weile und löse mich von der Reling. *»Hyvää jatkoa!* – Alles Gute für die Zukunft!«

»Hyvää jatkoa!«, erwidert er.

»Übrigens: Du solltest keine Zigaretten ins Meer werfen. Kleine Taten können große Auswirkungen haben.«

»Warte!«, sagt er noch. Er greift in die Innentasche seiner Jacke und holt ein Stück kartoniertes Papier heraus. »Hier!«

Auf der selbstgebastelten Visitenkarte – bedruckt von einem billigen Tintenstrahldrucker und unsauber zurechtgeschnitten – steht nur »Onni« und darunter Telefonnummer und E-Mail-Adresse. Ich stecke sie ein, verzichte aber darauf, ihm auch eine meiner Visitenkarten zu überreichen, eine von der Druckerei, mit Universitäts-Logo, akademischem Titel und Institutsadresse. Stattdessen nicke ich nur, dann spaziere ich über das Sonnendeck und halte nach den schönsten Fotomotiven Ausschau. Als ich später wieder zur Reling zurückblicke, ist Onni verschwunden.

Am Abend legt die Fähre wieder in Turku an, und in rund zweistündiger Zugfahrt geht es zurück nach Tampere. Zu Hause werde ich gleich nach der Begrüßung meiner Familie die Liste aus der Schublade holen und Punkt vier abhaken. Ich habe alles erfüllt, auch wenn ich beim Karaoke auf wildfremde »Talentscouts« angewiesen war.

Pandora und der Waldgeist

Am 15. Mai hat Senja Namenstag. In einem protestantischen Land wie Finnland macht man erstaunlich viel Bohei um Namenstage, auch wenn damit nicht die Verehrung eines Namenspatrons oder Schutzheiligen verbunden ist. Senja erhält schon am frühen Morgen allerlei Glückwunsch-Mitteilungen auf ihr Handy, selbst von Schulfreundinnen, die sie eine Stunde später in der Schule persönlich treffen wird. Eila und ich schenken ihr Kinofreikarten, das einzige Geschenk neben Einkaufsgutscheinen und Bargeld, mit dem man bei ihr auf Nummer sicher gehen kann. Benni hat ihr, wie es seine Art ist, etwas selbst gebastelt. Er hat eine leere blecherne Büchse für Hustendrops mit buntem Krepppapier beklebt.

»Oh wie schön«, bedankt sich Senja bei ihrem Bruder und versucht, die Büchse aufzudrehen. »Was da wohl drin ist?«

»Das ist die Büchse der Pandora!«, erklärt Benni.

»Was für eine Büchse?«, fragt Senja erwartungsvoll und müht sich weiter mit dem Aufdrehen ab.

»Die Büchse der Pandora«, wiederholt Benni, »Pandora war schön und anmutig. Beschenkt von den Göttern der Griechen.« Ich staune über Bennis Wortschatz; schon beachtlich, was er alles aus seinen Mythen-Büchern so aufschnappt. »Die Büchse ist voll mit dem Unheil der Welt.«

»Und so was schenkst du mir zum Namenstag?« Senja runzelt die Stirn.

»Keine Bange. Du kannst die Büchse nicht aufmachen. Ich hab sie zugeklebt.«

Senja ist sauer. »So ein sinnloses Geschenk hab ich noch nie bekommen!«

Benni lässt sich von ihren Vorwürfen nicht anfechten. Er ist stolz, dass er seiner Schwester das Unheil dieser Welt erspart hat. »Ich hätte die Büchse auch *nicht* zukleben können. Aber wenn ich sagen würde, die darfst du nie aufmachen – das hättest du nie geschafft.«

In derselben Woche habe ich meine letzte Tangostunde. Zum Ende des Kurses tanzen wir noch einmal alle Figuren und Drehungen, die wir in den vergangenen Wochen gelernt haben. Dabei habe ich das Gefühl, dass Tanzpartnerin Sanna mich heute mit besonders großen Augen ansieht.

Es wird Aufstellung genommen, eng, konzentriert und Brust an Brust. Mit seinem linken Knie berührt der Mann (sprich: ich) beim Einsetzen der Musik das rechte Knie der Frau und beugt sich leicht zurück. Die Tanzpartnerin vollzieht diese Beuge andeutungsweise nach. Sobald der Mann sich wieder aufrichtet, erfolgt der erste Schritt des Tanzes. Zweimal lang, zweimal kurz. Das Besondere am Tango ist der Wechsel von schleifendem Schritt und schiebender Aufwärtsbewegung. Mit dem rechten Bein ein Schritt zwischen die Beine der Frau, Wiegeschritt, Vierteldrehung und zurück in die Ausgangsposition. Weiter im Grundschritt. Dann eine Drehung nach links, einmal um die eigene Achse, aufgeteilt in vier Wiegeschritte. Grundschritt. Leichter Kippschritt nach rechts. Der Mann lockert den Griff. Für mehrere Schritte gehen die Tanzpartner nun nebeneinander, Seite an Seite. Die Frau dreht sich zurück in die Normalstellung. Grundschritt. Dann dynamisch: Der Mann »überholt« die Frau, geht seitlich neben ihr her, mit dem Rücken in Tanzrichtung, um dann nach zwei Schritten eine halbe Drehung zu machen und wieder in die alte Position zu gelangen. Grundschritt.

Alles klappt ordnungsgemäß: Ich beherrsche sämtliche Schritte technisch sauber, komme nicht aus dem Takt und trete Sanna nicht auf die Füße. Wir rammen keine anderen Paare. Ich manövriere uns nicht in Ecken, aus denen wir nur umständlich wieder heraustanzen könnten, und ich stoße auch nicht gegen den Pfeiler, der mitten im Saal steht.

Tanzlehrerin Ulla betrachtet mich mit Wohlwollen. Zwar tanzen andere Paare noch fließender, aber weit mehr bewegen sich deutlich ungelenker, wobei ihnen zudem wenig elegant der Schweiß auf der Stirn steht. Ich habe also Grund, klammheimlich zu lächeln. Ich sollte zufrieden sein, mich freuen, noch heute Abend einen weiteren Punkt auf meiner Liste abhaken zu können. Aber etwas fehlt. Auf meiner Liste stand: »Finnischen Tango lernen. Nicht nur die Schritte beherrschen, sondern die Musik in den Gliedern spüren und im Herzen fühlen.« Mein Problem ist, dass ich rein gar nichts spüre. Ich bewege mich wie ein dressierter Pudel. Ohne jede Leidenschaft. Ich höre die Musik, aber sie lässt mich kalt. Der Liedtext ist eine Aneinanderreihung von Lauten, die nichts in mir bewegen. *Rakkaus, rakkaus*, tralalalala. Meine Schritte sind nur eine mechanische Abfolge von Bewegungen, die mir nicht wie stiebende Funken in die Glieder fahren. Als der Zeiger auf zehn Uhr vorrückt, bin ich schlechtgelaunt. Ich habe das Gefühl, der Tanzkurs war ein Misserfolg. Den Tango gefühlt habe ich jedenfalls nicht. Vor dem allerletzten

Tanz richtet Tanzlehrerin Ulla noch einmal das Wort an alle: »Schön gemacht. Ihr habt alle eine Menge gelernt. Bei den meisten sieht es bereits sehr, sehr gut aus. Im Sommer gibt es übrigens einige offene Tanzabende, zu denen wir einladen. Die Termine stehen auf unserer Internetseite. Und ab September läuft ein Kurs für Fortgeschrittene. Wir bieten aber auch Wochenenden mit Auffrischungskursen an …« Und so plappert sie noch eine Weile weiter, lobt die Kursteilnehmer und macht Werbung für Kommendes. Natürlich lässt sie auch noch einmal ihren Standardspruch los, dass Tango nur den einen Zweck hat: eine Frau glücklich zu machen, doch mir fehlt heute die Lust zum Mitlachen, und ein Glücksschweinchen will ich auch nicht sein. Schließlich erklingt der letzte Tango. Es ist der Klassiker *Kaipaan kahta sanaa* (Nach zwei Worten sehn ich mich). Wie üblich geht es um Trennungsschmerz, unerfüllte Liebe und das alles entscheidende Bekenntnis, für das man in der deutschen Sprache nicht zwei, sondern drei Worte brauchen würde. Meine Sehnsucht richtet sich allerdings allein auf das Ende des Abends, entsprechend reiße ich den letzten Tango mit dem verkniffenen Gesicht eines finnischen Skilangläufers auf der Zielgeraden ab. »Hat dir der Kurs gefallen?«, fragt mich Sanna, während wir noch tanzen. »War ganz okay«, antworte ich knapp. »immerhin hab ich etwas gelernt.«

»Mir hat es sehr gefallen.« Ich schiebe Sanna durch den Raum. Schritte, Drehungen und Figuren, aber ohne Flammen, Glut und Feuer.

Als die Musik verebbt, nicke ich ihr kurz zu, bedanke mich für den Tanz und verschwinde in Richtung Garderobe. »*Hyvää kesää* – Schönen Sommer!«, ruft mir Sanna hinterher. Für einen Moment tut sie mir leid, und ich komme mir rüpelhaft vor. »*Sitä samaa* – Gleichfalls!«, antworte ich, ohne sie noch einmal anzusehen. Schuhe wechseln, Jacke an und zur Tür hinaus auf die Straße.

Auf dem Weg zur Bushaltestelle denke ich mir: Hoffentlich steht dort niemand rum, der mich *saatanan maahanmuuttaja* (Scheiß-Einwanderer) schimpft. Ich wäre in der Stimmung, eine Prügelei anzufangen. Ich habe den Tango nicht gespürt. Wie soll ich jemals Finne werden? Als ich schließlich den Weg ins Bett finde, schlafe ich mit dem sicheren Gefühl ein, dass mein ganzer Plan schwachsinnig ist.

Am nächsten Morgen hat sich daran nichts geändert, und zu allem Überfluss erhalte ich auch noch eine Textnachricht von Sanna. Sie schreibt: »Danke für den Tangokurs. Ich finde, wir sind ein schönes Paar.« Ohne lange zu überlegen, schreibe ich zurück: »Danke auch dir. Ich wünsche dir alles Gute, geschäftlich für den Export, privat für den Import. Auf nie mehr Wiedertanzen.« Es gibt Tage im Leben, an denen man sich selbst nicht leiden kann. Aber lieber eine gemeine SMS mit Klartext als falsch verstandene Freundlichkeit. Besser, die Büchse der Pandora bleibt verschlossen.

Zwei Wochen später, Anfang Juni, kommt auch das Schuljahr zu seinem Abschluss. Die Zeugnisausgabe am letzten Schultag wird traditionell mit einem großen Frühlingsfest in der Turnhalle begangen, die für solche Zwecke bestuhlt und zum Festsaal umfunktioniert wird. Zum rund einstündigen Festprogramm gehören musikalische Einlagen verschiedener Klassen, eine Showtanz-Darbietung und zwei Sketche. Zu Beginn müssen Schüler und Eltern – wie jedes Jahr – die Ansprache des Rektors über sich ergehen lassen.

Einen der beiden Sketche spielt Bennis Klasse, für das Skript der Bühnenszene trägt maßgeblich unser Sohn Verantwortung. Schon seit Wochen erzählt Benni davon, dass er mit seinen Schulkameraden etwas aufführen will. Entsprechend gespannt sitzen Eila und ich im Publikum, ich mit Videokamera ausgerüstet, Eila mit Fotoapparat.

»Es war einmal, vor vielen hundert Jahren, da lebte im finnischen Walde der oberste Waldgeist, Tapio mit Namen«, liest eine Erzählerin vor. *Tapio, der oberste Waldgeist!* Ich hätte mir denken können, dass es um urfinnische Mythen aus heidnischen Vorzeiten geht. Benni betritt die Bühne. Er spielt selbst den obersten Waldgeist, eine Art spitze Krone schmückt sein Haupt, geflochten aus belaubten Birkenzweigen. Allein dieser Anblick ist Eila siebzehn Fotos wert. Benni setzt sich auf einen Stuhl, der wohl einen Thron darstellen soll. In der Hand trägt er einen knorrigen Ast, den er wie ein Zepter schwingt.

»Tapio, der Waldgeist, herrschte gemeinsam mit der Waldfee Mielikki über alle Wälder des Landes«, verkündet die Erzählerin. Ein Mädchen tritt hinzu, bekleidet mit einem Kostüm aus grobem Leinen, das mit einer Unzahl kleiner Tannenzapfen behangen ist. Waldfee Mielikki setzt sich an Bennis Seite.

»Die beiden Waldgeister hatten eine Tochter, die bezaubernde Tellervo.« Auf der Bühne erscheint ein kleines Mädchen mit blonden Zöpfen, gehüllt in einen riesigen, mit Moos beklebten Müllbeutel. Die Kinder im Publikum lachen bei jedem Auftritt, denn die Kostüme sehen lustig aus.

»Eines Tages verliebte sich die Tochter der beiden, die junge Tellervo, in einen thailändischen Beerenpflücker.« Diesmal lachen die Eltern im Publikum, da Bennis Stück tagesaktuelle Bezüge aufweist: Seit vielen Sommern werden Hilfsarbeiter aus Fernost nach Finnland eingeflogen, um in den Wäldern Beeren zu sammeln, für die es zwar auf den Marktplätzen der Städte eine ausreichend große Nachfrage gibt, aber kaum noch heimische Beerenpflücker, die emsig genug wären. Den fernöstlichen Pflücker spielt ein Knabe mit einem gefüllten Beerenkörbchen in der Hand. Er wird geführt von zwei Waldwichteln, die ihn wie einen Verbrecher zum Verhör befördern.

»Was treibst du in meinen Wäldern, du jämmerliche Gestalt«, herrscht Benni alias Waldgeist Tapio den thailändischen Beerenpflücker an.

»Ich pflücke Beeren«, antwortet der verschreckte Thailänder.

»Ohne meine Erlaubnis?«, schreit Benni. »Zur Strafe werden meine Wichtelmänner dich zu Marmelade kochen!«

»Mein Mann«, meldet sich da die Waldfee Mielikki zart lispelnd, »sei nicht gleich so grausam!«

»Du hast recht, meine Gemahlin«, sagt Benni, der oberste Waldgeist, mit großmütiger Stimme, »ich will gnädig sein.« Und an den Delinquenten gewendet, urteilt er: »Meine Wichtelmänner werden dich stattdessen zu Mus stampfen. Das geht schneller.«

Die Kinder lachen. So eine brutale Story scheint ihnen zu gefallen. Nun erhebt die junge Tellervo mit den blonden Zöpfen, die Tochter der Waldbeherrscher, ihre Stimme. »Oh Vater, oh Mutter. Verschont diesen armen Mann. Ich will ihn heiraten.«

»Was? Niemals!«, schreit Waldgeist Benni.

»Bitte, bitte!«, wimmert die Tochter.

Schließlich lässt sich der oberste Waldgeist erweichen, unter der Bedingung, dass der thailändische Beerenpflücker eine Prüfung besteht. Er muss Tapio und Mielikki, dem Herrscher und seiner Frau, ein Geschenk machen, das sie erquickt und das eines Königs würdig ist.

»Da zögerte der Beerenpflücker nicht lange«, fährt die Erzählerin fort, »und er bereitete Mielikki, der Königin, ein köstliches Mahl, das ihr vortrefflich mundete. Und Tapio, dem König, knetete und walkte er den Nacken durch, welcher durch das Tragen der schweren Waldkrone immer so verspannt war.«

Während die Erzählerin aus einem Buch vorliest, spielen die Darsteller auf der Bühne alles nach. Zum Schluss erhebt sich Benni als Waldgeist Tapio von seinem Thron und ruft aus: »Wohlan, thailändischer Beerenpflücker. Du hast mich und meine Gemahlin durch deine Künste erfreut und gelabt. Wir erlauben dir, am Leben zu bleiben. Fürderhin sollst du in unserem Wald ein Restaurant und einen Massagesalon betreiben. Außerdem darfst du unsere Tochter heiraten.«

Aus dem Off ertönt ein finnischer Hochzeitswalzer. »Und so heiratete Tellervo, die Tochter der Waldgeister, den jungen Beerenpflücker«, beendet die Erzählerin die Geschichte, »und wenn sie nicht gestorben sind, so kochen und kneten sie bis heute.«

Nachdem der tosende Applaus verebbt ist, folgt einer der Höhepunkte des Festprogramms: die Verabschiedung der Sechstklässler. Zu ihnen gehört auch Senja. Für sie und ihre Klassenkameraden endet nach sechs Jahren die Zeit der unteren Schulstufe, die in Finnland *alakoulu* genannt wird und die in etwa mit der deutschen Grundschule plus Orientierungsstufe vergleichbar ist. Während alle Abgänger auf der Bühne stehen, werden ihre Namen verlesen, und jeder erhält eine rote

Rose als Abschiedsgeschenk. Für Senja und die anderen ist dieser Tag ein denkwürdiger Einschnitt, dem die betroffenen Kinder freudig entgegengesehnt haben, lechzen sie in ihrer Jugend doch naturgemäß nach Abwechslung und Spannung im Leben. Die meisten Eltern sind hingegen wehmütig gestimmt, weil es ihnen – so auch Eila und mir – vorkommt, als hätten sie ihr Kind kürzlich erst zur Einschulung begleitet.

Anders als in Deutschland erlaubt man sich bei Schulfeiern in Finnland einen fein dosierten Patriotismus, der seinen sichtbarsten Ausdruck in einer finnischen Fahne neben dem Rednerpult findet. Aber er hat auch einen hörbaren: Zum Ende der Feier wird – wie es der Brauch erfordert – das so genannte Sommerlied *(suvivirsi)* gesungen, das eigentlich ein Kirchenlied ist. Besungen wird der Beginn des Sommers samt Sonnenschein, blühenden Blumen, Wärme und Helligkeit sowie der Saat und ihrem Segen, dem Acker und seinen Erträgen und dem Wald, der wieder sanft im Schleier seiner grünen Blätter rauscht. Kurz: Es werden all die Wunder der Natur gepriesen, die uns Jahr für Jahr an Gottes Gnade erinnern.

Seit einiger Zeit gibt es in Finnland die Diskussion, gewisse Textstellen des alten Liedes durch religionsneutrale Formulierungen zu ersetzen. Worte wie *jumala* (Gott) oder *herra* (Herr) sollten nicht mehr vorkommen, das Lied könne alternativ nur von den Schönheiten der warmen Jahreszeit künden. Dies wird nicht nur gefordert, weil immer weniger Finnen sich der Kirche zugehörig fühlen, sondern auch, weil es immer mehr Muslime und Andersgläubige im Land gibt.

Während Eila beim feierlichen Singen feuchte Augen hat, weil ihr kleines Mädchen schon eine große Dame ist und demnächst die Schule wechselt, überlege ich, was unsere Kinder von einer Änderung des Liedtextes halten würden. Senja ist der Text wahrscheinlich zweitrangig, aber die Musik könnte für sie sicherlich etwas hip-hoppiger sein. Benni wäre ganz klar gegen eine Änderung, weil alles so bleiben soll, wie es immer schon war. Andererseits würde er bestimmt Vergnügen daran finden, selbst eine Textfassung zu schreiben, in der Waldgeist Tapio gnadenreich seine Beeren verteilt.

Stinki

Endlich ist der Sommer da! Es sprießt, wächst, blüht und wuchert allerorten, und da unser Haus von Nachbargärten umgeben ist, die wiederum von einem Waldstück und einem Landrücken eingefasst sind, blicken wir nunmehr von allen Fenstern des Hauses auf sattes sommerliches Grün mit eingestreuten Holzhäusern. Die Zeit der langen hellen Sommernächte hat begonnen. Alles könnte in bester Ordnung sein, wenn nur mein Vorhaben der Finnenwerdung nicht ins Stocken geraten wäre.

Vielleicht, so appelliere ich an mich, sollte ich mir eine Sommer-Auszeit gönnen. Immerhin sind Sommerferien – die an finnischen Schulen stolze zweieinhalb Monate dauern –, und wenn der Sommer lustvoll lacht, sollte man sich keine Fragen nach dem Sinn des Lebens stellen oder existenzialistische Probleme wälzen. Die warmen Sommerwinde sind wie eine Streicheleinheit von Mutter Natur, die nordische Sonne strahlt stark und verlangt, dass man ihr respektvoll mit getönter Brille begegnet. Meine Skistöcke habe ich längst gegen Teleskopstöcke zum *Walking* eingetauscht. Schnee und Eis sind endlich besiegt, nur im entfernten Finnisch-Lappland gibt es manchmal noch Nachtfrost.

Im Garten zwitschern Meisen, Kleiber und Finken, unterstützt von einem klimpernden Windspiel auf unserer Terrasse. Die Holzkohlegrills haben jetzt wieder Hochkonjunktur, und in jedem dritten Garten ist nun ein Trampolin aufgebaut. Letztere sind seit mehreren Jahren bei Kindern im ganzen Land beliebt, überall sind sie wie Pilze aus dem Boden geschossen, und jeder Baumarkt oder Gartenmöbelhandel hat sie im Angebot. Auch wir haben einen von etwa vier Metern Durchmesser. Er hat im Schuppen überwintert und ist nun wieder aufgebaut. Senja schlägt auf dem Trampolin Saltos, sie ist die Gelenkigste und Geschickteste aus unserer Familie. Benni spielt auf dem Trampolin Ilmatar, die finnische Göttin der Lüfte. Dies ist nicht etwa daran zu erkennen, dass er sich ab und zu in die Lüfte erhebt, sondern daran, dass er faul auf dem Trampolin herumliegt. Denn laut Überlieferung war Ilmatar über siebenhundert Jahre schwanger, und schwangere Mütter müssen sich schonen.

Hin und wieder brummen schon die ersten Rasenmäher, irgendwo hackt jemand Brennholz für den nächsten Winter, oder ein leichter Rauchgeruch verrät, dass ein Nachbar seine Gartensauna anheizt. Auch für Fiona hat die Sommersaison begonnen. Unsere Mieze darf nun täglich nach draußen, allerdings nur angeleint und mit beschränktem Auslauf. Fiona ist damit eine Ausnahme unter den Nachbarkatzen, die allesamt frei herumlaufen. Dafür hat Fiona bessere Aussichten, ein hohes Lebensalter zu erreichen, sie reißt keine Eichhörnchen und markiert ihr Revier nicht unter den Spielhäuschen der Nachbarkinder. Außerdem erfüllen wir die Empfehlungen finnischer Tierschutzverbände, denn streunende Katzen sind für Finken und Meisen kein Spaß, dafür aber für wild gewordene Rowdys auf den Landstraßen. Davon künden jeden Sommer plattgefahrene Stubentiger am Straßenrand.

Rund ums Jahr haben wir in unserem Garten immer wieder Besuch von einem alten Hasen, der so abgebrüht ist, dass er kaum vor Menschen scheut, und der so groß ist, dass er Katzen nicht zu fürchten braucht. Dieser Hase wurde schon vor mehreren Wintern von Senja auf den Namen »Bobbes« getauft. Wo dieser Name herkommt, wissen allerdings weder Senja noch der Hase zu sagen. Im Winter frisst der Hase die Nasen der Schneemänner, im Sommer alles Grüne.

In der warmen Jahreszeit ist Bobbes aber nicht unser einziger regelmäßiger Gast. Jeden Abend wuselt nun auch ein Igel durch unseren Garten, der sich gerne über Reste von Katzenfutter hermacht. Für Mieze Fiona steht sommers ein Schälchen mit Futter neben einem Napf mit Wasser unter einem schattigen Busch bereit. Verwöhnt, wie die Mieze ist, verschmäht sie das Futter, sobald es ihr nicht mehr frisch genug erscheint. Für den Igel ist es im wahrsten Sinne des Wortes ein gefundenes Fressen. Fiona sitzt dann daneben und schaut dem Stacheltier gebannt zu, wenn es sich über Whiskas hermacht. Nur wenn der Igel eine andere Katze wäre, würde sie eifersüchtig zum Angriff übergehen. Überhaupt hat sich Fiona in ihrem Sozialverhalten deutlich gebessert. Seitdem ich ihr mit angetrunkenem Kopf einmal einen Hausschuh nachgeworfen habe, hat sie mir nicht mehr in die Waden gebissen und bringt mir endlich die gebührende Ehrerbietung entgegen.

Zu Beginn der Ferienzeit machen wir einen Ausflug nach Helsinki, um eine Jugendfreundin von Eila zu besuchen. Sie heißt Armi und ist etwa in Eilas Alter. Armi ist eine alleinerziehende Mutter und wohnt auf der Festungsinsel von Suomenlinna, die dem Hafen von Helsinki vorgelagert ist und nur mit Fähre oder Wasserbus zu erreichen ist. Armi hat fünf Söhne von mindestens sechs verschiedenen Männern. Ich habe irgendwann den Überblick verloren, wer von wem abstammt. Zudem habe ich mir abgewöhnt, mir merken zu wollen, mit wem Armi augenblicklich liiert ist, denn bei jedem Besuch hat sie einen neuen Lebensabschnittsgefährten vorzuweisen, die sie schneller wechselt, als ich unser Trampolin im Garten aufbauen kann.

Die fünf Jungen, die sie hat, sehen sich abstammungsbedingt kaum ähnlich, dafür haben sie alle einen Vornamen, der mit T anfängt: Sie heißen Tenho, Taisto, Toivo, Tarmo und Terho. Als Mutter muss man schon sehr diszipliniert sein, um da den Überblick zu behalten. Eilas Freundin Armi wirkt auf mich alles andere als diszipliniert und gut organisiert. Sie ist im Gegenteil ein neuzeitlicher finnischer Großstadt-Chaot, der sich kaltschnäuzig und mit jeder Menge demonstrativem Selbstbewusstsein durchs Leben schlägt.

Dass Armi auf Suomenlinna lebt, einem idyllischen Inselplätzchen mitten im Zentrum der Hauptstadt, da wo nicht einmal tausend Bürger eine heißbegehrte Wohnung haben, hat sie dem Umstand zu verdanken, dass die Inselgruppe auch die Marineschule des Landes beherbergt und einer ihrer Verflossenen ein hohes Tier bei den Seestreitkräften war. Im Übrigen spielt die historische Festung von Suomenlinna in der Verteidigungspolitik Finnlands keine Rolle mehr, umso beliebter ist sie als Sehenswürdigkeit und Ausflugsziel.

Wenn wir Armi und ihre Sprösslinge besuchen, was bei uns etwa einmal pro Jahr vorkommt, so tue ich das immer mit sehr gemischten Gefühlen. Ich freue mich auf die Festungsinsel, die nicht umsonst auf der UNESCO-Liste des Weltkulturerbes steht. Die historischen Gebäude sind ein Augenschmaus und die Inseln, die durch

Brücken miteinander verbunden sind, eine Perle der Ostsee. Vor Armi und ihren Söhnen graut mir jedoch. Armi mag mich nicht leiden, weil einer ihrer Ex ein Niederländer war. Und sie hat sich in den Kopf gesetzt, dass er und ich irgendetwas gemeinsam hätten. Zwar hab ich ihr schon mehrmals versucht klarzumachen, dass Rhein- und Niederländer zwei verschiedene Paar Schuhe sind, trotz geographischer Nähe, einer Verwandtschaft von Sprache und Dialekt sowie einer gewissen Begeisterung für den Nikolaus, aber das will sie nicht einsehen. In ihren Augen bin ich ein Missetäter. Oder zumindest auf unerklärliche Weise ein Mitschuldiger.

Armis Wohnung liegt auf der Hauptinsel *Iso Mustasaari,* nur wenige Minuten Fußweg von der Anlegestelle der Fähre entfernt in einem alten Garnisonshaus. Nicht weit davon befindet sich die steinerne Kirche mit dem massiven Turm. Es ist früher Nachmittag, als wir dort eintreffen.

»Da seid ihr ja endlich«, begrüßt uns Armi vorwurfsvoll, als wären wir um Stunden zu spät. Im Hintergrund toben ihre Jungs, zumindest die jüngeren vier. Der älteste hat bereits ein Alter erreicht, in dem er nur noch missmutig in seinem Zimmer vor dem Computer hockt und sich nicht blicken lässt.

»Setzt euch schon!«, weist Armi uns an, obwohl der Tisch noch nicht fertig gedeckt ist.

Armi sammelt seit einigen Jahren teure Kaffeebecher des finnischen Porzellanherstellers ARABIA, und zwar eine Serie, die verziert ist mit Figuren aus den Geschichten der Schriftstellerin Tove Jansson, mit den kleinen knuffigen Trollen aus dem Mumintal. Armi besitzt die gesamte Kollektion. Ich vermute, sie muss für teures Geld immer wieder Einzelstücke nachkaufen, weil bei ihren Jungen einiges zu Bruch geht.

Während unsere Gastgeberin schlechtgelaunt in ihrem Trockenschrank nach den Tassen kramt, frage ich mich, wie es kommt, dass alle Kinder Finnlands verrückt nach den Mumins sind. Wahrscheinlich liegt es an den finnischen Kindergärten und ihrer Früherziehung. Dort lernt man in den ersten Gruppenspielen nicht die Namen der zwölf Apostel oder der finnischen Präsidenten, auch nicht die Fähnchen der EU-Mitgliedsländer oder die heimische Tierwelt, sondern die Namen aller Mumins, und zwar von der Pike auf. Da man in Finnland seine Kinder schon in den Kindergarten geben kann, bevor sie stubenrein sind und laufen können, kennen die meisten finnischen Kinder alle Mumins, bevor sie wissen, was der Unterschied zwischen Jungen und Mädchen ist. Bei unseren eigenen Kindern war es nicht viel anders, obwohl die Erfahrungswelt ihrer Kinderstube von zwei Kulturen geprägt war.

Armi setzt uns die Tassen vor, und ich bemerke, dass sie genau darauf achtet, wem sie welche Figur gibt. Für sich selbst stellt sie die Tasse mit dem Snork-Fräulein hin, einem kleinen Troll-Mädchen, das alle mögen. Eila bekommt dagegen die Tasse mit der Mumin-Mutter, einer korpulenten Küchenschürzenträgerin mit Handtasche. Senja kriegt die Tasse mit der kleinen Myy, einem rotzfrechen und spitznasigen Gör, und Benni den Herrn Hemul, einem verschrobenen Botaniker. Für ihre Jungs hat sie Tassen mit abenteuerlichen oder netten Typen wie den Mumin-Troll, den schlauen Snork und den umherstreunenden Mumrik ausgewählt. Gespannt warte ich darauf, welche Tasse ich bekomme. Wahrscheinlich die mit dem Mumin-Vater, einem gemütlichen Herrn mit Zylinderhut, der am liebsten in einer Dachkammer sitzt und seine Memoiren schreibt. Aber nichts da! Armi stellt mir eine Tasse mit Stinki hin, einem Bösewicht in der Muminwelt, der nicht nur fies ist und andere bestiehlt, sondern auch noch stinkt.

»Oh«, sage ich zu Benni und nehm's mit Humor, »schau mal, wen ich bekommen habe: Stinki.« Armi kann genügend Deutsch, um zu verstehen, was ich meinem Sohn gesagt habe. Kaum hab ich ausgesprochen, zischt sie mich (auf Finnisch) an: »Das ist nicht Stinki, sein Name ist *Haisuli*!« Und sie sieht mich an, als hätte ich eine Majestätsbeleidigung begangen.

»Ja, aber auf Deutsch heißt diese Figur ›Stinki‹«, sage ich leichthin, ohne angriffslustig klingen zu wollen.

»Und auf Finnisch *Haisuli*!«, wiederholt Armi drohend. »Und die Originalnamen sollte man nicht übersetzen!« Sie gießt Eila einen Kaffee ein.

»*Haisuli* ist nicht der Originalname«, entgegne ich so unterkühlt wie ein Maitag in Lappland, »die Mumin-Geschichten stammen von einer Finnlandschwedin und wurden auf Schwedisch geschrieben. ›Haisuli‹ ist eine Übersetzung.« Während Armi nun auch mir Kaffee einschenkt, setze ich versöhnlich hinzu: »Ich habe nichts gegen Übersetzungen. Im Gegenteil!«

Da zwickt mich etwas schmerzhaft ins Bein. Unterm Tisch hervor taucht einer der kleinen Jungs auf, der mich böse angrinst. »Wenn du mein Papi wärst«, sagt er gehässig, »würde ich mich von einer Festungsmauer ins Meer werfen.«

»Wenn du mein Sohn wärst, würde ich dich nicht davon abhalten.«

Bei diesen Worten fängt Benni an zu lachen. Und Senja nimmt sich die Kopfhörer aus den Ohren, weil sie halb mitgehört hat, dass sich hier eine Auseinandersetzung anbahnt. Die herumlärmenden Jungs, die um den Kaffeetisch kraxeln, halten kurz inne, weil sie spannende Unterhaltung in 3D wittern.

»Es gibt Männer«, sagt Armi giftig, »die lassen erahnen, warum eine Schriftstellerin Figuren wie Stinki erfindet.«

Ich richte meinen Blick auf sie, bevor ich erwidere: »Es gibt Frauen, die lassen erahnen, warum die Scheidungsrate in Finnland so hoch ist.«

Sekundenlang herrscht Grabesstille. Eila wirft mir einen vorwurfsvollen Blick zu. Die vier Knaben starren auf ihre Mutter, von der sie erwarten, dass sie mir gleich eine ihrer wertvollen ARABIA-Sammlertassen an den Kopf wirft.

»Dein Toskakuchen sieht aber lecker aus«, ruft Eila vergnügt dazwischen, »hast du den selber gemacht?«

Zähneknirschend kippt sich Armi auch einen Kaffee ein und setzt sich, und für den Rest des Kaffeetrinken-Kuchenessens unterhalten sich nur sie und ihre Jugendfreundin über die gemeinsame Zeit als Austauschstudentinnen in den USA, wobei Armi mich mit konstanter Bosheit ignoriert. Selbst den Kaffee muss ich mir selber nachschenken, aber mit Stolz trinke ich aus meiner Stinki-Tasse.

Der älteste Sohn kommt auch kurz aus seinem Zimmer, stopft sich im Stehen ein Stück Kuchen in den Mund, glotzt Senja an, um ihr Alter abzuschätzen, und verschwindet wieder in seinem Zimmer, ohne ein Wort gesagt zu haben.

Als alle fertig gegessen und getrunken haben, merke ich, dass Senja anfängt, sich zu langweilen. »Wie wär's, wenn wir einen kleinen Spaziergang machen?«, schlage ich ihr vor.

Wir spazieren über die Besucherwege, überqueren die Brücke zur Nachbarinsel *Susisaari* (Wolfsinsel) und werfen einen Blick in das Trockendock einer Werft, wo ein Schiff der Grenzpatrouille renoviert wird. Für einen

Besuch der Museen auf der Insel ist das Wetter zu schön, und so schlendern wir hinunter zur Halbinsel *Kustaanmiekka* (Gustavs Schwert). Hier sind viele Sommerausflügler unterwegs und picknicken im Gras oder auf den Felsen. Einige trauen sich sogar ins Meer.

Senja und ich spazieren an alten Kanonen vorbei, laufen ein Stück über die Festungsmauer und tasten uns durch einen unbeleuchteten Tunnel.

»Auf Suomenlinna würde ich auch gerne wohnen«, seufzt Senja mit Blick auf das glänzende Wasser der Ostsee. Ich stimme ihr zu, mit einer Einschränkung: »Auf meiner Trauminsel würde ich mir die Nachbarn allerdings selber aussuchen.« Dabei freue ich mich, dass wir in unserem Tamperer Vorort von netten Nachbarn umzingelt sind, die im Sommer den Briefkasten für uns leeren, wenn wir verreist sind, oder uns zum Grillen einladen, obwohl meine ernährungsbewusste Frau Grillwürstchen meidet.

Mit unserem Spaziergang lassen Senja und ich uns Zeit und schauen auf dem Rückweg zu Armis Wohnung auch beim Sommertheater vorbei. Dort läuft zurzeit die öffentliche Probe einer Dramatisierung des finnischen Romanklassikers *Tuntematon sotilas* (Der unbekannte Soldat). Solche Stücke sind in Finnland immer Publikumsmagneten. Als wir von unserem Spaziergang zurück sind, haben sich meine Frau und ihre Freundin hinreichend ausgetauscht, und wir können bald den Heimweg antreten.

Bei der kurzen Fahrt zurück zum Hafen von Helsinki kommt unsere Fähre etwas ins Schwanken, weil wir in die Wellen eines Ostseekreuzers geraten, aber wir erreichen sicher das Festland. Wir unternehmen noch einen kurzen Schlenker über den Hafenmarkt, bevor wir zu unserem Auto zurückgehen und die Rückfahrt nach Tampere antreten.

Benni ist schlechtgelaunt, weil wir in Helsinki keine seiner Lieblingsattraktionen besuchen können. Dazu gehören das Meeresaquarium *Sealife* und das Naturhistorische Museum. Bevor Benni dem Mythen- und *Fantasy*-Rausch verfiel, hatte er eine Phase der Begeisterung für Haie und Dinosaurier, in der wir mehr als einmal mit ihm zu Helsinkier Stätten seiner Hingabe gepilgert sind. Auch den Zoo von *Korkeasaari* mag er. Nur der Freizeitpark *Linnanmäki* kann ihn nicht mehr locken, Benni mag mehr den Konkurrenten *Särkänniemi* aus Tampere.

Die unfreiwillige Stadtrundfahrt lenkt ihn ab; er sieht sich neugierig um und sagt irgendwann: »Die Kirche da vorne sieht aus wie ein antiker Tempel.«

»Das ist der Dom von Helsinki«, nutze ich die Bemerkung, um ihn weiterzubilden. »Der Architekt war übrigens ein Deutscher. Ein Engel aus Berlin.«

»Ist das der, dessen Statue da vorne steht?«, fragt Senja.

»Nein, das ist ein russischer Zar. Ich glaube, Alexander II.« Was ein russischer Zar auf dem Senatsplatz in Helsinki verloren hat, wissen die Kinder und wundern sich nicht weiter. Dass Finnland einmal Teil des Zarenreiches war und nunmehr seit etwa einem Jahrhundert mit Stolz unabhängig ist, erfahren die Kurzen schon im Kindergarten, kurz nachdem sie die Mumins auswendig gelernt haben.

Als wir Helsinki hinter uns gelassen haben, ruft Benni von der Rückbank: »Ich möchte beim nächsten Mal die Tasse mit dem Dorfpolizisten aus dem Mumintal.«

»Und ich«, meldet sich Senja zu Wort, »will die Tasse mit dem unsichtbaren Mädchen. Ich komme nämlich nicht mehr mit!«

Johanniszauber

Es gibt in Finnland das ungeschriebene Gesetz, dass bis Mittsommer alle wichtigen Angelegenheiten erledigt sein müssen, bevor der Juli kommt, in dem Finnland geschlossen hat. Mittsommer ist Ende Juni, danach macht das Parlament Sommerpause, die Behörden fahren auf Halbdampf, viele Firmen haben Ferien, die Schulen haben eh schon zu, und auch die Universitäten wirken dann wie ausgestorben. (Nur mein alter Kollege Albert hängt noch in seinem Büro herum und ärgert sich, dass es bald wieder Winter wird.)

Vor dem Mittsommerfest haben wir an der Uni noch unsere Aufnahmeprüfungen für das nächste Herbstsemester. Organisation, Durchführung und Korrektur nehmen in meinem Terminkalender etwa eine Arbeitswoche in Anspruch. Außerdem reise ich Mitte des Monats noch zu einer kurzen Tagung nach Tallinn. Ansonsten geht es eher ruhig zu. Auf unserer Terrasse kann ich am Laptop E-Mails beantworten und studentische Ausarbeitungen durchgehen. Es lebe die Fernarbeit! Während ich in der Sonne sitze und auf den Bildschirm meines tragbaren Computers blinzle, bringt Eila mir eine Tasse Kaffee nach draußen. Ich seufze genießerisch; so ähnlich stelle ich mir in unbestimmbarer Zukunft meinen Lebensabend vor: Eila und ich sitzen auf der sonnenumstrahlten Terrasse unseres Gartens, auf dem Trampolin hüpfen die

Enkelkinder, und zu meinen Füßen döst ein Klon unserer jetzigen Mieze. Meinen Laptop klappe ich zu, um eine Pause einzulegen und in der Tageszeitung zu blättern.

Mittsommer – oder wie man in Finnland sagt: *Juhannus* (Johannis) – wird hierzulande arbeitgeberfreundlich immer auf einen Samstag gerückt, anstatt das Fest an seinem eigentlichen Datum (24. Juni) zu begehen. Der Vorabend wird – wie im Grunde alle großen Feste in Finnland – gefeiert, indem man zuerst in die Sauna geht und sich hinterher ordentlich zuprostet. Anders ist zu Mittsommer nur, dass man sich an lodernden Feuern erfreut, zum Feiern vorzugsweise in eine Sommerhütte fährt und die Nacht fast taghell ist. Und wer nicht aufs Land will, kann eines der vielen Festivals besuchen.

Da wir erst ab Anfang Juli in einer angemieteten Sommerhütte Urlaub machen wollen, beschließen wir, zu Hause zu feiern, aber am Abend zu einem Strand am See Näsijärvi hinauszufahren, wo ein großes Mittsommernachtsfeuer abgefackelt werden soll.

Ich bin freudig überrascht, dass Senja nicht einmal fragt, ob sie Mittsommer bei einer ihrer Freundinnen feiern darf, sondern brav bei uns zu Hause bleiben will. Wahrscheinlich sind all ihre Klassenkameradinnen verreist.

In der heutigen Tageszeitung ist ein Artikel über Aberglaube und Rituale zu Mittsommer, der meine Frau so amüsiert, dass sie ihn gleich unserer Tochter zeigt:

»Guck mal, Senja, hier steht, dass eine junge Frau in der Mittsommernacht dreimal nackt um ein dreieckiges Feld herumlaufen soll, um beim dritten Mal ihrem Zukünftigen zu begegnen.«

Senja schnaubt spöttisch. »So ein Quatsch.« Trotzdem ist sie begierig, mehr zu erfahren. »Und was noch?«

»Wenn man als Frau zur Mitternacht nackt in einen Brunnen schaut, sieht man im Spiegelbild des Wassers seinen Verlobten.«

»Das ist auch nicht viel besser!«

»Oder hier! Hier steht: Eine Jungfrau solle sich nackt, nur mit einem Gürtel aus geflochtenem Stroh, auf einen Stein im Fluss setzen, um den Mann ihres Lebens zu schauen.«

Allmählich entsteht bei mir der Eindruck, im Land der tausend Seen müssen in früheren Zeiten Abertausende wild gewordene nackte Frauen durch die Mittsommernacht gewetzt sein. Ein Jammer, dass Finnland heute so zivilisiert ist! Als hätte zwischen Senja und mir eine Gedankenübertragung stattgefunden, fragt sie verdrossen: »Gibt es auch andere Tipps, wo man nicht nackig durch die Gegend rennen muss?«

Eifrig liest Eila weiter: »Wenn eine Unverheiratete in der Mittsommernacht einen ungebundenen Birkenquast unter ihr Kopfkissen legt, sieht sie im Traum ihren Bräutigam, wie er den Quast für die Sauna bindet.«

Senja verdreht nur die Augen. Und ich hege großes Vertrauen, dass sie ihre spätere Partnersuche ohne Nudistenrituale bewerkstelligt.

Für den Abend möchte Senja etwas backen und zeigen, was sie in ihren Schul-Kochklubs gelernt hat.

»Gibt es nicht ein besonderes Gebäck zu Mittsommer?«, frage ich Eila. »So wie *tippaleipä* zum 1. Mai?« (*Tippaleipä* heißt wörtlich Tropfbrot und ist ein süßes Gebäck, das aussieht wie Hirn mit Puderzucker bestreut. Schmeckt aber gut!)

»Nein, nicht dass ich wüsste. Aber vielleicht …« – »Macht nichts!«, ruft Senja dazwischen. »Ich finde schon was!«

Sie verschwindet in ihr Zimmer, wahrscheinlich um in ihrer Rezeptemappe zu blättern. Später macht sie sich in der Küche zu schaffen, besorgt zwischendurch mit dem Fahrrad beim nächsten Laden noch ein paar Zutaten und beginnt dann, einen Teig zusammenzurühren.

Abends nach der Hauptmahlzeit tischt sie uns ihre Backwaren auf. Es sind rundliche Gebäcke mit Mandelblättchen und Hagelzucker obenauf, gefüllt mit Mandelmasse. Senja erntet unsere Anerkennung, selbst ihr kleiner Bruder muss sie loben.

»Und jetzt dürft ihre alle raten, wie das Gebäck heißt!«, sagt sie in die Runde.

Eila, Benni und ich überlegen nicht lange und raten drauflos. Meine erste Idee ist Mittsommerplunder. Senja schüttelt den Kopf. Eila tippt auf »*Juhannuspulla* (Johannisteilchen)«, liegt aber genauso daneben wie ich.

Natürlich versucht auch Benni sein Glück: »Heißt es vielleicht: leckerer Fraß?«

Senja antwortet immer wieder mit Nein, um dann ihr Geheimnis zu lüften: »Es ist ein deutsches Gebäck und heißt Bobbes. Wie unser Hase!«

Als wir gegen halb zehn abends an dem Strand ankommen, wo das Mitsommernachtsfeuer brennen soll, zeigt schon das Meer der am Straßenrand geparkten Autos, dass es mehr Leute gibt, als man gemeinhin denkt, die weder aufs Land fahren noch ein Rockfestival besuchen und sich stattdessen gerne ein Freudenfeuer ansehen, das die örtliche Feuerwehr hinterher sachgemäß löschen wird.

Ein Haufen Reisig, alte Holzpaletten und sogar ein morsches Ruderboot sind meterhoch für ein Feuer aufgeschichtet worden. Zu dekorativen Zwecken lehnen frisch gehackte Birkenbäumchen um den Brennholzhaufen. Die Feuerstelle liegt auf einer Landzunge und ist somit an drei Seiten von Seewasser umgeben und weithin sichtbar.

Es herrscht reger Betrieb und unbeschwerte Volksfeststimmung. Viele Familien mit Kindern sind hier, aber auch jede Menge ältere Leute sowie Jugendliche, die sich in Grüppchen etwas abseits halten und an ihren Bierflaschen nuckeln. (Manche von ihnen sehen allerdings aus, als hätten sie noch vor kurzem am Schnuller gehangen.)

Ein paar Spielleute mit Akkordeon, Fidel und Flöte sorgen für musikalische Untermalung. Es gibt einen Eisverkäufer und eine Würstchenbude, einen Stand mit Erfrischungen (ohne Alkohol) und einen Burschen in uriger Wildmarkwanderer-Aufmachung, der geräucherten Lachs anbietet. An einem Mast flattert die finnische Fahne. Mittsommer wird zugleich als Festtag der Finnischen Fahne begangen und ist die einzige Gelegenheit im Jahr, zu der das Tuch mit dem blauen Kreuz auch über Nacht gehisst sein darf.

Eila und ich treffen den ein oder anderen Bekannten. So geht es vielen hier, immer wieder hört man irgendjemanden »*Hei, mitä kuuluu*?« sagen – »Hallo, wie geht's?« Ein Schwätzchen hier, ein paar Freundlichkeiten dort. Das Mittsommernachtsfest ist wie ein kleines analoges Facebook, eine Gelegenheit, alte (und neue) Bekannte zu treffen.

Senja entdeckt unter den aushängenden Jugendlichen eine Schülerin aus ihrer Parallelklasse, die sie nicht leiden kann. Während sie sich regelrecht vor ihr versteckt, ist sie gleichzeitig darauf bedacht, von uns abzurücken. Wenn sie doch entdeckt werden sollte, dann wenigstens nicht zusammen mit ihren Eltern. Wahrscheinlich will sie nicht als Kleinkind dastehen.

Solche Sorgen hat Benni nicht, er wartet nur gespannt darauf, dass das Feuer entzündet wird. »Damit werden die bösen Geister vertrieben!«, weiß er.

»Böse Geister? Siehst du denn welche?«, frage ich ihn vergnügt – »Ja, überall!« Benni meint es ernst. Ob Kinder bis zu einem gewissen Alter anders wahrnehmen als Erwachsene? frage ich mich. Ob sie andere Sinne haben? Bei Benni wäre ich nicht überrascht. Er kann die Saunawichtel husten hören.

In der Menge der Schaulustigen entdecke ich plötzlich ein bekanntes Gesicht. Das heißt, genau genommen erkenne ich nicht das Gesicht wieder, sondern die Mütze. Da steht ein Kerl, mitten in der hellsten und wärmsten Sommernacht des Jahres, und hat eine Pelzmütze auf dem Kopf, von der eine der Ohrenklappen waagerecht absteht und auf und ab wippt. Es ist ohne Frage der Mann aus dem Alko-Laden, der behauptet hat, ich könnte den Wodka anschreiben lassen. Auf gespenstische Weise scheint sich die Alltagsweisheit zu bestätigen, dass man sich im Leben immer zweimal trifft. Aber ich will ihm nicht begegnen! Anscheinend bin ich nicht gefeiter gegen solche Anwandlungen als meine Tochter im Teenager-Alter, die sich vor einer Schülerin aus der Parallelklasse versteckt. Leider habe ich kein Glück. Als ich den Kindern Softdrinks holen möchte und in der Schlange vor dem Stand mit den Erfrischungen stehe, hält der Typ mit der Pelzmütze auf mich zu. »*Morrrro*!«, begrüßt er mich überfreundlich und schlägt mir auf die Schulter.

Ich bin bass erstaunt, dass auch er mich erkennt. Oder hält er mich nur zufällig für einen alten Bekannten? Ich hätte ihn ohne die auffällige Mütze kaum wiedererkannt.

»Willst du dir etwa eine Limonade holen?«, fragt er

mich ungläubig lachend. Er spricht so laut, dass es alle mit anhören können.

»Ja, Limo.«

»Ich heiße Juhani«, plärrt er. »Heute ist mein Namenstag!« Er rückt unangenehm nahe an mich heran, deutlich näher, als es in Finnland bei Normalgesprächen üblich ist. »Komm, Kumpel«, flüstert er, »ich geb dir einen aus.« Und geheimnistuerisch lüpft er seine Jacke, in deren Innentasche ein Flachmann steckt.

Das Angebot eines Schlucks aus der Flasche ist in Finnland ähnlich bedeutungsvoll, wie wenn eine Rothaut im Wilden Westen einem Prärie-Greenhorn die Blutsbruderschaft anbietet. Mit diesem Zeremoniell bin ich bei meiner Hochzeit vom finnischen Schwiegervater in die Familie aufgenommen worden.

Im selben Moment wird das Feuer angezündet. Alle Augen richten sich auf den hochaufgetürmten Reisighaufen. Schnell schlagen die ersten Flammen in die Sommernacht. Das trockene Holz, die Paletten und das alte Ruderboot brennen wie Zunder. Nur die Birkenbäumchen mit ihrem frischen Grün brennen weniger gut und lassen schwere schwarze Rauchschwaden entstehen. Auch Juhani mit dem Flachmann stiert Richtung Feuer.

»Ah, das Feuer! Das Johannisfeuer«, verkündet er lautstark. »Mir zu Ehren. Ich heiße Juhani. Heute ist mein Namenstag!« Und damit torkelt er davon, ohne sein Trinkangebot noch einmal zu wiederholen.

Als ich zu meiner Familie zurückkehre, überreiche ich Benni seinen Softdrink und verkünde: »Du hast recht mit dem Feuer und den bösen Geistern.«

»Na klar«, sagt er nur und lässt Milde walten gegenüber den Ungläubigen.

Bald lodert das Feuer hell bis in den Himmel. Die

Schar der Feiernden rückt heran. Ich bin verwundert, wie nahe! Manche Kinder laufen bis auf wenige Armlängen zu dem riesigen Feuer, dass ihre Gesichter rot vor Hitze werden. In Deutschland wären die Sicherheitsvorkehrungen sicherlich strenger, denke ich unwillkürlich, es gäbe bestimmt Absperrungen und scharf definierte Mindestsicherheitszonen und ein paar Herren mit strengen Mienen, die alles überwachen. Im Pulk halte ich Ausschau nach Pelzmützen-Juhani und wie er seinen Namenstag feiert. Ich kann ihn aber nirgendwo entdecken.

Als das Feuer nur noch vor sich hin kokelt und die Feuerwehrleute Anstalten machen, zum Schlauch zu greifen und dem Feuer den Rest zu geben, gehen wir zurück zu unserem Wagen.

»He, hier liegt ja eine Mütze im Gras«, sagt Benni. Tatsächlich, eine Pelzmütze. Mitten im Sommer.

»Die Mütze kenn ich, Kinder. Sie gehört einem Mann, der beim Limo-Stand mit mir in der Schlange stand. Lasst uns mal sehen, ob sein Besitzer irgendwo in der Nähe ist.«

Nach kurzem Suchen finden Senja und Benni einen Mann, der schnarchend im Gestrüpp liegt. Benni ärgert sich, dass er seinen kleinen Fotoapparat nicht dabeihat. Er will Bilder sammeln über ungeklärte Phänomene und ein Buch darüber schreiben.

»Sei nicht traurig«, tröste ich ihn, »hier geht es nicht um eine unerklärliche Erscheinung, sondern um jemanden, der wohl zu tief in seinen Flachmann geschaut hat.«

»Kann man auch zu flach in seinen Tiefmann schauen?«, fragt Senja neckisch.

Ich beuge mich zu dem Schnarchenden hinunter. Es wäre unverantwortlich, ihn hier einfach liegen zu lassen. Auch in einer Sommernacht kann man sich eine folgenschwere Unterkühlung zuziehen. Ich rüttle an seiner Schulter.

»He, du, Juhani. Du hast deine Mütze verloren.«

Er öffnet die Augen und starrt mich verdattert an. »Was? Wer?« Schwerfällig hebt er seinen Kopf.

»Komm, ich helf dir auf!« Ich packe ihn beim Unterarm und helfe ihm, wieder auf die Beine zu kommen. »Äh … emh … ich war auf dem Nachhauseweg.«

»Wo wohnst du denn?«

»Gleich da drüben.« Er weist auf ein kleines, rotes Holzhäuschen, mehrere hundert Meter vom Badestrand entfernt. Bis dorthin gilt es, eine größere Landstraße zu überqueren, der Rest des Wegs sind Pfade und Feldwege. Ich hake mich bei ihm unter. »Na dann, ich bring dich über die Straße, den Rest musst du allein gehen.«

Eila und die Kinder setzen sich schon mal in den Wagen, ich stülpe Juhani seine Pelzmütze auf die verfilzten Haare und helfe ihm über die Straße. »Schaffst du den Rest?«, frage ich ihn, als wir auf der anderen Seite der Landstraße angelangt sind.

»Ja, ja, alles klar!«, versichert er, lässt mich aber nur sehr zögernd los. Unsicher setzt er seinen Weg zu dem kleinen Haus fort. Ich gehe nun auch zum Auto und klemme mich hinters Steuer. Aber ich starte den Motor noch nicht.

»Worauf wartest du?«, fragen die Kinder.

»Dass er sein Haus erreicht.«

»Das kann lange dauern«, seufzt Eila.

Während sich Pelzmützen-Juhani im Schneckentempo auf seine Behausung zubewegt, nutzt Senja die Wartezeit, um noch einmal auszusteigen und sich ein paar Zweige von einer Birke zu zupfen.

»Was willst du denn damit?«, frage ich sie.

Senja lacht. »Das ist mein Birkenquast.«

»Für die Sauna?«

»Nein. Den leg ich mir heute Nacht unters Kopfkissen.«

Johanniszauber! Ich verstehe. Mehr als zehn Minuten später stolpert auch Juhani zu seiner Haustür hinein, und wir können unseren Heimweg antreten. Als wir eine Weile den friedlich glitzernden Näsijarvi entlanggefahren sind, stößt Benni plötzlich einen Alarmschrei aus. »Guckt mal da vorne!«

Ich verlangsame die Fahrt, fast bis auf Schritttempo. Links von uns liegt eine Badebucht. Dort hopsen mit lautem Getöse zwei Frauen über einen Bootssteg, zwei üppige Prachtexemplare, an denen flämische Barockmaler ihre helle Freude gehabt hätten, und reißen sich die Kleider vom Leibe. Bei ihrem Anblick brechen die Kinder in wieherndes Gelächter aus (obwohl Benni sich ein zweites Mal ärgert, dass er seinen Fotoapparat nicht dabeihat).

»Willst du die beiden auch noch retten?«, fragt Eila trocken. Die Statistiken beweisen leider, dass jedes Jahr zum Mittsommerfest rund ein Dutzend Menschen ertrinken, weil sie angeheitert aus dem Boot fallen oder betrunken schwimmen gehen. Eine Weile schaue ich mir an, wie die Rubens-Schönheiten wild mit den Armen rudernd durchs Wasser planschen, und sage dann: »Nein, aber es ist doch schön, dass es in Finnland noch Menschen mit Sinn für Tradition und Überlieferung gibt, die das Brauchtum noch leben.«

»So kann man's auch sehen«, lacht Eila, und wir fahren weiter.

Heimaturlaub

Seit vielen Jahren machen wir im Sommer wahlweise Reisen nach Deutschland oder jetten nach Südeuropa, um uns an den Stränden des Mittelmeers ordentlich von der Sonne garen zu lassen. In diesem Jahr wollte Eila aber unbedingt, dass wir zur Abwechslung einmal Urlaub im Inland machen.

»Wir machen viel zu selten Urlaub in einer Sommerhütte, wie es sich gehört.« Dabei klang ihre Stimme so ernst, als befürchtete sie, unsere Kinder könnten deswegen psychische Probleme im Erwachsenenalter kriegen.

Da ich ihr für gewöhnlich jeden noch so kleinen Wunsch erfülle, haben wir uns also nach einem schönen Sommerdomizil im seenreichen Ostfinnland umgesehen und wieder einmal bemerkt, dass gute Hütten ihren Preis haben. Zumindest wenn man wie wir auf den letzten Drücker sucht.

»Finnland ist eben kein Billigland!«, hat Eila gemeint, »Qualität hat ihren Preis.« Meinem Argument, schon immer einmal Urlaub am Schwarzen Meer machen zu wollen, war sie nicht zugänglich. Dann geschah etwas, was man je nach Lebenseinstellung puren Zufall, Schicksal oder göttliche Fügung nennen kann. Ein entfernter Bekannter aus dem noch ferneren Savonlinna meldete sich nach langer Zeit der Funkstille per Mail und bot für günstiges Geld seine Luxus-Sommerhütte an, die er nun vermietet, weil er arbeitslos geworden ist. Wir haben uns daher vor einigen Wochen entschlossen, ihm unter die Arme zu greifen und seine Offerte anzunehmen, Anfang Juli soll es losgehen: Sommerurlaub in der Hütte, voll finnisch!

Traurig über unseren Entschluss waren allerdings die deutschen Großeltern, die sich bis zum nächsten Wiedersehen mit den zwei finnisch-deutschen Enkelkindern gedulden müssen und zur Überbrückung dieser Durststrecke den beiden ein Sommerpaket geschickt haben. Neben mehreren kleinen Geschenken – unter anderem ein Fernrohr und ein Vogelbestimmungsbuch – liegt in dem Paket auch eine Tüte mit weihnachtlichem Spritzgebäck, das meine Eltern, seitdem sie in Rente sind, zu jeder Jahreszeit für ihre Enkelkinder backen. Durch den Posttransport sind sie ziemlich zerstoßen, aber sie schmecken auch in kleinen Stückchen.

»Seht ihr«, sage ich den Kindern mit gespielter Bitterkeit, »so etwas hab ich in *meiner* Kindheit nie gehabt. Da gab's Spritzgebäck nur zu Weihnachten, aber nicht zu Mittsommer.«

»Oh, du Ärmster«, tröstet mich Senja, ebenso gespielt theatralisch, und tätschelt meinen Kopf, als hätten wir unsere Eltern-Kind-Rollen getauscht.

»Na ja«, gebe ich zu, »als ich in eurem Alter war, wusste ich gar nicht, was Mittsommer ist!«

»Gibt es das in Deutschland etwa nicht?«, fragt Benni überrascht.

»Nun – gibt es schon. Im Kalender steht natürlich ›Sommersonnenwende‹. Etwa um dieselbe Zeit feiern auch die aufrechten Kirchgänger Johannes den Täufer. Ein paar Heimatvereine veranstalten vielleicht einen Tanzabend. Kann sein, dass irgendwo in den Alpen oder an Nord- und Ostseeküste ein Feuerchen angezündet wird. Aber im Großen und Ganzen ist Mittsommer als Fest eher unbekannt. Aaaber«, sage ich langgezogen und schiebe mir ein Plätzchen in den Mund, »dafür kennt man in Finnland kein Spritzgebäck.«

»Wie gut, dass wir beides haben!«, freut sich Benni.

»He, ich hab da was!«, ruft Senja. Sie läuft in ihr Zimmer, kramt in ihren CDs und legt eine Scheibe in ihren Spieler. »Das ist die CD, die du mir mal aus Österreich von einer Dienstreise mitgebracht hast«, sagt sie, »Hannah Montana.«

Ich ziehe verdutzt die Augenbraue hoch. Als ich Senja seinerzeit die CD überreichte, hatte sie nur das Gesicht verzogen und gemeint, sie wäre »aus dem Alter raus, wo man solchen Kinderkram hört«.

Als sie nun zurückkehrt, plärrt kurz darauf die Stimme von Miley Cyrus alias Hannah Montana aus ihrem Zimmer und singt: »... *you get the best of both worlds* ...«

Ich sehe meine Tochter an, lächle und denke: Vielleicht ist es gar nicht so übel, zwischen den Welten zu pendeln und Zwitterwesen zu sein und das Beste beider Welten zu genießen.

Rund anderthalb Wochen später höre ich das sanfte Plätschern eines großen Sees. Ein beruhigendes Schwappen und Glucksen, in dessen Takt ich sanft und kaum merklich hin- und hergeschaukelt werde. Ein sanftes Wiegen von Mutter Natur, die mit Vaterland Finnland glücklich verheiratet ist. In der Ferne erklingen die schnarrenden Rufe von Wasservögeln. Ein sanfter Wind weht und lässt die Birken leise rauschen. In der Luft liegt der Geruch von Wald und Laub, von Wasser und Schilf. Die Sonne zeigt sich von ihrer schönsten Seite. Den kalten Glanz der Frühjahrsmonate hat sie eingetauscht gegen ein wohlig warmes Flimmern, ohne gnadenlos zu brennen. Wenn ich mir die Mühe mache, meine Lider zu heben und in die Welt hinauszublinzeln, erkenne ich eine funkelnde Bucht, auf deren Wellen das Licht tänzelt und die sich unter dem Himmelsgewölbe in eine traumhaft schöne Welt aus dunkel schimmerndem Wasser mit unzähligen Inseln weitet. Inseln aus kräftigem Grün, umarmt von blauschwarzem Nass, darüber ein Tiefblau mit wolkenweißen Tupfern. Ich ziehe die sonnenwarme Luft ein mit der Witterung des Sommers. Das sind Momente im Leben, in denen ich froh bin, ein Lungenatmer zu sein.

Wir sind in unserer Sommerhütte im Saimaa-Seengebiet angelangt, in Finnlands naturwüchsigem Osten. Unser Domizil liegt fern von Feriendörfchen und anderen Siedlungen an einem Arm des weitverzweigten Saimaa, unweit der Stadt Imatara. Wir haben das unverschämte Glück, zum Schnäppchenpreis eine Luxusbehausung in der schönsten Zeit des Jahres ergattert zu haben. Uns steht ein geräumiges Blockhaus mit allem Komfort zur Verfügung, das rustikal tut, aber topmodern ist. (Auf Plumpsklo-Romantik oder Wasserholen am Brunnen verzichte ich gerne.) Das Haus ist großzügig ausgestattet, inmitten von Wald und Wildnis und nur einen Steinwurf vom Seeufer entfernt. Es gibt eine Strandsauna, einen Grillpavillon, ein Bootshaus und eine eigene Anlegestelle, die sich wie eine weitläufige schwimmende Terrasse aus Planken ausnimmt. Es gibt sogar einen überdachten Abstellplatz für den fahrbaren Untersatz, wo unser Auto Ronkoteus in Sommerträgheit dahindöst und sich von frechen Dohlen die totgefahrenen Insekten aus dem Kühlergrill piken lässt.

Ähnlich träge wie unser Auto sitze ich im Liegestuhl auf der Anlegestelle und lasse mich als Landeplatz von Marienkäfern missbrauchen, die auf der Durchreise sind. Ich vermisse keines der vielen finnischen Sommerfestivals. Ich will nichts wissen von den Sommer-Events zur Unterhaltungsmusik wie *Tapsan Tahdit*. Reines Gift für meine Nerven wäre jetzt ein Rock-Happening wie das *Sauna Open Air Heavy Metal Festival*. Auch der Musikantenwettbewerb um die *Kultainen Harmonikka* (Goldene Harmonika) kann mir gestohlen bleiben, und nicht einmal die Opernfestspiele von Savonlinna könnten mich jetzt locken. Stattdessen genieße ich das wertvollste Gut der Neuzeit: Ruhe. Und davon gibt es hier jede Menge.

Über fünf Stunden hat die Fahrt von Tampere bis hierher gedauert. Aber es hat sich gelohnt. Auch unsere Katze ist mitgekommen. Sie hat unterwegs ununterbrochen jämmerlich gemaunzt, aber nun ist sie froh, dass sie in der Sonne sitzen und den Schmetterlingen auflauern kann. (Angeleint natürlich.) Eila liegt in einer Hängematte und ist über ihrem Buch eingeschlafen. Ihre Urlaubslektüre ist ein erschütternder Roman von Sofi Oksanen, Finnlands junger wilder Starschriftstellerin. Benni beobachtet mit seinem Fernrohr eifrig die Vögel der Umgebung und hat endlich mal mehr im Sinn als Märchenspuk und Zauberzeugs. Nur Senja wünscht sich weniger Naturruhe und deutlich mehr Action und darf, um die schlimmsten Entzugserscheinungen zu bekämpfen, täglich für eine gewisse Zeit ins Internet, um mit all ihren Freundinnen zu chatten und zu twittern, die sich an anderen Ecken der Welt langweilen.

Mit Faulenzen und Lesen, Kanu fahren und kleinen Wanderungen vertreiben wir uns die Zeit. Senja und Benni waren auch schon angeln und haben unserer Katze einen kleinen, grünlichen Barsch mit orangefarbenen Brustflossen im Eimer mitgebracht, um den Fiona stundenlang einen Eiertanz erschrockener Faszination aufgeführt hat, weil sie sich nicht so recht traute, ihre Pfoten nass zu machen. Den Barsch haben die Kinder später wieder ausgesetzt.

Jeden Abend, wenn es etwas kühler, aber kaum dunkler wird, heizen wir die Sauna an und werfen uns zwischen den Saunagängen in den See. Wie gut, dass wir nicht an einem Strand in Rimini urlauben – mit Sonnenbrand auf der Nase, Schweiß unter den Achseln und Sand zwischen den Zehen, eingepfercht zwischen fünftausend lebenden Grillwürstchen.

Paradies im Saimaa

Etwa nach der Halbzeit unseres Hüttenurlaubs machen wir von unserem paradiesischen Ferienhaus einen Abstecher nach Imatra. Wir müssen Lebensmittel einkaufen und vor allem den Shopping-Hunger unserer Tochter stillen. Imatra ist ein schmuckes Städtchen auf einem Restzipfel der historischen Landschaft Karelien innerhalb finnischer Staatsgrenzen. Russland ist so nahe, dass man die Tartaren fast schon mit den Säbeln rasseln hört. Aber nur fast. Wenn man genauer hinhört, stellt man fest, dass auf Imatras Straßen keine scharfen Klingen klirren. Die heutigen Russen, die nach Imatra kommen, sind gerngesehene Touristen mit klingender Münze. Man begegnet ihnen überall: auf den Marktplätzen, in den Einkaufszentren und im Wellnessbad.

Ein Spektakulum besonderer Art ist an Sommerabenden die knapp halbstündige Schleusenöffnung der Staumauer von Imatra. Mit brachialer Urgewalt stürzen sich schäumende Wassermassen hinab in das felszerklüftete Bett einer Stromschnelle, zerschellen tosend auf dem Granitgestein und schießen wild rauschend durch eine Schlucht. Das Schauspiel dauert so lange, bis sich die Schleuse wieder schließt. Das brausende Element zerrinnt und versickert. Anschließend muss das Wasser seine Kraft wieder in den Dienst der Stromerzeugung stellen. Während der nicht einmal dreißig Minuten säumen Aberhunderte Schaulustige die Ufer und Brücken. Vier davon sind wir. Wir schauen zu und bewundern die losgelassene Naturgewalt. Die Stromschnelle gilt nicht umsonst als Finnlands älteste Sehenswürdigkeit. (Früher war sie das ganzjährig und uneingeschränkt, nunmehr nur noch zu festgesetzten Zeiten im Sommer.)

In einem Supermarkt haben wir uns mit Vorräten eingedeckt, und Senja hat sich eine Kapuzenjacke gekauft in der schrecklichen Annahme, es könnte irgendwann einmal wieder Herbst werden und ein neues Schuljahr beginnen. Ich selbst durfte vor dem Kühlregal beglückt feststellen, dass die Molkerei mit den niedlichen Kühen auf der Milchtüte eine neue Kampagne gestartet hat. Neuerdings werden auf den Tüten – ganz vaterländisch – berühmte Finnen dargestellt. Als gehörnte Rindviecher.

Ein paar Tage später liest Eila beim Frühstück in der Lokalzeitung. »Hier steht, dass morgen Abend ein *lavatanssit* stattfindet. Sollten wir da nicht hingehen?«

Ein Tanz im Walde? »Na gut, warum nicht.« Und etwas zerknirscht denke ich mir, dass das auch auf meiner 7-Punkte-Liste gestanden hat, die mir in der Leichtigkeit des Sommers fast entfallen ist. »Aber was machen wir mit den Kindern?«

»Die sind groß genug, um einen Abend allein im Haus zu bleiben«, urteilt Eila. Sie muss es wissen, sie hat diese Kinder zur Welt gebracht und ist Finnin. »Können Senja und ich dann den Katastrophenfilm gucken?«, fragt Benni, hellhörig geworden, dazwischen.

Ob wir wollen oder nicht, unsere Luxusbehausung beherbergt auch einen Fernseher mit überdimensionalem Flachbildschirm und eine Heimkinoanlage. Schon seit Tagen hängen uns die Kinder in den Ohren, statt

Sauna und Spielen, Angeln und Grillen könnten wir doch zur Abwechslung abends einen Film ausleihen.

»Darüber ließe sich verhandeln.«

Während des Frühstücks sehe ich mir die Milchtüten mit den neuen Kuhmotiven an, die ich bei unserem Einkaufsausflug nach Imatra erstanden habe. In einem kurzen Text auf der Seite der Verpackung mit dem weißen Lebenselixier wird erläutert, dass die Molkerei dem finnischen Volk die bekannten Personen zurückgeben will, deren Bild durch die Einführung des Euro verlorengegangen ist. Mit anderen Worten: Zur Kuh gewandelt werden auf der Milch die Herren dargestellt, die früher auf den Geldscheinen der Finnmark zu sehen waren. Eine grandiose Idee, die mich jederzeit davon abhalten würde, Milch von schwedischen Konkurrenzmolkereien zu kaufen, die zehn Cent billiger ist. Auf der fettfreien Milch ist zum Beispiel eine Kuh zu sehen, die ein Sporttrikot über ihrem schlabbernden Euter trägt und mit einer olympischen Fackel in der Hufe über eine Laufbahn im Leichtathletikstadion hetzt. Das ist Paavo Nurmi, die finnische Langlauflegende, der früher auf dem 10-Mark-Schein abgebildet war. So lernt man beim Milchkonsum dazu und kann seine Allgemeinbildung aufbessern! Wieso sind die Finnen im Ausland eigentlich als Schnapsnasen verschrien, wo sie doch die weltgrößten Milchtrinker sind? Und das mit jeder Menge Patriotismus und pfiffigen Ideen.

Am Nachmittag binde ich mir einen breiten blauen Aquagürtel um den Oberkörper, ziehe mir Handschuhe mit Schwimmhäuten zwischen den Fingern an und gehe wasserjoggen. Wasserjoggen ist die feuchte Antwort auf das staubtrockene *Nordic Walking* zu Lande. Auch in dieser Disziplin sind die Finnen wieder Vorreiter. Die Kinder sind mit dem Feldstecher auf Erkundungstour gegangen, Eila freut sich über ein paar Stunden allein in der Hütte.

In unserer Bucht dauert es nicht allzu lange, bis es tief genug ist, um ohne Bodenkontakt senkrecht durchs Wasser laufen zu können. Nach einiger Zeit habe ich den offenen See vor mir, in dem hier und da ein Fels hervorguckt. Erfreulich selten kommt ein Motorboot vorbei, auf spiegelglattem See ist der Wasserjogging-Spaß ungetrübt. Während ich durch das Wasser laufe, kreuzt ein Haubentaucher-Pärchen meinen Weg. Ob das Vater- und Muttertier beim Fischfang sind? Wo haben sie ihre Küken gelassen? Die spitzen Schnäbel der Tiere sehen respekteinflößend aus.

Plötzlich tauchen beide Vögel ab, fast gleichzeitig und wie auf ein geheimes Kommando. Mir wird mulmig zumute. Bin ich etwa in ihr Revier eingedrungen? Wollen die Vögel ihre Brut verteidigen? Können Haubentaucher einem unter Wasser in den Hintern oder sonst wohin stechen? Sicherheitshalber ändere ich meine Route und entferne mich von der Stelle, wo die beiden Vögel im dunklen See verschwunden sind. Wie lange können diese gefiederten Biester unter Wasser bleiben? Ich wähne mich schon außer Gefahr, als knapp eine Minute später beide Tiere genau vor mir wieder auftauchen und mich böse angucken. Erneut ändere ich meinen Kurs, abermals tauchen die Wasservögel unter. Im nächsten Moment gleiten sie links von mir ebenso blitzartig wie elegant aus dem Wasser. Dabei perlen die Tropfen von ihrem glänzenden, geölten Gefieder. Ich weiche ein drittes Mal aus, die Vögel tauchen. Dieses Spielchen wiederholt sich mehrmals. Mir wird klar, dass die Tiere mich unterschwimmen und in eine bestimmte Richtung treiben wollen. Nach einer Weile gebe ich nach und bewege mich zurück in unsere Bucht. Vögel, ihr habt gewonnen. Die Haubentaucher lassen endlich von mir ab. Und so gelange ich wieder an unseren Strand. Ich schnalle meinen Aquagürtel ab und lasse mich auf die Planken der Anlegestelle fallen, um mich von der Sonne trocknen zu lassen.

Als ich zurückkomme, sind unsere Kinder noch immer unterwegs. Eila versucht, Senja über ihr Handy zu erreichen, aber das hat sie im Ferienhaus liegen lassen. Als die Kids weiter auf sich warten lassen, beginnt Eila, sich Sorgen zu machen: »Könntest du nicht nachsehen, wo die zwei stecken?«

Also ziehe ich mich an und folge dem Trampelpfad, den die beiden langgegangen sind. Mal sehen, wo sie stecken. Wahrscheinlich haben sie die Nistplätze seltsamer Piepmätze entdeckt. Der Pfad folgt in etwa dem Uferverlauf und beschreibt einen weiten Bogen auf einer schmalen Halbinsel, die ins Wasser hinausragt, bevor man zu einer Nachbarbucht gelangt. Ich tapere durch einen Mischwald aus Kiefern und Birken, der meist bis unmittelbar an den See heranreicht. Das Ufer ist felsig, unterbrochen von kleinen sandigen Stränden. Was mache ich nur, wenn die Kinder *nicht* über den Pfad, sondern querfeldein marschiert sind? Dann wird es schwer werden, sie irgendwo ausfindig zu machen.

Ich bin kaum eine Viertelstunde unterwegs, als ich die beiden erleichtert in der Ferne sichte. Sie liegen auf einem erhöhten Felsmassiv, bewaffnet mit ihrem Feldstecher, und spähen von dort in die Bucht hinein. Der Fels ist so glattgeschliffen, dass man bequem darauf liegen kann. Die zwei halten vorsichtig über die Felskante hinweg Ausschau und betrachten, was sich beim Wasser abspielt. Sicher staksen dort Reiher durchs Wasser und sind auf der Jagd. Ich freue mich nicht nur, weil ich die

Kinder wiedergefunden habe, sondern auch, weil sie so friedlich die Zeit miteinander verbringen. Wie die dicksten Freunde und fast wie in den Jahren, als sie in der Sauna noch Putzfrau und Cowboy gespielt haben.

Um Eila zu beruhigen, simse ich ihr ein »Alles klar! Ich hab sie gefunden«, bevor ich mich anschicke, unsere Vogelspäher zu beschleichen. Lautlos pirsche ich mich an. Die zwei scheinen vom Feuereifer der Forscher beseelt. Angestrengt peilen sie über die Felskante und wackeln unruhig mit ihren Popos. Endlich bin ich in Hörweite und kann sie belauschen.

»Da! Da! Da ist wieder einer!«, zischt Benni und kann sich nur mit Mühe bezwingen, ruhig zu bleiben. »Hast du ihn gesehen!«

»Ja, ja, hab ich!« Senja kichert. »Wie viel haben wir jetzt?«

»Ich glaub', siebzehn!« Neben Benni liegt ein Schreibblock. Die beiden führen eine Strichliste. Fragt sich nur, worüber.

»Jetzt, jetzt kommt der eine wieder.«

»Ja, pass auf, gleich geht's ins Wasser!«

Die beiden tuscheln aufgeregt hin und her. Ich habe mich so nahe herangeschlichen, dass ich mit einem letzten Satz bei den Kindern bin und mich neben sie auf den Fels drücke. »Hallo Kinders, was treibt ihr denn hier?«

Die zwei schrecken zusammen, bemühen sich aber, keine Laute der Überraschung auszustoßen. Sie rutschen ein wenig zurück hinter die Felskante und begrüßen mich flüsternd, können sich aber kaum das Lachen verkneifen. Sie prusten leise und ringen um Haltung.

»Was gibt's denn da so Aufregendes zu beobachten?«, frage ich sie mit halblauter Stimme. Senja und Benni drucksen herum. »Sag du!«, fordert Benni seine Schwester auf.

»Ne, du!«

»Habt ihr seltene Tiere entdeckt?«, rate ich drauflos.

»Wie man's nimmt«, antwortet Senja geheimnisvoll.

Ich ziehe nur fragend die Augenbrauen hoch.

»Finnen! Wir beobachten Finnen«, bekennt Benni und steht kurz vor einem Lachanfall. Er reicht mir das Fernrohr.

Ich rutsche etwas höher, schiebe meinen Kopf über die Felskante und linse in die Bucht. Jetzt sehe ich sie. Unten am Seeufer befindet sich eine kleine rote Strandsauna, aus der es mächtig raucht und dampft. Vor der Sauna verläuft ein meterlanger Steg, der weit ins Wasser hinausführt. Und im Wasser tollen drei Männer. Sie schnaufen wie die Walrösser, sie spritzen und planschen völlig ausgelassen. Jetzt höre ich sie auch, sie lärmen und quieken wie Babys in der Badewanne. Fidel und wohlgemut. Sie ducken sich, machen Wasserkämpfchen und lachen. Dann klettert einer von ihnen auf den Steg zurück. Er ist ein kräftiger Mann mit wenig Haaren auf dem Kopf, aber ordentlich Speck am Bauch. Er ist nackt.

»Ich seh wieder einen!«, flüstert Benni. Er und Senja glucksen vor Lachen und machen einen weiteren Strich auf ihrer Zählliste. Ich fasse es nicht. Da liegen meine beiden halbwegs intelligenten Kinder auf der Lauer, die in der Obhut liebender Eltern aufgewachsen sind, eine fürsorgliche, aber unverkrampfte Erziehung genossen haben und durch zahlreiche Reisen auch schon manches von der Welt wissen, und zählen Schniedel-Sichtungen! Ich ringe noch um Worte, als die beiden sich schon wieder auf die Schenkel schlagen.

»Die drei da unten sind total lustig!«, erzählt Senja unbeschwert. »Die sind schon ewig in der Sauna. Und dann kommen sie raus und springen ins Wasser.« Der Dickliche, der auf den Steg geklettert ist, nimmt Anlauf.

»Jetzt kommt eine Arschbombe!«, sagt Benni mit mühsam gebremster Vorfreude und behält recht. Es macht platsch, und eine Wasserfontäne schießt in die Luft.

»Die Männer werden immer verrückter«, berichtet Benni. »Am Anfang kamen sie noch ganz gesittet mit Handtüchern aus der Sauna und haben ihre Füße ins Wasser baumeln lassen.«

»Glaubst du, die haben getrunken?«, fragt mich Senja.

»Sicher ein wenig. Aber so, wie sie sich bewegen und springen, sind die alle fit und gut drauf.«

Senja und Benni erzählen mir noch allerlei Eigenartiges: Die drei Männer haben sich im Wasser auf die Schulter genommen, Saltos versucht und die wildesten Clowns-Sprünge vom Steg gemacht. Sie sind wirklich drollig, und man kann sich nur schwer von ihrem Anblick losreißen. So liegen schließlich Senja, Benni und ich gemeinsam auf Posten, stieren amüsiert hinunter und streiten uns darum, wer den Feldstecher haben darf. Die Strichliste wird allerdings nicht mehr weitergeführt.

»Ich hab noch nie Männer gesehen, die sich so aufgeführt haben«, kugelt sich Senja, »ich glaube, die spinnen!«

»Spinnen? Nein, niemals! Die haben ihren Spaß und tun das, wozu sie Lust haben.« Und je länger ich dem Treiben der drei Finnen zusehe, umso liebenswürdiger erscheinen sie mir. Ihr Lachen klingt nicht herausgepresst und künstlich. Ein Lachen ohne Schadenfreude und Häme. Kein Grölen und Wiehern. Es ist das Lachen unschuldiger Kinder. Das ist Idylle pur! Bei ihrem Anblick könnte ich mir lebhaft vorstellen, dass Gott in einem Paralleluniversum mit einem Garten Eden experimentiert hat, in dem es nur drei Männer gab. Keine Eva, keine Schlange, keine Versuchung, keine verbotene Frucht. Nur fröhliche, unbeschwerte Männer, die nackt umherspringen und auf ewig ihren Spaß haben. Die so bleiben, wie sie sind. (Manche Bibelforscher glauben, das historische Vorbild für den Garten Eden sei im Zweistromland zu suchen, irgendwo im Vorderen Orient. Sie irren, es muss in einer Bucht in Finnland liegen.)

Noch einmal mit Gefühl

Als Eila und ich am nächsten Abend wie ausgemacht zum Tanzabend in der freien Natur aufbrechen, werden die Kinder genauestens instruiert, wie sie sich zu verhalten haben. Senja zieht gereizt eine Schnute. »Ja, ja, wir sind ja nicht mehr im Kindergarten!«

Um sie ein wenig aufzuziehen, sage ich wie die alte Ziegenmutter in dem berühmten Märchen der berühmten Grimm-Brüder zu ihren sieben Geißlein: »Liebe Kinder, wir müssen hinaus in den Wald. Seid inzwischen brav, sperrt die Türe gut zu und nehmt euch in Acht vor dem Wolf! Wenn er hereinkommt, frisst er euch mit Haut und Haaren.«

»Ja, is' klar«, winkt Benni großspurig ab, »der Bösewicht verstellt sich oft, aber an seiner rauen Stimme und an seinen schwarzen Füßen werden wir ihn gleich erkennen. Und zur Not rufen wir euch an.«

Eila trägt ein farbiges Sommerkleid, das ihr ausgesprochen gut steht. Wir steigen ins Auto und fahren los.

Der Tanzpavillon, in dem die Lustbarkeit der hellen Sommernacht stattfindet, liegt so versteckt im Wald, dass wir ihn ohne Navigator wahrscheinlich nie entdeckt hätten. Schon bei der Ankunft wird mir klar, dass Totgeglaubte am längsten leben. Die finnische *lavatanssit*-Kultur stand immer wieder kurz vor ihrem Niedergang und drohte auszusterben, aber hier pulsiert das blühende Leben. Auf einer malerischen Waldlichtung, nicht weit von einem See, befindet sich ein großer hölzerner Rundbau in gelb-weißem Anstrich, dessen in der Mitte spitz zulaufendes Dach von schweren Balken getragen wird. Gut die Hälfte der Seitenwände ist offen und nur durch ein Geländer abgegrenzt. In der Mitte ist das Tanzparkett, die Bühne für die Musikkapelle an der Rückwand. Als Parkplatz dient eine angrenzende Wiese. Das ist finnischer Freilichttanz in Reinform. Und es ist so viel los wie auf einem Jahrmarkt.

Mein letzter *lavatanssit* ist so lange her, dass ich mir heute fast vorkomme wie beim ersten Mal. Viele ältere Leute sind hier, aber auch jede Menge frisch verliebte Pärchen und Sommerhütten-Urlauber, die ihre Kinder mitgebracht haben.

»Hätten wir Senja und Benni nicht besser mitnehmen sollen?«, frage ich Eila.

»Nein«, antwortet sie mit Bestimmtheit und gibt mir einen Augenaufschlag, als wäre sie Mitte zwanzig. Dann packt sie mich bei der Hand und zieht mich zur Tanzfläche. So gemischt wie die Lebensalter, so bunt zusammengewürfelt ist auch die Garderobe der Leute. Viele tragen Freizeitkleidung, hemdsärmelig und in Strickjacken. Andere haben sich schickgemacht, ohne zu übertreiben. Die kleine Kapelle, vier Musiker und ein Sänger, spielt Schlager. Darauf kann man Foxtrott tanzen, der ja fast zu allem passt und den ich einigermaßen beherrsche. Eila und ich reihen uns in den Strom der Tanzenden ein, die entgegen dem Uhrzeigersinn durch das Rund wogen.

Tanzende Paare gibt es viele, aber es ist nicht so voll, dass man in allzu großes Gedränge geraten würde. Glücklicherweise darf man tanzen, wie man will. Einige wenige Paare stolzieren über das Parkett, als würden sie um olympisches Gold wetttanzen: die Herren mit angestrengten, hochkonzentrierten Gesichtern, die Damen mit geschlossenen Augen und sich vollkommen dem Tanz ergebend. Die meisten aber schieben sich durch den Raum, ohne viele Gedanken daran zu verschwenden, wie apart ihre Bewegungen aussehen. Mitmachen und dabei sein ist für sie alles, es geht um das Gefühl von Sommer, Wald und Lebenskraft und nicht um eine fehlerfreie Darbietung. Das ist mir sympathisch.

Wie üblich spielt die Kapelle je zwei Lieder der gleichen Tanzart, gefolgt von artigem Applaus der Gäste. Dann richtet der Sänger ein paar Worte an das Publikum, spaßige Aufmunterungen oder die Ankündigung der nächsten Nummern, bevor die Kapelle weiterspielt. Nach dem Fox wird es deftig-ländlich, der volkstanzartige *Jenkka* ist an der Reihe, wo Mann und Frau in einem Wechsel aus Marsch- und Hüpfschritten nebeneinanderher tanzen.

In vielen älteren Gesichtern erkenne ich die Freude am Wiedererleben und wundere mich, wie fit manches Mütterchen über den Holzboden hüpft. Nach zwei *Jenkka* weiß man, warum Tanzen zu den Sportarten gezählt wird. Und weil alles gut in Schwung gekommen ist, geht es im Anschluss mit *Humppa* weiter. Buff-tata, buff-tata, gnadenlos schnell. Darauf passen einfach kein Abendkleid mit Perlenkette oder Frack mit Fliege. Eila und ich hoppeln übers Parkett, und ich kann kaum glauben, dass ich noch vor wenigen Stunden insgeheim lieber im Ferienhaus geblieben wäre, um mir mit den Kindern den Weltuntergang im Beschuss von Außerirdischen anzusehen.

Als Eila und ich nach einem Walzer zum Seeufer spazieren, wo die Veranstalter viele Fackeln angezündet haben, ertönt vom Tanzpavillon Tangomusik in Moll herüber.

»He!«, sagt Eila. »Hörst du, was gespielt wird? Jetzt kannst du endlich zeigen, was du in deinem Tangokurs gelernt hast.« Ich weiß nicht so recht. Tango ist vielleicht nicht mein Ding. Aber so schön, wie Eila heute Abend aussieht, lasse ich mich gern zu allem überreden, und so gehen wir zurück zur Tanzfläche.

Wir nehmen Aufstellung, Eila zupft sich noch schnell die Haare zurecht, und ich überlege angestrengt, wie noch mal der Anfang war. Mit dem linken Knie berühre ich ihr Bein und beuge mich leicht zurück.

»Gehört das dazu?«, fragt Eila.

»Bei den Profis ja«, griene ich, »und wenn ich wieder oben bin, geht's los. Du mit rechts und ich mit links.«

»Gut, ich warte.« Wir beginnen: zweimal lang, zweimal kurz. Es macht den Eindruck, als würden wir das schon zum tausendsten Male machen. Eila lächelt, ich strahle. Die ersten Schritte sind immer die schwierigsten. Der Sänger singt den Tangoklassiker *Erottamattomat* – Die Unzertrennlichen:

Meitä ei kukaan saa koskaan erottaa,
ikuinen tämä liittomme on.

Nichts und niemand darf uns trennen,
unser Ehebund ist ewig.

Tangotexte dürfen dick auftragen. Selbst Himmel und Erde können untergehen, heißt es weiter, doch die Liebe bleibt bestehen. (Daran können sicher auch angreifende Alien nichts ändern.)

Vaikka taivas ja maa kerran katoaa,
silti rakkaus on ajaton.

Im Wechsel von schleifendem Schritt und schiebender Aufwärtsbewegung drehen wir uns durch den Tanzpavillon. Mit dem rechten Bein mache ich einen Schritt zwischen Eilas Beine, es folgen Wiegeschritt und Vierteldrehung. Ich bin froh, dass meine Füße Bewegungen verrichten, ohne auf ausdrückliches Kommando meines zentralen Nervensystems zu warten. Meine Hände führen ohne Befehle. Die Musik tut alles von alleine. Und der Tango ist dazu da, Frauen glücklich zu machen.

»Bist du glücklich?«, frage ich Eila. Sie nickt. Es geht weiter im Grundschritt. Dann eine Drehung nach links, einmal um die eigene Achse, aufgeteilt in vier Wiegeschritte. Eila lässt sich lenken und vollzieht alle Figuren mit. Grundschritt.

Hukkukoon vaikka pois kerran taivas maa,
meitä ei mikään saa erottaa.

Nichts darf uns trennen, singt der Sänger und legt so viel Gefühl in seinen Gesang, dass man fürchten muss, er kippt gleich aus seinen blankpolierten Halbschuhen. In solch einer Sommernacht ist alles möglich. Leichter Kippschritt nach rechts. Ich lockere den Griff. Für mehrere Schritte gehen Eila und ich nebeneinander, Seite an Seite. Dann nehme ich sie zurück in die Normalstellung und fahre mit dem Grundschritt fort.

Eilas Wangen glühen, und auch mir wird so heiß, als würde ich von Hitzewellen durchzuckt. Dynamisch löse ich mich aus unserem Griff, »überhole« Eila und gehe seitlich neben ihr her, mit dem Rücken in Tanzrichtung, um dann nach zwei Schritten eine halbe Drehung zu machen und wieder in die alte Position zu gelangen. Der Tango beherrscht mich. Eila ist zauberhaft. Die Musik ist so kitschig, dass sie schon wieder schön ist. Der finnische Sommer ist ein Traum. Und als die Musiker den letzten Takt spielen, gebe ich Eila einen leidenschaftlichen Kuss, bevor wir der Kapelle Beifall spenden und uns dabei anstrahlen wie Frischverliebte.

»Was sind das für Geräusche?«, fragt Eila heiter.

Ich lausche und höre es dann auch: Es miaut aus meiner Hosentasche. Ich angle mir mein Handy und sage beim Blick auf das Display: »Senja hat uns eine Mitteilung geschickt!«

»Was gibt's?«

Ich öffne die Kurzmitteilung und lese: »Kommt schnell nach Hause! Ein Bär läuft ums Haus!«

Ein Bär im Walde

Ein ausgewachsener europäischer Braunbär, wie sie in Ostfinnland noch anzutreffen sind, kann bis zu dreihundert Kilo auf die Waage bringen. Für einen solchen Koloss stellt eine Holztür kein ernstzunehmendes Hindernis dar. Ein einziges kräftiges Dagegenstemmen mit den Vorderpranken würde sie aus den Angeln reißen. Ich sehe förmlich vor mir, wie der Bär sein massiges Haupt ins Haus schiebt und wittert und dabei schnaubend seine Zähne bleckt, während sich die Kinder ins Dachgeschoss geflüchtet haben und Fiona zitternd im Gebälk hängt. Wahre Horrorszenarien spielen sich vor meinem geistigen Auge ab, doch ich reiße mich zusammen.

Nach einem kurzen Augenblick zwischen Schreck und Erstaunen habe ich mich bereits wieder so weit im Griff, dass ich mir sagen kann, die Wahrscheinlichkeit, in Finnland einem Bären zu begegnen, ist tausendfach geringer, als im Wald einem nackten Saunabader über den Weg zu laufen. Andererseits: Den Kindern ist alles zuzutrauen. Eila und ich treten hinaus unter den freien Himmel, um uns von der lauten Tanzmusik zu entfernen, und versuchen sofort, Senja zu erreichen. Ich wähle die Schnellverbindung auf ihr Mobiltelefon. Gleich beim ersten Klingeln nimmt sie das Gespräch entgegen. »Senja, was ist los? Wollt ihr uns auf den Arm nehmen?«

Senja flüstert etwas durch den Hörer. Sie ist nicht zu verstehen, denn die Geräuschkulisse, die Eila und mich umgibt, ist immer noch zu laut. Mit schnellem Schritt bewege ich mich auf unser Auto zu, Eila folgt mir besorgt. »Senja, du bist nicht zu verstehen. Sprich lauter!«

Wieder wispert sie kaum hörbar, aber diesmal erahne ich, was sie sagt: »Ein Bär!«

Mir wird schlagartig klar, warum Senja so leise spricht und warum sie uns nicht angerufen, sondern nur eine Nachricht geschickt hat. Sie will unbemerkt bleiben.

»Okay, hör zu! Wir kommen auf schnellstem Wege. Verhaltet euch ruhig. Wenn ihr könnt, schleicht die Treppe hoch und versteckt euch oben.« Ich höre keine Antwort, aber ich kann geradezu spüren, wie Senja nickt. »Noch eins, Senja: Spiel nicht die Heldin und wirf dem Bären keine Schuhe an den Kopf.« Im Hintergrund höre ich ein unterdrücktes Wimmern von Benni und ein resolutes »Pst!« von Senja.

Ich öffne unseren Wagen und gebe Eila mein Handy. »Hier, sprich du weiter mit den Kindern!« Wir nehmen Platz und gurten uns hastig an, ich starte den Wagen.

»Die Verbindung ist unterbrochen«, sagt Eila, »sollte ich noch mal versuchen, sie anzurufen?«

»Vielleicht besser nicht! Es ist nicht gut, wenn im Haus ein Klingelton zu hören ist.« Ich fahre los und trete so heftig aufs Gas, dass die Reifen die Grasnarbe aufreißen und herumwirbeln. Einige Umstehende sehen uns erbost hinterher.

»Stell bitte den Navigator ein«, bitte ich Eila, denn die Route, die wir gefahren sind, war verzwickt und schwer zu merken. Wir jagen über einen schmalen Weg mit Schotterbelag. Es ist das erste Mal in meinem Leben, dass ich ein 1000-Seen-Rallye-Feeling habe. In halsbrecherischem Tempo zischen wir im Tiefflug durch den Wald.

»Bitte wenden Sie!«, sagt die eindringliche Stimme des Navigators, der jetzt erst unsere Lage gepeilt und die Strecke berechnet hat. Mist! Ich habe eine Ausfahrt verpasst. Ich steige auf die Bremseisen, dass es quietscht und die Schottersteinchen sprühen, knalle den Rückwärtsgang rein und jage zurück bis zu der kleinen Waldkreuzung, an der ich versehentlich vorbeigerauscht bin.

»Sollten wir den Notruf verständigen?«, frage ich Eila. Sie wählt bereits 112. »Hoffentlich glauben die uns«, murmle ich, während ich um eine Biegung schieße und nur mit Mühe den Wagen auf Kurs halte. Ein Teil unserer Strecke führt über eine asphaltierte Straße. Stellenweise erreiche ich hier Tempo hundertdreißig. Dann geht's wieder weiter über kleinere Waldwege. Allmählich weiß ich auch wieder ohne Navigator Bescheid, die Gegend kommt mir bereits vertraut vor. Bis zu unserem Ferienhaus kann es nicht mehr allzu weit sein.

Eila hat inzwischen mit zittriger Stimme bei der Notrufzentrale berichtet, was los ist. »Die schicken einen Wagen vom Rettungsdienst«, keucht sie nach Ende des Gesprächs.

Hoffentlich auch bewaffnet, denke ich.

Nur noch ein halber Kilometer. Dann müsste es links abgehen zu unserem Haus. Plötzlich löst sich vor uns eine Gestalt aus dem Dickicht. Zuerst denke ich, es ist ein Bär. Beim zweiten Hinsehen erkenne ich im Dämmerlicht der finnischen Sommernacht einen Mann. Einen rundlichen, dicklichen Mann. Er springt auf die Straße und fuchtelt mit den Händen. Er ist nur mit einem Handtuch bekleidet, das er sich um die Hüften geschlungen hat.

»Was will denn dieser Verrückte?«, fluche ich. »Ist der lebensmüde?«

»Vorsicht!«, schreit Eila. »Der will, dass wir anhalten.« Statt uns den Weg freizuhupen, mache ich eine filmreife Vollbremsung. Der Mann mit dem Handtuch tippelt zwei Schritt auf die Seite, um nicht überrollt zu werden, während wir mit dem Auto in einer Wolke aus Staub und Straßendreck knapp neben ihm zu stehen kommen. Ich reiße das Fenster herunter.

»Was ist los? Wir haben's eilig! Ein Notfall!«, japse ich (auf Finnisch natürlich).

»Entschuldigung. Wir haben auch einen Notfall.«

»Steig ein. Schnell!« Der Handtuchträger zögert einen Moment. Ungeduldig lasse ich den Wagen einen Meter vorrucken, so dass er unmittelbar vor einer Hintertür des Autos steht. »Na los!«, treib ich ihn an.

Er öffnet unsicher den Schlag und lässt sich auf die Rückbank fallen. Er trägt weiche Badepantoffeln aus Frottee an den Füßen und ist damit nicht der Allerschnellste. Die Wagentüre ist noch nicht ganz zugezogen, als ich wieder auf dem Gaspedal stehe und weiterrase.

»Bist du einem Bären begegnet?«, fragt Eila.

»Nein. Wir haben uns nur versehentlich ausgeschlossen. Zwei Freunde und ich.«

»Wo steht denn euer Ferienhaus?«

»Nicht weit von hier in einer Bucht, etwa zehn bis fünfzehn Minuten Fußweg.«

»*Unser* Haus liegt am Ende dieses Wegs«, erkläre ich, als wir in gefährlicher Schräglage auf unsere Zufahrt einbiegen, »in drei Minuten sind wir dort!«

Der Weg ist holprig und auf dem Mittelstreifen von Gestrüpp bewachsen, ich muss das Tempo drosseln.

»Unsere Kinder sind alleine zu Haus«, erläutert Eila

unserem Mitfahrer, »sie haben uns gesimst, dass ein Bär ums Haus laufen würde.«

»Oh nein!« Der Halbnackte auf unserer Rückbank schlägt ungläubig die Hände vors Gesicht und schüttelt leise lachend den Kopf. »Ich fürchte, das war ich.«

»Wie bitte?« Wir haben unser Ziel fast erreicht. Etwas unsanft bringe ich den Wagen vor unserem Ferienhaus zum Stehen und mache den Motor aus. Von einem Bären keine Spur.

»Was soll das heißen: ›Das war ich‹?«, frage ich etwas gereizt.

»Ähm … Ich wollte irgendwo Hilfe holen, und dabei bin ich auch zu eurem Haus gelaufen. Aber alles war dunkel, es stand kein Auto vor der Tür. Und nachdem ich nur kurz an der Tür gelauscht und durchs Fenster geschielt habe, bin ich wieder abgezogen.«

Ich weiß nicht, ob ich lachen, weinen oder schreien soll. Zumindest bin ich erleichtert, so viel ist sicher. Auch Eila fällt sichtlich ein Stein vom Herzen. Der Dickliche lacht verlegen. Er hat das Gesicht von Menschen, denen man nicht böse sein kann. Gutmütig und freundlich. Ich würde ihm jedenfalls nicht zutrauen, unsere Kinder mit Haut und Haaren zu fressen.

»Meine Freunde und ich waren spätabends angeln«, versucht er, das Missverständnis weiter zu erklären, »und danach waren wir noch in der Strandsauna. Als wir zurück ins Haus wollten, haben wir festgestellt, dass wir uns ausgeschlossen hatten. Kein Schlüssel, kein Handy, nichts.«

»Gut, alles klar«, sage ich beim Aussteigen. »Ich geh mal zu den Kindern.«

Meine Beine kommen mir bei den ersten Schritten bleischwer vor. Auch Eila und der Handtuchträger klettern aus dem Wagen. Ich bin als Erster beim Haus, stelle mich vor die Tür und horche. Leise Schritte sind zu hören. Die Kinder haben sicher bemerkt, dass ein Wagen vorgefahren ist, und schleichen nun an den Fenstern entlang. Ich kratze an der Tür und brumme laut wie ein Bär. Rache muss sein! Aber ich will den Spaß nicht zu weit treiben und rufe laut: »Macht auf, Kinder, euer liebes Väterchen ist heimgekommen und hat euch aus dem Walde etwas mitgebracht!«

Kaum dass sich die Kinder wieder hervorgetraut und von ihrem Schrecken erholt haben und kurz nachdem sich alles aufgeklärt hat, taucht ein Rettungswagen auf. »Da kommt dein Schlüsseldienst!«, sage ich zu unserem Gast mit dem Handtuch um die Hüften. »Die Helfer vom Dienst sollen wenigstens nicht ganz umsonst gekommen sein.«

Senja und Benni betrachten den Fremden mit einer seltsamen Mischung aus überwundener Angst, Verblüffung und klammheimlicher Freude. Wo die Freude herkommt, ist mir bekannt. Über ihn, den Mann mit dem Bauchspeck und dem Haarkranz auf dem Kopf, sowie über seine beiden Freunde haben die Kinder Strichliste geführt.

»Ich heiße übrigens Aatami«, stellt er sich vor, reicht Eila und mir die Hand und zwinkert den Kindern verstohlen zu.

Aatami ist die finnische Variante von Adam, und ich grinse in mich hinein. Wir nennen unsere Namen und erzählen, dass wir aus Tampere kommen.

»Leider habe ich keine Visitenkarte bei mir«, lacht er.

Für die Herren vom Rettungsdienst ist Bärenalarm Routine, immer wieder müssen sie deswegen ausrücken. Und obwohl es sich meist um blinden Alarm handelt, nehmen sie die Sache ernst. Einer untersucht den Boden nach Tierfährten, und sie wollen alles genau wissen. Die Kinder erzählen, was geschehen ist. Zur Steigerung ihrer Glaubwürdigkeit drückt sich Senja eine Träne in die Augenwinkel. Benni macht sein Ich-glaub-noch-an-den-Osterhasen-Gesicht. Aatami bestätigt alles und erklärt sich reumütig zum Hauptschuldigen. Schließlich haben die Retter in der Not genug zu Protokoll genommen. Ich biete Aatami noch einen Bademantel an, den er dankend annimmt. Damit würde ich ihm, witzelt er, einen Bärendienst erweisen. Dann steigt er zu den Rettungsdienstlern in den Wagen und fährt mit ihnen zu seinem Sommerhäuschen hinüber. Und so endet unser Tanzabend ohne Bärenopfer.

Als Eila später den Kindern erzählt, wie es bei unserem Tanzabend im Wald war, lasse ich den Abend noch einmal vor meinem geistigen Auge Revue passieren. Und da dämmert es mir ganz langsam: Wir haben Tango getanzt – und ich habe ihn gespürt. Und wie! Ich habe es geschafft. Es hat sich einfach so ergeben, ohne dass ich auch nur daran gedacht habe. Nun wird mir auch klar, wieso ich noch im Mai beim Tanzkurs wie ein aufgezogener Roboter war, der mechanisch seine Schritte abgespult hat. Warum das Gefühl fehlte. Es war einfach nicht der rechte Moment. Es war nicht die geeignete Atmosphäre und nicht der passende Abend. Und vor allem war es nicht die richtige Frau!

»Was grinst du denn so?«, fragt mich Benni, dem auffällt, dass ich ein wenig gedankenverloren innere Freudensprünge mache.

»Ach, weißt du, ich habe einmal angenommen, dass Maschinen nur unter Dampf arbeiten und Menschen nur unter Druck. Aber das stimmt nicht. Es gibt Maschinen, die arbeiten sanft mit Sonnenenergie, und es gibt Menschen, die tun etwas ganz freiwillig und manchmal ganz spontan.«

Benni schüttelt den Kopf. »Kapier ich nicht.«

»Macht nichts«, meine ich, »ich wollte nur sagen, dass manches sich von allein ergibt, wenn die Zeit dafür reif ist und man nicht damit rechnet.«

Ich spüre es: Ich hab das Zeug zum Finnen. Eine Hürde mehr ist genommen. Eine weitere Stufe wurde erfolgreich erklommen. Ein neuer Meilenstein erreicht. Wenn wir wieder in Tampere sind, kann ich noch einen Punkt auf meiner Liste als bewältigt abhaken. Ich sitze wieder im Boot!

Am nächsten Tag rollt nachmittags ein silbergrauer Volkswagen Passat auf unser Grundstück. Ihm entsteigen Aatami und seine beiden Freunde in kurzärmligen Hemden und Shorts. Sie wollen sich für ihre gestrige Rettung bedanken und meinen Bademantel zurückbringen.

»Ohne fremde Hilfe hätten wir die ganze Nacht in der Sauna sitzen müssen. Es gibt natürlich Schlimmeres …«, schmunzelt Aatami. Er stellt uns seine beiden Begleiter vor, von denen der eine sein jüngerer Bruder, der andere ein Vetter ist. Sie heißen Erkki und Nuutti. Mir war klar, dass die drei sich schon seit Kindheitsbeinen kennen müssen, denn nur dann können ausgewachsene Männer miteinander herumtollen wie Kinder, ohne volltrunken zu sein.

Wir bitten sie auf unsere Terrasse und wollen sie auf einen Kaffee einladen. »Es tut mir leid, dass ich gestern für so viel Unruhe gesorgt habe«, beteuert Aatami. Und als wäre er zu Wiedergutmachungen verpflichtet, haben er und die anderen Geschenke mitgebracht. Für Eila und mich haben sie zwei sportliche Stirnlampen gekauft.

»Oh, wie praktisch«, sage ich angenehm überrascht, »damit können wir auch im dunklen Herbst zum *Nordic Walking* in den Wald.«

Aatami freut sich, dass wir für die Geschenke Verwendung haben. »Gestern Nacht hatte ich bemerkt, dass zwei Paar Gehstöcke auf der Veranda standen. Da dachte ich mir, solche Lampen könnten euch gefallen.«

Die Stirnlampen sind Qualitätsprodukte des finnischen Sportartikelherstellers Karhu, und wie sich zeigen soll, ist das kein Zufall. »Karhu« heißt Bär, und auch die Geschenke für die Kinder haben etwas mit Bären zu tun. Für Senja haben sie einen Bronzering des Schmuckherstellers Kalevala Koru besorgt, der mit einer kleinen Bärenfigur verziert ist.

»Hoffentlich passt er«, sagt Aatami, »notfalls können wir ihn umtauschen.« Der Ring passt, und Senja ist ganz angetan.

»Und das hier ist für den jungen Mann!« Aatami überreicht Benni ein Präsent in buntem Geschenkpapier. Gespannt öffnet er es und findet darin das Disney-Zeichentrickabenteuer »Bärenbrüder« – oder wie der finnische Titel lautet: *Karhuveljeni Koda,* Teil eins und zwei auf einer Disk. Zeichentrickfilme gehören zu den wenigen Filmproduktionen, die in Finnland für Kinder synchronisiert statt untertitelt werden. Benni freut sich bärig.

»Meine Herren!«, sage ich feierlich. »Bei so viel Bärerei halte ich es für angebracht, statt Kaffee ein *Karhu*-Bier zu trinken. Ich habe noch einen Sechserpack im Kühlschrank. Wie wär's?«

Die drei stimmen fröhlich zu. Karhu sei ihre Hausmarke, denn sie kämen gebürtig alle aus Pori, wo das Traditionsbier seinen Ursprung hat. Auch Eila trinkt ein Glas mit. Die Kinder nehmen Limo, prosten aber wie die Großen. (Das können sie seit dem Kindergarten.)

Beim Bier erzählen wir uns so allerlei, wer wo wohnt und wer was macht. Natürlich wollen sie auch wissen, wo ich herstamme, denn sie hören mir den Ausländer an. Als sie erfahren, aus Deutschland, loben sie deutsche Autos, deutsches Bier und die deutsche Fußballnationalmannschaft. Aatami, Erkki und Nuutti verraten, dass sie seit vielen Jahren jeden Sommer eine einwöchige Kumpeltour in eine Ferienhütte machen. Das sei für sie die schönste Zeit im Jahr. Ich glaube ihnen aufs Wort!

Nach vierzehn Tagen unbeschwerter Leichtigkeit des Sommers müssen wir unser Refugium wieder verlassen. Zwar haben wir weder einen leibhaftigen Bären zu Gesicht bekommen noch eine der seltenen Saimaa-Robben gesehen, doch ansonsten hatten wir genügend Natur und Tierleben. Nun geht's zurück nach Tampere. Schade! Ein Trost für die Kinder ist, dass noch einige Wochen Sommerferien übrig bleiben.

Robinson

Jeden Sommer besteht Eila darauf, dass wir auf einen Bauernhof fahren, wo man sich Beeren selber pflücken kann. Im Nachbarort Hämeenkyrö gibt es einen Hof mit ausgedehnten Plantagen. Dort ist im Sommer immer Hochbetrieb. Die Saison für Erdbeeren neigt sich, als wir vom Sommerurlaub in Ostfinnland wieder nach Hause zurückgekehrt sind, schon dem Ende zu, aber es gibt noch reichlich Reste abzuernten. Und Himbeeren gibt es noch in rauen Mengen. Wir reißen auch in diesem Sommer unser Pflichtprogramm ab und verbringen einen halben Tag beim Beerenpflücken. Dabei darf man so viel essen, wie man vertragen kann.

Beeren – und allen voran Erdbeeren – rangieren im Wertesystem meiner Frau etwa auf dem Level eines Bausparvertrags. Und ich vermute, dass das bei vielen finnischen Frauen so ist. Dahinter muss sich das Denken verbergen, ohne Mängelerkrankungen über den nächsten Winter zu kommen, wenn man ausreichend Vorräte an Beeren im Tiefkühlschrank lagert. Oder es ist ein Relikt aus den Zeiten früherer Generationen, als von kluger Vorratshaltung das Überleben abhing. Jedenfalls müssen die finnischen Redewendungen, in denen Erdbeeren eine Rolle spielen, ja irgendwo herrühren. »Dafür würde ich Erdbeeren bezahlen«, sagt man beispielsweise, wenn einem etwas wertvoll erscheint.

Am bekanntesten ist sicher die Redewendung *»Oma maa mansikka, muu maa mustikka«*, was sich übersetzen ließe mit »Das eigne Land ist mir Erdbeere, anderer Land nur Waldbeere«. (Auch Waldbeeren stehen in Finnland in hohem Ansehen, aber an Erdbeeren reicht eben nichts heran.)

Tatsächlich geht es heutzutage bei der Beerenpflückerei wohl eher darum, Sonntage im tristen Herbst durch einen Erdbeerkuchen zu versüßen oder im Einerlei des Alltags den Frühstücksbrei durch Himbeeren aufzupeppen. Und so pflückt Eila voller Hingabe und isst so viele Früchte, dass ihr hinterher schlecht ist. Auch Senja und ich tun unser Bestes. Benni hingegen untersucht jede Beere mit seinem Fernrohr nach Würmern und Insekten und bringt damit seine Schwester zur Weißglut. »Faulenzer« ist noch das freundlichste Schimpfwort, das sie ihm an den Kopf wirft.

Statistisch gesehen leben die meisten Finnen in Städten (auch wenn viele finnische Vororte und Wohngebiete einem Mitteleuropäer wenig urban, dafür umso ländlicher vorkommen müssen). Und die meisten Finnen, die in Städten wohnen, haben zwei Arten von Verwandten: Verwandte auf dem Lande und Verwandte in Schweden. Kein Wunder bei annähernd fünfhunderttausend schwedischen Bürgern mit finnischen Wurzeln. Für nordische Verhältnisse eine enorme Zahl, auf die auch die schwedische Regierung irgendwann reagieren musste und im Jahr 2000 Finnisch zur offiziellen Minderheitensprache erklärt hat. Die Finnen waren in den 1970ern die Gastarbeiter auf der Suche nach Jobs und besserem Verdienst. Aber diese Zeiten sind vorbei.

Wir bilden verwandtschaftstechnisch keine Ausnahme. Meine Schwiegermutter muss mit dem Schicksal leben, dass eine ihrer Töchter einen deutschen Mann hat und eine weitere nach Schweden gezogen ist. Aus diesem Grunde haben wir starke verwandtschaftliche Bande nach Schweden, genauer gesagt nach Norrköping. Das ist eine Industriestadt, in deren Geschichte die Textilindustrie eine große Rolle gespielt hat und die nicht zuletzt deshalb Partnerstadt von Tampere ist.

Anfang August besuchen wir für ein paar Tage Eilas Schwester und Familie. Ihre Kinder sind zweisprachig wie unsere, nur in der Kombination Finnisch-Schwedisch. Die Vettern und Cousinen haben also keine Probleme, sich zu verständigen.

In der deutschen Sprache fehlt leider ein Wort, mit dem man Vettern und Cousinen zusammenfasst, wie das finnische *serkukset*. Vielleicht sollte man das veraltete »Geschwisterkinder« reanimieren.

Für unsere falschen Schweden haben wir alles an Mitbringseln dabei, was finnische Auswanderer vermissen: Roggenbrot, Salmiakschnaps, Schokolade der Marke *Fazer* und Kaffee, so wie er in Finnland gemahlen und abgemischt wird. Des Weiteren für die Kinder ein Bilderbuch von Finnlands beliebtestem Illustrator Mauri Kunnas, für Eilas Schwester finnische Frauenmagazine und für ihren Mann Senf aus Turku und finnische Grillwürste. Auch Handtücher von Marimekko dürfen nicht fehlen. Die Krönung aber sind mit Liebe selbstgepflückte Erdbeeren aus Finnland! Die schmecken einfach besser, wenn man weiß, wo sie herkommen.

Unser Schweden-Trip überschreitet kaum die Dreitagegrenze, weshalb wir von den Gastgebern ohne falsche Wehmut verabschiedet werden.

Am 16. August begehe ich wie jedes Jahr meinen persönlichen *Robinson-Crusoe*-Tag. Dieser Tag erinnert an den 16. August vor vielen Jahren, an dem ich im Hafen von Helsinki strandete. Seither lebe ich auf diesem abseits gelegenen Eiland. Ebenso wie der berühmte Schiffbrüchige in der Südsee habe ich an einem Freitag meinen Partner fürs Leben kennengelernt. Eila befand sich zwar damals nicht in Gesellschaft von Menschenfressern, aber wie Freitag diene ich ihr seither treu, habe ihre Sprache erlernt und weitgehend ihre Lebensweise angenommen.

Von Robinson Crusoe ist ja bekannt, dass er sich jahrzehntelang in seine alte Heimat zurücksehnte, nur um nach seiner Errettung festzustellen, dass er die Insel vermisste, auf der er glücklich gewesen war – trotz Regenzeit und Südseestürmen, trotz Kannibalen und mancher Entbehrung. Ich habe daher beschlossen, Finnland nie wieder zu verlassen, jedenfalls nicht auf Dauer. Trotz langer Winter und kurzer Sommer, trotz dieser Sprache und frecher Vögel. Stattdessen will ich in ferner Zukunft, wenn ich in Finnland achtundzwanzig Jahre verbracht haben werde und damit so viele wie Robinson Crusoe auf seiner Insel, ein großes Fest feiern, bei dem es nicht das Fleisch wilder Ziegen unter Palmen geben wird, aber Rentier und Elch mitten im nordischen Wald.

Als ich damals zum ersten Mal finnischen Boden betrat, ahnungslos und ohne die Absicht, länger als ein Jahr zu bleiben, habe ich Reisetagebuch geführt. An meinem diesjährigen Robinson-Tag krame ich aus einer der untersten Schreibtischschubladen meine alten Kladden hervor und blättere amüsiert darin. Bevor ich damals in Finnland eine Arbeit annahm, hatte ich ein Jahr in England verbracht, das mir zum Vergleich lebhaft vor Augen stand. Hier fühlte ich mich gleich zu Hause, wie ich heute noch nachlesen kann:

In Finnland kann man sich schnell eingewöhnen. Es hat viel mit Deutschland gemeinsam, ganz anders als England. Die Autos fahren auf der richtigen Straßenseite, und das Brot schmeckt nach Brot. Nur eines tun die Finnen wie die Engländer: Sie sprechen vom übrigen Europa so, als würden sie selbst nicht dazugehören, und sagen »Ich fahre nach Europa«, wenn sie eine Reise unternehmen.

Die Leute hier scheinen die Ruhe wegzuhaben, denn ob in den Geschäften oder auf der Straße, sie bewegen sich geruhsam. Nichts wirkt hektisch. In Deutschland drängeln sich die Schüler vor den Bussen, in England reihen sie sich brav auf, und in Finnland lassen sie einander den Vortritt, um Körperkontakt zu vermeiden.

Von der Sprache verstehe ich kein Wort, und manchmal kommt es mir so vor, als wäre das alles eine großangelegte Verarsche. Ich würde mich nicht wundern, wenn irgendwann jemand »Achtung, versteckte Kamera!« riefe und anschließend alle zugäben, dass sie nur Phantasielaute aneinandergereiht haben, die sie für eine Sprache ausgeben wollten. Die Wörter strotzen vor lauter ö und ä, aber den Buchstaben ü haben sie nicht, dazu benutzen sie das Ypsilon. Die Straßennamen sind unaussprechlich. Unter all denen, die ich bisher kennengelernt habe, sind mehrere Männer, deren Vornamen ich für einen weiblichen gehalten hätte, so wie Janne, Heikki oder Miika. Aber hinter vielen Namen, die auf »-i« oder »-a« enden, verbergen sich gestandene Männer.

Mittlerweile kann ich weibliche von männlichen Vornamen unterscheiden und bin sicher, dass die Finnen es mit ihrer Sprache ernst meinen. Das ist gut so, denn just am Jahrestag meiner ersten Begegnung mit dem hiesigen Volk finde ich in der Post einen Brief der Zentralen

Einwanderungsbehörde, die dem finnischen Innenministerium untersteht. Meiner vor einiger Zeit beantragten Einbürgerung steht nichts im Wege. Ich bin unbescholtener EU-Bürger, habe in Finnland mein festes Auskommen, lebe sowieso schon lange genug hier und bin finnisch verheiratet. Das sind viele Vorzüge. Weitere Trümpfe sind zwei finnisch-deutsche Kinder. (Ich habe in meinen Antragspapieren beflissentlich verschwiegen, dass diese Kinder zum finnischen Unabhängigkeitstag, dem 6. Dezember, auch ihre Stiefel aufstellen und Nikolaus feiern, damit ich mir nicht unnötig meine Chancen verbaue. Man weiß ja nie. Möglicherweise wäre das ein Grund, meinen Antrag abzuweisen.)

Das Einzige, was mir zu meinem Glück fehlt, ist der Nachweis ausreichender Kenntnisse in einer der offiziellen Landessprachen. Im kommenden Herbst gibt es mehrere Prüftermine für Einbürgerungskandidaten. Es wird nur ein mittleres Niveau an Sprachbeherrschung verlangt, was für mich leicht zu schaffen sein sollte. Ärgerlich ist nur, dass man tief in die Tasche greifen muss, sowohl für den Sprachtest als auch für die Ausstellung aller Papiere. Eine Staatsbürgerschaft wird einem nicht geschenkt. Aber innerhalb weniger Monate sollte ich einen finnischen Pass mit meinem Bildchen in Händen halten dürfen. Ich werde Finne. Es gibt kein Entrinnen mehr.

Nur ein kleines Hintertürchen bleibt mir: Meinen deutschen Pass darf ich behalten. (Das nennt man einen Doppelpass.)

Anfang des Monats waren wir zu Besuch in Schweden, Ende des Monats erhalten wir unsererseits Besuch aus Deutschland. Mein älterer Bruder kommt für einige Tage zu uns, zusammen mit seiner kleinen Tochter. Senja und

Benni freuen sich zwar über deren Kommen, sind aber zugleich ein wenig betrübt, dass mittlerweile für sie das neue Schuljahr begonnen hat. Mein älterer Bruder heißt Wolfram. Wenn Senja und Benni mal aus Spaß über ihn zu tuscheln haben, greifen sie auf das Finnische zurück, das sich als Geheimsprache vorzüglich eignet. Ihren deutschen Onkel nennen sie dann – damit er nicht heraushört, dass von ihm die Rede ist – *susikerma,* was die wörtliche Übersetzung von »Wolf« und »Rahm« ist.

Seine Tochter heißt Sandrina, genannt Sandy. Sandy besteht vehement auf ihrem Spitznamen und wird stinksauer, wenn man sie mit dem Namen anspricht, der offiziell in ihrem Pass steht. Stinksauer ist gar kein Ausdruck – sie wird *kettuperkeleraivo,* was die wörtliche Übersetzung von »Fuchs«, »Teufel« und »wild« ist. (Solche Übersetzungen nennt man in der Fachsprache sinnfreie Hyper-Translation.) Sandy ist etwas jünger als Benni und versteht sich bestens mit unseren Kindern.

Während ihres Aufenthalts in Tampere wollen wir den beiden das volle touristische Programm bieten: einen Rundgang durch Tamperes Industriedenkmäler, eine Schiffsfahrt zur Freizeitinsel Viikinsaari, ein Besuch des gepflegten, musealen Arbeiterviertels im Stadtteil Amuri, eine Besteigung des Turms auf dem malerischen Landrücken von Pyynikki und ein Dutzend Dinge mehr. Uns treibt der Übereifer der guten Gastgeber. Tatsächlich aber ist mein Bruder gar nicht an Sehenswürdigkeiten interessiert, nicht an Stadtführungen oder Aussichtstürmen und erst recht nicht an Museen oder Kirchen. Auch nicht an Tamperes Vergnügungspark. Mein Bruder will einfach nur in den Wald, wo sonst niemand ist. Er will ein wenig wandern, irgendwo an einem Seeufer rasten, am Lagerfeuer sitzen und die Wälder rauschen hören. Ich glaube, er hätte das

Zeug zum Finnen. Oder er ist einfach nur reif für die Insel.

Seine Tochter Sandy geht am liebsten schwimmen. Zum Glück ist es immer noch warm, und wir können zwischen mehreren Badestränden wählen, die alle in wenigen Minuten Autofahrt von unserem Haus entfernt liegen. Schwimmen und im Wasser planschen ist die einzige Form körperlicher Bewegung, die Benni freiwillig und voller Eifer ausführt. Daher fahren wir beinah täglich zum Strand, sobald Senja und Benni aus der Schule kommen.

Finnen haben übrigens einen anderen Begriff von Schwimmengehen als Deutsche. In meiner früheren Heimat pilgert man mit Sonnenschirm, Klappstuhl, Kühltasche, Strandmatte, Zeitung und Gummiball zu einem Baggersee oder Freibad, um dort mehrere Stunden zuzubringen. Für die meisten Finnen hingegen ist Schwimmengehen eine kurze Fahrt zum nächsten See, wobei die Kinder ihre Badesachen schon anhaben, um möglichst schnell zum Abkühlen und Austoben ins frische Nass springen zu können und um nach einem halben Stündchen, in Badetücher eingewickelt, wieder heimzufahren. Bei Bedarf lässt sich diese Prozedur mehrmals täglich wiederholen, bevorzugt vor dem Schlafengehen oder einem Saunabesuch.

An einem Samstag unternehmen Benni und ich mit unseren Gästen einen Ausflug in den Nationalpark *Helvetinjärvi*, der rund siebzig Kilometer von Tampere entfernt liegt. Den Wagen lassen wir auf einem Parkplatz am Waldrand stehen. Wir wandern durch düsteres Nadelgehölz. Vorneweg die Kinder, Benni und seine Cousine Sandy. Es geht über Felsgestein und knorrige Wurzeln. Unser Trampelpfad ist ausgepolstert mit einem weichen Teppich aus rostbraunen Kiefernnadeln. Der gesamte übrige Waldboden ist überzogen mit Moosen in Grau und Grün, die jedes Geräusch schlucken. Der finnische Urwald mag die Stille. Nur wenig Sonnenlicht dringt bis ins Unterholz vor. Über den Wipfeln lässt sich der Sommer erahnen.

Benni genießt es, nicht mehr nur der kleine Bruder zu sein, sondern der große Vetter, der orts- und sprachkundig ist und viel zu erzählen hat. »Weißt du, Sandy, was ›Helvetinjärvi‹ bedeutet?«

Weiß sie natürlich nicht.

»›Helvetinjärvi‹ heißt Höllensee.«

»Und wieso?«

»Weiß ich auch nicht, vielleicht war der See, zu dem wir gehen, früher der Badestrand vom Teufel.«

Sandy kichert, und Benni freut sich so über die dankbare Zuhörerin, dass er erst richtig in Fahrt kommt.

»Oder vielleicht kam das auch so«, sagt er in geheimnisvollem Ton. »Vor hundert Jahren ist im Winter mal ein Elch im Eis eingebrochen. Der arme Elch konnte sich nicht mehr retten, aber wenigstens seinen Kopf zum Wasser raushalten. Über Nacht ist das Loch wieder zugefroren. Nur der Kopf vom Elch guckte noch oben raus.«

Benni hält zur Verdeutlichung seine Arme an den Kopf, um wie ein Elch mit Geweih auszusehen. »Als am nächsten Tag Holzfäller durch den Wald gingen, haben sie den gehörnten Schädel aus dem See rausgucken sehen.«

Benni verdreht die Augen. Er kann erstaunlich gut den toten Blick eines steifgefrorenen Elchs nachahmen.

»Die Holzfäller sahen den Kopf und glaubten, der Teufel taucht aus der Hölle auf.«

Die Worte »Teufel« und »Hölle« spricht er betont unheilschwanger aus, damit sich Sandy die Haare sträuben. »Deshalb«, so schließt er, »hat man den See dann Höllensee genannt.«

Der letzte Teil unserer Strecke hin zu dem See, der dem Nationalpark seinen Namen gegeben hat, verläuft über einen bequemen und leicht begehbaren Holzlattenweg, an dessen Ende sich mehrere Aussichtspunkte befinden. Von schroffen Felsen blickt man hinunter auf den schmalen See. Den bemerkenswertesten Anblick aber bietet die *Helvetinkolu*, eine schmale Klamm in einem Felsmassiv, die so aussieht, als hätte eine höhere Macht das harte Gestein mit einem gigantischen Krummsäbel gespalten.

Es beginnt, leicht zu regnen, als wir diese Stelle erreichen. Warmer Sommerregen in schwüler Luft. Bevor Benni seiner Cousine noch einen Mythos zur Entstehung der Felskluft auftischen kann, marschieren wir eilig die Holzstufen hinab, die über den Fels hinunter zum See führen, an dessen Ufer sich eine Schutzhütte befindet. Als wir die Hütte betreten, sitzen dort bereits zwei Wanderer am Kamin, in dem trotz sommerlicher Temperaturen ein Feuer flackert.

»Moi!«, grüßt Sandy die Männer freundlich. Sie hat einige wenige Worte Finnisch gelernt, die sie unbedingt anwenden möchte. Die beiden Männer schauen verdrießlich auf und nicken zur Begrüßung. Sie machen Anstalten, ihre Sachen zu packen und die Hütte für uns zu räumen.

»Hallo, ich hoffe, wir stören nicht«, sage ich auf Finnisch. Die Männer nicken verständnisvoll, stopfen Trinkflaschen und Essgeschirr in ihre Rucksäcke und rüsten zum Aufbruch. Das bisschen Regen kann sie nicht schrecken. Bevor sie zur Türe hinaustreten, nicken sie zur Verabschiedung. Das Feuer lassen sie brennen.

»Die haben ja kein einziges Wort gesagt«, wundert sich Sandy.

»Sie haben zwar keine Worte gemacht«, erkläre ich ihr, »aber sie haben alles gesagt: hallo, alles klar und tschüss. Das geht auch, ohne den Mund aufzumachen.«

Meinem Bruder gefällt das. Er macht auch keine unnötigen Worte.

»Finnen sind aber nicht immer so still«, verteidige ich meine Wahl-Landsleute, obwohl Sandy gar nichts gegen die Finnen im Allgemeinen gesagt hat. »Vor allem sind sie nicht überall so. Auch Italiener sind still, wenn sie eine Kirche betreten. Finnen verstummen im Walde. Der ist heilig. So ist das nun mal.«

Während mein Bruder und ich beginnen, Würstchen über dem Feuer zu grillen, findet Benni in der Hütte ein Gästebuch, in das er seine Geschichte über die Entstehung des Namens vom Höllensee schreibt, diesmal auf Finnisch. Dazu malt er das Bild eines Elchs, der bis zum Hals im Eis steckt und dem die Zunge vorm Maul hängt. Der erste Schritt zur Verbreitung seiner Legende ist getan. Ich bin sicher, in einigen Jahren, wenn uns mein Bruder und seine Jüngste wieder besuchen kommen, steht sie in den Fremdenverkehrsprospekten dieser Region.

Auf unserer Rückfahrt nach Tampere bringt Benni seiner Cousine noch mehr finnische Wörter bei. Sandy findet es spaßig, dass man oft nur ein »-i« hinten dranhängen muss. Hotel ist auf Finnisch *hotelli,* und Halle ist *halli.* Margarine ist *margariini* und Apfelsine *appelsiini.* Die Kinder steigern sich in unkontrollierbare Lachanfälle. Benni ist der Alleinunterhalter und Stichwortgeber, Sandy ist das Publikum, gelacht wird auf beiden Seiten. Post ist *posti,* Bank ist *pankki,* und Witz ist *vitsi.*

Finnlands Volksvertreter sind das *parlamentti,* und an der Spitze des Staates steht der *presidentti.* In der Kirche predigt der *pastori*, und die Gemeinde singt zur *musiikki.* Der Gewinner der Eishockeymeisterschaft ist *mestari.* An der Imbissbude gibt es Pommes mit *ketsuppi* oder *majoneesi,* und im Zoo sieht man ein *krokotiili* oder einen wilden *tiikeri* ... Das Lachen der Kinder ist so ansteckend, dass wir Erwachsenen unweigerlich mitlachen.

Kurz bevor wir zu Hause ankommen, fahren wir an einer Pizzeria der finnischen Kette *Kotipizza* vorbei. Sandy kriegt sich gar nicht mehr ein: »*Koti-Pizza*?! Haben die Pizzas irgendwas mit Kot zu tun?« Leider ist das mit dem »-i« am Ende nicht immer so einfach. *Koti* hat so wenig mit Kot zu tun wie *käsi* mit Käse oder *lampi* mit Lampe. Finnisch kann schwieriger sein, als man zunächst befürchtet!

Zu Hause steht bereits das dampfende Essen auf dem Tisch. Eila hat gekocht. Es gibt *broileri* und natürlich einen gesunden *salaatti.*

Wenige Tage später verabschiedet sich mein Bruder mit Tochter wieder, es geht mit dem Billigflieger zurück nach Germany. Als Reiseproviant geben wir ihnen eine *banaani* und eine *tomaatti* mit, außerdem Brote mit *marmeladi.*

Auf der anderen Seite der Grenze

Mich wundert jedes Jahr aufs Neue, welchen Begriff die Finnen von den Jahreszeiten haben. Bereits im Februar und März neigen sie dazu, vom Frühling zu reden, obwohl frostige Temperaturen herrschen und die Natur vor Eis und Schnee starrt. Sie sprechen nur deshalb schon von *kevät* (Frühjahr), weil die Tage wieder spürbar länger werden, die Sonne strahlt und ein paar mutige Vögel zwitschern. Wenn es schon nicht grünt und sprießt, kann man sich den Lenz wenigstens herbeireden, um damit die nächsten zwei Monate zu überbrücken. Und kaum steht der Sommer vor der Tür, fällt auf, wie bedeutsam das Wörtchen *kesä* (Sommer) in der finnischen Werbesprache ist. Es scheint magische Wirkung auf die Finnen auszuüben. An den Tankstellen gibt es Benzin zum *kesähinta* (Sommerpreis), die Brauereien verkaufen *kesäolut* (Sommerbier), und selbst in den Pizzerien gibt es *kesäpitsa* (Sommerpizza), welchen Belag man sich auch immer darunter vorstellen mag. Überall prangt das Wörtchen *kesä*, und alle Produkte, die damit bezeichnet sind, werden wie wild gekauft. Bestenfalls das Wort *aurinko* (Sonne) erzielt eine ähnliche Strahlkraft.

Dass Sommer und Sonne in hohem Ansehen stehen, lässt sich nachvollziehen, und ich habe vollstes Verständnis für die finnische Eigenheit, mit diesen Wörtchen alles aufzuhübschen. Was ich jedoch beim besten Willen nicht begreifen kann, ist die gegenläufige Tendenz, sich ab Mitte August den Sommer wieder wegzureden. Um diese Zeit sprechen viele Finnen schon vom Herbst, obwohl die Natur noch in sattem Grünkleide steht und es warm genug ist, um schwimmen zu gehen und in der Sonne zu sitzen. Für viele scheint sich der Sommer auf die Sommer*ferien* zu beschränken. Sobald die Schule wieder anfängt, ist Herbst, egal welche Temperaturen herrschen. Auch in vielen Tourismusbetrieben lässt sich das bemerken, vom Café bis zum Vergnügungspark. Ab Mitte August herrschen die Öffnungszeiten für den Herbst, heißt im Klartext: Es ist geschlossen. Obwohl um diese Zeit noch manch ein ausländischer Besucher kommt und es genügend einheimische Feierabendgäste und Wochenendausflügler gäbe!

Als ungleich schlimmer als das eingeschränkte Freizeitangebot empfinde ich den psychologischen Effekt. Warum muss man vom Herbst sprechen, nur weil die Nächte nicht mehr ganz so hell sind und hin und wieder ein Blättchen am Baume gelb wird? Das wäre so, als würde man bei Menschen vom bevorstehenden Rentenalter sprechen, nur weil bei ihnen die ersten grauen Haare sprießen (wofür man nicht mal dreißig sein muss). Da wäre es doch konsequenter, wenn die Finnen noch bis weit in den September vom Sommer sprächen, selbst bei schwächlichen vierzehn Grad. Kopf- und gefühlsmäßig hätte man dann einfach mehr vom Sommer. Stattdessen scheint man hierzulande nach den zweieinhalb Monaten Ferien zu resignieren. Wieso?

Vielleicht bleibt man in einer neuen Heimat ein Fremder, bis man aufhört, sich über deren nationale Eigenheiten zu wundern. Dann hätte ich, was meine Finnenwerdung angeht, schlechte Karten.

Seitdem die Kinder wieder die Schulbank drücken, hocke auch ich wieder täglich an der Uni herum und bereite mich auf das kommende Semester vor. Immer wenn ich nach einigen Wochen Sommerpause mein Büro zum ersten Mal betrete, brandet in mir das Bedürfnis auf, alle Ordner auszumisten, Regalplatz zu schaffen und massenweise alte Arbeiten, Hefte und Bücher ins Altpapier zu entsorgen. Meine Arbeit an der Uni ist wahrlich nicht übel, wenn nur Verwaltung, Planungsarbeit, unfruchtbare Versammlungen und ineffektive Arbeitsgruppen nicht wären, die dreißig Prozent meiner Arbeitszeit verschlingen, mich fünfzig Prozent meiner Energie kosten und neunzig Prozent meiner Nerven.

Wir haben inzwischen eine neue Praktikantin aus Sachsen, die eingewiesen werden muss. Ihr Name ist Heike und reimt sich damit auf Mareike. Zudem sieht die neue Praktikantin der vorherigen sogar ähnlich. Damit nicht genug, Heike bezieht auch noch ein Zimmer im selben Wohnheim wie ihre Vorgängerin. Ich helfe Heike bei den Formalitäten und erzähle ihr allerlei vom dem, was demnächst auf sie zukommt. Und ich gebe ihr Tipps für den Alltag. »Gehst du gerne spazieren?«, frage ich sie.

»No jo«, sächselt sie, »ab und zu. Spazieren oder joggen.«

»Wenn du dabei in der Nähe deines Wohnheims einem Mann begegnen solltest, der seine Hunde ausführt, dann grüße ihn freundlich. Dezent und unaufdringlich.«

»Einen Mann mit Hunden?«, fragt sie ehrlich verblüfft.

»Ja, einen Mann mit drei Möpsen. Du wirst ihn erkennen.« Heike ist unschlüssig, ob ich sie auf den Arm nehme. Ohne erkennbaren Grund soll sie einen unbekannten Mann mit Möpsen grüßen?

»Wieso?«, fragt sie unsicher.

»Nur so. Mich interessiert, ob er dich zurückgrüßt, weil du deiner Vorgängerin ähnlich siehst.«

»Und wenn nicht?«

»Dann sei geduldig und grüße weiter. Bis Weihnachten wirst du Erfolg haben und Augenkontakt herstellen können.«

Anfang September füllen sich die Flure mit jungen studierwilligen Leuten. Wie jedes Jahr kommen auch einige hundert Austauschstudenten. Die meisten stammen aus Deutschland, aber obwohl sie eine relative Mehrheit bilden, fallen sie im Gegensatz zu Spaniern oder Italienern selten auf. Die Südeuropäer haben den starken Drang, sich in Gruppen zusammenzurotten. Sie gehen nie anders als in einem acht- bis zwölfköpfigen Pulk in die Mensa, um dann lautstark und gestenreich zu diskutieren und schon nach fünf Tagen in Finnland ihrem kollektiven Heimweh zu frönen. Die deutschen Studis mögen es eher unauffällig. Sie wollen möglichst viele Einheimische kennenlernen, durch ihre Englischkenntnisse glänzen und in der Menge aufgehen. Zwar ist es der heutigen Hochschulgeneration nicht mehr peinlich, deutsch zu sein, aber der latente Hang, möglichst untypisch deutsch sein zu wollen, hängt ihnen dennoch an. Und sie sind alle fest entschlossen, Finnland-Freunde zu werden.

Irgendwo auf dem Flur laufe ich Tuomas, dem Historiker, über den Weg, meinem lieben finnischen Kollegen mit dem Berliner Einschlag, der in der Bundeshauptstadt seine wilden Jahre verlebt hat, bevor er heimkehrte und strebsamer Doktorand wurde. Wir verabreden uns in einem Café im Hauptgebäude, um Neuigkeiten auszutauschen. Dort gibt es diese Woche

Kaffee mit Teilchen *(pulla)* zum Semesterbeginn-Sonderpreis.

»Was macht deine Doktorarbeit über den finnischen Bürgerkrieg?«, erkundige ich mich.

Tuomas' Stirn legt sich in Sorgenfalten, und er nimmt einen kräftigen Schluck Kaffee. Offenbar habe ich einen wunden Punkt bei ihm getroffen. Tuomas ist immer hochbeschäftigt und umtriebig, aber da, wo's drauf ankommt, verzettelt er sich in Nebensächlichkeiten und liebt jede Ablenkung.

»Ich habe bemerkt«, erklärt er, »dass ich noch im Provinzarchiv in Vaasa ausführlich recherchieren müsste, bevor ich weiterschreiben kann.«

Das bezweifle ich zwar, weil ich sicher bin, dass er schon jetzt genügend Material für mehr als zwei Doktorarbeiten gesammelt hat, aber ich lasse mir nichts anmerken und nicke verständig. Ich glaube, er leidet unter der Angst des Forschers vor dem Ende des Projekts. Oder vor der Arbeitslosigkeit. Oder vor der Sorge, später mit Doktortitel in einem Archiv Dienst schieben zu müssen, möglicherweise in Vaasa.

Statt auf das Thema weiter einzugehen, kommt Tuomas auf mich zu sprechen. »Was machen denn deine Bemühungen, Finne zu werden?«

»Ich bin auf dem besten Wege. Vielleicht sollten wir uns bei der Gelegenheit auch einmal abgewöhnen, miteinander immer Deutsch zu sprechen.«

Das hört Tuomas gar nicht gerne. »Ich bin doch froh, wenn ich mit jemandem mein rostiges Deutsch üben kann.«

»Dein Deutsch ist nahezu perfekt. Stattdessen befinde *ich* mich in der Gefahr, in deutschen Exklaven zu leben. Von Berufs wegen spreche ich Deutsch im Unterricht, zu Hause spreche ich es mit den Kindern, und dann habe ich noch viele Kollegen, die Deutsch können. Wenn ich nicht finnische Schwiegereltern und einige sonstige Freunde und Bekannte hätte, würde sich mein Finnisch auf kurze Sätzchen im Laden beschränken.«

Tuomas blickt mich ungläubig an. »Aber du machst doch Übersetzungsseminare.«

»Stimmt schon, aber da reichen mir passive Kenntnisse. Ich muss weder auf Finnisch schreiben noch Finnisch reden. Nur lesen und verstehen. Das ist etwas anderes.«

Tuomas nickt. »Trotzdem möchte ich mit dir lieber weiter Deutsch reden.«

»Du trauerst deinen Zeiten in Berlin hinterher, stimmt's? Gibt es nicht auch noch ein paar Berliner Archive, die du für deine Dok-Arbeit durchwühlen könntest?«

Tuomas hebt eine Augenbraue. Möglicherweise habe ich ihn auf eine Idee gebracht, die ihn einmal mehr davon abhält, seine Arbeit endlich abzuschließen und einzureichen.

Nach kurzem Überlegen will er aber mehr von meinen Bemühungen in Sachen persönliche Finnisierung hören. »In Facebook schweigst du dich ja aus!«, beschwert er sich. »Du müsstest ein Blog schreiben über deine sieben Punkte. Dann wüsste alle Welt, wo's bei dir langgeht. Eine Internetseite müsste es sein mit schmissiger Überschrift, zum Beispiel ›Wie ich Finne werde‹ oder ›Lehr- und Wanderjahre im Land der tausend Seen‹.«

Ich winke ab. »Nee, danke. Diese Selbstdarstellung im Internet ist nicht mein Ding.«

Weil Tuomas weiter drängt, erzähle ich ihm von meinen Erfolgserlebnissen beim Singen von Karaoke, beim Wodkatrinken, bei meinem Antrag um die Staatsbürgerschaft und beim Tanzen von Tango. Die peinlichen

Einzelheiten lasse ich allerdings weg. Tuomas ist der Einzige außerhalb familiärer Kreise, den ich so weit ins Vertrauen ziehe. Beim Zuhören grinst Tuomas wie ein Freund, der mich versteht, aber auch ein bisschen für verrückt hält.

»Erinnerst du dich, dass ich meine Pläne, echter Finne zu werden, mit dem Führerschein verglichen habe, für den man in der Praxis alles einmal gemacht haben muss?«

»Na klar, Autobahn, Einparken und so weiter. Der Unterschied ist nur, dass ...«

»Ich weiß, was der Unterschied ist«, unterbreche ich Tuomas. »Ich kann und dürfte hier leben, ohne solche Prüfungen zu absolvieren. Worauf ich aber hinauswill: Ich will alles mindestens ein Mal ausprobiert haben. Und wenn ich den Lappen dann habe, kann ich immer noch entscheiden, ob ich nicht lieber zu Fuß gehe.«

»Das klingt ja fast, als würdest du es gar nicht mehr so ernst meinen.«

»Oh doch!«, widerspreche ich heftig. »Aber vielleicht habe ich mittlerweile auch eingesehen, dass es schön sein kann, das Beste aus zwei Welten zu genießen.«

Tuomas beißt von seinem Teilchen ab und lässt sich offenbar durch den Kopf gehen, was ich gesagt habe. An seinem Mundwinkel kleben ein paar Krümel.

»Ich habe einen Kollegen an der Uni in Kuopio«, fängt er schließlich an zu erzählen, »der beschäftigt sich mit Fragen der Identifikation von Einwohnergruppen in Grenzregionen.«

Jetzt hebe ich die Augenbrauen.

»Dieser Kollege aus Kuopio untersucht die finnische Minderheit oben im schwedischen Lappland im Tal vom Torniofluss.«

»Also von Einwanderern?«, frage ich nach.

»Nein, die Bewohner dieser Region sind nie nach Schweden eingewandert. Sie lagen nur plötzlich nach dem Frieden von Hamina 1809 auf schwedischer Seite.«

Der finnische Krieg, der Finnland von der schwedischen Krone löste, liegt inzwischen gut zweihundert Jahre zurück.

»Mein Kollege stellt Untersuchungen an, was sich seit 1995 geändert hat«, erklärt Tuomas, »also seit dem EU-Beitritt von Finnland und Schweden.«

Tuomas schlürft an seiner Kaffeetasse, dann sagt er: »Irgendwie erinnerst du mich daran. Du lebst in einer mentalen Grenzregion.«

Als wir unseren Kaffee intus haben, plaudern wir noch ein wenig über das bevorstehende Semester und den Lauf der Dinge. Irgendwann wirft Tuomas einen Blick durch die Glaswand der Mensa und blinzelt in die Sonne. »Ich hab immer das Gefühl, sobald der Sommer vorbei ist, steht Weihnachten vor der Tür.«

Ich grinse ihn breit an. »Egal wie gut dir Berlin gefallen hat und wie gern du Deutsch redest – du bist durch und durch Finne!«

Zu Fuß über den Meerbusen

Der September ist nicht nur der Monat, in dem das neue Studienjahr beginnt und die Theater ihre neue Spielzeit einläuten, auch Volkshochschulen, Chöre, Tierschützer, Sport- und Handarbeitsvereine nehmen ihre regelmäßige Tätigkeit wieder auf. Es ist die Zeit, um eine neue Freizeitbeschäftigung anzufangen oder eine alte wieder aufzugreifen. Ich vermisse den Tanzunterricht. Nach längerem Abwägen entschließe ich mich dazu, mir Tango für Fortgeschrittene zu sparen und lieber einen *Humppa*-Tanzkurs zu besuchen. Das ist spaßig, schweißtreibend und original finnisch. Und ohne Körperkontakt. Gegen einen *Humppa*-Kurs hat auch Eila nichts einzuwenden.

Auch Senja geht nun zweimal die Woche tanzen, sie macht Hip-Hop und Show-Dance. Benni dagegen beginnt bei einer Kunstschule einen Vorabendkurs im Comic-Zeichnen. Während aber Bennis Comic-Kurs nur zwei Stunden pro Woche in Anspruch nimmt, scheint sich bei Senja nunmehr alles um Popmusik zu drehen. Sobald sie das Haus betritt – und das wird immer später, weil sie am liebsten mit Freundinnen in der Stadt aushängt – und sie ihre Kopfhörer abnimmt, groovt es durchs ganze Haus. Bald darauf verbarrikadiert sie sich in ihrem Zimmer, um am Laptop zu chatten, bevorzugt mit den Freundinnen, die sie sowieso den ganzen Tag sieht.

Zu meinem Leidwesen geht diese Entwicklung aber auch damit einher, dass Senja immer mundfauler wird, was das Deutsche anbelangt. Mit ihrem Bruder, mit dem sie jahrelang friedlich auf Deutsch gespielt hat, schimpft sie nun vorzugsweise auf Finnisch. Selbst bei Tisch, wo unsere Familiensprache traditionell Deutsch war, plappert sie nun munter auf Finnisch. Früher hatte Senja als kleines Mädchen sogar zwei Schulfreundinnen, die wie sie aus zweisprachigen Familien kamen und mit denen sie auf Deutsch spielte. Das war spannend und eine elitäre Geheimsprache. Aber davon ist schon längere Zeit nichts mehr übrig geblieben, Senja verwendet unter Klassenkameraden nur noch Finnisch, um sich die Glaubwürdigkeit des Schulhofs zu bewahren, sozusagen die untere Stufe der *street credibility* unter finnischen Jugendlichen. Das kann man ihr nicht verübeln. Schade nur, dass sie auch nicht mehr auf Deutsch liest, nicht einmal Magazine, von Büchern ganz zu schweigen. Auch deutsches Fernsehen, das wir via Satellitenschüssel empfangen, interessiert sie kaum noch. Zusammen mit ihren Freundinnen vertritt sie zudem die Ansicht, dass synchronisierte Sendungen nur etwas für Doofe sind, weshalb sie amerikanische Serien lieber im finnischen Fernsehen mit Untertiteln sieht.

Diese schleichende Entwicklung ist nicht ganz neu, doch mit dem Wechsel der Schule und dem Beginn des neuen Schuljahrs hat sie noch einen kräftigen Schub bekommen.

Eines Abends im Ultra-Spätsommer, als Eila und ich, ausgerüstet mit unseren neuen Stirnlampen, nordisch durch die Wälder walken, klage ich ihr meine Sorgen.

»Wenn das so weitergeht, wird Senja ihr gutes Deutsch noch völlig vergessen und vollkommen verfinnen.«

Eila sagt erst mal nichts, sondern blickt mich von der Seite an.

»Du willst doch selber Finne werden!«, sagt sie in gelassenem Ton. »Dann musst du auch akzeptieren, dass deine Tochter finnisch ist.«

Eila blickt mich an, aber in der Dunkelheit sehe ich nichts außer der gleißenden Stirnlampe. Mir geht ein Licht auf: Es gibt Konsequenzen im Leben, die grausam sind. Nachdem wir eine Weile weiter im Dunkeln herumgetappt sind, fügt sie versöhnlich hinzu: »Mach dir mal keine Gedanken. Eine Sprache vergisst man nicht in ein paar Monaten. Und wenn Senja etwas älter und reifer geworden ist, wird sie verstehen, wie wertvoll Zweisprachigkeit ist und dass sie Wurzeln in zwei Ländern hat. Vielleicht will sie ja später sogar einmal in Deutschland studieren …« Wieder schaut mich Eila an mit ihrer Stirnlampe, und erleuchtet nehme ich mir vor, meiner Frau zu glauben und auf meine Tochter zu vertrauen. Für den Rest unseres Spaziergangs durch den geheiligten Dom des finnischen Tanns schweige ich verzückt.

Der finnische Herbst hat zwei Gesichter: Es gibt die farbenprächtige Zeit der bunten Blätter bei goldenem Sonnenschein, die die Finnen *ruska-aika* nennen, und es gibt die triste Zeit der kahlen Bäume, verhangener Himmel und regennasser Straßen, in der viele sehnsüchtig auf den ersten Schnee warten, der alles weiß überzuckert und freundlicher erscheinen lässt. Die Tage werden kürzer, die Dunkelheit nimmt zu. Sauna und Kaminfeuer helfen am besten gegen jahreszeitbedingte Mutlosigkeit.

Auch mir bleibt nichts mehr übrig, als zu kapitulieren: Ende September ist der Herbst selbst mit dem sonnigsten Gemüt nicht mehr wegzuleugnen. Das große Trampolin in unserem Garten ist mittlerweile wieder abgebaut und zusammen mit den Terrassenmöbeln zum Überwintern im Schuppen verschwunden. Die Winterreifen mit den Spikes stehen schon bereit, um demnächst aufgezogen zu werden, denn der erste Nachtfrost lauert bereits, und versprengte weiße Vorboten des nächsten Winters könnten sich schon ab Oktober in unsere Breiten verirren.

Trotz allem blicke ich hoffnungsfroh in die unmittelbar bevorstehende Zukunft. Immerhin habe ich mittlerweile erfolgreich an einem finnischen Sprachtest teilgenommen, der aus den Teilbereichen Hör- und Leseverstehen, Schreiben, Wortschatz und Grammatik sowie einem mündlichen Teil bestand. Erfreulicherweise erwies er sich als ziemlich leicht, auch wenn mein Finnisch weit davon entfernt ist, fehlerfrei zu sein, vor allem in Stresssituationen wie Prüfungen oder sich anbahnenden Prügeleien in österbottnischen Kneipen. Damit steht meiner Einbürgerung nichts mehr im Wege. Ein Passbild nach den neuesten Vorschriften habe ich längst eingereicht und auch die Fingerabdrücke für meinen biometrischen Pass an entsprechender Stelle hinterlassen. Nun ist es nur noch eine Frage der Zeit.

Apropos Sprache: In einem meiner Seminare meldete sich zu Beginn des Semesters eine Studentin zu Wort, die ein Sommersemester in Saarbrücken verbracht hat: »Die Deutschen sagen immer ›Tempo‹, wenn sie ein Papiertaschentuch meinen. Und dann sagen sie ›Tesa‹, wenn sie von Klebeband reden. Und statt Nuss-Nougat-Creme sagen alle ›Nutella‹!« Ein solches Phänomen gibt es in Finnland so gut wie gar nicht. Demnächst wird die

Studentin nun ein Referat halten zum Thema »Verwendung von Markennamen als Gattungsbezeichnungen«.

Eine andere Studentin, die während des Sommers in einem Touristikbüro in Schleswig-Holstein ausgeholfen hatte, war verwundert über die vielen englischen Wörter, mit denen die deutsche Alltagssprache gespickt ist. »Jede Veranstaltung ist ein *Event* oder *Happening*. Die Gäste bekommen im *Tourist Office* eine *GuestCard*. Das ist so etwas wie eine *PayBack*-Karte für die Dauer des Urlaubs. Manchmal hatte ich Telefondienst, das nannten sie *Call-Center* …« Die englischen Lehnwörter markierte die Studentin bei ihrer Nennung durch die Geste von Anführungszeichen, untermalt mit ironischem Augenrollen.

Mit ihrer Kritik am deutsch-englischen Kauderwelsch spricht sie mir aus der Seele, allerdings fließen auch ins Finnische laufend Wörter aus dem angloamerikanischen Sprachschatz. Doch öfter als im Deutschen nehmen Finnen sich die Freiheit, die Lehnwörter gleich aufzusaugen und anzugleichen: Aus Team wird *tiimi*, aus Deal ein *diili*. Die böse Straßen-Gang ist eine *jengi*. Das ist vorbildliche Integration. Auf Wortebene.

Praktikantin Heike hat sich schnell eingewöhnt und fühlt sich in Tampere pudelwohl. Genauer gesagt *mopswohl*, denn wie sie mir erzählt, wird sie beinah täglich beim Spaziergang in der Nähe ihres Studentenwohnheims von einem älteren Hundehalter mit drei Möpsen freundlich gegrüßt. Selbst die Hunde wedeln andeutungsweise mit ihren Schwänzchen.

»Das ist ja schön, dass du gegrüßt wirst«, finde ich. »Jetzt würde ich nur gerne wissen, ob das daran liegt, dass du deiner Vorgängerin ähnlich siehst oder ob der Mann mit den Möpsen einen Wandel durchgemacht hat.«

In ihrer Finnland-Begeisterung sucht Heike so oft wie möglich urfinnische Erlebnisse. Sie ist häufig unter Leuten und jedes Wochenende unterwegs. Auch ein Lokalderby der Tamperer Eishockeymannschaften Tappara und Ilves, die beide in der obersten Liga des Landes spielen, hat sie sich nicht entgehen lassen. »Wie war's beim Eishockey?«, frage ich sie am Montag danach.

»Ganz okay. Das Spiel ging leider unentschieden aus. Ich war überrascht, wie wenig gejubelt wurde.«

»Was hast du denn erwartet?«

»Mehr Geschrei irgendwie. Mehr Anfeuerungsrufe. Schlachtgesänge. Oder überhaupt Sprechchöre und so. Die waren alle relativ ruhig im Publikum.«

»Vielleicht weil es unentschieden ausging«, vermute ich.

»Mmh. Vielleicht. Aber in deutschen Stadien ist irgendwie mehr los ...«

Wieder so eine Einzelerfahrung, denke ich, von der ich gerne wüsste, ob sie allgemeine Gültigkeit beanspruchen kann.

»Das muss am feurigen südländischen Blut der Deutschen liegen«, scherze ich. Alles ist relativ.

Am 1. Oktober begeht die Stadt Tampere ihren Gründungstag. Am 3. Oktober feiert Deutschland seine Wiedervereinigung. Genau dazwischen habe ich Geburtstag: Am 2. Oktober werde ich wieder ein Jahr älter und möglicherweise noch ein Stück finnischer.

Die drei Feiertage von Gründung, Geburt und Einheit fallen in diesem Jahr für unsere Familie auf dasselbe Wochenende. Das ist Grund genug, um in Tampere zünftig essen zu gehen. Dazu hat Eila für uns ein kleines schniekes Restaurant ausgewählt, das den Namen *Heinätori* (Heumarkt) trägt, wo wir am späten Sonntagnachmittag dinieren wollen. Vorher nutzen wir aber noch das bunte Programmangebot der Stadt, die ihrem Gründungstag durch allerlei Veranstaltungen den gebührenden Glanz verleiht.

In den Museen ist freier Eintritt, und die Feuerwehr hat Tag der offenen Tür. Auch das historische Rathaus der Stadt ist ausnahmsweise für das breite Publikum geöffnet und nicht nur für geladene Ehrengäste zugänglich. Wir besuchen vor dem Essen das Museumszentrum *Vapriikki,* das mehrere kleinere Themenmuseen unter seinem Dach vereint sowie mit wechselnden Ausstellungen lockt. In *Vapriikki* gibt es unter anderem ein naturhistorisches und ein Eishockeymuseum, kurioserweise auch ein ausgelatschtes Schuhmuseum.

Die größte Attraktion ist aber in diesen Tagen Anfang Oktober eine Ausstellung zur Regionalgeschichte von Tampere und der Region Pirkanmaa. Sie reicht von der letzten Eiszeit und den ersten steinzeitlichen Bewohnern bis zur Gründung der Stadt, die just heute Anlass für freie Museumseintritte ist.

Tampere wurde am ersten Oktober im Jahre 1779 von Schwedenkönig Gustav III. gegründet, als Finnland für Stockholmer Regenten noch Provinz war. Einer Handvoll ärmlicher Hütten mit Marktflecken und einem feinen Landhaus verlieh man die Stadtrechte mitsamt einer Reihe von Privilegien, um hier in bester merkantilistischer Manier die Wirtschaft in Schwung zu bringen. Die Stromschnelle Tammerkoski wurde bald die Hauptschlagader der jungen Stadt, deren Wasserkraft für die nötige Energie bei der Industrialisierung im neunzehnten Jahrhundert sorgte. Bis heute haftet Tampere der morbide Charme der Industriestadt an und seinen Bewohnern das Hemdsärmelige der Malocher.

Man ist stolz darauf, dass in einer Fabrik der Stadt

die ersten Glühbirnen des Nordens leuchteten, und erinnert alljährlich an dieses glanzvolle Geschehnis der eigenen Geschichte durch die Ausrichtung der Lichtwochen von Tampere. Girlanden aus Glühbirnen und etwa zweihundert Lichtfiguren und -bilder illuminieren für rund zehn finstere Herbstwochen die Straßen der City, die erst mit dem Ende der Weihnachtszeit wieder abgebaut werden.

Was es in Tampere an Webereien und Papierfabriken gegeben hat, findet Benni eher langweilig. Stadtgründung und Industrialisierung interessieren ihn nur am Rande, dafür findet er den ersten Teil der Ausstellung, der sich der Eiszeit und frühen Besiedlung annimmt, umso spannender. Ein junger Museumspädagoge erläutert den Kindern an einem Modell, wie gewaltig die Eismassen waren.

»In der letzten Eiszeit lag eine Eisschicht auf der Region Pirkanmaa, die mehrfach so hoch war wie der Aussichtsturm Näsinneula. Dieses Gewicht drückte die gesamte finnische Landmasse nach unten. Als das Eis schmolz, begann sich das Land zu heben. Dieser Prozess dauert bis heute an.«

Benni staunt und fragt dazwischen: »Ist Finnland dann irgendwann das höchste Land der Welt?«

Der junge Mann lacht pädagogisch geschult. »Nein, das wohl nicht. Aber Finnland wird jedes Jahr einige Millimeter größer, weil sich das Land weiter hebt. Der Küstenstreifen im Westen steigt minimal aus dem Meer.«

Benni ist begeistert.

Der Museumspädagoge setzt noch einen drauf: »Wenn diese Entwicklung weitergeht, wird man in einigen tausend Jahren trockenen Fußes über den Bottnischen Meerbusen nach Schweden gehen können.«

Diese Information stimmt Benni wiederum traurig. Er flüstert mir zu: »Wenn das etwas schneller ginge, könnten wir die Verwandten in Schweden besuchen, ohne mit der Fähre zu fahren.«

Das wäre in der Tat nicht schlecht. Aber in Finnland will man eben nichts übereilen. Derzeit ist man durchaus zufrieden, dass Schweden und Finnland durch einen Meeresarm voneinander getrennt sind (von ein paar Kilometern Landgrenze im äußersten Norden einmal abgesehen). Es wäre auch bedauerlich, wenn die Fähren verschwinden würden, auf denen man Karaoke singen kann.

Eine andere Ausstellung des Museumszentrums dokumentiert die Schrecken des finnischen Bürgerkriegs von 1918 zwischen bürgerlichen Weißen und sozialistischen Roten. Tampere war einer der Hauptschauplätze des Brudergemetzels. Und Tampere war Hochburg der Roten, eben eine Malocher-Stadt. Nicht zufällig treffe ich hier auch meinen Kumpel Tuomas. Der Bürgerkrieg ist ja sein Spezialgebiet, und an der Konzeption der Ausstellung hat er maßgeblich mitgewirkt. Lebensechte Wachsfiguren liegen verwundet hinter Barrikaden, aus Lautsprechern ertönt Schusswechsel. Das ist Geschichte zum Anfassen.

»Ah, die deutschen Truppen kommen!«, frotzelt Tuomas, als er mich und meine Familie sieht. Ich schüttle energisch den Kopf. »Falls das ein Scherz gewesen sein soll, so ist er dir nicht gelungen!«

Mir ist klar, worauf Tuomas anspielt: Ohne die Beteiligung deutsch-kaiserlicher Truppen wäre der finnische Bürgerkrieg möglicherweise anders ausgegangen. Die Roten hätten gewonnen, Finnland wäre Räterepublik geworden und Tampere die Hauptstadt. Aber das Was-wäre-wenn ist Stoff für rückwärtsgewandte Science-Fiction.

Senja ist von dem Bürgerkriegs-Ambiente gar nicht angetan. Sie fühlt sich unwohl. Denn Tuomas und die Museumspädagogen haben ganze Arbeit geleistet. Man kann den Krieg nicht nur auf Bildern und anhand von Wachsfiguren sehen, nicht nur über Lautsprecher hören, sondern auch noch riechen. Ein bedrückender Geruch von Pulverdampf liegt in der Luft.

»Das mit dem Pulvergeruch war meine Idee«, verrät Tuomas stolz.

Als wir am Abend im *Heinätori* meinen Geburtstag begehen, stoßen Eila und ich mit Rotwein an, die Kinder trinken Cola.

»*Hyvää syntymäpäivää* – Alles Gute zum Geburtstag!«, sagt Eila.

»Und auf die Stadt Tampere!«, sagt Benni mit hocherhobenem Glas.

Senja ist ausnahmsweise mit ihrem Bruder einer Meinung und stimmt in den Trinkspruch ein: »Ja, auf Vati und auf Tampere! Beide sind schon ziemlich alt.«

Vor dem Schlafengehen setze ich mich noch einmal vor den Computer und werfe einen Blick in Facebook. Da auf meiner Profilseite mein Geburtstag vermerkt ist, haben mir viele Bekannte gratuliert, auch Eilas Vetter Topi aus dem rauen Österbotten. Er schreibt mir auf Finnisch:

»Hallo Hermann! Alles Gute zum Geburtstag. Wolltest du nicht mal an einer Elchjagd teilnehmen? Seit Ende September ist Jagdsaison. Wie wäre es mit übernächstem Samstag? Dann bin ich auf jeden Fall mit Jagdfreunden unterwegs. Melde dich!

Topi«

Eine Elchjagd – die kommt mir jetzt gerade recht. Hat mir meine Tochter doch mit ihrer Bemerkung über mein

Alter auf liebevolle Weise ins Gedächtnis gerufen, dass es langsam mal Zeit wird, mich wieder um meine 7-Punkte-Liste zu kümmern. Ich will ja schließlich noch was davon haben, Finne zu sein.

Hörspiel-Abenteuer

Zwei Wochen später fahren wir ein weiteres Mal zu meinen finnischen Schwiegereltern aufs Land. Genauer gesagt nach Alahärmä, jenem kleinen Örtchen in der Provinz Österbotten, wo die härtesten aller Finnen zu Hause sind.

Wie wir kürzlich im Museum erfahren haben, ist Österbotten ja die Gegend, in der Finnland jedes Jahr ein paar Millimeter größer wird. Schon innerhalb eines Menschenalters gewinnt das Land einen Fußbreit Küstenstreifen dazu. Davon können Deichbauer wie die Niederländer nur träumen. Nun wird mir auch klar, warum man vom *hohen* Norden spricht. Es geht aufwärts mit Finnland! Es ist ein Land mit Zukunftspotential. Man muss nur Geduld mitbringen.

Wir fahren aus den unterschiedlichsten Gründen nach Alahärmä: Eila will natürlich ihre Eltern besuchen. Benni will ungebremst und von der finnischen Oma ermuntert Kuchen stopfen. Senja will überhaupt nicht mitkommen, muss aber, obwohl sie lieber allein zu Haus geblieben wäre und Freundinnen eingeladen hätte. Und ich, ich will nur eines: Elche jagen!

Zu Beginn der Fahrt haben wir die üblichen Verhandlungen, ob wir Radiomusik hören oder ob Benni ein Hörspiel in den CD-Spieler schieben darf. Wir einigen uns auf den Kompromiss: erst ein Hörspiel, den Rest der

Fahrt Radio. Benni hat diesmal ein Hörbuch des finnischen Jugendschriftstellers Timo Parvela im Gepäck, dessen Trilogie *Sammon Vartijat* (Die Wächter der Wundermühle *Sampo*) Motive des Nationalepos Kalevala aufgreift und mit einer Geschichte über finnische Schüler zum modernen *Fantasy*-Abenteuer vermengt.

»Und wann kann ich Teil zwei hören?«, erkundigt sich Benni bekümmert, noch bevor wir überhaupt mit dem ersten Teil begonnen haben.

»Teil zwei hören wir auf der Rückfahrt!«, verspreche ich ihm. »Übermorgen, wenn's wieder nach Hause geht.«

»Und Teil drei? Es gibt insgesamt drei Teile! Können wir auf der Rückfahrt Teil zwei *und* Teil drei hören?«

Senja ist wie üblich genervt von ihrem kleinen Bruder: »Teil drei kannst du dir zu Hause im eigenen Zimmer reinpfeifen. Ohne andere zu nerven, die mithören müssen.«

Mit dem Vetter meiner Frau habe ich verabredet, ihn am nächsten Morgen, einem Samstag, in aller Frühe zu treffen. Kurz vor sieben Uhr stehe ich bei Topi auf der Matte. Außer warmer Kleidung muss ich eine leuchtend rote Jacke und eine rote Mütze tragen. Das ist Pflicht und soll verhindern, dass sich die Elchjäger gegenseitig abballern. Ich komme mir vor wie ein finnisches Wichtelmännlein mit roter Zipfelmütze.

»Willst du noch einen Kaffee?«, werde ich von Topi begrüßt.

Gefrühstückt habe ich schon, deshalb lehne ich dankend ab. Ich hatte das mit dem Pünktlich-um-siebengeht's-los ernst genommen. Topi frühstückt erst noch in Ruhe zu Ende, bevor wir uns um zehn nach sieben in seinen Geländewagen setzen, um zu einer Jagdhütte zu fahren. Auf die Rückbank lässt er seinen karelischen

Bärenhund springen, einen spitzohrigen, langhaarigen Rüden mit schwarzem Fell, das nur an Schnauze und Brust weiße Flecken aufweist. Netterweise hört der Hund auf den Namen *Piru* (Teufel). Er hängt hechelnd in meinem Genick und sabbert vor Jagdfieber alles voll.

»Ruhig, Piru«, versucht Topi, seinen Jagdhund zu beruhigen, »bald kannst du loslegen.« Und zu mir meint er: »Der Hund ist teuflisch gut. Der findet immer seine Beute. Glaub mir, den kann nichts aufhalten.«

Topi ist stolz auf seinen Hund, der schon manchem Elch zum Schicksal geworden ist. So ein gutabgerichteter Jagdhund wird unter Jagdfreunden zum Preis eines Kleinwagens gehandelt, erläutert Topi, und ich nehme an, er übertreibt. Obgleich der Hund ein wertvolles Tier ist, würde ich mich wohler fühlen, wenn er angeschnallt wäre oder im Heck des Wagens hinter einem Schutzgitter hin und her wieseln könnte. Piru fiept vor Aufregung.

Es ist noch dunkel, morgendlicher Dunst liegt in der nasskalten Luft. Wir fahren über Landstraßen und unbefestigte Feldwege. Der Boden ist feucht und matschig. Österbotten ist nicht unbedingt für seinen Waldreichtum bekannt, und so viele Seen wie in Ost- und Mittelfinnland gibt es hier auch nicht. Aber die rustikale Blockhütte, in der sich die kleine Jagdgesellschaft trifft, liegt in einem Waldgebiet an einem See bei der Ortschaft Kortesjärvi.

Die anderen Männer warten bereits in der ungeheizten Hütte und trinken aus ihren Thermoskannen. Es sind fünf Männer unterschiedlichen Alters, die eines gemeinsam haben: Jeder besitzt ein Jagdgewehr. Ich selbst habe nur einen Fotoapparat dabei, und in mir keimt wieder dieses Gefühl auf, dass ich im Wilden Westen für ein Greenhorn gehalten worden wäre. Aber was soll's? Schließlich bin ich hier, um mir die Sporen zu verdienen.

Topi begrüßt die fünf Männer und stellt mich ihnen als den Mann seiner Cousine vor. Er erwähnt auch meinen Namen, aber der ist den Männern zu kompliziert, um ihn sich zu merken. Ich grüße ebenfalls in die Runde, die Männer nicken. Nur einer von ihnen blinzelt mich freundlich an und fragt mich bei späterer Gelegenheit, ob ich aus Österreich komme.

»Nein, aus Deutschland.«

»Das dachte ich mir schon bei dem Namen. Aber ich fange vorsichtshalber immer mit Österreich an.«

»Warum?«, frage ich verblüfft.

»Ich hab geschäftlich viel in Mitteleuropa zu tun. Ein Deutscher, den man für einen Österreicher hält, nimmt das leicht. Aber wenn man einen Österreicher für einen Deutschen hält, ist er beleidigt.« (Deutsche und Österreicher – das ist ein wenig wie Schweden und Finnen. Nur umgekehrt.) Der Waidmann fügt mit pfiffigem Gesichtsausdruck hinzu: »Deswegen bin ich vorsichtig. Man weiß ja nie.«

Ich vermute gleich, dass dieser Mann gut in der Pirsch ist, jemand, der sich geschickt anschleichen kann. Er ist einer, der seine Beute nicht frühzeitig verscheuchen will.

Eilas Vetter Topi breitet eine Geländekarte auf dem Tisch aus, der in der Mitte der Jagdhütte steht. Topi ist der Anführer der Truppe, er bestimmt, wo's langgeht. Mit seinem Finger fährt er eine dünne Linie ab. »Das ist unser Jagdrevier«, meint er mit Blick zu mir. »Und hier drüben ist eine Lichtung, auf der sich fast immer Elche aufhalten. Aber wir werden erst das Gelände erkunden.«

Dann wendet er sich an seine Kumpane und wirft ihnen ein paar kurze Anweisungen zu. Ich merke, dass die

Männer eine eingespielte Mannschaft sind und wissen, was zu tun ist. Den Jagdhund lassen wir vorerst in der Hütte zurück. Das gefällt Piru überhaupt nicht, er springt unruhig über Tisch und Bänke und blafft durchs Fenster, als wir hinausstiefeln. Wir teilen uns in drei Gruppen auf, ich bleibe bei Topi. Jeweils zu zweit steigen wir in ein Auto und fahren in unterschiedlichen Richtungen davon.

»Wir suchen erst den Boden nach Spuren ab«, erklärt Topi. »In dem Matsch erkennt man leicht, wo die Tiere sich bewegt haben.«

Nach einigen Minuten holpriger Fahrt hält Topi plötzlich an und steigt aus. Ich folge ihm.

»Hier!«, sagt er und weist auf den Boden, »Tierfährten.«

Es ist erstaunlich, dass ihm die Spuren vom Auto aus aufgefallen sind. Auf den ersten Blick ist auch mir klar, dass diese Spuren nicht von einem Elch stammen.

»Das war ein Wolf!«, weiß Topi.

»Bist du sicher?«, traue ich mich zu fragen. »Dein Hund Piru hinterlässt genau dieselben Spuren.«

»Ein Wolf hat kräftigere Krallen als ein Hund, die Abdrücke sind größer und rundlicher. Außerdem setzt ein Wolf die Pfoten eher voreinander, in schmaler Linie. Ein Hund läuft breitbeiniger und setzt die Pfoten nebeneinander.«

Topis Erfahrung ist beeindruckend. Er legt eine seiner Patronen neben einen Pfotenabdruck im Schlamm, um einen Vergleich zu haben.

»Ich denke, die Spur ist von gestern Abend. Du kannst ein Foto machen, das können wir später den anderen zeigen.«

Ich zücke meine Kamera und mache ein Bild. Die Abdrücke des Tiers sind länger als die Patrone.

Topi nimmt seine Mütze ab und kratzt sich. »Ein großes Tier. An der längsten Stelle ist die Pfote vierzehn Zentimeter. Ganz klar ein Männchen. Und ein Einzelgänger. Die sind gefährlich.«

»Ist ein Rudel nicht gefährlicher als ein einzelnes Tier?«

Topi bringt die Geduld auf, einem Anfänger wie mir alles zu erklären. »Nein, ein Rudel von fünf oder sieben Wölfen hat bessere Chancen, Beute zu machen und ein größeres Tier zu erlegen, zum Beispiel einen Elch. Aber so ein Einzelgänger schiebt Hunger und muss Wagnisse eingehen. Die trauen sich im Winter bis an die Bauernhöfe.« Topi macht ein verdrießliches Gesicht. »Im direkten Zweikampf mit diesem Wolf wäre mein Piru sicher verloren. Leider kennt ein karelischer Bärenhund keine Vorsicht. Der stürzt sich auf jeden Gegner, egal wie stark.«

»Gibt es viele Wölfe hier in der Gegend?«

»Nein, sie sind hier eher selten. Aber Wölfe legen große Strecken zurück. Die sind heute hier und morgen ganz woanders.«

Mein Wissensdurst ist schwer zu stillen. Zudem ist Eilas Vetter eine verlässliche Informationsquelle, und ihn auf der Jagd zu befragen ist interessanter, als ein Online-Lexikon zu lesen. »Darf man die Wölfe jagen?«

Topi zieht die Nase hoch. »Die stehen unter Schutz. Das haben wir Naturschützern zu verdanken, die von nichts eine Ahnung haben. Und den Bürokraten in Brüssel. Nur im Notfall dürfen die Biester abgeschossen werden.«

In mir regen sich heimliche Sympathien für Wölfe. Ich freue mich, dass sie unter Schutz stehen, und hoffe, dass sie den Flinten der Jäger entgehen, die den Begriff »Notfall« großzügig auslegen.

Topis Mobiltelefon klingelt. Er nimmt das Gespräch entgegen, ohne sich namentlich zu melden. »Joo … joo … just.« Viel mehr sagt er nicht. Dann steckt er sein Telefon in die Tasche zurück.

»Die anderen haben frische Elchspuren gefunden. Zwei Tiere. Sie bewegen sich von Nordwest auf das Seeufer zu. Komm!«

Er steigt wieder ins Auto, ich eile ihm hinterher, und in scharfem Tempo geht es zurück zur Jagdhütte, wo alle fast zeitgleich eintreffen. Wir gehen noch einmal in die Hütte, wo Jagdhund Piru kurz vor dem Adrenalinkollaps steht, und werfen einen Blick auf die Karte. Ob ich den anderen das Foto mit den Wolfsspuren auf dem Display meiner Digitalkamera zeigen soll? Aber dafür interessiert sich im Moment niemand.

Topi gibt Anweisungen, wer sich wo zu postieren hat. »Du nimmst den Hund mit«, trägt er einem Jagdfreund auf, »wir warten hier.« Er tippt auf einen Punkt der Karte. »Fragen?«

Als sich niemand meldet, rücken wir erneut aus, jeweils zwei Männer steigen in eines der Fahrzeuge, mit voller Ausrüstung und Gewehren. Ich hatte mich mehr auf Fußmärsche und Wanderungen quer durch den Wald eingestellt und bin fast ein wenig enttäuscht, dass wir so viel Auto fahren. Nach einiger Fahrt machen wir an einer Biegung des Waldwegs halt. Ich habe vollkommen die Orientierung verloren und wüsste kaum zu sagen, in welcher Richtung unsere Hütte liegt. Topi und ich beziehen Posten an einem Punkt mit gutem Überblick.

»Zwei Tiere also«, murmelt er, »mal sehen, was uns erwartet. Kälber dürfen wir keine abschießen.«

Wieder klingelt Topis Telefon. Er sagt kaum ein Wort, dann beendet er das Gespräch und erstattet mir Bericht: »Die anderen mit dem Hund haben ihren Punkt auch erreicht. Sie lassen jetzt den Hund von der Leine. Piru wird uns die Elche hierhertreiben.«

Ich wundere mich über die Sicherheit, mit der Topi das Geschehen voraussagt. Wir warten. Nichts passiert. Die Minuten vergehen. Irgendwie hatte ich mehr Action erwartet. Langsam werden meine Füße kalt. Ich tipple hin und her, um die Blutzirkulation in den Zehen anzuregen. Meine Kamera halte ich in Bereitschaft. Topi sieht mich vergnügt an.

»Ich krieg keine kalten Füße«, grinst er.

»Wieso nicht?«

»Ich habe Schuhe mit beheizbaren Sohlen.«

Neidisch tipple ich weiter und hoffe, dass bald wieder Bewegung in die Sache (und in meine frierenden Füße) kommt. Endlich hören wir in der Ferne den Hund bellen. Topi entsichert sein Gewehr.

»Sie kommen ...«

Das Hundegebell wird langsam lauter. Jeden Moment erwarte ich, dass zwei Elche aus dem Dickicht brechen und auf uns zustürmen. Dann wird das Gebell wieder leiser. Topis Handy klingelt. Er hört zu und sagt zum Schluss nur »Okay«. Erst als er das Telefon wieder weggesteckt hat, flucht er.

»Die Elche sind an uns vorbei. Etwa achthundert Meter östlich von hier. Henkka und Vilho haben sie gesehen.«

Das sind die beiden Männer der dritten Gruppe.

»Sie konnten keinen Schuss abgeben. Los!«

Nichts wie ins Auto. Wir preschen über die Waldwege, dass Matsch auf die Windschutzscheibe spritzt. An einer Kreuzung treffen sich alle: drei Geländewagen, sechs Männer. Fünf dieser Männer haben entschlossene Gesichter und tragen Gewehre. Nur ein Mann ist ein wandelndes Fragezeichen mit Fotoapparat.

Auf einer Motorhaube breitet Topi noch einmal die Geländekarte aus und holt gleichzeitig sein Handy hervor, um daran herumzufummeln. »Mein Hund trägt ein Halsband mit GPS. Über mein Handy kann ich verfolgen, wo er sich bewegt.«

Ich staune, wie technisiert es bei der Elchjagd zugeht. Die Position des Jagdhundes wird satellitengestützt geortet.

»Warum warten wir hier?«, frage ich.

»Leider haben sich die Tiere aus unserem Jagdrevier herausbewegt. Dort dürfen wir nicht schießen, sonst handeln wir uns Ärger ein. Aber hoffentlich treibt Piru die Elche auf unser Revier zurück.« Wie der Hund das bewerkstelligen soll, ist mir schleierhaft, aber ich frage nicht weiter. Geruchs- und Orientierungssinn der Hunde müssen phänomenal sein.

Nach einer Weile befiehlt Topi zwei Männern, dem Hund hinterherzueilen. »Fahrt bis zu dieser Bucht«, Topi zeigt auf einen Punkt der Karte, »und schaut euch um.«

Während sich die zwei Angesprochenen unverzüglich auf den Weg machen, packen die anderen in aller Ruhe wieder ihre Thermoskannen aus und warten ab. Mittlerweile hat die Morgensonne die Höhe der Baumwipfel erreicht, aber sie ist immer noch zu schwach, um allen Dunst der Niederungen aufzulösen. Es tröpfelt. Unter meinen Stiefeln platscht der schlammige Boden der Waldwege. Ich wünschte, ich hätte beheizte Schuhsohlen. Es ist zugig, klamm und ungemütlich in diesem Wald, der graubraun vor sich hin trieft. Der einzige Lichtblick sind unsere roten Mützen.

Nach einer Weile klingelt erneut Topis Telefon. Die Männer, die das Revier verlassen und zu einer Bucht gefahren sind, melden sich. Topi hört ihnen kurz zu, dann stößt er lauthals hervor: »*Piru vieköön!* (Zum Teufel!)«

Ich bin nicht sicher, ob er mit Piru seinen Hund meint oder ob er einfach nur flucht. Hastig fingert Topi an seinem Handy mit GPS-Funktion und überprüft erneut die Position seines Vierbeiners. Auf seinem kleinen Bildschirm ist das Satellitenbild der Umgebung zu sehen, in dem sich ein rotes blinkendes Pünktchen über eine blaue Fläche bewegt.

»Die Elche sind in den See gelaufen«, teilt Topi uns allen mit, »sie schwimmen zurück in unsere Richtung. Piru ist ihnen hinterhergesprungen.«

Mir schaudert bei dem Gedanken an das kalte Wasser. Der Mann, der mich gefragt hat, ob ich Österreicher wäre, raunt mir zu: »Im Wasser sind die Elche dem Hund weit überlegen. Elche sind gute Schwimmer. Zäh und ausdauernd. Ein Hund ist eher hilflos und schnell außer Atem. Ein Tritt – und der Hund war einmal.«

Nun weiß ich, wieso Eilas Vetter so außer sich ist. Immerhin hat sein Hund den Wert eines Kleinwagens. Topi erteilt neue Anweisungen, wieder setzen wir uns in die Autos und brausen in unterschiedliche Richtungen davon. Ich bin beeindruckt, wie die Männer sich in diesem Geschlängel von Waldwegen und Pfaden auskennen. Erneut halten Topi und ich nach kurzer Fahrt an, diesmal unmittelbar am Seeufer. Die Sicht ist trübe, denn über dem Wasser hängt Nebel. Ich kann mir lebhaft vorstellen, wie die zwei Elche sich durchs Wasser kämpfen, der Hund ohne Rücksicht auf eigene Verluste hinter ihnen her. Topi stiert über den See. Nichts ist zu sehen. Er greift wieder zu seinem Handy und schaut nach, wo sein Hund bleibt.

»Piru ist immer noch im Wasser!« Voller Ungeduld ruft Topi im ständigen Wechsel die beiden anderen Gruppen an, um zu erfahren, was es Neues gibt. Er stellt sein Mobiltelefon auf Lautsprecher, damit ich mithören kann. Schließlich schallt es aus seinem Hörer: »Ich sehe sie! Die Elche steigen an Land, etwa dreihundert Meter vor mir!«

»Siehst du den Hund?«, schreit Topi zurück.

»Ja, ja ich seh ihn. Der Hund schwimmt hinterdrein. Die Elche haben einen ziemlichen Vorsprung. Und jetzt … jetzt sind sie schon im Wald verschwunden.«

»Ruft den Hund zu euch, nehmt ihn an die Leine!«, kommandiert Topi. Und im selben Atemzug fragt er: »In welche Richtung laufen die Elche?«

Kaum hat Topi die Antwort gehört, erteilt er neue Anweisungen, wer sich wohin bewegen soll. Er ist sichtlich erleichtert, dass sein Hund bald wieder festen Boden unter den Pfoten haben wird und die Elchkuh im Wasser nicht zum Gegenangriff übergegangen ist. Wieder setzen wir uns ins Auto, wieder wechseln wir den Standort.

Einerseits bin ich ja froh, dass Jagdhund Piru seine Treibjagd durch eisige Buchten heil überstanden hat. Andererseits ertappe ich mich bei dem Wunsch, die Elche würden sich unbemerkt aus dem Matsch machen können. Nur sehen würde ich sie vorher gerne.

Mitten im trüben Herbstwald hält Topi seinen Wagen an, und wir steigen aus.

»Pass auf!«, sagt Topi und weist nach links. »Henkka und Vilho sollten nun dort vorne auf der Lauer liegen.« Dann blickt Topi nach rechts. »Von da drüben müssten die Elche aus dem Wasser gekommen und schon hier vorbeigelaufen sein.«

Topi sucht den Boden nach Spuren ab, und tatsächlich werden wir schon bald fündig. Ich begreife allmählich, dass die Jäger die Waldwege nicht nur zur schnellen Fortbewegung nutzen, die Wege dienen ihnen auch als Schneisen im Pflanzenwuchs, die leicht frische Fährten offenbaren.

»Hier sind sie gelaufen. Mir nach!«

Topi setzt über einen Graben am Wegesrand und marschiert eilig in den Wald. Ich folge ihm. Als ich aufgeschlossen habe, keucht er: »Zu deiner Sicherheit: Mein Gewehr ist entsichert. Bleib immer einen Schritt hinter mir. Wir versuchen jetzt, die Tiere aufzuspüren und den anderen zuzutreiben.«

Wie schön, geht mir durch den Kopf, das heißt mit anderen Worten, dass wir den anderen vor die topmodernen Zielfernrohre laufen. In dieser Situation beruhigt es mich ungemein, dass ich eine auffallende, rote Mütze trage, die mich wie das Männlein im Walde aussehen lässt.

Langsam fängt das Ganze an, mir Spaß zu machen. Endlich stehen wir uns nicht nur die Beine in den Bauch oder brausen mit dem Auto durch die finnische Botanik. Endlich pirschen wir uns durchs Unterholz. Schon nach kurzer Zeit habe ich keine kalten Füße mehr. So habe ich mir eine Elchjagd vorgestellt. Mit Bewegung. Dem Getier auf der Spur. In Tuchfühlung mit dem finnischen Tann. Der Wald kommt mir jetzt nicht mehr trostlos und ungastlich vor, sondern mystisch spannend-abenteuerlich. Der Matsch der Waldwege ist bald vergessen, wir laufen über weiches Moos und Heidekrautgewächs.

»Mistwetter!«, höre ich Topi schimpfen. »Keine Sicht!«

Ich finde den Nebel nicht nur stimmungsvoll, sondern auch gerecht, er erhöht die Chancen für die Elche. Mich ganz auf Topi verlassend, kraxele ich weiter durch den Wald, über abgerissene Äste, umgeknickte Bäume und morsche Stämme. Dazwischen Felsgestein. Herrlich unberührte Natur mit wucherndem Wildwuchs. Kein gepflegter Forst, stattdessen echter nordischer Urwald. Während der ganzen Zeit bleibe ich dicht hinter

Topi und beobachte, wie er den Boden absucht. Die Fährte der Tiere verliert er nicht mehr aus dem Blick. Er erkennt jeden Tritt, jeden Sprung, jeden kleinen Richtungswechsel. Im Gehen mache ich einige Fotos von der Umgebung.

»Was gibt's denn hier zu fotografieren?«, fragt Topi ungläubig und grinst.

»Den Wald!«, antworte ich gutgelaunt.

Topi verzieht verächtlich sein Gesicht. »Hier müsste mal ordentlich geholzt werden«, grummelt er.

Wir marschieren weiter. Plötzlich knallt ein Schuss. Topi hält inne und greift zu seinem Handy. Er scheint immer genau zu wissen, welchen Mann er anrufen muss.

»Und?«, fragt Topi kurz angebunden.

Gespannt lausche ich den Wortfetzen seines Gesprächs. »Aha ... Welches Tier? – Das Kalb?? Du Volltrottel!«

Topi beendet das Gespräch und dampft weiter geradeaus in die Richtung, aus der der Schuss gekommen war. Dabei ärgert er sich über seinen Jagdbruder, der vorschnell ein junges Tier aufs Korn genommen hat. »Dieser Blödmann! Keine Geduld! Man braucht ja nicht gleich auf alles zu ballern, was sich bewegt. Der bringt uns nur Ärger ein!«

Kurz darauf erreichen wir die Stelle des Geschehens. Topi hat sich so weit wieder abgeregt, dass er erst einmal alles genau in Augenschein nimmt. In einer Kuhle im Waldboden liegt ein toter Elch. Es ist kein Bulle mit riesigen Schaufeln, sondern ein jüngeres Tier ohne Geweih. Aber selbst das hat stattliche Ausmaße. Unterhalb des Halses erkenne ich im schwarz-braunen Fell das tödliche Einschussloch. Ich kann nicht sagen, dass mich der Anblick erfreut. Aber auch der erfolgreiche Schütze

– es ist der junge Mann namens Vilho – ist nicht vom Stolz des erfolgreichen Jägers erfüllt. Er steht bedröppelt vor der Kuhle und erträgt kleinlaut die vorwurfsvollen Gesichter der anderen. Topi und noch einer springen in die Kuhle und schauen sich das niedergestreckte Tier genauer an. Als sie wieder herausklettern, sehen sie erleichtert aus. Sie klopfen Vilho auf die Schulter. »Kein Kalb! Das Tier ist mindestens anderthalb, wahrscheinlich schon über zwei Jahre alt. Der Abschuss geht in Ordnung.«

Glück für die Ehre des Jägers. Pech für das Tier. Topi schaut mich an und strahlt. »Wenn man die Elche nicht bejagen würde, dann würde es auf finnischen Straßen dauernd krachen.«

Wahrscheinlich hat Topi damit sogar recht. Nicht umsonst habe ich mit meinen Studenten die Sicherheitshinweise für Touristen übersetzt, in denen es unter anderem um das Verhalten bei Wildwechsel-Unfällen ging.

Die Jagd ist für heute beendet. Mittlerweile haben sich alle bei der Kuhle eingefunden, auch die Männer mit dem angeleinten Hund Piru. Dem Elch werden die Hinterläufe zusammengebunden, um ihn aus der Vertiefung zu ziehen. Aber dazu reicht auch die Kraft von sechs Männern nicht aus. Glücklicherweise ist ganz in der Nähe ein Hof. Der Besitzer hilft gerne aus und bahnt sich mit einem kleinen Traktor den Weg zur Abschussstelle. Mit einem kräftigen Ruck zieht der Traktor das Wild aus der Kuhle und schleift es durch den Wald bis zum nächsten Weg. Eine kleine Blutspur zieht sich über den Waldboden. Ich denke an den zweiten Elch, der heil davongekommen ist. Wahrscheinlich die Elchkuh. Ich frage mich, ob Elche Einsamkeit empfinden oder trauern können.

Bevor das erlegte Tier abtransportiert wird, muss es ausgenommen werden. Traditionell ist das die Arbeit des Schützen, der den entscheidenden Schuss getan hat. Vorsichtig schneidet Vilho mit einem Messer die Bauchdecke des Elchs auf. Magen, Blase und Gedärm müssen behutsam entfernt werden, um das Fleisch nicht zu verderben. Die Eingeweide dürfen weder mit der Klinge geritzt noch zum Platzen gebracht werden. Das Ausnehmen geht erstaunlich unblutig zu. Ich mache ein paar Fotos vom Kopf des Tieres. Die Augen starren matt wie die abgewetzten Glasknöpfe eines alten Stofftiers. Maul und Nüstern stehen weit offen. Nach getaner Arbeit lässt man die Eingeweide achtlos am Wegrand liegen. Alles Übrige am Tier werden Metzger und Gerber übernehmen.

In der Zwischenzeit hat jemand einen Anhänger mit Seilwinde besorgt. Der Elch wird auf den Anhänger gezogen und festgezurrt. Dann greifen die Männer in ihre Jackentaschen und holen einen Flachmann hervor.

»*Kippis*!«

»Na, wie war's?«, begrüßt mich Eila, als ich von der Jagd zurückkehre. »War es spannend?«

»Irgendwie ja. Eine ganz neue Erfahrung. Jetzt weiß ich immerhin, wie es bei so einer Elchjagd zugehen kann.«

Auch den Kindern muss ich ausführlich berichten, was ich erlebt habe, und ihnen alle Fotos zeigen. Auf den meisten Bildern ist nur Wald und Nebel zu sehen. Dann ein paar Aufnahmen vom toten Elch.

»Der arme Elch«, meint Senja, »so jung und schon so tot.«

Benni beschwert sich, weil die Bilder nicht zeigen, wie die Jagd abgelaufen ist. Dabei wird mir klar, dass ich selbst kaum mehr gesehen habe. Weder habe ich zugeschaut, wie der Jagdhund die Witterung aufgenommen und die Elche verfolgt hat, noch, wie er dem Wild im Wasser nachgeschwommen ist, ich habe nicht gesehen, wie der Elch geschossen wurde, und selbst beim Ausweiden habe ich meistens weggeguckt. Ich habe nur das Bellen des Hundes gehört, Topis Berichten gelauscht, seine Telefongespräche mitverfolgt und in der Ferne den Schuss knallen hören. Auch von dem einsamen Wolf habe ich nur die Spuren erblickt.

»Weißt du, warum man auf den Fotos so wenig sieht?«, frage ich meinen Sohn. Und als er den Kopf schüttelt, verkünde ich lachend: »Die ganze Jagd war für mich wie ein Hörspiel. Aber es hat mir gefallen.«

Abenteuer finden im Kopf statt.

Feste feiern, wie sie fallen

Sieben Punkte umfasste mein Plan der Finnischwerdung. Zwei Abende nach der Elchjagd sitze ich zu Hause an meinem Schreibtisch und schaue auf meine handgeschriebene Liste mit den finnischen Flüchen als Überschrift. Punkt 5 lautete: »Eine Hundeschlitten-Safari in Lappland unternehmen und/oder eine Elchjagd mitmachen.«

Auch diesen Punkt könnte ich nun ruhigen Gewissens abhaken und hätte damit alles erledigt und ausprobiert, was ich aus eigener Kraft tun kann. Den Rest kann ich nur abwarten und hoffen, dass es sich vor Jahresende einstellt. Vor allem das Träumen auf Finnisch will mir nicht gelingen. Selbst wenn meine Träume in Finnland spielen, sind sie immer synchronisiert. Und Dubbing ist, wie meine Tochter ja findet, nur etwas für Dumme.

Wenn ich an meine Jagderlebnisse denke, wird mir klar, dass es mir mit den Elchen so geht wie mit den Fischen, die wir einmal geangelt und ausgenommen haben, und wie mit den Füchsen, die mein Schwiegervater gezüchtet hat: Sie tun mir leid. Ich bin zwar weder Vegetarier noch ein radikaler Gegner der Nutztierhaltung, aber es macht mir einfach keinen Spaß, Tiere zu töten oder leiden zu sehen. (Na gut, mit Mücken habe ich im Sommer kein Erbarmen, das muss ich zugeben.)

Eila sitzt im selben Zimmer an ihrem Computertisch und chattet mit ihrer Schwester in Schweden. Sie hört, wie ich seufze. »Was ist denn los mit dir?«, fragt sie und wendet sich von ihrem Laptop ab.

»Ich glaube, ich tauge doch nicht zum Finnen. Mir tun die Tiere zu leid.«

»He! Ich bin Finnin und habe auch keinen Spaß daran, auf Elche zu schießen oder Gedärme rauszuschneiden.«

Aber du bist eine Frau, denke ich, ohne es auszusprechen.

»Außerdem«, sagt Eila, »finde ich, dass du finnischer bist als die meisten Finnen!« Sie lächelt mich an.

»Wieso?«

»Na, zum Beispiel, weil du die Natur magst: die Wälder, die Seen, das Meer, die Felsen. Und wo andere nur Nutzholz sehen, siehst du Naturschönheiten. Du magst ja sogar Eis und Schnee. Jedenfalls für mich bist du finnisch genug!«

Das hat Eila lieb gesagt, und ich nehme mir vor, ihr zu glauben.

Der Oktober ist der beste Beweis dafür, dass auch deutscher Kulturexport erfolgreich sein kann. Im Oktober gibt es rund ein halbes Dutzend Kneipen in Tampere, die Oktoberfest feiern und auf München machen. Dazu dekoriert man mit blau-weiß karierten Wimpeln und schwarz-rot-goldenen Fähnchen, spielt Blasmusik in Moll, presst die Kellnerinnen in Dirndl und trinkt Bier. Das Ganze ist wahrscheinlich vergleichbar mit einem nordischen Mittsommernachtsfest, das man auf einem Bolzplatz in Darmstadt feiert, aber den Finnen gefällt's.

Gegen Ende Oktober haben die Kinder eine Woche Herbstferien. Eila und ich setzen sie in ein Flugzeug nach

Düsseldorf, wo sie für einige Urlaubstage von den deutschen Großeltern freudig erwartet werden. Ich bin sicher, es gibt kiloweise Spritzgebäck zu ihrer Begrüßung.

Ein paar Tage ohne Kinder tun jedem Ehepaar gut, das mehr als zehn Jahre auf dem Buckel hat. Eila und ich nutzen die Zeit und besuchen im Arbeitertheater Tampere, der größten Bühne der Stadt, ein Musical mit Original-Rockmusik aus »Manse«. Diesen Spitznamen hat der Volksmund Tampere verpasst, weil die Stadt lange Zeit als das Manchester des Nordens galt. An einem anderen Abend gehen wir im Gastro-Pub *Nordic* essen.

In der Woche, in der die Schulen Herbstferien haben, bin ich allerdings auch nach Berlin eingeladen. Am dortigen Finnland-Institut wird ein zweitägiges Symposium abgehalten zum Thema »Deutsche Finnland-Begeisterung von der Romantik bis heute«. Ich werde dort einen Vortrag zum Finnland-Bild in der deutschen Abenteuerliteratur des neunzehnten Jahrhunderts halten – ein weltfremdes Thema, an dem ich einmal gearbeitet habe, bevor ich anfing, mich mit dem Übersetzen von Betriebsanleitungen zu beschäftigen.

Meine Kollegin Lea ist mittelschwer entsetzt, als sie von meiner Dienstreise hört. »Ein Symposium zur Finnland-Begeisterung? Was denn für eine Finnland-Begeisterung?«

»Was ist daran so verwunderlich? Es gibt viele Menschen, für die Finnland faszinierend ist. Heute mehr denn je.«

»Ja, aber was sind denn das für Leute? Das sind die, die im Sommer mal zwei Wochen hier in einem *Mökki* verbringen und glauben, das Land zu kennen.«

»Das stimmt nicht. Jedes Jahr kommen viele junge Leute auf Austausch, um das Land für länger kennenzulernen.«

»Genau. Die leben dann wohlbehütet ein paar Monate bei einer Gastfamilie oder verbringen hier ein kurzes Austauschsemester, wo mehr gefeiert als studiert wird, und dann sind sie wieder weg. Die haben doch keine Ahnung.«

»Du übertreibst!«, halte ich weiter dagegen.

Aber Lea ist nicht zu stoppen. Sie redet sich in Rage. »Ist doch wahr. Die meisten, die hierherkommen, kennen doch nur ein paar schräge Musik-Bands oder drei, vier finnische Kinofilme mit dem Prädikat ›Besonders wertvoll‹, wo sich die Schauspieler minutenlang anschweigen. Das sind die Leute, die glauben, dass die Finnen spinnen.«

»Und du und ich, die hier seit Jahren leben, wissen, dass es anders ist.«

»Nein, ja, doch! Die spinnen schon, aber anders!« Lea verstrickt sich in Widersprüche, aber sie ist nicht zu bremsen.

»Du bist doch mit einem Finnen verheiratet«, halte ich Lea vor, »findest du, dass dein Mann spinnt?«

»Nein, der nicht. Mein Pentti ist aber auch anders.«

Lea schnaubt wie eine angeschossene Elchkuh. »Finnland-Begeisterung – pah! Begeistert sind immer nur die, die keine Ahnung haben.«

»Aber du lebst doch auch gerne in Finnland, oder?«

»Ja, schon, aber ich bin nicht begeistert. Ich sehe die Sache realistisch.«

»Vielleicht hast du nicht ganz unrecht«, versuche ich es diplomatisch, »in jeder Begeisterung steckt eine Portion Naivität, vielleicht sogar Unkenntnis.«

Ich muss an unsere Kinder denken, die nun in Deutschland bei Oma und Opa sind. Senja schwärmt für Hip-Hop, Benni neuerdings für Superhelden. Manche Leute schwärmen für Operette, andere für Schalke 04.

Wie grau wäre die Welt ohne Begeisterung. In ihr ist genügend Platz für ein paar Finnland-Fans. Ob sie spinnen oder nicht.

»Ich bin jedenfalls so von Finnland begeistert«, verrate ich Lea, um sie zu schockieren, »dass ich Finne werden will.«

»Das glaubst du ja selbst nicht!«

Mitten in unserem kleinen Schlagabtausch rümpft Lea auf einmal die Nase. »Was zieht denn nun wieder für ein eigenartiger Geruch von der Mensa zu uns herauf? Das ist ja ekelig!«

»Riecht wie Erbsensuppe. Da hätte ich jetzt Appetit drauf!«, sage ich spontan.

»Erbsensuppe? Heute ist doch erst Mittwoch. Erbsensuppe gibt es donnerstags.«

Schade, dass ich morgen nach Berlin fliegen muss. Aber ein weiterer Schritt ist getan. Ich habe am Mittwoch Appetit auf den finnischen Donnerstag. Ganz von alleine.

Ich bin zeitig wieder aus Berlin zurück, noch bevor die Kinder von ihrer Urlaubsreise heimkehren. Eila und ich holen sie natürlich vom Flughafen ab. Auf der Rückfahrt vom Flughafen nach Hause überschlagen sie sich mit Reiseberichten. Von Sandy, ihrer deutschen Cousine, erzählt Senja: »Seitdem sie im Sommer bei uns war, ist sie total von Finnland begeistert.«

Siehe da, denke ich, das Thema ist und bleibt aktuell.

»Jetzt surft Sandy dauernd im Internet und schaut sich alles Mögliche zu Finnland an.«

Zu Hause angekommen, packen die Kinder stolz ihre Mitbringsel, Reiseandenken und Neuerwerbungen aus. Oma und Opa haben den nordischen Enkelkindern das volle Verwöhnprogramm angedeihen lassen und nicht mit Geschenken gegeizt. Unter den Sachen befinden sich eine ganze Reihe von Artikeln aus dem Scherz- und Kostümladen, die mit Grusel und Horror zu tun haben. Kein Zweifel: Die letzte Nacht im Oktober naht, und Halloween steht vor der Tür.

In Deutschland hat sich dieser monströse Spaß längst im Festkalender etabliert, insbesondere im Rheinland ist er fast schon zum herbstlichen Zweitkarneval geworden. In Finnland streitet man seit vielen Jahren darüber, ob man diesen US-Firlefanz braucht und ob er eine Verballhornung des ehrenwerten *Pyhäinpäivä* (Allerheiligen) darstellt. Mit Heiligenverehrung haben die protestantischen Finnen zwar nicht viel an der Bärenfellmütze, aber der *Pyhäinpäivä* steht als Gedenktag für Verstorbene in hohem Ansehen. An diesem stillen Feiertag pilgern sie in Scharen zum Friedhof, um auf den Gräbern Kerzen aufzustellen.

Nach dem ersten Wiedersehenstrubel höre ich, wie Benni mit seiner Schwester berät, ob sie am Halloween-Abend durch die Nachbarschaft ziehen sollten, um Leute zu erschrecken und Süßigkeiten zu ergattern. Senja wäre unter Umständen bereit mitzukommen, wenn sie eine Maske aufhätte, die sie vollkommen unkenntlich macht. Zusammen würden sie dann statt »Süßes oder Saures« die Drohung *»Karkki vai kepponen«* ausstoßen.

Als gute Mutter schaltet sich Eila mahnend dazwischen: »Tut das bitte nicht«, sagt sie, »die meisten Nachbarn würden sich gestört fühlen. Vor allem Ältere mögen kein Halloween. Das ist einfach keine finnische Tradition.«

Benni wehrt sich: »Wenn es keine finnische Tradition ist, dann wird es eben eine. Irgendwann hat ja alles einmal angefangen.«

Für einen Jungen in seinem zarten Alter argumentiert Benni erstaunlich geschickt. Die wilden Urfinnen haben sicherlich auch kein Weihnachten gefeiert, obwohl es heute als das finnischste aller Feste gilt.

Ich komme nicht umhin, Bennis Partei zu ergreifen: »In Finnland feiert man immerhin auch Oktoberfest. Oder versucht es zumindest. Alles hat einmal klein angefangen.«

Eila schüttelt den Kopf. »Das ist etwas anderes. Wenn eine Kneipe zum Oktoberfest-Besäufnis läutet, kann jeder für sich entscheiden, ob er hingeht. Aber wenn Kinder an der Haustür klingeln, ist das lästig.«

Das will Benni nicht gelten lassen: »Aber jeder Nachbar darf doch entscheiden, ob er uns was gibt oder nicht.«

Das findet auch Senja: »Als Osterhexen haben wir das doch auch getan.«

Eila ist nicht überzeugt. »Halloween ist geschmacklos. Kommerzieller, neumodischer Quatsch. Ami-Humbug!«

»Wie man's nimmt«, halte ich dagegen, »eigentlich kommt der Spuk ja aus Irland. Also aus Europa. Und die alten Germanen kannten angeblich auch schon den Brauch, Fratzen in Rüben zu schneiden und als Laternen aufzustellen.«

Sogar im heidnischen Finnland gab es ein ähnliches Herbstfest am Ende des Erntejahres, *Kekri* genannt. Es war ein Fest mit Mummenschanz und Umzügen, bei denen Gaben erbettelt wurden. Mittlerweile ist es fast vergessen, aber es ließe sich bestimmt leicht wiederbeleben.

Nach längerer Auseinandersetzung einigt sich Eila mit Senja und Benni darauf, dass die Kinder zu Halloween nur bei einigen handverlesenen Nachbarn klingeln gehen, die zu den guten Bekannten gehören. Eila will sie telefonisch vorwarnen, welche Schrecken ihnen ins Haus stehen.

Hier sehe ich übrigens ein weiteres Zukunftspotential für Finnland: Der finnische Herbst ist so dunkel, trübe, unheimlich und grauslich, dass die Tourismusindustrie damit beginnen sollte, Finnland als rabenschwarzes Halloween-*Kekri*-Rübenfest-Land zu vermarkten. Die Metal-Bands mit Monstermasche könnten den Soundtrack dazu liefern.

Sauna-Man

An einem frostig-finsteren Abend im frühen November sitze ich im Auto und fahre auf meinem Heimweg durch die Innenstadt von Tampere. Vor einer roten Ampel muss ich anhalten. Ich döse vor mich hin, während ich auf Grün warte, da springt unverhofft eine seltsame Gestalt vor meinen Wagen und gafft durch meine Windschutzscheibe. Ich schrecke hoch. Es ist ein Mann in hellgrauer Skiunterwäsche. Er hat eine Sonnenbrille auf der Nase und trägt einen falschen Weihnachtsmannbart, der ihm bis fast zur Brust reicht. Er fuchtelt wie blöde mit seinen Armen durch die Luft und führt auf dem Zebrastreifen ein sehenswertes Affentheater an Drohgebärden auf. Dabei trommelt er sich auf seine Brust, wo in blauen Stofflettern ein »Suomi« aufgenäht ist. Über seine lange Skiunterhose hat er noch eine rote Badehose gezogen. Dazu trägt er schwere schwarze Gummistiefel, die ihn jedoch nicht davon abhalten, herumzuspringen wie ein Marder beim Kampf mit der Schlange. Von seinen Schultern wallt ein langer blauer Umhang über seinen Rücken. Auf seinem Kopf sitzt eine graue Filzkappe mit einem blauen, skandinavischen Kreuz. Ganz klar, hier rast ein finnischer Superheld durch das Verkehrsgewimmel.

Auch in den anderen wartenden Autos sitzen Fahrer, die verschreckt und amüsiert aus der Wäsche glotzen.

Am Straßenrand steht eine Gruppe junger Männer, die sich vor Lachen biegen und fleißig Fotos machen. Dann schaltet die Ampel auf Grün, und der finnische Superheld hastet mit langen Schritten an den Straßenrand zurück zu seinen Freunden, die ihn lachend empfangen.

Finnische Superhelden gibt es wirklich: Übermenschen im bunten Kostüm, die durch die Straßen hopsen und die außergewöhnlichsten Taten vollbringen. Man kann ihnen immer wieder begegnen, bevorzugt abends in großen Städten und zufällig immer dann, wenn jemand Junggesellenabschied feiert. In dieser Stunde der Bewährung müssen furchtlose finnische Bräutigame die kniffligsten Aufgaben übernehmen, die ihnen auferlegt werden, zum Beispiel Superschurken bekämpfen, die Welt retten, für Unordnung sorgen und vor allem in grellen Klamotten Aufsehen erregen. Es versteht sich von selbst, dass in einem gleichberechtigten Land wie Finnland zunehmend auch Superheld*innen* durch die Gegend rennen.

In der beruhigenden Gewissheit, dass es unerschrockene Helden gibt, die tagsüber unerkannt unter uns wohnen, aber bei Einbruch der Dunkelheit über unser Wohl wachen, fahre ich weiter. Nach einiger Zeit miaut es aus meiner Jackentasche: mein Klingelton für eine Textnachricht. Bei der nächsten roten Ampel hole ich mein Handy hervor und lese nach: Meine Frau simst mir wieder einmal eine lange Einkaufsliste. Beim nächsten Supermarkt halte ich an und besorge die gewünschten Waren in einer Rekordzeit von 12 min 34 sec. Es hat sich viel getan im Laufe des Jahres!

Zu Hause angekommen, muss ich sofort Benni von meiner Begegnung mit einem Superhelden berichten. Er lauscht gespannt meinem Bericht und lacht in sich hinein. Solche Späße zum *polttarit* (das nicht zufällig mit dem deutschen Wort »Polterabend« verwandt ist) sind Benni bereits bekannt. Als ich geendet habe, fragt er mich: »Wie stellst du dir eigentlich einen richtigen finnischen Superhelden vor? Also jetzt mal in echt. Ohne Bart und Sonnenbrille. Keinen Clown. Einen echten Superhelden.«

»Tja …« Ich überlege kurz. »Ein echter finnischer Superheld müsste Sauna-Man heißen.«

»Und was hätte der für Superkräfte?«

Wieder fällt mir sofort was ein: »Sauna-Man könnte die größten Temperaturunterschiede ertragen. Er kann Hitzestrahlen senden und Rauchwolken erzeugen … ja, und seine Gegner in Eisklumpen verwandeln.«

»Hat dein Sauna-Man auch irgendwelche Superwaffen?«

Ich nicke kräftig, ich bin richtig in Fahrt. »Natürlich! Er hat eine Kelle, mit der er nie versiegende Aufgüsse machen kann, und einen Finn-o-rang, der wie ein Nokia-Handy aussieht, aber wie ein Bumerang geschleudert wird.« Benni lacht sich schlapp. »Superidee«, lobt er mich. »Darf ich Sauna-Man für eine Comic-Geschichte verwenden? Für meinen Comic-Kurs.«

»Warum nicht.«

»Dann müsste ich noch wissen, wie Sauna-Man aussieht!« – »Mmh«, mache ich. Ich sehe ihn förmlich vor mir. »Er trägt nur eine Badehose und an den Füßen düsengetriebene Badeschlappen. Und natürlich ein großes Badetuch auf dem Rücken, als Umhang.«

»Aber dann erkennt ihn doch jeder! Superhelden müssen eine Maske anhaben.«

»Superman hat auch keine Maske an«, wende ich ein.

»Okay, aber als Normaltyp hat er eine Brille auf der Nase.«

»Na gut, also Sauna-Man hat ein rußgeschwärztes Gesicht. So schwarz wie eine Rauchsauna. Damit macht er sich unkenntlich. Und sein Geheimversteck ist ein Eisloch im See.«

Benni ist begeistert. Aber bevor er damit anfangen kann, erste Entwürfe zu zeichnen, ruft meine Frau zum Abendessen. Während wir am Tisch sitzen, kündigt Benni mehrmals an, demnächst unseren finnischen Superhelden im Bild bannen zu wollen.

»Dein Sauna-Man ist nicht schlecht, Vati, aber er ist nicht der erste finnische Superheld. Den gibt es schon. Mein Lehrer vom Comic-Kurs hat einen erfunden.«

»Wirklich?«

»Nächste Woche geht meine Klasse wieder in die Bücherei. Vielleicht kann ich ein paar Comic-Alben von ihm ausleihen ...«

Unsere Miezekatze ist der ruhende Pol im Hause. Sie ist immer da, schläft, frisst, guckt aus dem Fenster, lässt sich kraulen und will im November keine Pfote vor die Tür setzen. Ihr vierköpfiges Personal ist dagegen häufig unterwegs: Eila besucht ihre Abende zur Ernährungsberatung, Senja macht zweimal wöchentlich Hip-Hop, Benni malt – wie erwähnt – Comics in einer Kunstschule, und ich habe meinen *Humppa*-Tanzkurs. Der gefällt mir immer besser. Der Kurs ist ein einziges fröhliches Gehopse, bei dem alle guter Laune sind. Zudem hat er den Vorteil, dass man keinen festen Tanzpartner mitzubringen braucht, getanzt wird in wechselnden Paarungen.

An einem Donnerstagabend komme ich etwas zu früh zum Humppa. Das passiert mir selten, ich komme für gewöhnlich immer auf den letzten Drücker und ganz entgegen der gängigen Vorstellung, dass Deutsche immer überpünktlich sind. Um mir die Zeit zu vertreiben, werfe ich einen Blick in den Tanzsaal, wo noch ein anderer Kurs läuft, Jive & Swing. Ich zucke zurück, denn unter all den Tanzenden erblicke ich auch Sanna, meine Tanzpartnerin vom Frühjahr. Ihr Anblick bereitet mir ein schlechtes Gewissen, denn bei unserer letzten Verabschiedung war ich nicht sehr freundlich zu ihr, und ihre letzten Mails habe ich auch nicht mehr beantwortet. Aus sicherer Distanz durch den Türrahmen schielend, kann ich erkennen, wie sie mit einem Herrn tanzt, den sie fröhlich anlächelt. Als der Jive-&-Swing-Kurs zu Ende ist und die Teilnehmer in den Flur strömen, beobachte ich unbemerkt, wie Sanna und der Mann plaudernd die Schuhe wechseln, ihre Mäntel anziehen und hinausgehen. Kaum sind sie hinaus, eile ich zum Fenster. Die beiden spazieren Arm in Arm die Straße herunter. Irgendwie stimmt mich dieser Anblick froh, und in meiner eigenen Tanzstunde hopse ich noch fröhlicher als sonst umher. Man könnte sagen, ich kann nun auch den Humppa fühlen.

Am nächsten Sonntag ist Vatertag. Aus mir völlig nachvollziehbaren Gründen feiert man Vatertag im Norden am zweiten Sonntag im November, das verhilft dem Herbst zu einer Aufheiterung. Anders als in Deutschland rotten sich am Vatertag in Finnland die Väter nicht zu bierseligen Männerpartien zusammen, sondern lassen sich im Kreise ihrer Lieben verwöhnen. Senja backt für mich einen Kuchen, Benni hat für mich einen Comic gemalt. (»Die Abenteuer von Sauna-Man.«)

Zufällig fällt der finnische Vatertag in diesem Jahr auf den Martinstag, und unweigerlich geht mir durch den Kopf, wie sich die Zeiten ändern: Als die Kinder noch kleiner waren, liefen sie im November beim Laternenumzug der deutschen Kindergartengruppe durchs Zentrum und feierten Sankt Martin. Quietschvergnügt marschierten sie in einer großen Kinderschar mit bunten Laternen über den Zentralplatz von Tampere und wurden von ahnungslosen Passanten verblüfft angestarrt. Niemand wusste, was dieser Aufmarsch zu bedeuten hatte oder gegen wen hier demonstriert wurde. Dabei waren Martinsgans und Martinsfeuer auch in Finnland einmal weit verbreitet und sind nur allmählich in Vergessenheit geraten, als Schwedenkönig Gustav III. die Stadt Tampere gründete. Die Verstädterung ist an allem schuld. Oder die Schweden.

In den nächsten Tagen kommen nach und nach Erstsemester-Studenten in mein Büro, um sich in halbstündigen Einzelgesprächen beraten zu lassen und den weiteren Fortgang ihres Studiums zu planen. Irgendwann sitzt eine junge, großgewachsene Frau mit dunklen Haaren vor mir.

Als sie auf meinem Besucherstuhl Platz nimmt, frage ich einleitend nach ihren Eindrücken vom Studium nach knapp einem Semester.

»Mmh … ich weiß nicht«, nuschelt sie.

»Entspricht das Studium in etwa Ihren Erwartungen?«

»Keine Ahnung. Ich hatte keine Erwartungen.«

»Haben Sie schon bestimmte Vorstellungen von späteren Schwerpunkten im Studium? Oder gar konkrete Berufswünsche?«

»Nein, eigentlich nicht.«

Die Verunsicherung der Studentin ist geradezu körperlich spürbar. Sie macht einen ganz und gar verhuschten Eindruck. Um etwas Positives zu sagen, versuche ich es mit einem Lob: »Ihre Deutschkenntnisse sind sehr gut.

Sie bringen die besten Voraussetzungen für ein Studium in unserem Fach mit.«

»Ja, ich habe eine Tante in Deutschland. Die besuche ich seit vielen Jahren jeden Sommer.«

»Ah ja«, sage ich und kontrolliere dabei einen Computerausdruck, den sie mir vorgelegt hat, auf dem alle von ihr belegten Kurse verzeichnet sind. Sie liegt voll im Plan – eine emsige Studentin. Also probiere ich es mit der modernen Manager-Masche, Stichworte: Zukunft, Vision, Strategie.

»Frau Humala, wo sehen Sie sich denn in fünf Jahren?« Die Studentin überlegt lange. »Ich weiß nicht. Ich weiß auch nicht, ob ich überhaupt Übersetzerin werden will. Vielleicht lebe ich in fünf Jahren bei meiner Tante …«

Allein um das Gespräch voranzubringen, frage ich: »Ist das eine Tante väterlicherseits oder mütterlicherseits?«

»Väterlicherseits. Aber zu meinem Vater habe ich seit vielen Jahren keinen Kontakt mehr. Der hat sich einfach nicht mehr gemeldet.«

An dieser Stelle merke ich, dass ich aufpassen muss, bevor die Sache zu persönlich wird und sie mir gleich ihre ganze Lebens- und Leidensgeschichte klagt.

»Frau Humala«, setze ich wieder an und blättere durch ihre Papiere, »mit Vornamen heißen Sie … Isabella.«

»Ja, Isabella.« Sie blickt versonnen an die Decke und fügt dann hinzu: »Wie das Schiff.«

»Wie das Schiff?«

»Ja, wie die Fähre nach Schweden. Das war eine Idee meines Vaters.«

Ich muss schlucken. Bei mir läuten die Glocken. Diese Geschichte habe ich schon einmal gehört. Auf einer Fähre nach Schweden.

»Ach … noch zu Ihrer Tante«, sage ich und versuche, möglichst beiläufig zu klingen, »wo in Deutschland wohnt sie eigentlich?«

»In Frankfurt.«

»Etwa in Frankfurt am Mainz?!« Zu spät bemerke ich meinen Versprecher. Ich könnte mir auf die Zunge beißen.

»Das heißt: Frankfurt am Main!«, verbessert mich die Studentin, dabei huscht ihr sogar ein Lächeln übers Gesicht.

»Ich weiß.« Ich räuspere mich, bevor ich auf meine Frage von eben zurückkomme. »Wenn wir mal nicht allzu weit in die Zukunft greifen – denken wir nicht an die Zeit in fünf Jahren, sondern an Heiligabend in rund einem Monat: Was wollen Sie bis Ende des Jahres alles erreicht haben?«

»Ich hätte gern alle Kurse erfolgreich bestanden.«

»Und was wünschen Sie sich zu Weihnachten?«

Diese Frage hat nichts mit dem Studium zu tun, aber in der modernen Pädagogik ist alles erlaubt. Wieder folgt ein längeres Schweigen.

»Ich weiß nicht. Nichts Besonderes. Mir liegt nichts an Geschenken.« Die Studentin schweigt. Ich sage auch nichts und nehme mir vor, die Ruhe zu ertragen. Ganz finnisch. Geduldig abwartend. Ich sehe sie nur aufmunternd an.

»Ich weiß wirklich nicht. Vielleicht eine Postkarte von meinem Vater.«

Den Rest unserer Zeit sprechen wir über Kurse im kommenden Frühjahrssemester, über die Stärken und Schwächen der Studentin in bestimmten Teilkompetenzen und ähnlich Weltbewegendes mehr. Kaum hat Isabella Humala, die junge Frau mit dem Schiffsnamen, die ihren Vater vermisst, mein Büro verlassen, springe ich auf und öffne meinen Garderobenschrank, in dem mein Anorak hängt. In der Innentasche steckt mein Portemonnaie. Nach kurzem Suchen finde ich die selbstgebastelte Visitenkarte, setze mich an meinen Computer und schreibe eine Mail an den Mann mit dem Ziegenbärtchen und den baumelnden Ketten an seiner Jeans.

Finnische Spinner und deutsche Deppen

Benni hat sich endlich in der Bücherei zwei Comic-Alben ausgeliehen mit den Abenteuern von Finnlands Superhelden *Kapteeni Kuolio,* dem ersten, echten, einzigen und wahren. Story und Bilder stammen aus der Feder von P. A. Manninen, einem der renommiertesten Comic-Künstler Finnlands. Natürlich kommt er aus Tampere! Und er ist der Lehrer in Bennis Vorabendkurs im Comic-Zeichnen.

Benni erzählt begeistert: »Letzte Woche war's im Kurs mal ziemlich laut. Da hat der Lehrer gerufen: ›Setzt euch auf eure Hintern und malt mit den Händen. Und wenn ihr das nicht sofort tut, müsst ihr euch auf die Hände setzen und mit dem Hintern malen!‹ Echt super, der Typ!« (Ähnliche Sprüche sollte ich in meinen Kursen an der Uni auch einmal versuchen.)

Dann blättert Benni in den Comic-Alben und präsentiert mir *Kapteeni Kuolio.* Wörtlich heißt das so viel wie »Käpt'n Wundbrand«. Er ist ein Verlierer-Typ mit langen, fettigen Haaren, ohne bunten Dress oder schicke Superwaffen. Ihm zur Seite steht ein fettleibiger Freund mit Brille und Stirnglatze, der ziemlich kurzatmig ist. Aber wie alle Superhelden ist auch dieses Duo selbstlos und auf das Wohl seiner Mitmenschen bedacht.

Die beiden Bände, die Benni entliehen hat, tragen übersetzt die Titel »Käpt'n Wundbrand und die Vampire von Pispala«, einem bekannten Stadtteil von Tampere, und »Käpt'n Wundbrand und der Werwolf von Kalevankangas«, einem altehrwürdigen, geschichtsträchtigen Friedhof der Stadt. Die Comic-Abenteuer lassen im Unklaren, ob Tampere und die Welt wirklich von Vampiren und Werwölfen bedroht sind oder ob Käpt'n Wundbrand nur schizophren ist. Den Werwolf besiegt der finnische Superheld nicht mit Silberkugeln, wie es bei solchen Monstern üblich ist, sondern mit einem kleinen silbernen Löffelchen, wie sie nach altem Brauch finnische Täuflinge von ihren Paten geschenkt bekommen. Käpt'n Wundbrand weiß sich eben zu helfen.

Es sind Comics mit Tiefgang, wo vieles anders ist, als es scheint, und die manches Wissenswerte über lokale Besonderheiten und regionale Historie vermitteln. Das Ganze garniert mit feinem Humor. Benni hat ein neues Vorbild gefunden. Auch er will später einmal Comic-Zeichner werden. Bloß dass sein Held Sauna-Man heißen soll. Mir bestätigt sich nur noch einmal, was ich bereits wusste: Superhelden flitzen nicht nur über amerikanische Wolkenkratzer, sondern auch durch finnische Vorstädte. Sie führen ein Doppelleben oder sind innerlich gespalten. Neu ist dank Käpt'n Wundbrand die Einsicht, dass es zweitrangig ist, ob Vampire und Werwölfe wirkliche Bedrohungen oder nur Hirngespinste sind. Entscheidend ist, dass man ihnen heldenhaft begegnet. Und sei es mit einem Silberlöffelchen.

Senja steht seit den Herbstferien in regem Austausch mit ihrer Cousine Sandy. Die beiden chatten, mailen und skyben, was die Hardware hält.

»Sandy ist jetzt extrem in Finnland vernarrt«, lacht Senja, »die schickt mir dauernd Links auf irgendwelche Videoclips.«

»So? Was denn zum Beispiel?«, frage ich.

Senja setzt sich vor ihren Laptop und öffnet eine Mail von Sandy. Sie enthält eine ganze Sammlung von Links auf verrückte Kurzfilme, von denen Senja einige anklickt. Eine wahre Kuriositätensammlung tut sich auf: Finnen beim Eislochschwimmen, Finnen beim Huckepack-Wettlauf mit ihren Frauen auf dem Rücken, Finnen beim Skifahren im Schlepptau galoppierender Rentiere, Finnen bei der Gummistiefel-Schlacht. Dazu »Normalitäten« wie ausgeflippte Finnen beim *Heavy Metal*-Konzert und betrunkene Finnen, die in einer Unterführung grölen.

»Wo hat Sandy nur all diese Filmchen aufgestöbert?«, frage ich verdutzt. Ich befürchte, meine Nichte ist dabei, sich ein völlig einseitiges Finnland-Bild anzueignen.

»Im Net gibt es angeblich eine Seite mit dem Namen ›Finnische Spinner‹«, sagt Senja, »da findet Sandy alles Mögliche.«

Ich werde dem Finnland-Institut in Berlin eine Mail schreiben und vorschlagen, bei Gelegenheit ein Symposium »Zum Finnland-Bild in der westlichen Spaß- und Freizeitgesellschaft des einundzwanzigsten Jahrhunderts« abzuhalten. Jedes Thema lohnt die wissenschaftliche Auseinandersetzung. Den Beweis dafür erhalte ich umgehend:

»Wie übersetzt man Weihnachtsmann?« Zu diesem Thema soll in Kürze eine kleine Tagung an der Uni von Rovaniemi, der Hauptstadt von Finnisch-Lappland, stattfinden. Sollte man Weihnachtsmann für russische Kinder mit »Väterchen Frost« übersetzen, für Engländer lieber mit »Father Christmas« oder mit »Santa Claus«? Es geht um Grenzen und Möglichkeiten der Übersetzung von Literatur für Kinder, Schwerpunktthema Weihnachten. Ich habe mich angemeldet und bin als Vortragender angenommen worden. Dafür verwende ich einen Artikel als Vortragsskript, an dem ich im Sommer gearbeitet habe und der den Titel trägt: »Warum heißen Tick, Trick und Track nicht Aatami, Erkki und Nuutti? Ein deutsch-finnischer Vergleich übersetzerischer Traditionen«.

Der Termin der Tagung, das darauffolgende Wochenende und der finnische Unabhängigkeitstag fallen so günstig, dass es sich lohnt, aus dem Tagungsbesuch einen kleinen Lappland-Urlaub zu machen. Eila und die Kinder werden mir nachreisen, ihre Flug- und Unterkunftskosten zahlen wir aus eigener Tasche.

»Dann können wir den Weihnachtsmann endlich einmal höchstselbst besuchen!«, verspreche ich den Kindern. Benni freut sich darauf, ihn endlich persönlich kennenzulernen. Senja setzt ein grimmiges Gesicht auf, als wolle sie sagen: *Na, dem werde ich ordentlich den Bart rupfen*. Aber bis dahin ist es noch ein Weilchen.

Gegen Ende November beginnt der finnische Endjahrestaumel aus Einkaufsrausch, Feiern, Ferienstimmung und Stress. Die Innenstadt ist längst weihnachtlich dekoriert, die Weihnachtssaison mit einer Parade aus Weihnachtswichteln und Rentieren offiziell eröffnet worden. Jeder Verein, jeder Betrieb, jeder Verband und jeder Freundschaftskreis lädt nun zu einer Weihnachtsfeier. Diese fröhlichen Feste werden *pikkujoulu* genannt, Klein-Weihnachten. Anders als der Heilige Abend, der in Ruhe und Zurückgezogenheit in den eigenen vier Wänden zugebracht wird, sind die *pikkujoulu*-Partys oft alkoholgeschwängerte Geselligkeiten mit wilden Auswüchsen. Auch in unserem Institut wird ein *pikkujoulu* geplant, das in diesem Jahr zeitig, Anfang Dezember, stattfinden soll.

Einen Tag vor dem geplanten *pikkujoulu* erhalte ich

den Bescheid, dass ich meinen finnischen Pass bei der örtlichen Polizeibehörde abholen kann. Das lasse ich mir nicht zweimal sagen und nehme noch am selben Tage meine Trophäe in Empfang. Nun ist es amtlich: Ich bin Finne – zumindest auf dem Papier! Das muss gefeiert werden. Eila und ich köpfen am Abend eine Flasche Wein, Senja und Benni kriegen Pfefferkuchen und Kakao kredenzt. Benni blättert neugierig durch mein neues Ausweispapier. Es will ihm nicht behagen, dass ich plötzlich ein anderer sein soll. Er betrachtet das Passbild und schüttelt den Kopf: »Ich finde, du siehst aus wie immer!« Auch Senja ist der Meinung, dass sich nicht viel getan hat: »Vati ist jetzt Finne. Aber er hat noch genauso wenig Ahnung wie vorher.«

Vielleicht ist es die Aufregung um die neue Staatsbürgerschaft, aber am Abend desselben Tages will es bei mir mit dem Einschlafen nicht klappen. Ich versuche es zuerst mit Zeitunglesen in der Küche. Dabei stoße ich auf einen Kommentar, in dem sich der Vertreter eines Heimatbundes darüber beschwert, wie dumm es vom Gesetzgeber war, auch Nicht-EU-Bürgern das Recht einzuräumen, Grundstücke in Finnland zu erwerben. In Ostfinnland seien mittlerweile so viele Ferienhäuser an neureiche Russen verkauft worden, dass komplette russische Kolonien entstünden. Den Privathäusern würden bald Hotelketten, Freizeitanlagen und Läden in russischer Hand folgen. Bei der Lektüre des Kommentars ergreift mich ein gewisses Unbehagen über den Ausverkauf meines Vaterlandes. Und im selben Moment stutze ich … Habe ich gerade »Vaterland« gedacht? Richtiger wäre für mich wohl die Bezeichnung »Ehefrauenland«. Jedenfalls eine Form von Heimat.

Leider macht mich auch das Zeitunglesen nicht viel müder. Ich versuche es mit Fernsehen. Zuerst zappe ich mich durch finnische Fernsehsender, dann schalte ich um auf Satellitenempfang und checke die deutschen. Beim Hessischen Rundfunk bleibe ich hängen. Da läuft eine Nostalgie-Volksmusiksendung vor billiger Fachwerkhaus-Pappkulisse. Das Publikum sitzt auf rustikalen Holzbänken, säuft *Äbbelwoi* und schunkelt. Während ich dem aufgesetzten Frohsinn eine Weile zuschaue, denke ich über die Website »deutsche Deppen« nach. Da kämen fraglos auch einige skurrile Kurzfilme zusammen. Auf Anhieb fallen mir genügend Albernheiten ein, die man in Bild und Ton festhalten und weltweit verbreiten müsste: maskierte Schwaben bei ihrem neckischen Narrensprung, niedersächsische Schützenbrüder, wie sie auf Holzvögel ballern, das Kölner karnevalistische Dreigestirn, wo ein gestandener Mann nicht davor zurückschreckt, sich als liebliche Jungfrau zu verkleiden. Deutsche beim samstäglichen Autowaschen wäre auch eine Lachnummer für Finnen. Oder deutsche Mülltrenner, wie sie einen Teebeutel in Papieretikett, Schnur und Metallklämmerchen zerlegen und die überbrühten Teeblätter einzeln in die Biotonne befördern.

Sehr viel müder bin ich zwar immer noch nicht, aber immerhin gutgelaunt, als ich den Fernseher ausschalte und im Halbdunkeln zurück ins Bett torkle. Im Flur stolpere ich über eine Handtasche meiner lieben Frau, die zwar sehr ernährungs-, aber nicht unbedingt ordnungsbewusst ist.

»Autsch!«, stoße ich hervor. Und dabei ärgere ich mich zweifach: erst darüber, dass mein Fuß schmerzt, und dann darüber, dass ich nicht auf Finnisch geflucht habe. Was nützt es mir, wenn ich einen finnischen Pass habe, aber so harmlos fluche wie ein deutscher Grundschüler. (Und zwar einer aus dem ersten Schuljahr.)

Für das *pikkujoulu* an unserem Institut ist einer der größeren Seminarräume mit ein paar elektrischen Schwibbögen auf vorweihnachtlich getrimmt werden. Solche Lichterbögen haben im Norden eine lange Tradition und kommen ohne erzgebirgische Nussknacker, Bergwerksfigürchen oder Räuchermännlein aus.

Ich sitze mit meinen engsten Kollegen zusammen: mit der schmiedeeisern schnatternden Lea und der süß sächselnden Praktikantin Heike, mit unserer feschen Forscherin Helmi-Mari und mit Doppel-i-Tiina. Tiina hat heute keine Schleifchen im Haar, stattdessen hat sie eine rote Weihnachtswichtel-Zipfelmütze auf dem Kopf, die einen reizvollen Kontrast zu ihren schweren Ringerarmen bildet. Auch Forscherin Helmi-Mari hat sich kleinweihnachtsfeierlich in Schale geworfen und zeigt, wie forsch sie ist: Sie trägt eine Haarspange, von deren Enden zwei Geweihstangen aus braunem Stoff abstehen, sowie eine kugelrunde rote Plastiknase im Gesicht, die mittels Batterie leuchtet. Sie erkennt den fragenden Blick im Gesicht unserer Praktikantin und erklärt: »Ich bin Rudolph mit der roten Nase. Aber auf Finnisch heiße ich nicht Rudolph, sondern Petteri.«

Zu trinken gibt es Glögg, ein heißes Fruchtsaftgetränk mit Mandeln und Rosinen, das man mit etwas gutem Willen und einem Schuss Wodka als eine Art Glühwein ansehen kann. Dazu essen wir Pfefferkuchen, das finnische Gegenstück zum Spekulatius. Im Laufe des Abends stehen ein paar Einlagen auf dem Programm. Einige stimmgewaltige und sangeskundige Kollegen treten als *Tiernapojat* auf, als finnische Sternsinger, und bieten ein altes Singspiel dar, das etwa eine Viertelstunde dauert. Traditionell gehören dazu mindestens vier Rollen: ein pechschwarzer Mohrenkönig als Weiser aus dem Morgenlande, ein despotischer König Herodes, ihm zu Diensten ein soldatischer Knecht, der zum Kindermord nach Bethlehem ausrückt, sowie ein Sternenträger, der die frohe Botschaft verkündet. Die Sänger sind entsprechend kostümiert. Alle vier singen Lieder im Solo, dann wieder im Chor. Nach altem Ritual schlagen Mohrenkönig, Herodes und Soldat im Takt die Klingen ihrer Schwerter aneinander.

Bei diesem alten Singspiel tritt zuweilen noch ein fünfter Akteur auf, der bloß eine stumme Rolle innehat. Er mimt einen Alten mit Buckel, der dabeisteht und verdrießlich dreinschaut. Über Herkunft und Bedeutung dieses stummen Parts streiten sich die finnischen Volkskundler. Niemand weiß so recht, was es mit diesem krüppeligen Kerl auf sich hat. Irgendwem aus unserem Institut ist es gelungen, meinen alten griesgrämigen Kollegen Albert für diese Rolle zu gewinnen. Er hat sich ein Kissen unter die Jacke geschoben und stützt sich auf einen Krückstock. Er sieht aus wie der Glöckner vom Dom zu Tampere. Wahrscheinlich würde er als Franke lieber das Christkind auf dem Nürnberger Weihnachtsmarkt spielen, aber er macht sich diesmal ganz prächtig und scheint endlich eine Rolle gefunden zu haben, in der er voll aufgeht. Er steht verkniffen dabei und sieht alle übelgelaunt an. Eine Idealbesetzung!

Die Vorführung wird gerahmt von einem Begrüßungs- und einem Abschiedslied, in dem die Sänger frohe Weihnachten wünschen. Mit diesem Singspiel zogen früher arme Studenten im Advent umher, um sich Geld zu verdienen. (Im Großraum Oulu ist diese Tradition bis heute sehr lebendig.) Unsere Kollegen ernten heute statt barer Münze Applaus und Hochrufe.

Wir sind ein Institut für Sprachen und Übersetzung, entsprechend international ist unser Personal zusammengesetzt, und ebenso buntgemischt und vielsprachig sind die Lieder, die wir heute Abend singen, von *Jingle Bells* bis *Oh Tannenbaum*. Unsere Nordisten bestehen darauf, das schwedische Lied von der heiligen Lucia zu singen, *Santa Lucia*. Viele finnische Weihnachtslieder handeln von Schweinebraten und Wichtelmännern. Unter anderem stimmen wir an: *»Hei, tonttu-ukot hyppikää, nyt on riemun raikkahin aika! Hetken kestää elämä ja sekin synkkä ja ikävä.«* (Hei, Wichtelmänner, hüpft umher, es ist die freudenreichste Zeit nunmehr. Das Leben währt ein kurzes Weilchen bloß, und das ist trüb und ohne Trost.) Bei solchen Liedern kommt echte Weihnachtsstimmung auf. Unser grantiger Altvorderer Albert singt das Lied bei geringstmöglichem Einsatz von Lippenbewegungen noch mit, bevor er sich grußlos in sein Büro zurückzieht.

Helmi-Mari stupst mir gutgelaunt in die Seite und meint: »Wann trittst du denn noch mal als deutscher Nikolaus auf?« – »In diesem Jahr nicht. Aber vielleicht im nächsten wieder.«

»Was ist am Nikolaus eigentlich so typisch deutsch?«, fragt Doppel-i-Tiina und lässt ihre Zipfelmütze kreisen, als wolle sie mich peitschen.

»Gar nichts!«, sage ich und schlürfe an meinem Glögg-Getränk. »Den Nikolaus verehrt man in Dutzenden Ländern. Allerdings, in Deutschland war der Nikolaus-Kult besonders ausgeprägt.« Die christlichen Heiligen waren die Superhelden des Mittelalters. Sie trugen wallende Mäntel, erschienen in höchster Not und taten selbstlos Wunderdinge. »Ja«, lacht Helmi-Mari fröhlich, »aber typisch deutsch ist es, Kinder zum Schuheputzen zu bringen. Und die Deutschen haben aus dem Nikolaus einen Buchhalter gemacht, der akribisch alle Sünden aufschreibt und bei seinem Erscheinen abrechnet.«

»Da magst du recht haben«, schmunzle ich, »aber

ohne deutschen Nikolaus hätte Finnland keinen Weihnachtsmann!«

Helmi-Mari lacht, aber Tiina grollt und fühlt sich in ihrem Nationalstolz angegriffen. »Was hat unser Weihnachtsmann mit eurem Nikolaus zu tun?«

»Nikolaus war Schutzpatron der Seefahrer. Mit deutschen Hanseaten hat sich der Nikolaus-Kult im ganzen Ostseeraum verbreitet.« Ich könnte aus dem Stegreif einen ganzen Vortrag zu diesem Thema halten, in meinen Kulturkunde-Vorlesungen habe ich mich mehrmals damit beschäftigt.

Tiina wirft mir böse Blicke zu, sie kann es nicht auf sich sitzen lassen, dass der finnische Weihnachtsmann etwas mit dem deutschen Nikolaus zu tun haben könnte. »Unser Weihnachtsmann ist Finne!«, raunt sie bedrohlich. »Und der hat nichts mit eurem Nikolaus zu tun.«

»Also erstens war der Nikolaus sowieso kein Deutscher, und zweitens ist der Weihnachtsmann international!«, erkläre ich kämpferisch. – »Ist der Weihnachtsmann nicht eine Erfindung von Coca-Cola?«, wirft Heike ein. Sie ist Praktikantin und hat noch viel zu lernen.

Irgendwann wird mir die Diskussion zu blöd: »Unser, euer, deutsch, finnisch – das ist doch alles Humbug! Abgesehen davon: Selbst wenn der Weihnachtsmann ein Finne wäre, würde er mein Landsmann sein. Denn ich bin ein Finne!« Und mit großer Geste hole ich meinen funkelnagelneuen Pass hervor, den ich eigens eingesteckt hatte, um ihn auf der Weihnachtsfeier vorzuzeigen.

»Was? Du hast tatsächlich die finnische Staatsbürgerschaft angenommen?«, ereifert sich Lea. Bei meiner Ruhrpott-Kollegin platzen die Dampfkessel: »Spinnst du?«

»Nicht nur das! Letzte Woche habe ich auch brav am Donnerstag meine Erbsensuppe gegessen.«

Ich freue mich über all die staunenden Augenpaare und offenen Münder. Helmi-Mari blättert ehrfurchtsvoll durch meinen Pass, dann springt sie mit ihrem Rentiergeweih und der rot leuchtenden Nase auf einen Stuhl und ruft laut (und auf Finnisch) in die Runde: »He, Leute, hergehört! Wir haben einen neuen Finnen unter uns! Hermanni!« Den Pass reckt sie in die Höhe wie eine Kriegsbeute und zeigt ihn herum. Schon bald ist der Raum erfüllt von freudigen Zurufen, Glückwünschen und Trinksprüchen. Ich werde regelrecht bestürmt, jemand gießt mir Glögg mit Schuss nach. »Prost! Auf dein neues Leben!« Dazu gibt's immer wieder Schulterklopfen und Händeschütteln. Egal für wie verrückt mich Lea hält, ich fühle mich integriert.

Kurz bevor ich aufbreche, um den letzten Bus nach Hause zu nehmen, schieben zwei gutgelaunte Frauen von der Verwaltung einen Fernseher in den Raum, der auf einem Rollwagen steht. Angeschlossen ist eine Spielkonsole, in die sie ein Karaoke-Programm schieben. Bald ertönen finnische Rock-Klassiker, Schlager, alte Abba-Songs und vieles andere. Mit Weihnachten hat das alles wenig zu tun, nur noch ein kleines bisschen. (Deswegen heißen diese Feten auch Klein-Weihnachten.) Die Stimmung ist auf dem Siedepunkt – auf dem Punkt, an dem Alkohol destilliert. Wieder stößt mir Helmi-Mari in die Seite: »Hermanni, du bist jetzt Finne. Nun musst du auch Karaoke singen.«

»Das habe ich bereits. Ein Mal. Im Mai auf der Fähre nach Schweden. Das reicht mir für den Rest meines Lebens!«

Finnland für Fortgeschrittene

Tags drauf reise ich nach Rovaniemi, Lappland. Das liegt noch einmal stolze siebenhundertvierzehn Kilometer von Tampere entfernt und damit so weit wie von Stuttgart nach Wilhelmshaven. Aber ich reise nicht vom Schwabenland zum Nordseestrand, sondern geradewegs zum Polarkreis. In einer kleinen, laut dröhnenden Propellermaschine geht es Richtung Norden und dann immer geradeaus. Und dabei fängt Lappland in Rovaniemi erst so richtig an. Nördlich der Provinzhauptstadt erstrecken sich Wälder, Sümpfe, Fjelle und karge Tundra. Auf einer Fläche, die deutlich größer ist als Ungarn, leben in etwa so viele Einwohner wie in Rostock (Rentiere nicht mitgerechnet). Wild, urtümlich, riesig, menschenleer, arktisch … Lappland ist Finnland für Fortgeschrittene.

Ich bin erleichtert, als die Maschine nach unruhigem Flug wieder auf der Landebahn aufsetzt. In Tampere hatten wir bereits Frost und erste Schneefälle. Aber hier in Rovaniemi ist der Winter schon in voller Pracht. Das Thermometer am Flughafen zeigt minus fünfzehn Grad. Neben der Landebahn türmt sich der Schnee schon einen Meter hoch. Ich bin nicht zum ersten Mal in Lappland, aber es ist immer wieder schön. Mit einem Transferbus geht es in die Innenstadt zu meiner Unterkunft, einer privaten Ferienwohnung, die mir Bekannte empfohlen haben, mit Frühstück bei der Gastmutter.

Die Tagung an der Uni Rovaniemi ist kurz, intensiv und interessant, ein Zusammentreffen von Philologen, Folkloristen, Soziologen und Übersetzungswissenschaftlern. Hochspannend ist der Vortrag einer Arbeitsgruppe über ein teuer bezahltes EU-Projekt, das an der Erstellung eines europaeinheitlichen Adventskalenders arbeitet. Er soll das europäische Gemeinschaftsgefühl stärken und in mehreren Jahren lanciert werden. Die Finnen, die sonst EU-Musterschüler sind, gelten in dieser Arbeitsgruppe als Querulanten, weil sie partout auf dem Abdruck eines finnischen Fähnchens hinter dem sechsten Adventstörchen bestehen, während die EU-Mehrheit am 6. Dezember den Nikolaus abgebildet sehen will.

Unsere Familie hat das Problem des doppelten Feiertags längst gelöst: Wir feiern am 6. Dezember erst Nikolaus und dann finnischen Unabhängigkeitstag. Morgens finden die Kinder eine Überraschung in den frisch geputzten Schuhen, und abends schauen wir uns im Fernsehen den feierlichen Empfang im Präsidentenschloss an, für Finnland *das* Medienereignis des Jahres.

Einen Tag nach mir kommen Eila und die Kinder angereist. Für den Wochenend-Kurzurlaub in Lappland gönne ich mir den Luxus und nehme einen Mietwagen. Damit hole ich meine Lieben vom Flughafen ab. Es ist früher Nachmittag, aber schon dunkel, als die drei ankommen. Wir bringen das Gepäck in die Unterkunft.

Nach einer kleinen Stärkung fahren wir gleich zur Hauptattraktion von Rovaniemi, dem Weihnachtsmanndorf. Das ist eine Ansammlung schmucker Blockhütten und Häuser aus Bruchstein, von denen einige ein turmartiges Spitzdach tragen. Zu den Attraktionen gehören Läden für Kunsthandwerk und Spielzeug, ein Postamt am Polarkreis, Restaurants und natürlich ein

Domizil des Weihnachtsmanns, wo Gäste aus aller Welt für eine Audienz mit Fototermin beim alten Weißbart anstehen.

Das ganze Dorf ist geschmackvoll gestaltet und finnisch genug, um nicht nach Disney-World auszusehen. Es gibt auch einen Aussichtsturm, eine Rieseneisrutsche und eine blaue Lichterlinie, die den Verlauf des Polarkreises markiert. Senja würde am liebsten gleich den Laden mit Lappland-Schmuck aufsuchen, aber der Familienrat entscheidet mit drei zu eins Stimmen, zuerst den Weihnachtsmann zu besuchen.

Diensteifrige Wichtel weisen uns den Weg. Obwohl längst Hochsaison ist, geht das Anstehen ziemlich zügig. Unsere letzten Zweifel in Bezug auf die Echtheit des Weihnachtsmannes werden zerstreut, als wir sehen, wie viele Japaner, Briten, Russen und Italiener anstehen, um diesen Mann zu sehen. Bald werden wir in einen gemütlichen, großzügig ausgestatteten Raum vorgelassen, in dem der Weihnachtsmann auf einem Stuhl thront, der mit Fell ausgelegt ist. Er trägt eine rote Zipfelmütze, die fast so lang ist wie sein wallender Lockenbart. Der Weihnachtsmann hat wollene Kleider an, ein weißes Hemd mit rotem Wams und eine graue Hose. An den Füßen trägt er schwere Filzpantoffeln, aus denen geringelte Wollsocken hervorgucken. Links von ihm steht ein geschmückter Tannenbaum, rechts daneben befindet sich ein offener Kamin, in dem ein schwerer Kessel hängt. Die Besucher dürfen sich zu einem kurzen Plausch neben den Weihnachtsmann setzen und auf einer Bank Platz nehmen. Ein Wichtel macht Fotos, die man hinterher für harte Euro kaufen kann. (Mit dem Erlös werden angeblich Wichtel umgeschult, die früher in der Zinnsoldaten-Fabrikation tätig waren und dann arbeitslos wurden.)

Der Weihnachtsmann ist ein großer, baumstarker, breitschultriger Bursche, dem man gerne zutraut, rund um die Welt zu stapfen und Kinder zu beschenken. Beeindruckend ist in der Tat, dass er mit nahezu allen Touristen ein paar Worte in ihrer Landessprache wechseln kann. Kaum eingetreten, bestürmt Benni ihn (auf Finnisch): »Bist du der echte Weihnachtsmann?«

Der Mann mit der Zipfelmütze kichert. »Na, was glaubst du denn, mein Junge? Einen echteren als mich wirst du nirgendwo finden!«

Senja mustert ihn kritisch und beäugt seinen Bart, der bis zum Gürtel hinabreicht. Keck und vorwitzig, wie sie sein kann, fragt sie: »Darf ich mal an deinem Bart ziehen?«

Der Weihnachtsmann sieht Senja durchdringend an. »Nur wenn ich auch an deinen Haaren ziehen darf!« Und er reckt schon die Hand, um Senja in ihre Föhnfrisur zu fassen. Der Weihnachtsmann ist schlagfertig. Ganz sicher hat er schon so manche seltsame Frage zu hören bekommen.

»Dann lieber nicht!«, sagt Senja und zieht eilig ihren Kopf zurück. An ihrer Frisur hat sie eine Viertelstunde herumgebürstet, die will sie sich nicht von einem alten Mann zerzausen lassen.

»Haben die Eltern auch noch Fragen?«, will der Alte wissen.

»Ja, ich!« Eine Frage, die ich schon lange loswerden wollte: »Bist du Finne?«

Der Weihnachtsmann krault sich durch seinen langen Bart. »Natürlich habe ich einen finnischen Pass«, sagt er ausweichend, »aber ich habe auch Pässe mit Einreise-, Aufenthalts- und Arbeitserlaubnis für alle Staaten der Welt.«

»Auch für den Vatikan?« Ich hoffe, endlich eine Frage

gefunden zu haben, die den Weihnachtsmann in Verlegenheit bringt.

»Nein«, brummt er in seinen Bart, »für den Vatikan brauche ich das nicht. Den besuche ich nie.«

»Tatsächlich? Warum nicht?«

»Weil der Vatikan der einzige Staat der Welt ist, der keine Kinder hat!« Er lacht dröhnend. Dieser Weihnachtsmann ist mit allen Wassern gewaschen. Vom Aufgusswasser in der Sauna bis zum Weihwasser. »So, und nun lächelt mal freundlich in die Kamera!«, sagt er, und sein Foto-Wichtel lässt die Blitzlichter leuchten.

»Ich hatte früher als Kind ziemliche Angst vor dir!«, scherzt Eila mit dem Weihnachtsmann.

»Ich weiß«, sagt der Alte, »ich erinnere mich gut an dich!« Dann winkt uns ein Wichtel auch schon wieder nach draußen. Unsere Audienz ist beendet.

Im sogenannten Weihnachtshaus gibt es auf einer Fläche von der Größe mehrerer Eishockeyfelder eine sehenswerte Ausstellung zu Weihnachtsbrauchtum rund um den Globus zu bewundern. Hier finden sich auch Infos zum Nikolaus von Myra, dem historischen Vorbild aller Zipfelmützenträger, von jenem frühchristlichen Bischof aus Kleinasien, das in der ausgehenden Antike noch zum griechischen Kulturkreis gehörte. Es ist schon verwunderlich, wie ein Heiliger vom Mittelmeer und Wohltäter der Kinder im Laufe der Jahrhunderte zum Übervater aller Wichtel am Polarkreis wurde.

Ganz in der Nähe vom Weihnachtsmanndorf gibt es ein Gehege mit Rentieren und Gelegenheit zum Rentierschlittenfahren. Benni will unbedingt eine Runde drehen, und sogar Senja lässt sich von ihm zum Mitfahren überreden. Niemand aus Senjas Klasse ist in der Nähe, da kann sie getrost eine kurze Schlittenfahrt riskieren, ohne Imageschäden unter Gleichaltrigen befürchten zu müssen. Ein Begleiter in lappländischer Tracht setzt sich hinter sie und gibt dem eingespannten Rentier Befehl zum Loslaufen. Eila und ich schauen unserem Nachwuchs hinterher und machen eifrig Fotos, während der Schlitten allmählich auf einem ausgetrampelten Pfad im Wald verschwindet. Das wäre das ideale Motiv für die diesjährige Weihnachtsgrußkarte.

Eila und ich werden von einem Mitarbeiter des Rentiergeheges in eine Kote gebeten, in deren Mitte ein Lagerfeuer brennt. Man bietet uns für die Wartezeit einen heißen Kaffee an. Wir kommen mit dem Rentierhalter ins Gespräch, und ich erfahre, dass das Ren die einzige Hirschart der Welt ist, bei der Männchen wie Weibchen ein Geweih tragen. Finnland ist ein gleichberechtigtes Land.

Nach kaum einer halben Stunde kehren unsere Kinder mit Ren wieder zurück. Die Schlittenfahrt fanden sie toll, aber ihre Finger sind steif gefroren und ihre Nasenspitzen kurz vor dem Abfallen. Sie müssen sich erst einmal am Feuer wieder aufwärmen.

»Hier in der Nähe ist auch eine Husky-Farm«, meint Eila zu den beiden, »wollt ihr da auch noch hin?«

»Ne danke«, sagt Senja, »jetzt noch Hundeschlittenfahren wäre mehr, als ich verkraften kann.«

Ich dagegen trete sofort in Verhandlung mit mir selbst, immerhin lautete einer meiner sieben Punkte: »Eine Hundeschlitten-Safari in Lappland unternehmen und/oder eine Elchjagd mitmachen.« Die Elchjagd habe ich hinter mir, aber rechten Spaß hat sie mir nicht gemacht. Vielleicht sollte ich es mit der Hundeschlittentour versuchen.

Um richtig warm zu werden, gehen wir noch ins Weihnachtsmanndorf zurück und durchkämmen einen der vielen Shops. Weil sich echte Ferienstimmung bei uns breitmacht, erlauben Eila und ich den Kindern, sich ein Andenken auszusuchen.

Zurück in unserer Unterkunft, erzähle ich der Gastmutter eher beiläufig von dem Wunsch, eine Hundeschlitten-Safari zu machen.

»Da kann ich etwas empfehlen«, sagt sie, ohne zu zögern. »Ich kenne jemanden, der außerhalb von Rovaniemi wohnt und Schlittenhunde hält. Er heißt Immo. Er ist zwar etwas seltsam, aber ein netter Typ. Und lebt ganz allein. Ab und zu nimmt Immo jemanden auf eine Schlittenfahrt mit. Er macht keine große Werbung beim Fremdenverkehrsbüro. Eher so ein Geheimtipp. Und nicht sehr teuer.«

Ich horche auf. Das klingt genau nach meinem Geschmack. Nach kurzer Besprechung und einem Telefonat steht das Programm für den folgenden Tag: Eila und die Kinder, die schon genug gefroren haben, wollen morgen den Santa Park besuchen, und ich werde mit dem Bekannten unserer Gastmutter auf Hundeschlitten-Safari gehen.

Als wir abends die Pizzeria verlassen, in die unser Nachwuchs uns genötigt hat, bietet sich uns ein überraschender Anblick. Auf der Straße kreuzt gemächlich ein uralter amerikanischer Buick in Schweinepink. Mit offenem Verdeck – bei minus fünfzehn Grad! In dem Wagen sitzt ein junger Mann mit Schmalztolle, Sonnenbrille und Lederjacke, der demonstrativ Kaugummi kaut, während er betont lässig seinen Ellenbogen hinauslehnt. Aus seiner Stereoanlage schallt es unüberhörbar in die Winternacht: *»I'm a rockabilly rebel.«*

Die Kinder lachen sich schief. »Das kann ja wohl nicht wahr sein«, prustet Benni.

Auch in Rovaniemi ist Wochenende, und auch hier sind Macker mit Imponiergehabe unterwegs mit einem größenwahnsinnigen Spaß an der eigenen Zurschaustellung. Eine gewisse Lust daran, den Touristen-Schreck zu mimen, wird sicher hinzukommen.

Auch Eila kann es nicht glauben: »Der muss sich doch eine Lungenentzündung holen!«

»Wahrscheinlich dreht er nur eine Runde um den Block und eilt dann in seine aufgeheizte Sauna«, stelle ich eine Gegenvermutung auf.

Senja freut sich schon darauf, ihren Klassenkameradinnen davon zu erzählen. Für sie ist diese Begegnung hier definitiv aufregender als der professionelle Weihnachtsmann-Darsteller. »Der muss doch total übergeschnappt sein!«, japst sie.

Ich kann ihr nur beipflichten: »Also der da, der spinnt wirklich!«

Gut geflucht, Finne!

Am nächsten Morgen bringe ich Eila und die Kinder zum Santa Park, der zweiten großen Attraktion von Rovaniemi. Anders als das Weihnachtsmanndorf ist der Santa Park eine Erlebniswelt, die mehr einem Vergnügungspark ähnelt. Sie ist in einen Berg hineingehauen und beherbergt in ihrem felsigen Inneren Fahrgeschäfte, Showbühnen, Wichtel-Werkstätten und eine Bar aus Eisblöcken. Allein die Höhlenwelt ist einen Besuch wert. Aber darauf verzichte ich diesmal gerne, denn mir winkt heute eine Hundeschlitten-Safari. Ich lasse die drei zurück, im Santa Park können sie sich in den nächsten Stunden ausgiebig amüsieren.

Voller Vorfreude mache ich mich auf den Weg zu jenem Immo, der mit seinen Hunden rund dreißig Kilometer nordöstlich von Rovaniemi leben soll. Die Strecke hat mir unsere Gastmutter zwar beschrieben, aber ohne Navigator im Mietwagen wäre ich wahrscheinlich aufgeschmissen. Vor mehreren Jahren habe ich schon einmal versuchsweise auf den Kufen eines Hundeschlittens gestanden, am Rande eines Schlittenhunderennens in der Nähe von Rauma. Versuchsweise, für wenige Minuten. Aber eine Tagestour oder längere Safari habe ich noch nie unternommen. Jetzt freue ich mich, diese Erfahrung nachholen zu können.

Noch bevor mir der Navi meldet, dass ich meinen Zielort erreicht habe, weiß ich, dass ich angekommen bin. Denn neben einem ärmlichen Holzhäuschen mit schiefem Kamin, einer kleinen Sauna und einem Schuppen sehe ich eine Handvoll Hundehütten, einen Zwinger aus Maschendraht sowie mehrere Schlitten. Ein Dutzend nordischer Schlittenhunde kläfft zu meiner Begrüßung einen Ehrensalut. Ich brauche gar nicht anzuklopfen, aus der Haustür stiefelt ein krummbeiniger, kleiner Mann in abgewetzten Kleidern, der mich hineinwinkt, ohne lange Worte zu machen.

»Setz dich!«, sagt er zu mir und gießt mir einen Kaffee in eine Blechtasse. »Wir fahren los, wenn's ganz hell geworden ist.«

Wir schreiben den 5. Dezember, und um diese Zeit lässt sich am Polarkreis die Sonne nur für wenige Stunden blicken. Einige hundert Kilometer weiter nördlich und noch ein paar Wochen später, und wir wären gnadenlos Gefangene der Polarnacht.

Immo ist ein Mann jenseits der sechzig, der ebenso wettergegerbt wie rüstig wirkt. Sein Häuschen ist mindestens so alt wie er, aber sauber und gut in Schuss. Rentierfelle auf den Bänken und an den Wänden verleihen ihm eine gewisse Behaglichkeit.

Beim Kaffee fragt Immo nicht, wie ich heiße, wo ich herkomme oder was ich beruflich mache. Er stellt nur eine einzige Frage: »Was bist du für einer?«

Das gibt mir Gelegenheit, ein wenig von mir zu erzählen. Dabei stelle ich fest, dass sich das Wichtigste einer Biographie in wenige Sätze zusammenfassen lässt. Als ich geendet habe, wage ich zu fragen: »Du lebst hier ganz allein?«

»Nein. Mit meinen Hunden.«

Beim zweiten Kaffee verrät er noch, dass er Witwer ist, früher Rentiere gezüchtet hat und heute seine kleine

Rente verlebt. Immo hat das zerknautschte Gesicht der Ureinwohner Lapplands. Aber ich frage ihn nicht nach seiner Herkunft. Nach dem Kaffee greift Immo ohne Scheu und Anstand in meine Kleider und prüft, ob sie warm genug sind.

»Wenn du willst, kann ich dir einen Overall leihen.«

In einer Kammer hängen mehrere dieser Ganzkörperanzüge in unterschiedlichen Größen. Ich lasse mich bereitwillig von ihm einkleiden. Gerne nehme ich auch eine Art Ski- oder Schutzbrille. Dann gehen wir zu den Hunden. Sie sind bereits am Morgen gefüttert worden und warten unruhig darauf, sich austoben zu können.

»Kann ich die Hunde streicheln?«

»Ja, wenn sie dich mögen.«

Und das tun sie offenbar, denn sie lassen sich bereitwillig von mir kraulen. Immo spannt neun Tiere vor einen großen Schlitten. Einige wenige bleiben im Zwinger zurück. Als er mit dem Anspannen fertig ist, weist er auf einen alten Rüden: »Das da ganz vorne ist Urho.« Urho ist sein Leittier. Er gibt das Tempo und die Richtung vor. »Gleich dahinter, links, das ist Mauno.«

Der Hund Mauno ist schmal und langbeinig.

»Daneben läuft Gustaf. Ein Kämpfer. Der Mutigste von allen. Der würde selbst einen Bären anfallen.«

Ich merke, dass die Hunde für Immo wie Brüder sind, aber ich versuche erst gar nicht, mir alle Namen zu merken. Erst nachdem Immo noch einige Namen aufgezählt hat – Kyösti und Risto und Lauri –, begreife ich, dass alle Vierbeiner Namen finnischer Präsidenten tragen. Ich fahre mit einem Gespann, wie es finnischer nicht sein könnte. Insgeheim danke ich meiner Gastmutter in Rovaniemi für diesen genialen Geheimtipp.

Nachdem ich mich in den Schlitten gesetzt habe, stellt sich Immo hinten auf die Kufen, und die Hunde rennen los. Ein eisiger Wind bläst mir ins Gesicht, aber es ist phantastisch. Die Winterlandschaft, durch die wir pflügen, ist unbeschreiblich. Sie schimmert in einem unwirklichen Weiß-Blau. Zunächst geht es einen leichten Hang hinauf. Die Hunde sind nicht zu bremsen. Bald danach jagen wir durch einen lichten Wald. Mir wird schnell klar, dass Immo das Gelände bestens kennt und weiß, wo Hindernisse im Schnee lauern. Manchmal springt er von den Kufen und läuft einige Schritte nebenher oder schiebt, wenn unsere Route zu unwegsam ist. Ich ziehe mir meinen Schal vors Gesicht und genieße die Aussicht. Meine Elchjagd im Herbst war ein spannendes Hörspiel, diese Hundeschlitten-Safari ist eine Augenweide.

Nach einer Weile machen wir eine erste kurze Rast. Es gibt einen dicklichen Hund namens Martti, gutmütig und treuherzig, aber nicht so flink wie die anderen. Er muss des Öfteren verschnaufen. Immo fragt mich, ob ich auch mal den Schlitten lenken möchte. Als ich nicke, gibt er mir eine kurze Einführung, macht es sich auf der Ladefläche des Schlittens bequem und lässt mich das Gespann über einen zugefrorenen See führen. Am Ufer angelangt, wechseln wir wieder. Es geht nun über eine fast baumlose Hochebene, über unberührte, schneebedeckte, schier endlose Weiten. Eine matt glänzende Sonne steht über uns. Das wäre der passende Moment, um über den Sinn des Lebens nachzudenken. Aber ich bin sprachlos und nicht in der Lage, einen klaren Gedanken zu fassen, außer begeistert zu sein.

Vor einem Hügel steigt Immo plötzlich auf die Bremse und bringt die Hunde zum Stehen. Nur mit Mühe sind die Hunde zu beruhigen. »Was ist?«, frage ich überrascht.

»Warte!«

Gespannt schaue ich mich um und lausche in die Natur hinaus. Nichts. Doch! Da, ein seltsames Geräusch, als würde mit tausend Stäben durch den Schnee gestochert. Es wird allmählich lauter. Endlich sehe ich sie: Auf der Kuppe des Hügels erscheinen Rentiere. Erst nur drei oder vier. Sie schauen sich um und zögern einen Augenblick. Schließlich laufen sie den Hügel hinab und in einiger Entfernung an uns vorbei. Eine ganze Herde, etwa zwanzig Tiere. Ein Anblick für nordische Götter. Erst jetzt bemerke ich, dass ich meine Kamera vergessen habe. Aber statt Hunde oder Landschaft in kleine Pixel zu bannen, verschlinge ich sie mit den Augen für unauslöschliche Erinnerungen.

»Woher wusstest du …?«, frage ich. Aber Immo grinst nur und lässt seine Hunde weiterlaufen.

Nach längerer Fahrt gelangen wir zu einer Lichtung, auf der eine kleine Hütte steht, mehr ein Verschlag als eine Behausung. Wir machen halt, damit die Hunde sich ausruhen können. Immo entnimmt der Hütte Brennholz, scharrt unter dem Schnee eine Feuerstelle frei und hat nach kurzer Zeit ein Lagerfeuer entfacht. Aus einem Beutel nimmt er Streifen getrockneten Rentierfleischs, die er am Feuer erwärmt, und eine metallene, rußgeschwärzte Kanne, die er mit Schnee befüllt, über das Feuer hängt und Kaffee kocht. Während er uns eine kleine Mahlzeit zubereitet, streichle ich Tarja. Sie ist die einzige Hündin im Gespann und hat ein Fell mit leichtem Stich ins Rötliche.

Als wir uns stärken, erkundige ich mich nach der heimischen Fauna und ob Immo häufig wilden Tieren begegnet. Auch will ich wissen, welche natürlichen Feinde die Rentiere haben.

»Die meisten Rentiere sterben durch Luchs oder Vielfraß.« Wölfe gebe es keine hier oben, wo sich Eisfuchs und Schneehase gute Polarnacht sagen.

Nach einer Weile traue ich mich, Immo zu fragen, ob er Saami ist. Ohne mit einem Ja oder Nein zu antworten, erläutert er, dass sein Vater von der norwegischen Seite der Grenze stamme.

»Aber ich habe einen finnischen Pass«, grinst er.

Wir haben also etwas gemeinsam. Er, der Weihnachtsmann und ich.

Nach dem Essen packen wir zusammen und machen uns wieder auf den Weg. Wir fahren durch einen tiefverschneiten Kiefernwald und halten auf eine offene Fläche zu, die ich für einen See halte. Immo fährt in einem Bogen um sie herum.

»Warum fahren wir nicht über den See?«, frage ich.

»Kein See!«, ruft mir Immo in voller Fahrt zu. »Das ist ein Moor. Unsicheres Eis.«

Ein Moor brodelt vor sich hin, auch im Winter. Ihm ist nicht zu trauen. Auch Märchenwelten bergen ihre Gefahren. Aber zum Glück kennt Immo sich aus, bei ihm fühle ich mich in besten Händen.

Es beginnt bereits zu dunkeln, als in der Ferne Immos Haus zu erkennen ist. Die Hunde legen sich noch einmal ordentlich ins Zeug. Leithund Urho kennt keine Ermüdungserscheinungen. Als wir angekommen sind, schickt Immo mich vor. »Geh dich aufwärmen. Ich versorge noch die Hunde.«

Müde bin ich nicht, kalt ist mir auch kaum, aber ich folge seiner gutgemeinten Aufforderung, gehe in das unverschlossene Haus und schäle mich drinnen aus dem Overall. Durch das Fenster beobachte ich, wie der alte Immo sich um seine Hunde kümmert. Als er nach getaner Arbeit hereinkommt, zahle ich ihm die Summe, die unsere Gastmutter gestern am Telefon für diese Tour ausgehandelt hatte. Sie kommt mir so lächerlich gering vor, dass ich ein ordentliches Trinkgeld drauflege.

Immo nickt zufrieden und steckt das Geld weg, bevor er mir einen Selbstgebrannten anbietet.

»Nein danke, ich muss noch fahren.«

Trotzdem bleibe ich noch eine Weile bei ihm und lasse mir von seinem Leben mit den Hunden erzählen. Doch schließlich wird es Zeit, zu gehen, ich muss Eila und die Kinder abholen. Mittlerweile ist es dunkel geworden. Immo tritt mit mir vor die Tür. Die Hunde heulen. Sie heulen den frühnächtlichen Himmel an, an dem Nordlichter in einem überwältigenden Farbenspiel aus Grün und Lila tanzen. Als würde dort oben ein gewaltiger Vorhang wallen. Es ist nicht das erste Mal, dass ich Nordlichter beobachten kann, aber ich habe sie noch nie so schön gesehen. Es ist wie im Traum.

»Still!«, herrscht Immo seine Hunde an. Er springt zu ihnen hinüber und hält seinem Leittier und einem anderen die Schnauze zu. »Still!«, befiehlt er noch einmal. Allmählich verstummt die Meute.

»Hörst du?«, fragt mich Immo.

»Was?«

»Das Licht!«

Ich lausche in die Dunkelheit. Nein, ich höre nichts. Nur zwei der Hunde fangen wieder zu fiepen an. Immo bringt sie sanft, aber bestimmt zum Schweigen. Ich versuche es noch einmal. Vielleicht bilde ich es mir nur ein, aber es kommt mir vor, als höre ich ein leises Säuseln. Ein ganz zaghaftes Klirren.

»Hörst du es?«, fragt Immo noch einmal.

»Ja. Ich glaube, ja!«

»Das ist gut.« Er nickt mir anerkennend zu, als hätte ich eine besondere Leistung vollbracht. »Die Hunde können es. Ich bin sicher, dass sie es hören.«

Eine Weile bewundere ich noch das Naturschauspiel über mir. Immo kann seine Hunde nicht länger zurückhalten, sie heulen in einem schaurig-schönen Chor den Himmel an. Ich bedanke mich bei Immo mit einem kräftigen Händedruck und wünsche ihm alles Gute. Auch die Hunde tätschle ich zum Abschied. Jeden einzelnen.

Der Mietwagen springt erfreulicherweise problemlos an, auch ohne an eine Motorheizung angeschlossen zu sein. Beim Autofahren muss ich mich zwingen, nicht nach oben zu starren und mir das Nordlicht anzusehen, denn der unbefestigte Weg vor mir ist im Schnee kaum zu erkennen und erfordert höchste Aufmerksamkeit. Ich bin dankbar, dass schmale, orangefarbene Leitstangen mit Reflektierband den Wegrand markieren, bis ich eine befestigte Straße erreiche. Dort schalte ich den Navigator an und mache mich berauscht auf die Rückfahrt nach Rovaniemi.

Die Straße in die Stadt zieht sich schnurgerade durch eine bewaldete Landschaft. Nirgends ein Haus. Keine Straßenbeleuchtung. Kaum ein anderes Auto ist zu sehen. Auch das Nordlicht über mir kann ich beim Blick in den Himmel kaum mehr erkennen. Die Welt scheint auf einmal nur aus den Lichtkegeln der eigenen Autoscheinwerfer zu bestehen. Laut Navigator muss ich noch sechsundzwanzig Kilometer geradeaus fahren. Brav halte ich mich an die vorgeschriebenen achtzig Kilometer pro Stunde, obwohl die Straße geräumt ist und es keinen Verkehr gibt.

Ich überlege kurz, ob ich das Autoradio einschalten soll, aber zu meiner derzeitigen Stimmung würde nur lappländische Volksmusik passen, und ich befürchte, dass die Radiosender von Rovaniemi zurzeit nur Weihnachtsmusik dudeln. Oder Elvis. Das Brummen des Motors ist mir Musik genug, und weil das Geräusch so gleichmäßig-eintönig ist, kann man auf der Landstraße sogar Ruhe empfinden. Verschneite Bäume huschen undeutlich vorbei.

Plötzlich erkenne ich vor mir im Dunkel der Nacht weiße Stangen über die Straße staksen. Voller Panik trete ich auf die Bremse. Das Weiße sind die Läufe eines Elchs, der vor mir über die Straße trabt. Von links nach rechts. Als ich das erkenne, ist es bereits zu spät. Der Bremsweg ist viel zu kurz. Ein lebensrettender Gedanke schießt mir binnen Sekundenbruchteilen durch den Kopf: *Zielen Sie auf das Arschloch des Tiers!* Im allerletzten Moment reiße ich das Steuer herum und pralle mit dem Hinterteil des Riesen zusammen.

»*Perkele*!« Die Wucht des Zusammenstoßes ist enorm. Ich verliere vollends die Kontrolle über das Auto. Der Wagen wird aus der Bahn gerissen, der Elch mit einem lauten Schlag zur anderen Seite geschleudert. Der Wagen überschlägt sich zweimal. Alles geht so schnell, dass nicht einmal Zeit für Todesangst bleibt. Ich lande im verschneiten Straßengraben, das Auto liegt auf dem Dach. Einen kurzen Moment lang herrscht absolute Stille. Wie zu meiner Verhöhnung höre ich den finnischen Navigator sagen: »Sie haben Ihren Bestimmungsort erreicht.« Dann verliere ich die Besinnung.

Komatraum

Ich trabe durch den meterhohen Schnee eines kargen Waldes. Die Kälte macht mir nichts aus. Meine vier schlanken, kräftigen Beine bringen mich schnell voran. Mit Stolz trage ich die mächtigen Schaufeln meines Geweihs durch die sternenklare Nacht. An meinem Maul bammelt ein markanter Kinnbart.

Ich bin ein Elchbulle mit einer Schulterhöhe von über zwei Metern. Weder Luchs noch Vielfraß brauche ich zu fürchten, auch mit einem Wolf würde ich es aufnehmen. Ich erklimme eine Anhöhe. Dort angekommen, röhre ich aus voller Kehle in die Nacht hinein. Über mir erstrahlt Polarlicht in den phantastischsten Farben. Ich bin der König der Wälder. Um mich herum nichts als Wälder und Schnee. Meine Nüstern stoßen kleine Dampfwölkchen aus, während ich mich auf meinen Geruchssinn konzentriere und schon bald die Witterung einer Elchkuh aufnehme. Sie steht unten, am Fuße des Hügels. Sie schaut zu mir hinauf und stößt einen langgezogenen Schrei aus, der mich zu ihr hinunterlockt. In langen Schritten laufe ich auf sie zu.

Als wir uns gegenüberstehen, beschnuppern wir uns vorsichtig. Die Elchkuh hat schöne grüne Augen. Um ihr zu gefallen, führe ich sie zu einem Ort im Wald, wo unter dem Schnee krautige Weidenröschen zu finden sind. Aber die Elchkuh ist sehr ernährungsbewusst und führt mich ihrerseits zu einem Moor, der auch im Winter nicht zugefroren ist und wo wir nährstoffreiche Wasserpflanzen äsen können. Mit meinem Maul berühre ich ihre zarten Nüstern und flüstere: »*Mä rakastan sua*!«

Da wird die Elchkuh dick und dicker. Sie beginnt zu schweben wie eine kugelrunde Wolke und steigt zum Himmel empor. Als sie das Nordlicht berührt, macht es *plopp* wie beim Zerplatzen einer Luftblase. Langsam segelt die Elchkuh wieder nach unten, und mit ihr zwei kleine Elchkälber, ein größeres und ein kleineres. Sie landen sachte in meiner Nähe.

Mit einem Male ist es Frühling. Helles Sonnenlicht durchflutet die Landschaft. Überall wachsen frische Triebe, und an den Birkenbäumen sprießen schon die ersten proteinreichen Blätter. Kräuter und Gräser, wohin man wittert. Mutter Natur hat ihren Tisch reichlich gedeckt. Das größere Kalb ist kaum auf dem Boden gelandet, schon beginnt es, die langen Beine zu verdrehen, zu winden und zu verknoten. Es ist voller Energie und Tatendrang und springt von einem Punkt zum anderen. Ich glaube, es tanzt Hip-Hop. Das kleinere Kalb bleibt hingegen leicht über dem Boden schweben. Es ist ein Luftikus mit großen schelmischen Augen. Es hat sich ein Stückchen vom Nordlicht mit auf die Erde gebracht, das um seinen Rücken flirrt und glänzt. Das Licht wallt wie ein Umhang um seine Schultern, als wäre das kleine Kalb ein Superheld. Die Elchkuh lehnt sich an mich. Sie und ich schauen zufrieden auf die beiden Kälber. Dann traben wir alle vier in den Wald hinein.

Elvis lebt

Als ich die Augen wieder aufschlage, glaube ich zunächst, im Himmel zu sein. Blendend helles Licht umgleißt mich, und vor meinen Augen erstrahlt eine engelsgleiche Gestalt. Es ist Eila, sie sitzt an meinem Krankenhausbett und hat Tränen in den Augen. Es dauert eine Weile, bis die Erinnerung zurückkommt. Die einsame Straße, dann der Elch, die Landung im Graben. Eila redet mit mir und drückt meine Hand so fest, dass es beinah weh tut. Aber ich verstehe zunächst kein Wort und höre nur ein leichtes Säuseln. Ganz langsam stellt sich mein Hörvermögen wieder ein. Auch muss ich mehrmals schlucken, bevor ich selbst den Mund öffnen und sprechen kann.

Ich frage, was geschehen ist. Eila beginnt zögernd zu erzählen, anscheinend fällt ihr das schwer. Allmählich begreife ich, wie sich alles zugetragen hat. Glücklicherweise bin ich gleich nach dem Unfall von einem Autofahrer gefunden worden. Der Rettungsdienst wurde verständigt, bevor ich mir eine Unterkühlung holen konnte. Mit Blaulicht ging's ins Zentralkrankenhaus von Lappland nach Rovaniemi.

»War ich lange bewusstlos?«, frage ich.

»Über zwölf Stunden.«

Es ist der Morgen des 6. Dezember. Der finnische Unabhängigkeitstag. Ich fühle mich wie neugeboren.

Wie sich herausstellt, bin ich glimpflich davongekommen. Eine leichte Gehirnerschütterung und ein Schleudertrauma. Keine Brüche, nur ein paar Schrammen und Quetschungen. Für einige Wochen werde ich mit Halskrause herumlaufen müssen, aber wenn ich gut wieder zu Kräften komme, kann ich bald entlassen werden.

»Und der Elch?«

»... musste von seinen Qualen erlöst werden. Der ganze hintere Teil seines Körpers war zerschmettert.«

Es tut mir leid um das Tier. Eila lächelt, offenbar erleichtert, dass ich deutlich mehr Glück hatte. »Und der Mietwagen ist auch nur noch Schrott.«

Im Laufe des Vormittags dürfen auch die Kinder an mein Krankenbett. Sie haben sich große Sorgen gemacht.

»*Hyvää itsenäisyyspäivää* – Alles Gute zum Unabhängigkeitstag!«, begrüßt mich Senja. Sie hat mir einen Strauß Blumen mitgebracht, in dem finnische Fähnchen aus Papier hängen.

»Und einen schönen Nikolaustag!«, sagt Benni, der vom eigenen Geld einen Schokoladenweihnachtsmann im Krankenhauskiosk für mich erstanden hat.

Die Kinder fliegen am nächsten Tag nach Tampere zurück, einen Tag später als ursprünglich geplant. Die finnischen Großeltern sind verständigt, sie fahren ihrerseits nach Tampere und werden Senja und Benni vom Flughafen abholen, ein paar Tage bei uns wohnen und sich um die beiden kümmern. Eila hat sich vorerst vom Schuldienst beurlauben lassen, um bei mir bleiben zu können, bis ich das Krankenhaus verlassen kann. Außerdem hat sie die Uni über meinen Unfall informiert. Ich bin für den Rest des Semesters krankgeschrieben und komme in den Genuss, vorgezogene Weihnachtsferien antreten zu können. Allerdings mit Halskrause.

Meine Genesung macht gute Fortschritte. Am Abend vor meiner geplanten Entlassung schwirren mir die Bilder des Unfalls durch den Kopf. Die Schrecksekunde, die Vollbremsung, der Zusammenprall, das Überschlagen. Grauenhafte Szenen vor meinem inneren Auge.

Doch mit einem Male wird mir klar, dass ich meinen Bestimmungsort erreicht habe. Ich bin Finne geworden! Jedenfalls soweit man das überhaupt sein kann, wenn man in diesem Lande nicht geboren wurde und aufgewachsen ist und keine finnischen Eltern hatte. Ich bin ein Neo-Finne mit Doppelpass. Denn ich habe alles erfüllt: Ich habe donnerstags mit Genuss Erbsensuppe gelöffelt und schon am Vortag Appetit darauf verspürt. Ich habe mir an einem Freitag eine Flasche Wodka einverleibt. Ich habe Tango gelernt und nicht nur eine Schrittfolge vollzogen, sondern den Tango beim Waldtanz im tiefsten Inneren gespürt, vom Scheitel bis in die Fußspitzen. Ich bin mit einer Fähre über die Ostsee gefahren und habe Karaoke gesungen (glücklicherweise anonym). Ich habe nicht nur an einer Elchjagd teilgenommen, sondern auch eine Hundeschlitten-Safari gemacht. Zudem habe ich die finnische Staatsbürgerschaft beantragt und erhalten. Und vor allem: Vor meinem Zusammenprall mit dem Elch habe ich auf Finnisch geflucht, spontan, ohne Absicht und aus tiefster Seele. Und im Koma habe ich auf Finnisch geträumt. All das beruhigt mich ungemein. Die Schreckensbilder in meinem Inneren verziehen sich. Entspannt falle ich in einen erholsamen Schlaf.

Am nächsten Morgen holt mich Eila vom Krankenhaus ab. Wir reisen noch am selben Tag zurück nach Hause. Am Flughafen von Rovaniemi wimmelt es vor Lappland- und Weihnachtstouristen. In der Wartehalle klingt leise Weihnachtsmusik aus allen Lautsprechern.

Elvis singt. Eine sanfte, schluchzende, tränentriefende Melodie: »*I'll be home for christmas*.« Elvis ist tot. Aber er hat irgendwie recht.

Ich spinne.
Epilog einer nordischen Dramödie

In den nächsten Tagen darf ich es mir gutgehen lassen und genesen. Die Halskrause ist zwar ungemütlich, aber man gewöhnt sich an alles. Bevor Eila und ich aus Lappland zurückgekehrt sind, hatten Senja und Benni mit Hilfe der Großeltern schon das Haus weihnachtlich geschmückt, um uns gebührend willkommen zu heißen und zu überraschen. Mittlerweile sind *Mummi* und *Ukki,* meine finnischen Schwiegereltern, wieder ins heimische Österbotten an der Westküste zurückgekehrt. Es ist Advent, in unserem Garten liegt kniehoch der Schnee, und schade ist nur, dass ich nicht Skilaufen kann.

Während Eila und die Kinder noch arbeiten oder zur Schule gehen müssen, verbringe ich viel Zeit mit Lesen und damit, unsere Miezekatze zu kraulen, die anhänglicher ist als je zuvor. Bald ist Weihnachten mit allem, was dazugehört: mit Weihnachtsschinken und ländlichen Aufläufen, Weihnachtsbaum und Wichtelzauber.

Wenige Tage vor Beginn der Weihnachtsferien kommen Eila und die Kinder von einem Einkauf nach Hause.

»Vati, wir haben eine Überraschung für dich!«, ruft Benni schon beim Reinkommen. Aus der Einkaufstasche holen die drei mit großer Geste Milchtüten hervor. »Hier, neue Kühe!«

Die größte finnische Meierei startet kurz vor Ablauf

des Jahres noch eine Kampagne mit neuen Motiven auf ihren Verpackungen, diesmal mit geflügelten Worten und Aphorismen aus Finnland.

»Jetzt hast du wieder was zum Sammeln«, lacht Senja.

Mir wurde auch schon langweilig. Auf der Vollmilchpackung ist eine Kuh zu sehen, die auf einem Haufen Stroh liegt und friedlich schlummert. Daneben ein Zitat von Schriftsteller und Redakteur Erno Paasilinna: *Suomi on syvä uni* – Finnland ist ein tiefer Traum. Wie passend! Und auf der fettfreien Milch ist eine Kuh, die als finnischer Wappenlöwe verkleidet ist und sich eine zottelige Mähne umgebunden hat. Versehen mit einem Zitat des Literaturforschers B. F. Godenhjelm: *Ei mua houkuttele loisto, maine. Mun kyllin on, ett' olen Suomalainen* – Mich locken weder Ruhm noch Glanz. Finne zu sein, das reicht mir ganz. Das sind prachtvolle neue Stücke für meine Milchkuh-Sammelmappe. Ich bin schon gespannt, was den Konsumenten auf all den anderen Fettgehaltsstufen und Sondermilchsorten erwartet. Aber das muss warten bis zum nächsten Einkauf.

Heiligabend rückt näher. Die Finnen sind eifrige Weihnachtskartenschreiber, und bis zu den Festtagen gehen fast zweihundert Weihnachtsgrüße bei uns ein. (Nur etwa zwei Dutzend Sendungen kommen auch aus dem Ausland.) Unter anderem schickt uns Eilas Cousine Armi, die in Helsinki auf der Festungsinsel von Suomenlinna wohnt, eine Karte. Der allein(v)erziehenden Mutter ist es gelungen, ihren fünf Lümmeln Tenho, Taisto, Toivo, Tarmo und Terho rote Zipfelmützen überzustülpen, zu fotografieren und daraus eine Weihnachtskarte machen zu lassen. Die fünf grinsen böse bis gelangweilt in die Kamera und wünschen uns ein frohes

Fest. (Man darf die Hoffnung für die fünf nicht aufgeben. Die Zipfelmützen stehen ihnen gut.)

Auch Eilas Schwester aus Schweden mitsamt Familie hat geschrieben und übermittelt liebe Grüße und beste Wünsche fürs neue Jahr.

Selbstverständlich haben Eilas Eltern eine Karte geschickt, in der sie ankündigen, dass sie uns am zweiten Weihnachtstag besuchen werden. Ob wir wollen oder nicht. Und auch *meine* Eltern lassen sich nicht lumpen: Aus dem Rheinland erreicht uns ein Paket mit Geschenken und *reischlisch Spritzjebäck*.

Tuomas, mein Uni-Kumpel, schreibt eine Karte aus Berlin, wo er in Archiven wühlt und weiter Wissenswertes über den finnischen Bürgerkrieg ans Tageslicht zu zerren hofft. Es ist allerdings keine typische Weihnachtskarte, sondern eine in poppigen Farben mit einem Spruch des Berliner Komponisten Friedrich Hollaender. Darauf steht: »Eine kleine Sehnsucht braucht jeder Mensch zum Glücklichsein!« Wie wahr! Tuomas' Sehnsuchtspunkt ist Berlin. Er ist angekommen, und ich hege den Verdacht, dass es noch ewig dauern wird, bis seine Doktorarbeit fertig ist.

Jorma, der Literaturübersetzer vom Feierabend, sendet eine Karte mit Schneelaterne *(lumilyhty)* auf der Bildseite, einer Pyramide aus Schneebällen, in deren Mitte eine Kerze leuchtet. Er teilt mit, dass sich von seinem Gedichtbändchen bisher hundertvier Exemplare verkauft hätten. Von Lyrik lässt sich leider nicht leben.

Nicht alle Grüße kommen auf dem traditionellen Postwege. Viele Kollegen melden sich per E-Mail, verbunden mit Wünschen an mich, bald wieder vollauf gesund zu sein. Steinkohlen-Lea lästert fröhlich: »Elch-Unfall in Lappland?! Das kommt davon, wenn man Finne werden will. Trotzdem gute Besserung und frohe Weihnachten.«

Ich schreibe zurück: »Das ganze Leben ist eine Übersetzung. Von einem Zustand zum anderen. Immerhin hat mir eine Übersetzungsübung das Leben gerettet.« Wer weiß, worauf ich sonst mit dem Auto gezielt hätte.

Die Tanzschule, bei der ich dieses Jahr zwei Kurse abgerissen habe, verschickt an all ihre Kunden eine animierte E-Karte mit Musikuntermalung, bei der ein rotnasiges Rentier mit dem Weihnachtsmann finnischen Tango tanzt. Ich beginne zu überlegen, welchen Kurs ich nach Silvester neu belegen könnte.

Kurz vor Heiligabend bekomme ich auch eine SMS von meiner Extangotanzpartnerin Sanna. Nach dem finnischen Gruß *Hyvää joulua* (Frohe Weihnachten) schreibt sie auf Deutsch, als würde sie eine Grammatikübung machen: »Ich tanze, ich habe getanzt, ich werde weitertanzen. Es tanzt sich gut.« Ich simse zurück: »Ja, ich weiß. Frohe Weihnachten und alles Gute!«

Auch via Facebook hagelt es Besserungswünsche und Weihnachtsgrüße. Die Praktikantinnen aus Sachsen lassen von sich hören: Sowohl Mareike als auch Heike vermissen Finnland, Tampere und den Mann mit den drei Möpsen. Und sie wollen unbedingt wiederkommen.

Von Eilas Vetter Topi, mit dem ich auf Elchjagd gewesen bin, kommt ein unförmiger Postumschlag, mit einem kurzen Brief und einem geheimnisvollen Geschenk in festem, grauem Papier. In dem Brief steht: »Nun weißt du, wie wichtig es ist, ab und zu ein paar Elche zu schießen. Damit dir nicht noch einmal ein Unfall dieser Art passiert, bekommst du von mir einen Talisman. Den kannst du dir ins Auto hängen.« Ich wickle das Geschenk aus: Es ist ein präparierter Elchhuf an einem Stück Fell vom Vorderlauf des Tiers. Makaber! Doch so ein Huf ist sicher auch nicht viel schlechter als die

Christophorus-Plakette im Auto meiner streng katholischen Eltern.

Eine Karte, auf der vorne die Heiligen Drei Könige abgebildet sind, ist unterschrieben mit Aatami, Erkki und Nuutti. Die Weihnachtsgrüße stammen von dem vermeintlichen Bär und seinen beiden Freunden, die sich aus ihrer Sommerhütte ausgeschlossen hatten.

Am allermeisten aber freue ich mich über eine Karte der Studentin Isabella Humala, jener Studentin mit dem Schiffsnamen, die eine Tante in Frankfurt am Mainz hat und einen Vater, den sie jahrelang vermisste. Der Text darauf ist kurz: »*Kiitos*« und »Danke«. Darunter drei Unterschriften: Isabella, Onni und noch ein Name, den ich nicht entziffern kann. Vielleicht Aina oder Aila. Jedenfalls ein weiblicher.

Am Morgen des 24. Dezember ruft Senja plötzlich aus ihrem Zimmer: »He, kommt mal alle gucken, Sandy hat mir wieder so einen verrückten Film geschickt.«

Die Finnland-Begeisterung meiner kleinen Nichte nimmt offenbar kein Ende. Wir scharen uns alle vier um Senjas Laptop. Senja wartet, bis wir alle sitzen, dann klickt sie auf den Play-Button. Der Clip dauert nur etwa dreißig Sekunden. Die Bildqualität ist eher mäßig, wahrscheinlich mit einem Handy gefilmt. Im Bild zu erkennen ist ein Mann, der auf einem Podest oder einer Art Minibühne steht und ein Lied singt, wahrscheinlich in einer Kneipe. Um ihn herum johlt die Menge. Das Gesicht des Mannes ist verpixelt, das heißt, durch große Bildpunkte unkenntlich gemacht. Der Mann singt Karaoke, aber so grottenhaft schlecht, dass man unweigerlich lachen muss.

»Erkennt ihr das Lied?«, fragt Senja. »Das ist doch *Kuka on tuo mies*! (Wer ist dieser Mann?)«

»Ja!«, bestätigt Eila und singt beschwingt eine Textzeile mit: »*Hän on suomalainen mies* – Er ist ein finnischer Mann.«

Das Witzigste an dem Film ist nicht unbedingt der Sänger, sondern die Kamerafrau, die man immer wieder im Hintergrund laut lachen hört und die sich so heftig ausschüttet, dass das Bild die Hälfte der Zeit verwackelt ist. Benni ist eher bestürzt als amüsiert: »Also langsam glaub ich es auch: Die spinnen, die Finnen!«

»Das klingt aber so, als singt der mit Akzent«, findet Senja. »Als wäre er Ausländer.«

Leider ist auch der Ton sehr schlecht. Eila schaut etwas genauer auf den Bildschirm und meint zu mir: »Der hat so ein Hemd, wie du eins hast.«

Auch ich kann es nicht fassen. Etwas Dümmeres und Lächerlicheres habe ich selten gesehen: »Also der da, der spinnt wirklich!«

Stefan Ulrich

Arrivederci, Roma! Ein Jahr in Italien

Originalausgabe

ISBN 978-3-548-28143-8
www.ullstein-buchverlage.de

Dolce Vita in *Bella Italia*! Wovon so viele Deutsche träumen, ist für Familie Ulrich wahr geworden: Ein Leben in Rom, in einem echten *Palazzo*. Und das beinhaltet erst mal so einige Überraschungen. Als nach und nach jedoch der Alltag Einzug hält, beschließt Stefan Ulrich, im kommenden Jahr alle Regionen Italiens zu bereisen, von Südtirol bis Sizilien. Zum Glück wissen er und seine Lieben noch nicht, worauf sie sich da einlassen. Denn *Bella Figura* zu machen ist nicht immer einfach.

Die Fortsetzung des Bestsellers *Quattro Stagioni*

Jan Weiler

Maria, ihm schmeckt's nicht!

Geschichten von meiner italienischen Sippe
Originalausgabe

ISBN 978-3-548-26426-4
www.ullstein-buchverlage.de

»Als ich meine Frau heiratete, konnte ihre süditalienische Familie leider nicht dabei sein. Zu weit, zu teuer, zu kalt. Schade, dachte ich und öffnete ihr Geschenk. Zum Vorschein kam ein monströser Schwan aus Porzellan mit einem großen Loch im Rücken, in das man Bonbons füllt. Menschen, die einem so etwas schenken, muss man einfach kennenlernen.«

»Göttliche Geschichten. Ein unverzichtbarer Beitrag zur deutsch-italienischen Freundschaft. Und saukomisch.«
Stern

»Ein wunderbar witziges, warmherziges Buch. Wer noch keine italienischen Verwandten hat, wird nach der Lektüre unbedingt welche haben wollen.«
Axel Hacke

US66

ullstein

Murat Topal

Der Bülle von Kreuzberg

Aus dem Leben eines deutsch-türkischen Polizisten
Originalausgabe

ISBN 978-3-548-37291-4
www.ullstein-buchverlage.de

Dönerwetter: Türke und deutscher Polizist – geht das? Jawohl, sagt sich Murat Topal und beschreitet mit orientalischer Inbrunst die Laufbahn als Ordnungshüter. Selbst von der schweißtreibenden Ausbildung an Sturmgewehr und Schreibmaschine lässt er sich nicht beirren. Endlich wird er Wachtmeister – ausgerechnet in Kreuzberg, einer Hochburg schlagfertiger Barbesucher und multikultureller Gesetzesbrecher. Mit jedem neuen absurden Einsatz wird ihm klar: Der Polizeialltag ist die perfekte Ausbildung für eine ganz andere Karriere: die eines Comedians!

»Der Star am deutsch-türkischen Comedy-Himmel« *Welt online*

»Murat Topal spielt in der ersten Liga der Comedians.« *Berliner Morgenpost*

US348

ullstein